人民共和國文化與文學叢書

五　編
李　怡　主編

第 **27** 冊

中國當代通俗文學與大眾文化的生產與消費

韓　穎　琦　等著

花木蘭文化事業有限公司

國家圖書館出版品預行編目資料

中國當代通俗文學與大眾文化的生產與消費／韓穎琦 等著 ——
初版 —— 新北市：花木蘭文化事業有限公司，2017〔民106〕
目 2+214 面；19×26 公分
（人民共和國文化與文學叢書 五編；第27冊）
ISBN 978-986-485-098-3（精裝）
1. 中國文學 2. 通俗文學 3. 文學評論
820.8   106013298

特邀編委（以姓氏筆畫為序）：

吳義勤 孟繁華 張 檸
張志忠 張清華 陳思和
陳曉明 程光煒 劉福春
（臺灣）宋如珊
（日本）岩佐昌暲
（新西蘭）王一燕
（澳大利亞）鄭 怡

ISBN-978-986-485-098-3

9 789864 850983

人民共和國文化與文學叢書
五 編 第二七冊   ISBN：978-986-485-098-3

中國當代通俗文學與大眾文化的生產與消費

作　　者　韓穎琦等
主　　編　李 怡
企　　劃　北京師範大學民國歷史文化與文學研究中心
　　　　　四川大學現代中國文化與文學研究中心
總 編 輯　杜潔祥
副總編輯　楊嘉樂
編　　輯　許郁翎、王 筑　美術編輯　陳逸婷
印　　刷　普羅文化出版廣告事業
出　　版　花木蘭文化事業有限公司
社　　長　高小娟
聯絡地址　235 新北市中和區中安街七二號十三樓
　　　　　電話：02-2923-1455／傳眞：02-2923-1452
網　　址　http://www.huamulan.tw 信箱 hml810518@gmail.com
初　　版　2017年9月
全書字數　199031字
定　　價　五編30冊（精裝）台幣56,000元   版權所有·請勿翻印

中國當代通俗文學與大眾文化的生產與消費

韓穎琦　等著

作者簡介

韓穎琦，女，文學博士，廣西大學文學院教授，碩士生導師。中國當代文學研究會理事。出版專著有《中國傳統小說敘事模式化的「紅色經典」》、《廣西新時期文學雅俗審美取向》、《廣西當代小說十家》（合著第一作者）等。參與論著包括《東南亞文學簡史》、《中國大眾文化與通俗文學三十講》等。

提　　要

　　《中國當代通俗文學與大眾文化的生產與消費》一書致力於研究當代中國語境下的通俗文學與大眾文化的生產與消費，力圖向讀者呈現新時期語境下文學逐步由純文學向市場化轉變的過程中，中國大眾文化與通俗文學的新風貌。全書分爲六章，第一章論述「紅色經典」的通俗化敘事策略，從「紅色經典」影視翻拍熱現象、「紅色懸疑」小說及影視劇在大眾文化市場走紅的原因等角度闡釋了意識形態與大眾通俗文化的結合。第二章以「王朔現象」爲例，通過對王朔小說的大眾文化特徵以及王朔影視劇的市場化策略的分析，洞見新時期以來精英文化的解構與大眾文化的崛起。第三章論述中國科幻文學的傳播語境，分析了劉慈欣的《三體》如何讓中國科幻從小眾走向了大眾，並思考了中國科幻文學的價值與突破。第四章以韓寒和郭敬明爲例論述青春文學的生產與消費，探討了青春文學從成長到消費的趨向。第五章闡釋「雷劇現象」如何以藝術之名來消費歷史資源，指出「雷劇」高收視率背後的文化悖論，並詳析了「于正劇」和「抗日神劇」這兩個典型個案。第六章選取了網絡小說中較具有代表性的網絡言情小說、網絡軍事小說、玄幻小說、盜墓小說和穿越小說五個類別，闡述了新世紀網絡類型小說的價值與局限。

當代的意識與現代的質地——
《人民共和國文化與文學叢書》第五編引言

李　怡

　　我們對當代批評有一個理所當然的期待：當代意識。甚至這個需要已經流行開來，成為其他時期文學研究的一個追求目標：民國時期的文學乃至古代文學都不斷聲稱要體現「當代意識」。

　　這沒有問題。但是當代意識究竟是什麼？有時候卻含混不清。比如，當代意識是對當代特徵的維護和強調嗎？是不是應該體現出對當代歷史與當代生存方式本身的反省和批判？前些年德國漢學家顧彬對中國當代文學的批評引發了中國批評家的不滿——中國當代文學怎麼能夠被稱作「垃圾」呢？怎麼能夠用作家是否熟悉外語作為文學才能的衡量標準呢？

　　顧彬的論證似乎有它不夠周全之處，尤其經過媒體的渲染與刻意擴大之後，本來的意義不大能夠看清楚了。但是，批評家們的自我辯護卻有更多值得懷疑之處——顧彬說現代文學是五糧液，當代文學是二鍋頭，我們的當代學者不以為然，竭力證明當代文學已經發酵成為五糧液了！其實，引起顧彬批評的重要緣由他說得很清楚：一大批當代作家「為錢寫作」，利欲薰心。有時候，爭奪名分比創作更重要，有時候，在沒有任何作品的時候已經構思如何進入文學史了！我們不妨想一想，顧彬所論是不是大家心知肚明的事實呢？

　　不僅當代創作界存在嚴重的問題，我們當代評論界的「紅包批評」也已然是公開的事實。當代文學創作已經被各級組織納入到行政目標之中，以雄厚的資本保駕護航，向魯迅文學獎、茅盾文學獎發起一輪又一輪的衝鋒，各

級組織攜帶大筆資金到北京、上海，與中國作協、中國文聯合辦「作品研討會」，批評家魚貫入場，首先簽到，領取數量可觀的車馬費，忙碌不堪的批評家甚至已經來不及看完作品，聲稱太忙，在出租車上翻了翻書，然後盛讚封面設計就很好，作品的取名也相當棒！

當代造成這樣的局面都與我們的怯弱和欲望有關，有很多的禁忌我們不敢觸碰，我們是一個意識形態規則嚴厲的社會，也是一個人情網絡嚴密的社會，我們都在為此設立充足的理由：我本人無所謂，但是我還有老婆孩子呀！此理開路，還有什麼是不可以理解的呢！一切的讓步、妥協，一切的怯弱和圓滑，都有了「正常展開」的程序，最後，種種原本用來批評他人的墮落故事其實每個人都有份了。當然，我這裡並不是批評他人，同樣是在反省自己，更重要的是提醒一個不能忽略的事實：

> 中國當代文學技巧上的發達了，成熟了，據說現代漢語到這個時代已經前所未有的成型，但這樣的「發達」也伴隨著作家精神世界的模糊與自我偽飾。而且這種模糊、虛偽不是個別的、少數的，而是有相當面積的。所謂「當代意識」的批評不能不正視這一點，甚至我覺得承認這個基本現實應當是當代文學批評的首要前提。

因為當代文學藝術的這種「成熟」，我們往往會看輕民國時期現代作家的粗糙和蹣跚，其實要從當代詩歌語言藝術的角度取笑胡適的放腳詩是容易的，批評現代小說的文白夾雜也不難，甚至發現魯迅式的外文翻譯完全已經被今天的翻譯文學界所超越也有充足的理由。但是，平心而論，所有現代作家的這些缺陷和遺憾都不能掩飾他們精神世界的光彩——他們遠比當代作家更尊重自己的精神理想，也更敢於維護自己的信仰，體驗穿梭於人情世故之間，他們更習慣於堅守自己倔強的個性，總之，現代是質樸的，有時候也是簡單的，但是質樸與簡單的背後卻有著某種可以更多信賴的精神，這才是中國知識分子進入現代世界之後的更為健康的精神形式，我將之稱作「現代質地」，當代生活在現代漢語「前所未有」的成熟之外，更有「前所未有」的歷史境遇——包括思想改造、文攻武衛、市場經濟，我們似乎已經承受不起如此駁雜的歷史變遷，猶如賈平凹《廢都》中的莊之蝶，早已經離棄了「知識分子」的靈魂，換上了遊刃有餘的「文人」的外套，顧炎武引前人語：「一為文人，便不足觀」，林語堂也說：「做文可，做人亦可，做文人不可。」但問題是，我們都不得不身陷這麼一個「莊之蝶時代」，在這裡，從「知識分子」

演變爲「文人」恰恰是可能順理成章的。

在這個意義上，今天談論所謂「當代性」，這不能不引起更深一層的複雜思考，特別是反省；同樣，以逝去了的民國爲典型的「現代」，也並非離我們「當代」如此遙遠，與大家無關，至少還能夠提供某種自我精神的借鏡。在今天，所謂的批評的「當代意識」，就是應該理直氣壯地增加對當代的反思和批判，同時，也需要認同、銜接、和再造「現代的質地」。回到「現代」，才可能有眞正健康的「當代」。

人民共和國文學研究，我以爲這應當是一個思想的基礎。

目次

緒　論

一、「大衆文化」釋義

　　「大衆文化」這個概念，一般認爲最早來自於奧爾特加・加塞特（José Ortega Y Gasset, 1883～1955）所著《大衆的反叛》（The Revolt of the Masses）一書。書中提出大衆文化主要指的是一地區、一社團、一個國家中新近湧現的，被大衆所信奉、接受的文化。奧爾特加將社會構成兩分爲「大衆」（Masses）以及相對其存在的少數「精英」（minorities）兩個概念。以當代的視角看，奧爾特加所謂的「大衆的反叛」是在十九世紀政治民主與科技革命影響下於十九世紀末二十世紀初彰顯的「大衆」力量自覺，對傳統上層「精英」引領文明發展的地位形成衝擊。因此在這個時代，將「大衆」（Mass）與文化相適配，隱含與少數「精英」主導的「主流文化」相區分的意味。奧爾特加本人抱持的是精英主義立場，其提出的「大衆文化」概念及相關研究中當然隱含有在精英主義的立場上對大衆文化的批判。因此在大衆文化這個原始釋義中，就已經蘊藉了日後關於大衆文化釋義的爭議源頭。

　　當代中國大陸學者關於大衆文化含義的論述中都不免關注到這樣一個現象，在當代中國對「大衆文化」同時包含有多種理解。「大衆文化」作爲一個源自西方的概念，在西方本就沒有明確的定論。「大衆文化」究竟採用「mass culture」還是「popular culture」去表述，就是一個難題。前者以法蘭克福學派爲代表，其文化工業（culture industry）理論傾向於突出大衆文化對於個性的否定性作用，採取否定或批判的態度。而後者則近似於「流行文化」，代表另

一種在肯定或贊揚意義上使用大眾文化的積極用法。〔註1〕而「大眾文化」概念譯介成中文後，不僅保留了其釋義上的爭議，而且還會與舊有概念相混淆。常見的謬誤就有將「大眾文化」與歷史上存在的發生於生產勞動、與統治階層文化相對的民間文化（folk culture）概念相等同。再者，關於「大眾」的定義本身就隨著時代變化、社會變遷發生改變，在不同的社會環境中也存在著差異。大眾文化中的「大眾」，明顯有著其獨特的含義。這種種原因都使得我們在運用傳統方式解釋「大眾文化」概念上存在著困難。因此在解釋「大眾文化」這一包含廣大而又存在動態變化的概念時，自然要從多方面入手，在兼容大多數理論的觀點的基礎上對其範圍進行界定。因此我們不妨由理解大眾文化的數個主要特徵出發，對大眾文化進行一個概括性的理解：

第一，大眾文化是工業時代來臨後出現的文化形態。在東西方古代歷史上，雖然也誕生了豐富多彩的民間文化與通俗文化，但是這些文化並不是大眾文化。它們誕生和存在的土壤是自然經濟下的農耕文明，傳播手段落後、方式單一，在審美和文化層面上的地位低於上層社會的貴族文化。而工業時代來臨之後，社會形態及經濟形態上發生了巨變。大眾自由意識的覺醒和思想解放呼喚新的文化形態，反叛舊時代的文化形態。而科技的進步改變了傳播手段、豐富了傳播方式，則使得大眾文化真正走向大眾。基於現代工業文明而誕生的大眾文化，是適應於現代工業社會高度工業化、市場化、商品化的社會形態而產生的文化。從歷史上大眾文化在落後國家與地區的發展過程來看，大眾文化在這些國家的發展除了受到先進國家的文化影響和輸入外，工業社會和一定的技術條件是必備的基礎，而市場化、商品經濟因素亦不可或缺。大眾文化往往在這些因素相對較成熟的地區率先起步，但是發展程度和範圍均有所局限。這些因素具備後則迎來快速發展，形成大眾文化發展的浪潮。這就表明大眾文化的產生和發展與這些因素密切相關。此外，二十世紀全球化進程則為當代大眾文化增添了又一種新的特徵，大眾文化不再僅僅局限在一國或一個文化圈內，這也是與當代經濟與技術條件相適應的一種轉變。由此我們看到，大眾文化是一個歷史性的概念，在保持相對穩定的同時也會隨著時代變遷而發生一定的改變。

第二，大眾文化與大眾傳媒密切相關。大眾文化是適應現代工業社會而產生的文化形態，其真正能夠走向大眾、成為「大眾的文化」的重要因素之

〔註1〕王一川：《大眾文化導論》第5頁，北京：高等教育出版社2004年。

一就是科技進步和現代工業化生產帶來的傳播形式革新以及傳播規模的擴大。本雅明（Walter Benjamin）在其《機械複製時代的藝術作品》中前瞻性地看到現代機械複製技術帶來的革命性變化。簡而言之，現代機械複製技術首先使得過往具有唯一性的藝術作品得到了完美的複製，不再唯一的藝術作品走下神壇，去除了過往籠罩在藝術作品上的光環，打破了過去審美方式的限制，進而打破了過往上層社會對藝術的壟斷和話語控制。同時機械複製技術能夠大批量生產廉價、易於傳播的藝術複製品，並通過現代傳播方式突破地理阻礙傳播到世界各地，這使得大眾能夠極為方便地獲得藝術品的複製品，並獲得與現場審美近似的審美享受。因此大眾文化迥異於其他的文化形式，類似於工業化時代工業品，有批量製造、大量傳播的特徵，其受眾範圍異常廣闊。大眾文化的審美有公共、共同的一面，一定範圍受眾的審美趣味趨於統一。這種由生產──傳播──接受上的全面變化，都依賴於現代大眾傳媒的發展。此外，媒介的革新使得其不僅承擔了舊有的傳播功能，而且其本身也同樣成為了大眾文化的構成要素之一。現代媒介例如電視、電影等，其形式上的變化會帶來大眾文化中現代藝術形式的變化，媒介的表現手段和方式反過來影響到了文化內容本身，甚至成為了其形式的一部分。由此可見，大眾文化依賴於大眾傳媒，兩者密切相關。現代大批量機械印刷發行的報刊雜誌以及電子化、數字化的廣播、電視、電影，乃至新世紀的網絡等等，這些傳播形式都是現代大眾文化傳播的主要手段。

　　第三，大眾文化具有商品性。工業社會中的人相較田園時代，文明程度更高，擁有更多空餘時間和精力滿足精神需求。從另一個角度來說，工業社會中的人更為壓抑，渴求通過精神滿足轉移現實中的矛盾和壓力。因此工業社會中的人擁有比過往更高的精神文化需求，而且隨著社會發展需求亦不斷擴大。資本敏銳地看到了其中蘊含的商機，運用商品經濟手段將文化商品化。伴隨機械複製技術和現代傳播手段的成熟，文化產品的大規模生產與傳播成為可能。最終文化成為了一種商品、消費品，被大規模批量生產製造，供大眾享受（消費），從而形成了文化產業（文化工業，Culture Industry）。大眾文化商品性的特徵又可以衍生出其模板化、類型化的特徵。文化產品的生產出於追求效率與經濟利益的目的，往往採取類似工業生產那樣的標準化生產模式，按照相對固定的方式大批量地進行生產。因此文化工業下出產的文化產品與傳統藝術相比欠缺藝術品應有的獨創性，文化的魅力也因而損失，更像

是工業產品而非藝術品。以阿多諾（Theodor Wiesengrund Adorno）爲代表的法蘭克福學派的大眾文化批判理論痛斥了大眾文化這一弊端，認爲大眾文化造成了文化的單一化、庸俗化，進而擔憂大眾文化的單一、庸俗將控制意識形態、形成消解反抗的「肯定性」等政治作用。在今天看來，這種批判模式帶有精英主義的色彩，同時也具有前工業時代遺留的歷史局限性。隨著戰後經濟的發展，後工業時代中消費成爲了社會觀念的主導，大眾文化也成爲了消費與文化結合而成的消費文化中的一部分。這種批判模式以博格里亞（Jean Baudrillard）爲代表。當代大眾文化中的文化不僅被商品化，同時商品也被文化，消費也成爲了文化行爲。大眾消費的物質商品被賦予了文化，生產和消費物質商品的同時也在生產和消費文化。因此當代大眾文化進一步包含了從文化產品的生產到消費整個過程。當代的大眾文化經歷前後工業時代的變化，已然和商品密不可分。

第四，大眾文化適應日常娛樂。大眾文化原本便是屬於「大眾」的文化，與精英文化、高雅文化不同，大眾文化的接受者最主要的仍是普通人。因此其往往與日常生活親近，滿足大眾的娛樂要求，引導大眾的消費需求。從生產消費相互作用的關係上看，大眾文化在爭取擴大消費的要求下必然要迎合普通人、更廣大人群的審美標準和審美需要。但是也正因如此，其迎合多數人的需要的同時往往會缺失個體精神，容易淪爲庸俗。大眾文化創造的過程中首先會創造性形成某種模式，而之後以批量生產的方式廣泛傳播，在大眾群體中受到歡迎並形成了流行。這種模式又會被廣泛的重複利用和模仿，生產出形式相似的文化產品推動流行風潮的持續。當一段時期流行衰退後，文化工業又會推出新的創造製造流行。而文化上的流行現象往往與商業掛鈎，製造流行的過程即是爲大眾製造新的商業需求，引導物質與文化消費。這樣看來，大眾文化既有其貼近大眾真實樸素的審美需求的一面，也有爲現代商業奴役、不斷製造虛僞需求的一面。

由以上特徵的總結，我們似乎可以大致勾勒出大眾文化的面貌。它是伴隨工業文明產生的，適應現代社會，以現代大眾傳播媒介爲傳播手段，與商品經濟緊密相連，以與大眾審美需要相符合的日常娛樂爲內容的一種文化形態。在日常生活中，在它之中又有通俗小說、電視劇、電影、綜藝節目、漫畫、廣告、電子游戲等多種多樣的具體形態。

在認識與研究大眾文化的過程中，我們同時應當注意到，大眾文化本身

是一個並不穩定的概念。隨著科技發展與社會進步，大眾文化的形式與內容也會隨之增長和改變。在歷史上，關於大眾文化現象的批判，也出現了多種流派多種觀點。其中較為知名的有德國法蘭克福學派的批判理論、英國「伯明翰學派」及後現代主義諸派的理論，他們的觀點差異較大而且不少針鋒相對。在認識大眾文化的過程中，既不應陷入精英主義立場對其求全責備，也不應盲目樂觀對其全盤接納。而應採取開放、包容、辯證的態度，全面認識大眾文化。

二、當代中國語境下的大眾文化

早在中國的明清時期，在資本主義萌芽、城市化、印刷技術發達等因素作用下，形成了一些類似現代大眾文化的現象。比如明清時期印刷出版業興旺，書商為牟利爭相出版大眾喜愛的通俗小說。在利益驅使下，形成了一批專門出版銷售通俗小說的書商及寫作通俗小說的文人墨客，具備了一定的批量生產和傳播的條件。這些通俗小說多是娛樂性強的傳奇、演義等題材，讀者主要是官宦及市民階層。這都與後來大眾文化的特徵近似。將其看作是中國古代存在大眾文化的前身和雛形的例證，應該是不為過的。

然而現代真正的大眾文化在中國的誕生過程卻歷經曲折。在十九世紀末二十世紀初期，借由引進西方技術熱潮，現代機械複製技術也隨之傳入中國。而「五四」時期，新文化運動中提出建立平民文學，建立區別於文言貴族文學、表現普通人普通真摯情感的新文學，是在創作和思想上實踐大眾文化的初次嘗試。在二十世紀三十年代的文藝大眾化運動標誌著中國大眾文化開始萌芽。〔註2〕然而中國大眾文化並未能在這一時期真正形成。根本原因是舊中國並沒有形成成熟的工業社會和發達的商品經濟，先進傳播技術運用和影響的範圍有限，廣大人民受教育程度低、無法真正參與到文化創造與接受之中。而文化先驅所提出文藝大眾化思想中包含的政治目的性較強，欠缺對大眾文化商業性、娛樂性等特性的認識，有時還陷入精英主義的誤區。這一系列的因素都使得當時的文化先驅空有先見，仍舊無法引領大眾文化在這個時代的形成。唯一例外的是當時的租界和部分大城市，在西方文明影響下具備了一定的技術條件，外國大眾文化在這些地域實現小範圍傳播，在它的影響下形

〔註2〕金民卿：《文化全球化與中國大眾文化》第 205 頁，北京：人民出版社 2004 年。

成了有限的本土大眾文化。這種本土大眾文化影響有限，對外來文化依附作用強，也不可能承擔本土大眾文化火種的作用。

1949 年後，由於實行計劃經濟、學習蘇聯社會主義模式等原因，中國大眾文化形成的條件仍然缺失，但是中國逐步實現了由落後農業國向工業國的轉變，工業社會建立。而在長期的基礎建設後，現代傳播技術在中國得到了普及和廣泛應用。加上國民基礎教育的實施，識字率的上升，促成了國民文化水平的整體提升。這都為後來大眾文化的真正形成奠定了基礎。大眾文化在中國的真正誕生，應當是在改革開放後。改革開放解放思想、實施市場經濟等方針使得中國真正滿足了大眾文化形成的必要條件。

中國大眾文化形成至今，同樣經過了數個主要的發展階段。第一個階段是七十年代末到八十年代初，此時中國本土大眾文化仍處於幼年期。在這一階段佔據主角的是來自同是華語文化圈同胞香港、臺灣的大眾文化產品，本土大眾文化產品大多是對其模仿。時值中日蜜月期，中國與歐美關係較好，這些國家的大眾文化產品借助開放東風亦開始大量傳播到中國。但是在中國，由於意識形態時代遺留的思想緣故，對於外來大眾文化產品的懷疑和批判情緒仍然較重。中國本土的大眾文化力量弱小，內部阻力較大，發展過程相當艱難。第二個階段是八十年代中期到九十年代，由於經濟發展以及中外交流的逐步推進，普通大眾對大眾文化接受程度加強，大眾文化因此迎來了良好的發展時機。這一個階段中收音機、電視機等電器開始大量走進普通人的家庭，成為了千家萬戶接受大眾文化的窗口。物質條件的具備使得中國大眾文化步入了一個蓬勃發展的時期。與此同時，中國本土大眾文化在這一時期也開始逐漸擺脫模仿、走上自己的道路。九十年代掀起的市場化浪潮將過往文化產品標準及衡量機制由行政向市場轉變，過往被壓抑的市場化迅速佔領了文化空間。大眾文化的市場化、世俗化加速，中國本土大眾文化逐步與世界大眾文化接軌。第三個階段是新世紀以來，中國大眾文化進入了繁榮階段。本土大眾文化與外來大眾文化兼容並存，文化市場日漸擴大、百花齊放。在某些學者眼裏，或許可以稱為是大眾文化的「狂歡」。大眾不僅接受了大眾文化，而且樂在其中，主動參與到大眾文化的「狂歡」中。在短短的二、三十年間，中國本土大眾文化已經發展成為了當代中國文化中一股不可忽視的力量。

大眾文化的崛起引發了對於當代中國大眾文化發展現狀的擔憂。從積極

的一面看，大眾文化適應於轉型後市場經濟發展產生的需求，解放了當代中國人在過往經濟體制和意識形態壓抑下的個體性，有助於滿足經濟發展後中國人日益擴大的精神文化需求，同時文化產業也能產生巨大的經濟效益。反映在文學上，也是如此。文學市場化、世俗化的發展趨勢適應於社會轉型與經濟發展的趨勢，解放了在過往計劃經濟和舊意識形態雙重壓制下的文化生產力，使通俗文化與通俗文學實現現代化、向國際水平靠攏，為文化發展注入了強勁的動力，實現了新時代文化百花齊放的新局面。但是在文學市場化、世俗化的過程中，質疑的聲浪同步湧現。世俗化的文學追求市場，其創作往往緊跟時尚，呈現快餐化的弊端。而在這個時代初生的世俗化文學由於發展尚不充分，出現了格外追逐欲望、媚俗、意義下降等現象，這都使得文學備受傷害。與此同時，在大眾文化快速發展的過程中，不免與主流文化、精英文化發生碰撞，擠佔其空間。大眾文化與主流文化的衝突，體現在大眾文化世俗化、娛樂化的處理可能會消解、弱化、扭曲了文化產品中存在的意識形態。而在與精英文化的互動中，大眾文化以其數量優勢直接衝擊精英文化舊有地位，吸收精英文化的長處並將其消解、庸俗化和無意義化，最終打破精英文化過往的統治地位。反映在文學上，則是通俗化、娛樂化的文學客觀上衝擊、打破舊有主流文學、精英文學的統領地位，削弱其社會影響力，最終有可能影響文學良性發展。這種擔憂不僅體現在對本土大眾文化和本土通俗文學發展上的擔憂，也反映在對外來大眾文化及文學的擔憂。外來文化隱含的文化殖民隱憂，外來文化中西方價值觀念和後現代理念對中國的衝擊，中外文化交流的不對等，都是這種擔憂的來源。

雖然伴隨著擔憂，當代中國大眾文化發展的趨勢已經不可阻擋。發展大眾文化適應於當前中國的市場經濟體制，符合人民日常生活娛樂消費的需求，同時是發展第三產業、創造經濟價值的需要。但是我們同樣不應忘記，當代大眾文化依然肩負著其形成以來便擔負著的「文化現代化」使命。在全球化現狀下，本土大眾文化實力的壯大方是對抗西方文化霸權、實現本國文化世界參與的根本解決之道。這一系列的原因都決定了由政府到民間，支持當代中國大眾文化的發展是歷史的必然。

客觀上看，中國大眾文化的發展仍存在著相當多的不足。中國的大眾文化起步是由模仿開始，善於學習模仿西方大眾文化是中國本土大眾文化能在短時間迅速發展的關鍵原因之一。然而時至今日中國本土大眾文化都未能完

全擺脫模仿的消極作用，不僅整體水平難以追及國際先進水平，而且對外國大眾文化存在相當的依賴性。其直接原因主要集中在創新能力不強、資本追逐短期利益不願對原創大眾文化進行投資等方面，根本原因是中國大眾文化起步晚、長期處於落後狀態、發展速度過快等原因導致的創造能力差、大眾認同感不強等原因。長期來看，中國本土大眾文化雖然取得了相當的市場份額，但中國大眾文化市場仍有較多份額被外來大眾文化所佔據。這也牽扯出中國大眾文化的生產力上的不足，並不能滿足文化市場乃至人民的需求。當前本土文化產業仍然是以量的增長為主，還遠遠未到實現質的增長的程度，難以在文化市場上佔據制高點。中國本土大眾文化目前面臨的難題有很多。相對於經濟快速發展背景下急劇擴大的大眾文化市場，本土文化產業的相關從業人員數量、素質都遠遠不足，文化產業發展中粗放化發展的狀況比較嚴重。本土文化產業開發較多集中於傳統的數個領域之中，對於新興領域開發程度不足，同時相對於國際水平來說，本土文化產業在產業鏈建設和周邊領域拓展上力度不足，整體上商業化水平落後。同時由於歷史遺留原因及後發國家的原因，相關的審查制度、鼓勵政策、法律法規等仍不夠完善。這都是中國大眾文化高速發展下暴露出的問題。

值得欣喜的是，中國大眾文化在發展的過程中又擁有了不同於其他國家的特色。儘管中外大眾文化同樣具有商業性的特徵，但中國特色社會主義制度下的大眾文化與西方資本主義制度下的大眾文化的根基不同，這就造成了當代中國大眾文化區別於外國大眾文化的社會主義性和人民性。換句話說，中國大眾文化不完全是逐利的，在中國大眾文化中也存在著以服務普通群眾文化需求、教化人民、宣揚傳統道德與社會主義文明為目的的大眾文化。同時，根源於中國特殊的歷史與政治環境，在當代中國民眾心目中舊意識形態的影響依然存留，並且在當代中國發展的過程中與愛國主義相結合。這使得中國民眾對於「紅色」並不反感，類似於「紅色經典」、「新紅色經典」、革命歷史題材、抗戰題材等作品積極回歸主流意識形態，受到了中國民眾的歡迎。在多年對外開放以及對外國大眾文化的引入下，中國民眾同樣對外來文化有著巨大的包容性。這種包容不僅是對於同文化圈國家，對於異文異種的西方文明也保持著包容與接收態度。這種開放程度與包容性在現代世界中是少有的。這種包容一方面來自於開放的政策和態度，一方面也與中國巨大的人口規模以及文化市場容量有關。過往一些學者所擔憂的文化侵略問題在今天看

來似乎並沒有成為現實，中國複雜的社會結構與龐大的人口都決定了外來文化無法完全統治中國文化市場，當代中國大眾文化中民族性、地域性的特徵仍然相對明顯。在城鄉二元分化、東西部經濟差異的狀況下，中國當前大眾文化存在多種類、多層次、適應多種人群需要的特色，無論高層次的文化產品還是貼近底層人民的文化產品、無論是貼近本土的文化產品還是舶來品都有其巨大的受眾群體。而在新世紀十餘年來在中國經濟高速發展的背景下，中國龐大的文化市場同樣吸引了世界各國文化產業的重視與參與。近年中國文化市場與外國互動中亦出現了一個嶄新的現象，近至港臺新加坡馬來西亞明星大量進入大陸市場，遠至好萊塢電影爭相加入中國元素，都表現出中國大眾文化市場越來越受到世界的重視。在外國大眾文化加緊搶佔中國大眾文化市場的同時，來自本土草根、平民化的大眾文化力量正成為一股不可忽視的力量，以其貼近真實生活、真實情感的特色獲得了本土受眾的歡迎。總的來看，當前中國大眾文化正處於一個急劇發展的時期，多元化特色尤為顯著，來自本土的大眾文化力量的崛起與狂飆突進尤為醒目。當前的中國本土大眾文化的發展，正是中國文化、中國力量對過往以西方文化為主導的世界文化霸權的對抗與反叛。隨著本土大眾文化實力的提升，中國大眾文化向世界進軍，實現對外輸出、實現世界參與的未來自然可期。

三、大眾文化背景下中國當代文學的走向

　　大眾文化對中國當代文學的走向產生切實的影響主要是在二十世紀九十年代市場經濟體制確立之後。市場經濟體制的確立改變了過往計劃經濟體制統治一切的局面，進而使得依賴於計劃經濟體制的文學體制趨於分解。一方面迫於文學體制轉變的壓力，一方面是市場的誘惑作用，九十年代的作家的市場意識加強，更積極地適應市場、調整自己的創作定位和方向。在這個背景下一部分作家積極進入市場，成為了通俗文學的創作的重要力量。反映在文學整體發展上，則出現了更多的向市場化、世俗化的分流。作家分流、新生創作力量的湧現，傳媒的轉型，受眾對文學市場化的逐漸認同，都促進了大眾文化與文學的相互作用。世紀之交大眾文化的蓬勃發展使其能夠與主流文化以及精英文化並列，成為了影響當代文學的三大力量之一。而在大眾文化的影響下，通俗文學創作也在這一時期上進入繁榮，文學逐步由純文學向市場化轉變。新世紀十五年來，中國大眾文化與通俗文學呈現了新的風貌。

概括地說，除了規模與質量的提升外，呈現多元、細分的特色，創作形式與內容湧現出新異，國際化與本土化並舉，發展中孕育著變革。

當代大眾文化與中國當代通俗文學的整體走向與當代西方國家相似。如果說世紀之交的中國業已步入工業化社會，那麼經歷十多年的發展，當前中國正在進入後工業化時代。與後工業化社會時代相匹配的大眾文化圖景正是西方戰後興盛至今的消費主義大眾文化。而在這個全球化、信息化的時代中，全世界大眾文化形態經由全球實時傳播呈現了共時性，這使得世界各國的大眾文化發展趨於統一，概莫能外。中國大眾文化與通俗文學發展的狀況儘管還存在一定程度的落後，但其發展的方向將與西方走過的道路趨於一致，借鑒西方發展的經驗可以預見到中國大眾文化的發展。在消費社會中，大眾文化的商品性以及文化產業的發展程度將空前增強。大眾文化與消費主義相互勾連，一方面大眾文化為消費主義代言，宣揚消費理念、促進物質與文化消費，一方面大眾文化生產的文化產品更加豐富、細分、適應文化消費的需求。當代大眾文化與通俗文學數量與規模將越發龐大，對應各式各樣人群具體需求進行定制化生產，以迎合「顧客」需求並促進文化消費。進一步在大眾文化內部出現了各式各樣的相對獨立的亞文化、次文化，包容大眾中個體審美需求與品位的差異，滿足社會內部各類型人群的審美需求。在審美日常化以及消費精神無形指引下，大眾文化通俗化、消遣化現象越加突出，要求取消意義、反對闡釋，造成了文化的庸俗與淺薄。而在東西方意識形態瓦解的背景下，消費主義意識在審美中取代了意識形態、社會道德過往的地位，在文化中惡搞、戲謔、反傳統現象盛行，出現了「娛樂至死」的現象。而適應於消費的文化生產在現代社會的快節奏中進一步加速，使得文學乃至文化產品表達更為平面化、快餐化，藝術性更加削弱。整體上看，中國大眾文化的發展亦未能避免西方大眾文化發展中存在的問題。

對於文學而言，大眾文化的影響不僅僅是佔據了通俗文學領域，還擴散到了精英文學、嚴肅文學的邊緣。當代文學中「告別崇高」、反對宏大敘事、個人化寫作、取消意義等變化與大眾文化的變化有形無形中微妙地重合，根本上都是當代中國社會現狀以及思想變化的反映。當代中國通俗文學與精英文學的邊緣逐漸變得模糊。一方面是通俗文學適應於消費主義轉向，其中一部分勢必要吸收精英文學藝術理念，披上「高大上」外衣以贏取市場。另一方面精英文學仍在持續受到市場經濟引導，為避免邊緣化而更積極地與市場

擁抱，出現了通俗化的變異。但是在大眾文化與通俗文學的爆發式發展擠壓下，當代精英文學仍不得不掙扎在話語權旁落與丟失的危險之中。

　　當代中國大眾文化與通俗文學的走向，也存在著自身的變化。客觀上看，中國作為一個後起的工業化國家，經濟、社會發展水平仍然存在著不平衡的現象。東西部發展不平衡、城鄉二元對立等經濟與社會問題同樣影響到了文化的發展。而中國本身幅員遼闊，人口規模龐大，地方文化數量多、差異大，則對文化現象的變化起到了放大器的作用。近年來，草根文化與大眾文化中地域文化的崛起值得關注。本質上來說，它們都從屬於大眾文化，是文化與現代傳媒相結合的產物。草根文化代表的是來自城市底層、農村的聲音，一定程度也反映出當代大眾主動參與大眾文化創造、反抗消費主義霸佔大眾文化話語權的現象。而大眾文化中地域文化的崛起則顯現出在當代中國文化生產力提升的狀況下，由地方人民創造、能夠喚起地方人民情感共鳴的傳統民間文化、地方特色文化同樣能夠適應大眾文化的「市場規則」，最終在當代文化市場中取得一席之地。由此可見，當代中國人民活躍於大眾文化的參與和創造，並成為了一股不可忽視的力量。然而我們同樣應當關注到，在中國社會轉型階段，官方媒體和出版機構不僅沒有被推倒，反而與商業化同步，承擔了文化發展的使命。來自這部分文化生產力量生產的文化產品中，也有宣揚主流文化和主流意識形態的大眾文化產品。它們的存在同樣對於調節佔據主流的消費主義文化的弊端具有重要的意義。因此在當代中國大眾文化發展中，除去企業為主導的消費主義大眾文化力量，仍有來自多方面的文化力量參與在內，顯示出多元的特性。

　　當代中國本土大眾文化在外來文化的競爭壓力下逐漸打破困局，取得了一定的成果。本土大眾文化的進步有助於扭轉外來文化在文化市場上的絕對優勢地位，為進一步向國際化發展、取得全球競爭力建立基礎。中國本土大眾文化在中國文化現代化過程中一度是外來文化的忠實「學生」和模仿者，文化產業上的「山寨」現象泛濫。客觀上看，「山寨」現象是文化產業追趕中不可迴避的一個階段，近年來「山寨」現象的衰落則反映出本土文化產業的發展已經更上一個臺階。當代中國本土文化產業的發展過程中的確由「山寨」中獲益甚多，在簡單模仿外國文化產業成熟產品到模仿外國文化產業成熟產業模式的過程中，本土文化產業能夠持續對市場進行參與、獲得商業利潤維持自身發展、培養自身造血能力，最終達到追趕高水平的外國文化產業的目

的。近年來，中國「山寨」現象逐漸衰落，由政府、企業到民眾的版權意識逐漸增強，是本土文化產業升級的客觀需要，而非單純為外來文化徹底佔領本國文化市場的表現。當代中國本土大眾文化具有貼近本土大眾真實文化需求的天然優勢，而當代中國本土大眾文化的策略便是立足於這一天然優勢，在個別外來文化把控不足的類型題材上進行突破，主打貼近日常生活、接地氣的內容，讓大眾獲得因中西文化差異而無法在外來文化中得到的審美體驗。例如在電影行業，類似於《泰囧》、《港囧》等本土特色喜劇電影在票房上逐漸能夠與好萊塢電影分庭抗禮。外來文化徹底佔據落後國文化市場的辦法在中國失效，除去中國靈活開放政策促進了文化產業的快速發展外，當代中國龐大人口、經濟規模以及相應存在的巨大文化市場體量是根本原因。中國大眾文化逐漸擺脫模仿走向創新，緊抓本土優勢，由快速擴大的底層、平民文化消費市場崛起，利用本國文化市場擴大機遇站穩腳跟。而外來文化儘管在過去暫時取得成功，但是對於中國平民文化市場的擴張趨勢顯得反應不足，逐漸退守精英階層文化市場。由中國本土大眾文化發展的現狀看，當前中國大眾文化重心應當是在緊抓時代機遇，利用自身優勢搶佔逐漸擴大中的本土文化市場。因此對於大眾文化以及通俗文學作品來說，更是要重視發掘大眾文化時代中的本土現實、本土意識、本土情感以及本土文化遺產，在與外來文化競爭中巧妙發力，這無疑是更實際的發展道路。然而我們也要預見到，長遠上看中國本土文化真正達到強盛依然需要走出國門、實現國際參與，否則將落入囿於本土環境不思進取的發展陷阱。

中國文化市場的擴大也對周邊國家和地區的文化產業產生了吞噬效應。近年來，漢語文化圈中的其他國家，其文化產業優勢正逐漸消失，甚至其文化產業及其文化產業參與者逐漸被中國文化產業所吸收。香港、澳門、臺灣、馬來西亞、新加坡等國家與地區的明星、導演、編劇等文化產業參與者紛紛「北上」、「西進」中國大陸謀求發展。過往這些國家與地區更早地實現文化現代化，其文化產業能夠借助同文化圈優勢實現對中國的輸出。某種意義上來說，其文化產業也一度間接充當了西方文化向中國傳播的轉譯者的角色。然而隨著中國本土文化產業從無到有，再到發展壯大，這些國家和地區的文化產業優勢正在削弱。這些國家都有相似的特徵，國土狹小、人口數量少，導致本地文化市場有限，因此其文化產業不得不走向對外輸出與國際參與的道路，這個對外輸出的對象正是中國。當文化產業優勢消失、對外輸出逐漸

疲軟，其文化產業亦逐漸萎靡。此時文化產業與文化產業參與者勢必更多尋求直接參與中國文化市場，主動成為中國文化市場鏈條的參與者。可以預見，在當下和未來的中國大眾文化之中，來自其他國家和地區的參與將更為豐富。

文化市場消費的擴大需要文化產品生產的支撐。「邊緣題材」的開拓是當代中國大眾文化以及通俗文學創作興旺的重要助力。過往中國業已形成的一批成熟的通俗文學題材大多根源於現實，敘事模式相對傳統，貼合於道德和傳統文化。社會小說、言情小說、公安法制小說、歷史小說等通俗文學題材類型中均是如此，而武俠小說則是其中較為具有超凡想像力的一類。「邊緣題材」的開拓機遇來自於西方通俗文學的大量譯介傳播，更進一步說是來自文化全球化的影響。新通俗文學題材的取材內容不再局限於單一國家、單一文化圈內，而是廣泛涉及世界各個文明、各種文化中。新通俗文學題材的開拓更是可以模仿、借用其他國家流行的通俗文學題材。因此在當今的中國通俗文學中，同樣有吸血鬼、喪屍等非本國原生題材的通俗文學作品湧現。進一步來說，來自西方文學中反理性、反傳統、超現實等後現代文學成果不僅啟迪了中國通俗文學創作者，也在潛移默化中開闢了大眾的後現代審美視野。過往在中國通俗文學中，科幻類型的通俗小說力量較為薄弱，更多偏向科普而非娛樂。而現在中國通俗文學中科幻、超現實題材逐漸崛起，甚至與本土武俠體系、神話體系相融合，創造了本國特色的探險、奇幻、仙俠題材。近年來，中國通俗小說中盜墓題材、仙俠題材這樣的特色幻想題材大熱已經成為一道風景線，受到了年輕一代的歡迎。相對於傳統的通俗文學題材，它們儘管力量尚薄弱，但卻更為活躍。除此之外，「邊緣題材」的開拓在傳統通俗文學領域也在同步進行。隨著現代化、城市化的進步，在中國出現了新的社會現象、社會問題，同樣也反映到通俗文學之中。類似於女性題材、同性題材等新的題材也正在從傳統和道德限制中突圍，逐漸走進主流視野。

新世紀以來，來自西方大眾文化與通俗文學對中國大眾文化與通俗文學的發展走向無疑具有深刻的影響。但是近幾年來，這種影響的變革作用卻隨著中國與世界的逐漸同步而減緩。應當說，來自中國內部的變革力量在當下將起到更大的作用。而當代中國大眾文化與通俗文學最核心的變革力量正是來自互聯網的大範圍應用。根本上來說，互聯網作為一種先進的媒體形式改變了過往的大眾文化傳播形式，呈現了即時化、交互化、過量化等新特點。以此為中心，互聯網不僅改變大眾文化的傳播，還對其生產與接受產生了革

命性的影響。當前中國擁有 7 億網民，這一數字仍在持續增加之中，這樣龐大的網民數量使得互聯網大眾文化力量足以挑戰傳統大眾文化的地位。當前中國文化產業發展雖然相比西方仍較爲薄弱，沒有形成足夠完整、成熟的文化生產體制，但是相對來說亦避免了西方的傳統文化生產體制壓制互聯網發展活力的現象，賦予了中國文化產業發展「彎道超車」的可能。

網絡文學的興盛是當代中國大眾文化與互聯網結合的代表。世紀之交的中國網絡文學更接近以電腦爲寫作工具、以網絡爲傳播媒介的傳統通俗文學，其主要的創作者和接受者大多是知識水平較高、經濟較富裕的年輕一代，仍具有一定的精英化特徵。隨著互聯網的進一步普及，在 2005 年前後，類似於科幻、玄幻、網遊等類型的小說大熱，這些類型的小說通俗性、娛樂性更強，也標誌著網絡文學平民化的提速。2010 年前後，智慧手機、平板電腦等隨身智慧通訊終端在中國的普及將網絡文學由電腦一端帶入了隨身領域，網絡文學不僅能與傳統文學一樣能夠隨身攜帶、隨時閱讀，更借助高速移動網絡實現讀者間的實時交流，網絡傳播的優越性至此充分體現，網絡文學充分融入了當代中國人的生活。網絡文學等以網絡爲載體的大眾文化首先打破的是中國九十年代以來形成的電視媒體在大眾文化中的主導地位。進一步來說，網絡傳媒的自由性、開放性、便利性衝擊了大眾文化中傳統傳媒的統治地位，使得大眾文化在通俗化、平民化道路上走得更遠。缺少傳統傳媒限制的網絡大眾文化在進一步繁盛之餘，其大眾狂歡特性也顯露無疑，比傳統大眾文化暴露了更多大眾文化的弊端。其次，網絡載體進一步解放了當代大眾文化中的大眾參與。網絡傳播相比傳統媒體而言，成本極爲低廉，這使得普通人也能參與到大眾文化創作中。大眾對大眾文化的參與一定程度上解放了大眾文化生產力，滿足了網絡傳媒出現後大眾文化需求迅速擴大的需求。大眾的參與使得網絡文學的內容更爲平民化，來自不同階層、不同職業的創作者將自身知識和見聞融入創作之中，豐富了網絡文學的內涵。儘管存在著普遍創作水平低、平庸化嚴重等問題，網絡文學在題材的拓展、後現代審美經驗的積累等方面，一定程度上給予了傳統文學發展意外的啓示。根本上看，大眾參與直接緩解了網絡載體出現後傳統大眾文化產業生產力不足以滿足急速擴大的文化需求的問題，大眾參與將在未來更加成爲常態。最後，我們可以預見到在大眾的直接參與下，網絡下的大眾文化將更接近當代社會大眾的真實存在，更徹底地表達大眾真正的話語。未來網絡將成爲日常生活中不可

或缺的一部分，而來自網絡載體的大眾話語也將逐漸被主流話語重視、承認乃至成為主流話語的一部分。

　　網絡文學以及網絡大眾文化從誕生至今，其大多內容依然屬於網民的自發創作。無論在中國還是外國，對於網絡文學以及網絡大眾文化的開發都成為了當代文化研究者和文化生產企業重點研究和實踐課題。目前網絡文學在眾多網絡大眾文化形式中一枝獨秀，這是因緣於文學形式簡約，在過去尚不發達的網絡平臺條件下方便儲存和傳播。類似於「榕樹下」、「起點」等一批專業化的網絡文學網站的建立集聚了網絡文學分散的力量，構築了傳播與交流的平臺，推出了廣告和付費閱讀等原始的商業化模式，取得了一定的成功。但是隨著網絡技術的提升，網絡繪畫（漫畫）、網絡視頻、網絡遊戲等形式逐漸成熟，文學形式不再能夠獨領風騷，網絡文學的作用也在悄然發生改變。成名的網絡文學作品版權被商業資本購買，進行影視化、遊戲化等改編，借助廣告效應推出實體商品，從而實現了文化產業深層次開發。2015 年，「IP」（Intellectual Property）概念的火熱就展現了這一趨勢。新時代網絡文學也將對整個網絡大眾文化起到更多的引領作用。網絡的普及帶來了當代大眾文化中一種革命性的生產與消費模式，長遠來看這正是當代大眾文化中最活躍的一股變革力量。當然，我們也必須強調的是這股變革力量得以昭顯，實際上是建立在中國傳統大眾文化的多年發展之上，是發展中孕育的變革力量。在兩者合力之下，當代中國大眾文化與通俗文學即將步入新的發展階段，未來前景無限光明。

第一章 「紅色經典」：意識形態與大眾通俗文化的合謀

第一節 「紅色經典」的通俗化敘事策略

「紅色經典」是一個約定俗成的稱謂，主要指 1949 年前後產生過重大影響的一批革命歷史小說，主要包括中國文學史上所謂的「三紅一創，青山保林」，即《紅日》、《紅岩》、《紅旗譜》、《創業史》、《青春之歌》、《山鄉巨變》、《保衛延安》和《林海雪原》；還有其他幾部同樣影響廣泛的長篇小說，如《太陽照在桑乾河上》、《暴風驟雨》、《呂梁英雄傳》、《新兒女英雄傳》、《鐵道游擊隊》、《野火春風鬥古城》、《風雲初記》、《烈火金鋼》、《敵後武工隊》、《苦菜花》、《平原槍聲》等。「紅色經典」不是通俗小說，卻是將通俗小說美學要素運用得極為嫻熟的小說類型，是政治意識形態的價值取向和傳統通俗小說的文化美學的結合體。將「紅色經典」放在這裡論述主要是說明兩個問題，一是說明「紅色經典」的特點，二是說明通俗小說的美學特徵是如何伸展到最為強烈的意識形態小說形態之中去，進而說明通俗小說的美學特徵具有普遍化的意義。

嚴格地說，「紅色經典」是政治小說。「紅色經典」創作的理論綱領是毛澤東 1942 年發表的《在延安文藝座談會上的講話》（以下簡稱《講話》）。《講話》集中闡述了五個方面的問題，即文藝為工農兵服務、文藝的普及與提高、黨的文藝工作與統一戰線、文藝批評的標準和文藝工作者的思想與立場，其核心是

文藝要爲工農兵服務和如何服好務的問題。這五個方面的問題都具有很強的政治要求，但是怎樣將這些政治要求宣傳到廣大工農兵中去呢？通俗的手法就成爲了必然途徑。以周立波的《暴風驟雨》和丁玲的《太陽照在桑乾河上》爲例，可以看到「紅色經典」的作家們是怎樣完成政治要求和通俗美學「兩結合」的過程。周立波在談到《暴風驟雨》的創作時曾說，「毛主席在延安文藝座談會講話以後，新文藝的方向確定了，文藝的源泉明確的給指出來了，我早想寫一點東西，可是因爲對工農兵的生活和語言不熟不懂，想寫也寫不出來」，後來到了東北參加了土改運動，「天天跟農民和工農出身的幹部一塊兒生活和工作，我跟他們學到各種各樣的活的知識和活的語言」〔註1〕。和周立波一樣，丁玲同樣從工農兵生活中吸取營養，丁玲在毛澤東的《講話》之後來到東北參加土地革命，她的《太陽照在桑乾河上》是此時生活創作的結晶。從「紅色經典」作家構成來看，除了周立波和丁玲之外，杜鵬程、吳強、梁斌、柳青、孫犁、馬烽、曲波等人幾乎都有同樣的生活經歷。

此時的中國工農兵熟悉的不是外國小說和中國「五四」以來的新小說，而是中國傳統的通俗小說。中國的通俗小說就是中國傳統文化重要的組成部分，其表現「不僅在於中國通俗小說的內容廣泛涉及中國傳統文化的各個方面，也不僅在於中國通俗小說的藝術表達方式具有鮮明的特色，體現著中國傳統文化的個性，更主要的是中國通俗小說滲透在中國人千百年來的生活當中，發揮著潛移默化的作用。」〔註2〕既然小說創作「要從工農兵生活中來」，通俗小說美學要素的活用就成爲了這些作家與工農兵生活相結合的必要途徑。「紅色經典」的通俗化敘事主要體現在以下幾個方面：

一、「章回體」形式的借鑒

章回體是中國古代長篇通俗小說的基本樣式，它以分回標目、分章敘事、情節傳奇、內容通俗、語言曉暢、模擬說話藝術爲主要特徵。章回體形式被「紅色經典」作家拿來，尤其在傳奇色彩比較濃厚的小說中加以採用。丁玲曾說，「作家要注意繼承、發揚民族傳統和中國氣派。從體裁上說，章回小說就是中國小說的傳統，《三國演義》、《水滸傳》、《紅樓夢》都是章回小說，我家的年輕人都喜歡看這些。我們要有志於寫出今天的《三國演義》、《水滸傳》

〔註1〕周立波：《〈暴風驟雨〉是怎樣寫的？》，《東北日報》1948年5月29日。
〔註2〕張贛生：《民國通俗小說論稿》第3頁，重慶出版社1991年。

來。」〔註3〕《呂梁英雄傳》、《烈火金鋼》《新兒女英雄傳》、《林海雪原》、《鐵道游擊隊》、和《平原槍聲》等都將「新酒」成功地裝進了章回體這「舊瓶」中。

章回體的回目最初是單句，後來開始出現雙句，再後來有了對仗工整的對句。從「紅色經典」小說的回目設置看，《呂梁英雄傳》和《烈火金鋼》等採取了比較工整的對句形式，但每一回的字數並不完全統一，如《呂梁英雄傳》回目最短的是七個字相對的，如「日本鬼興兵作亂　康家寨全村遭劫」、「入虎穴活捉日寇　得勝利未打一槍」等；最長的是九個字相對的，如「參加『自衛團』以眞冒假　處死諜報員把假當眞」、「父親騙女兒恩絕義斷　岳丈害女婿狗肺狼心」等；《烈火金鋼》回目的對句最長的有十字相對的，如「毀公路老百姓暴風捲土　殲敵人八路軍猛虎出山」，最短的也是七個字相對的，如「史更新一彈突圍　獨眼龍兩次逃命」等。而《林海雪原》、《新兒女英雄傳》、《鐵道游擊隊》和《平原槍聲》等的回目則不追求工整和對仗，有的一個回目用兩到三個字的一個詞概括，如《林海雪原》的「血債」、「捉妖道」等，《新兒女英雄傳》的「事變」、「共產黨」等，《鐵道游擊隊》的「出山」、「打岡村」等，《平原槍聲》的「毒手」、「兄妹倆」等；有的回目是字數長短不一的一個單句，如《林海雪原》的「蘑菇老人神話奶頭山」、「苦練武，滑雪飛山」等，《新兒女英雄傳》「魚兒漏網了」，《鐵道游擊隊》「老洪飛車搞機槍」、「山裏來了緊急命令」等，《平原槍聲》「夜走清揚江」等。總之，無論「紅色經典」小說的回目設置是否工整，但都達到了讓讀者預知故事內容的目的，滿足了讀者的閱讀期待，並在一定程度上引起了讀者的閱讀興趣。

二、英雄傳奇的情節模式

通俗小說擅長講故事，傳奇性的故事情節是最能體現通俗小說趣味性和娛樂功能的要素。「紅色經典」的趣味性主要表現在英雄故事的傳奇上。以戰爭題材的小說爲例，戰爭題材本身就很容易喚起讀者的閱讀興趣：戰爭環境的慘烈和壯闊，槍林彈雨中兩軍對壘的緊張刺激，英雄出生入死卻終能化險爲夷等，都使小說充滿了懸念和吸引讀者的魔力。由於「紅色經典」小說以戰爭題材爲多，「歷險探求」〔註4〕就成爲了作家寫傳奇情節的常用手法，「歷

〔註3〕《丁玲談文藝創作自由等問題》，《人民日報》1985年6月24日。
〔註4〕什麼叫「歷險傳奇」，〔加〕諾斯羅普·弗萊說：「傳奇一旦獲得一種文學形

險探求」的傳奇故事最容易勾起讀者的獵奇心和窺視欲，讀者在一個個秘密和懸念的展開中將獲得最大的閱讀快感，而小說結局也在主人公歷險後的成功中走向圓滿和完整。像《林海雪原》、《鐵道游擊隊》、《烈火金鋼》等被稱為「歷險探求傳奇小說」。《林海雪原》的傳奇性恐怕是「紅色經典」小說中最突出、最引人入勝的了。僅有 36 人的小分隊在白皚皚的林海雪原中神勇地剿滅一個又一個頑匪，傳奇的故事中充滿了驚險、緊張和刺激，尤其是孤膽英雄楊子榮隻身闖入威虎山智鬥匪徒的歷險故事不但在當時家喻戶曉、婦孺皆知，就是在今天也成為影視爭相改編的熱點。《鐵道游擊隊》這支由火車飛人組成的小隊伍，在勇敢機智地打擊日軍鬼子的過程中上演了一個個精彩的歷險傳奇故事，搬上銀幕後連同那首浪漫的《微山湖》一起留在了人們的記憶中。《烈火金鋼》曾被有的論者稱作是抗戰文學中最具傳奇色彩的小說，和敵人拼刺刀的史更新、用大刀片砍殺敵人的丁尚武，還有進城買藥的蕭飛都是極富歷險傳奇色彩的英雄，後經評書家袁闊成等人改編成評書播講，更是家喻戶曉。即使寫大規模現代戰爭的作品，最出彩的也是那些歷險傳奇的情節，例如《保衛延安》留給人們印象最深的，恐怕還是周大勇及其連隊脫離大部隊後沙漠迷路、打糧站等歷險傳奇的故事。歷險傳奇的魅力就在於讀者的閱讀情緒會始終跟隨著情節的發展而波瀾起伏，難以平靜。

三、俠義人物和小人物的塑造

《紅旗譜》中朱老忠的形象深受讀者喜愛，最能展現朱老忠英雄形象的是他粗獷豪爽的性情和嫉惡如仇、行俠仗義的復仇壯舉，朱老忠身上具有傳統英雄俠士的品質，如為了給朱老明治眼睛，他絲毫不吝惜自己的血汗錢；對嚴志和一家更是時時伸出援手，幫忙操辦嚴家老母親的喪事，賣自家的牛供嚴家小兒子江濤上學，千里迢迢去探望被捕入獄的嚴家大兒子運濤等等。這些傳統英雄俠士身上所具有的品質使人很容易聯想到《水滸傳》中那些重義輕財、嫉惡如仇、講究團結的梁山好漢們。《紅旗譜》「確立了一個經典的民間傳奇——中國式的恩怨情仇的敘事格局，確立了一個經典的傳奇英雄的

式後，便往往暫且描寫一系列次要的冒險事件，逐步導致一次水到渠成的重大險遇；這一重大險遇在開頭時業已聲明，等到它完成時故事便圓滿收場。這一重大險遇便是賦予傳奇以文學形式的成分，我們稱之為『歷險探求』。」《批評的解剖》第 269 頁，陳輝等譯，天津：百花文藝出版社 2006年。

形象，那就是路打不平、剛烈血性的中華奇男兒。」〔註5〕這一經典的民間傳奇故事向上承接著《水滸傳》的英雄傳統，向下又迎合了讀者的好奇心和欣賞趣味。再如《紅岩》中的雙槍老太婆，同朱老忠一樣，雙槍老太婆也是一位嫉惡如仇、俠肝義膽的英雄，她善使雙槍，膽識過人、智勇雙全，在她身上既有革命者英勇頑強的品質，作為女性，又蘊含著深沉博大的母性情懷，她周旋於警察局的傳奇故事給讀者留下了難以磨滅的印象。《紅岩》先後被改編成電影《烈火中永生》和豫劇《江姐》等，還有個快板書《劫囚車》說的也是這個雙槍老太婆的故事，參與《紅岩》修改的張羽在《我與〈紅岩〉》中談到，關於雙槍老太婆的描寫，大幅度地刪去了她的一次入城活動。因為三稿中有過多的傳奇色彩、驚險場面，這可能把小說帶入歧途，變成一部驚險小說，把讀者的注意力引到曲折離奇的情節裏去，沖淡了監獄鬥爭的艱苦性以及主要描寫對象的性格特徵，從而改變《紅岩》早已確定的嚴肅主題，削弱作品的思想力量和意義，因而不宜過多使用此種手法。〔註6〕從中可以看出，即使是後來我們讀到的修改後的小說文本，雙槍老太婆所具有的傳奇色彩仍然是其中的亮點之一，可見修改前的傳奇色彩更加濃厚。

除了俠義人物外，小人物形象也是「紅色經典」小說塑造人物的一個亮點。《暴風驟雨》中有個生動鮮活的小人物車把式老孫頭，他是個替別人趕了二十多年大車的老一輩農民，他對馬的感情在小說中是通過很多的細節描寫體現的，其中有這樣一段：老孫頭起來，跑到柴垛子邊，擔根棒子，攢上兒馬，一手牽著它的嚼子，一手狠狠地掄起木棒子，棒子落到半空，卻就扔在地上，他捨不得打。老孫頭對馬愛恨交加的複雜心態其實也在某些方面反映了作家對這個人物的複雜感情。老孫頭的形象在很多讀者眼裏是整部小說中最具個性色彩的人物典型。「老孫頭這種人是農村裏貧雇農階級中的中間分子，是群眾思想動態的代表人物」，因而也「成為《暴風驟雨》寫人物寫得最突出的一個」。〔註7〕在他複雜的多重性格中既糾纏著根深蒂固的舊的落後思想，又有純樸善良渴望翻身過上好日子的新思想的萌芽，因為符合人物的真實和生活的邏輯，老孫頭身上很少有類型人物的平面化和臉譜化缺陷。和正

〔註5〕戴錦華：《鏡與世俗神話》第281～283頁，北京：中國人民大學出版社2004年。

〔註6〕張羽：《我與〈紅岩〉》，《新文學史料》1987年第4期。

〔註7〕蔡天心：《從〈暴風驟雨〉裏看東北農村新人物底成長》，《周立波研究資料》第304頁，長沙：湖南人民出版社1983年。

面英雄的傳奇故事增添了文本的趣味性和可讀性一樣，老孫頭這類來自底層的散發著民間智慧和滑稽的小人物也爲小說的趣味性和喜劇性增色不少。中國的古典小說，如《水滸傳》和《儒林外史》等，都是著重人物的刻畫，而不注意通篇結構的。周立波在塑造這個老孫頭這個小人物的時候繼承了古典文學喜劇人物的描寫傳統。

在周立波的另一部長篇小說《山鄉巨變》中，亭面胡這個小人物的身上也有著老孫頭的影子，小說將亭面胡放置在大量與吃喝有關的場景中，讓他在這些民間的喜劇場面中充分展示他「酒面胡」的可愛和可笑，周立波曾經說，這個形象「並不是我周立波憑空臆造的，也不是坐在書房裏想出來的，而是我從生活中找到的。亭面胡基本上是個生活原型。他的眞名叫鄧益亭，他是我交的一個知心朋友，還同我有點拐彎抹角的親戚關係。1955 年，我帶著家室，從北京回到益陽農村體驗生活，就落腳在桃花崙的竹山灣，和鄧益亭『打』鄰舍，同他合住一個小院。我和他相鄰一年多，朝朝相見，夕夕相處，工餘飯後坐在一起談天，天南海北，社裏家裏，無話不談，有話必說。他是個用牛的老把式，特別愛牛，有時即使罵牛，也能從罵聲中體察到他對牛的愛。我常和他一道下田做工夫，他馭牛犁田，我搭田角，細細觀察他用牛的架式，罵牛的神態，幹累了就坐在田塍路上歇氣扯談。鄧益亭愛喝兩杯酒，我家裏炒了點好菜，或是來了客人，就邀他過來喝一杯，他酒到嘴邊，興也來了，話也多了，酒醉麵糊的性格，就展現出來。所以，我們搞寫作的，要寫好人物，首先要熟悉人物，注意觀察能反映人物個性的細節和語言，使人物的形象在自己頭腦中活起來，這樣你的筆下才能生『花』，寫出來的人物才會有血有肉，躍然紙上。」小人物的成功給小說增色不少，但作家也因此遭到了一些質疑，不過周立波始終堅持認爲，「文藝作品要忠實於生活，不能任意拔高，一個從舊社會裏走過來的農民，一夜的工夫，就能變爲『高、大、全』的英雄嗎？儘管文革中，有人給了我許多『莫須有』的罪名，但我理直氣壯，毫不屈服。」〔註8〕與老孫頭相比，亭面胡的性格被賦予了更多的喜劇色彩，顯然作家也傾注了更多的筆墨和情感。

四、民俗場面的描述

世俗化的場面是通俗小說常用的故事背景，雖然「紅色經典」小說的場

〔註 8〕曾瑞華：《在立波同志家裏作客》，《三周研究會》2006 年 8 月 17 日。

面描寫多注重宏大壯闊的一面，但也不乏世俗化場面的描摹，「大吃大喝」的飲宴場面就是其中一個比較重要的方面，因為飲宴本身就是世俗生活最基本的構成要素。當然，這一點在僅將吃喝看成是維繫生命必需之物的英雄身上幾乎沒有體現，相反地，「紅色經典」小說在小人物身上一定程度地保留了有關吃喝的世俗化描寫。

《山鄉巨變》中與吃喝有關的場面描寫不少，並且這些場面又總是與亭面胡（亭面胡）、菊咬筋、秋絲瓜、符賤庚等這些小人物相關聯。亭面胡，綽號「酒面胡」，是個糊裏糊塗、貪吃喝卻又不失可愛的鄉下老農。他的每一次出場彷彿總能和吃喝搭上關係，最有趣的一次是亭面胡喝酒誤事的場面，小說第 21 節以「鏡面」這種烈性的好酒為標題，用將近 20 頁的篇幅繪聲繪色地記述了故事的經過，成為小說中十分精彩的片斷。鑒於這一片斷的確十分精彩，故在此摘引並說明一二：亭面胡到落後分子龔子元家裏本來是要動員他入社的，結果反在龔子元的「盛情」款待下，「把勸他入社的任務丟到九霄雲外了。」作者這樣描寫亭面胡在面對「吃喝」誘惑時的情態，「一聽到酒，面胡心花都開了。他笑得合不攏嘴，眼角的皺紋擠得緊緊的。」亭面胡貪饞地望著玻璃酒瓶子，四樣下酒菜（燻雞、臘肉、炒黃豆、辣椒蘿蔔），「滿心歡喜，但在外表上，竭力裝作毫不在乎的樣子。」幾杯酒下肚後，打開話匣子滔滔滾滾地說個沒完，就是沒有一句與入社相關。回家的路上由於醉酒連人帶煙袋滾下水田，弄得「臉上、手上、身上、腳上、淨是泥漿子，好像泥牯牛一樣。」十分狼狽。最後一節的「歡慶」中，亭面胡的歡慶方式自然更是離不開酒菜：當亭面胡上街為社裏賣了紅薯換來錢後，「忽然間，鼻子作怪，聞到一股他十分熟悉的醉人的香味。」吃喝的欲望被勾引起來之後，又忍不住進了飯鋪子，先後要了八兩老鏡面酒，又要了一碟油炸黃豆和一碟薰舌子做下酒菜，雖然花的是公款，不過他吃得很「爽快」，因為他一邊喝酒一邊思索著以後可以從自己工分裏扣除這八角酒菜錢，所以當兒子責怪他花公款吃喝他還能頗「理直氣壯」地辯白，最後還是盛媽賣了一隻雞還了公家的錢，並且剩下的一元多「打了幾兩酒回家，切了點烘臘，進貢給面胡。」等等。雖然在「紅色經典」小說誕生和書寫的年代，飲宴場面在很大程度上被莊嚴宏大的革命鬥爭場面所遮蔽和消解，然而嚴肅的革命話語本身也存在世俗性的一面，這股在宏大主題遮蔽下的潛流，以一種頑強而有力的姿態給讀者展示出民間最富魅力和韻味的世俗生活。

五、通俗化的民間語言

吳強在創作《紅日》的過程中說：「企圖使人物的說話，能夠適合人物的身份、水平、性格，運用生活裏通行的語言，剔除其中的糟粕部分，求得既能表達思想感情，又能保持語言的純潔、健康。」〔註9〕應該說，這是所有「紅色經典」小說作家的共同追求。

周立波《山鄉巨變》的語言生動活潑，散發出一種清新的泥土味道，是民間語言運用成功的典型例子。亭面胡是一個既可氣又好笑的農民，他在外面和氣恭順，在家裏卻總要擺出家長的威嚴虛張聲勢地罵人，也罵雞和豬和牛：

> 「你來築飯不築，你這個鬼崽子？」
>
> 「還不死得快來洗腳呀，沒得用的傢夥？」
>
> 「我抽你一巡楠竹丫枝」，「要吃楠竹丫枝炒肉啵？」
>
> 「我一煙壺腦殼挖死你」，「捶爛你的肉。」

後來有一次當已經是社裏新會計的二崽擺出公事公辦的派頭，因亭面胡沒有條子而駁回了他的借貸要求時，他為了保持住家長的面子也顧不得在大庭廣眾之下，就對兒子「破口痛罵」起來，完全沒有了往日在外人面前的和氣樣子：

> 「你這個鬼崽子，吃得油脹，變成了橫眼畜牲了，親老子都不認得了。口口聲聲，要麼子條子，真要抽巡條子了，沒得用得鬼崽子。」

亭面胡罵起牛來更是有趣得很：

> 「你這個賊×的，老子沒有睡，你倒想困了？我一傢夥抽死你。」

正如作者隨後所發的議論一樣：

> 「他的這些動了肝火、或者根本沒有認真生氣的痛罵是禁不起科學分析的。他罵牛是賊養的，又稱自己是牛的老子。」

亭面胡雖然罵牛，也是愛惜牛的，下雨天還要給牛帶上草帽，生怕牛挨了雨淋會像人一樣頭痛，而牛也理解甚至喜歡亭面胡的這種特別的交流方式，以至於它聽慣了這種「親昵的痛罵」，如果聽不到就好像缺少了些什

〔註9〕吳強：《寫作〈紅日〉的幾點感受》，《文藝報》1958年第19期。

麼。對人對牲口的出口便罵，亭面胡也有他自己的理論：有些傢夥，不罵不新鮮。

　　此類語言不僅發生在父母打罵子女方面，也表現在夫妻對話和吵嘴之中。《山鄉巨變》中的菊咬筋由於是有名的看《三國》的角色，不僅對別人、就連對自己堂客說話也要「略施小計」，菊咬筋常常罵他的堂客是「沒得用的黑豬子」、「蠢東西」、「蠢寶」，並以此來「控制她，壓服她」，「久而久之，這些罵語，造成了一種條件反射的氣氛。她好像覺得，自己真正有一點愚蠢，而他的確是聰明極了。」因此夫妻二人的對話總是充滿了生趣，讓人忍不住發笑。如菊咬筋與他堂客不想入社所作的對罵表演：

　　　　（菊咬筋）「再提個離字，我把你打成肉醬。」

　　　　（菊咬筋堂客）「我畲你王家裏祖宗三代。打了我，你會爛手爛
　　　　腳，撈不到好死的，你會爸死，崽死，封門死絕，你這個遭紅袍穿
　　　　的，剁魯刀子的。」

　　副社長謝慶元因他堂客吃醋引發的兩人之間的打罵雖然不是作戲，兩人也是真的動怒甚至動刀，也同樣充滿了喜劇性的色彩：

　　　　「招引些麼子爛草鞋到家裏來？」

　　　　「你發瘋了，皮子癢了？」

　　　　「我跟你拼了，你這個短命鬼。」

　　　　「救命呀，不得了，反革命分子殺人了！」

　　　　「你來，你來打吧，你這個惡鬼，撈不得好死的，剁魯刀子
　　　　的。」

　　雖然這些對話中不乏「惡毒的詛咒」成分，但顯然讀者並不會認為這些詛咒的髒話有什麼實際所指，它們（罵人話）只是為了達到吵架的熱鬧效果而被隨口傾瀉出來的，聽的人和說的人都不必負任何責任，夫妻也不會為了這些表面上惡狠狠的髒話而反目成仇，相反「更覺得夫妻和睦」。當慶兒娘當著外人面「手指頭剁著朱老星的臉門子」高喉嚨大嗓子地罵丈夫「成天價是脫了褲子放屁！」時，朱老星「並不認為是什麼侮辱」，反而「渾身越是覺得滋潤」，並且「日子長了，聽不見這種聲音，看不見這樣顏色，他就覺得過得清淡，沒有意思了。」可以這樣說，在毫無保留的言語宣洩和釋放中，讀者感受到的是源自民間的濃厚的生活氣息和粗俗的熱鬧。

第二節 「紅色經典」影視翻拍熱現象透視

影視的繁榮是大眾文化興起的一個重要表現。大眾文化和精英文化在某種程度上的合流是市場經濟的必然結果，「大眾文化產品的一種生產方式就是直接對高雅文化、先鋒文化或精英文化的再生產。精英文化的藝術家們出於自己的本性不斷的創新，但大眾文化的製作者則順理成章地把它納入市場，填補被大眾淘汰的文化產品遺留下來的空缺。精英文化正好可以借助這種方式獲得廣泛的影響，並使自己爲廣大群眾接受。」〔註 10〕二十世紀九十年代以來，文學與影視互動頻頻。一方面，文學爲影視提供了豐富的素材，同時影視的巨大傳播力也擴大了文學的影響，導演張藝謀的很多電影，像《紅高粱》、《大紅燈籠高高掛》、《菊豆》、《秋菊打官司》、《活著》、《我的父親母親》、《幸福時光》、《一個也不能少》、《山楂樹之戀》等，都取材於小說，對於文學與影視的聯姻，張藝謀持非常積極樂觀的態度，並感謝好小說爲電影提供了再創造的可能性：「我首先要感謝文學家們，感謝他們寫出了那麼多風格各異、內涵深刻的好作品。我一向認爲中國電影離不開中國文學，你仔細看中國電影這些年的發展，會發現所有的好電影幾乎都是根據小說改編的」，「我們研究中國當代電影，首先要研究中國當代文學。因爲中國電影永遠沒離開文學這根拐杖。看中國電影繁榮與否，首先要看中國文學繁榮與否。中國有好電影，首先要感謝作家們的好小說爲電影提供了再創造的可能性。如果拿掉這些小說，中國電影的大部分都不會存在。」〔註 11〕但也有一些先鋒作家對觸電表示出無奈和警惕，莫言說他絕不向電影電視靠攏，他認爲小說跟影視應該各走各的路。蘇童曾說，「我一般不寫劇本。影視劇這玩藝兒，也就是客串客串，寫多了會把手寫壞。這不光是我一個人的看法。一個作家在文學圈內的知名度和他的社會知名度不同。身爲作家，還是要堅守純文學陣地，準確看待自己，看準這種成名的成分的複雜性。」〔註 12〕就連頻頻觸電的池莉也表示她的小說和影視的關係僅僅止於金錢，她不會專門爲影視進行創作。對於很多作家都普遍擔憂的影視劇會對小說造成傷害的狀況，作家劉恒有自己的理解，他說，「寫劇本對小說是否造成傷害我不能確定，但就我個人

〔註 10〕黃秋平：《大眾文化的雙重品格》，《求索》2007 年第 1 期。

〔註 11〕李爾葳：《張藝謀說》第 10 頁，瀋陽：春風文藝出版社 1998 年。

〔註 12〕張宗剛、蘇童：《從天馬行空到樸實無華》，《中國文化報》2001 年 11 月 12 日。

的感覺而言，只要不是太規律機械化地從事劇本創作，是可以保護自己的靈感的，我早期的劇本基本上都是以寫小說的路子去寫的。各個體裁之間的文體都是不同，有其內在的規律的，但因為你操作不是很多，所以基本上不會給正常的寫作造成多大影響。與我合作的導演，像謝飛、張藝謀等人工作都比較認真，我想這也是他們成功的原因。對我來說，寫劇本到不了我喜愛寫小說的那種地步。如果讓我放棄的話，別的都可以，最後只剩下小說。從另一個角度來看，寫劇本逼迫你煥發出創造性，搞出新穎的東西，難度和挑戰性並不亞於小說。」〔註13〕總之，對於小說與影視聯姻的態度，無論是積極迎接，還是無奈迎合，都有一個共同的前提，那就是承認小說與影視互動的現實，關鍵在於如何在小說與影視之間尋求一個平衡點，讓小說和影視在聯姻過程中實現雙贏。這個平衡點就是一個「度」的問題，尤其對於那些改編自經典小說的影視劇，這個問題就顯得格外突出。在這方面，紅色經典影視劇翻拍熱現象為我們提供了一個很好的思考。

在影視等大眾文化傳播媒介的推波助瀾下，二十世紀五、六十年代曾席捲全國的「紅色經典」風暴仍以不可阻擋之勢捲土重來。究其原因，「紅色經典」小說文本具有趣味性和娛樂性等通俗文學的功能和特徵，而大眾文化的重要功能和特徵就是迎合和滿足大眾娛樂的、消遣的需求，這一共同性決定了「紅色經典」小說在當下大眾文化消費市場的二度走紅。一方面，「大眾文化」的風光和熱鬧離不開文學的加盟與參與；另一方面，文學也需要借助大眾媒介獲得讀者以外的觀眾，「紅色經典」的影視翻拍熱便恰逢其時地出現了，「紅色經典」和「大眾文化」一經聯手馬上煥發出巨大的能量，不僅「紅色經典」影視劇熱鬧了熒屏，「紅色經典」小說也開始成群結隊地出現在書店的顯要位置上。「當國家機器正在努力轉換、重建意識形態體系和價值體系的時候，會從國家建立時代的文化資源中積極找尋有用有益的因素。」〔註14〕這是「紅色經典」影視劇翻拍熱的一方面原因，更重要的是，它滿足了一部分觀眾「懷舊」的情感需求，同時「紅色經典」文本本身的俗化特徵符合大眾的審美習慣。具體來說：

首先，在精神層面上，懷舊心理和信仰的缺失造成了「紅色經典」的翻拍熱。當人們從大眾文化最初的熱熱鬧鬧中走出來之後，產生了一種空蕩蕩的失落感，對於年紀稍長的、在「紅色經典」陪伴下成長起來的那一代人，

〔註13〕張英：《新媒體滲透下的作家群》，《南方都市報》2000年5月28日。
〔註14〕劉康：《在全球化時代再造紅色經典》，《中國比較文學》2003年第1期。

這種感覺尤爲強烈。他們對當下的大眾文化中那些不知所云的通俗歌曲、愛來愛去的電視劇、打來打去的電影總感到一種隔膜，遙想當年火紅的生活和經典閱讀的難忘記憶，懷舊之情便油然而生。「紅色經典」的翻拍者也即大眾文化的製造者正是利用了這一普遍流行的懷舊心理，正如傑姆遜所言，「懷舊影片的特點就在於它們對過去有一種欣賞口味方面的選擇，而這種選擇是非歷史的，這種影片需要的是消費關於過去某一階段的形象，而並不能告訴我們歷史是怎樣發展的，不能交代出個來龍去脈，在這樣的『懷舊』中，電影所帶給人們的感覺就是我們已經失去了過去，我們只有些關於過去的形象，而不是過去本身。」〔註15〕緊跟流行趨勢是大眾文化的一個重要特點，因爲大眾文化是流行的文化，是面向社會上眾多「一般個人」的文化，這決定了它必然對社會上流行的時尚特別關注，並且會隨著時尚的流行潮流隨時調整自己關注的方向，因此大眾文化也被認爲是一種時尚流行文化。在二十世紀九十年代以來懷舊主義的流行風潮中，對「紅色經典」中單純的理想主義和眞摯的愛國情感的追憶，成爲其中一個重要的組成部分，於是屏幕上再度出現了硝煙彌漫的戰場和振臂高喊的口號。在懷舊風潮的背後還有更深一層的原因，那就是當代人的信仰危機，當代人缺少的正是「紅色經典」小說中所蘊含的那種精神內核：一往無前的戰鬥精神、不求索取的奉獻精神、昂揚向上的樂觀精神⋯⋯所有這些在物質貧乏年代所建立起的理想和信念，在物質豐富得多的今天卻日漸遠離和缺失。

其次，從內容和形式上來看，「紅色經典」符合大眾的情感需求和審美習慣。一般來說，通俗小說門類中的武俠小說和言情小說最受到影視改編者的青睞，因此才會出現金庸和瓊瑤小說一拍再拍的熱鬧景象。雖然「紅色經典」既不是武俠小說也不是言情小說，不過它故事性強，情節曲折生動，包含言情、傳奇、懸念等因素，人物善惡分明等等，這些都是大眾文化的消費者所熟悉和喜歡並樂於接受的。另外，「紅色經典」在形式和結構上的模式化也符合大眾傳媒的模式化特點。大眾文化是模式化的，大眾文化的模式化也即標準化，因大眾文化是在工業社會中產生的，它通過大眾傳播媒介傳播的是一些模式化的、標準的、無深度的、易複製的文化產品。由於消費大眾的心理需求、精神追求是各異的，接受水平也是參差不齊的，因此，大眾文化產品

〔註15〕 〔美〕弗雷德里克・詹姆遜：《後現代主義與文化理論》第 226、227 頁，唐小兵譯，北京大學出版社 1997 年。

的生產者只能從多數人的一般需求特徵和接受水平出發，「一般」就意味著模式與標準，當大眾文化產品被工業化批量生產出來時，模式化和標準化自然在所難免。從翻拍率較高的《青春之歌》、《林海雪原》、《鐵道游擊隊》、《烈火金鋼》和《新兒女英雄傳》等幾部「紅色經典」來看，一波三折的情節、一環扣一環的結構很容易給影視劇製造高潮和懸念，也能給觀眾帶來一種「欲知後事如何，且聽下文分解」的說書人講故事的感覺。同時，「紅色經典」從誕生之初，其在接受和傳播過程中也逐漸形成了一套固定模式，這些模式在迎合大眾趣味的同時，也培養了大眾的閱讀審美習慣，它們在一次次地重複和強化中又逐漸形成了集體無意識，有了這樣的前提，「紅色經典」影視劇，在新一輪的接受考驗中自然就少了許多障礙。當然，這並不是說「紅色經典」影視劇的接受就順風順水，其熱播的同時也招來不少觀眾的反對和抵制，主要理由是有些改編自「紅色經典」的影視劇爲了片面追求大眾性娛樂性，在主要英雄人物身上編織了太多情感糾葛，刻意挖掘所謂「多重性格」，在反面人物塑造上又追求所謂「人性化」，因而在一定程度上影響了原著的完整性、嚴肅性和經典性。例如，改編自同名小說的電視劇《林海雪原》播放後，小說作者曲波的夫人指責電視劇「胡編亂造」；楊子榮的養子也要狀告其「侵犯楊子榮名譽權」；楊子榮的父老鄉親以「家鄉人民」的身份，向媒體表達了對電視劇的「極其不滿」，他們一致認爲改編醜化了楊子榮這個革命家的形象。楊子榮的兒子楊克武曾對記者說：「這個部隊看起來簡直就像個土匪窩一樣，電視裏面的楊子榮不但有了情人槐花，他手下的那些戰士更是連座山雕都不如，座山雕還不哼下流小曲哪。這是在宣傳英雄事跡，怎麼給人的感覺是在醜化他們一樣，我覺得這讓我受到了傷害。」〔註16〕

此外，大眾文化是消費時代的商品文化，取悅大眾是大眾文化的重要價值追求，因此它總是以最大限度地滿足大眾的感官娛樂爲目的。一方面，大眾文化變幻著各種方式來迎合大眾的感官快樂，甚至爲此不惜由通俗走向庸俗甚至低俗，而「紅色經典」的戰爭暴力美正給充斥著軟綿綿和忸怩作態港臺腔的熒屏帶來了一股清新、硬朗的氣息。另一方面，它也引導和重塑了大眾的娛樂觀念。畢竟「紅色經典」在二十世紀九十年代的這次接受熱和將近半個世紀前的接受熱在時代語境和大眾接受心態上都發生了很大的變化，這

〔註16〕孫源：《電視劇改編，如何承受「紅色經典」之重》，人民網 http://www.people.com.cn/GB/yule/ 1083/2437692.html，2004 年 4 月 9 日。

既給「紅色經典」改編增加了難度，也爲「紅色經典」的二度創作提供了更廣闊的闡釋空間。爲了更貼近大眾文化語境中的接受心態，二度創作中「紅色經典」的「紅色」氣質被進一步弱化甚至消解，而它與大眾文化特徵相通的方面則被空前地放大，如愛情的分量大大加重了，英雄看起來不那麼高大全了，反面人物也有了可愛之處，這些都爲突出人性的矛盾和複雜起到了一定的作用；但同時也出現了由於過度強調人性而使「紅色經典」的精神氣質出現游離和偏離甚至扭曲的現象。針對這種現象，2004 年 4 月到 5 月間，國家廣電總局先後下發了《關於認眞對待紅色經典改編電視劇有關問題的通知》、《關於加強涉案劇審查和播出管理的通知》和《關於「紅色經典」改編電視劇審查管理的通知》，確定了「紅色經典」改編必須遵循的原則：「尊重原著的核心精神，尊重人民群眾已經形成的認知定位和心理期待」。這一切不可避免，因爲「紅色經典」影視劇畢竟不同於「紅色經典」小說，在大眾文化的消費語境中它變成了大眾文化的商品和消費品。

我們欣喜地看到在毀譽參半的熒屏熱鬧表象背後，更多的論者開始將目光投向「紅色經典」小說原著本身。由此，一場由「紅色經典」影視劇翻拍所引發的、諸如文學經典的價值評判標準、「十七年」文學的價值與文學史定位等一系列問題浮出水面，「紅色經典」小說又一次成爲備受矚目的研究熱點。然而直到今天，對很多問題的思索和回答依然存在很大的分歧，多種聲音並存本是文學研究中最自然不過的事情，但對「紅色經典」而言卻關係重大，因爲已經有論者對「紅色經典」的命名提出質疑，這對「紅色經典」概念的合法性以及「紅色經典」研究的獨立性等都構成了衝擊和動搖，不能不引起重視。

不能否認，「紅色經典」是一個似乎明確但其實含糊不清的概念，說它明確是因爲它已經凝聚成一個約定俗成的概念；而它本身又的確是含糊不清的，因爲論者在「紅色經典」的時間、體裁，尤其是樣板戲是不是「紅色經典」等問題上，都沒辦法達成共識。陶東風認爲，「『紅色經典』這個詞的構成本身就非常有意思」，因爲「紅色」在中國現當代史的語境中具有非常明確的政治含義：社會主義革命、中國共產黨、馬克思主義。與「紅色」相匹配而組成的詞語（如「紅色江山」、「紅色政權」等）在漢語中佔有絕對的霸權地位；而「經典」則是一個政治色彩相對淡薄的詞。特別是在具有自由主義傾向的美學理論與文學理論的闡釋框架中，「經典」通常沒有或被著意淡化其

政治色彩與黨派政治性色彩，它被解釋爲是人類最優秀的普遍文化的結晶，是超越的道德價值與審美價值的體現〔註17〕。正如他所言，「紅色經典」本身在「紅色」與「經典」相互左右、相互糾纏中充滿了強烈的「內在的張力」。

那麼，到底什麼樣的文學作品堪稱「經典」？「紅色經典」能不能算得上「經典」呢？這實際又回歸到文學經典的標準問題上來。在眾多關於經典標準的論述中，黃曼君將中國文學經典劃分成不同階段的做法，給人頗多啓發。黃曼君從「思、詩、史」三個方面對「文學經典」的含義進行了界定〔註18〕：第一，在精神意蘊上，文學經典閃耀著思想的光芒。它往往既植根於時代，展示出鮮明的時代精神，具有歷史的現實的品格，又概括、揭示了深遠豐厚的文化內涵和人性的意蘊，具有超越的開放的品格。它常常提出諸如人與自然、人與社會、人與人、人與自我、靈與肉等人類精神生活中某種根本性的問題。同時，經典與經典闡釋有著如影隨形的密切關係，經典必須持續不斷地被彙集整理、接受傳播、稱引崇奉，才能成其爲經典。第二，從藝術審美來看，文學經典應該有著「詩性」的內涵。它是在作家個人獨特的世界觀滲透下不可重複的藝術世界的創造，能夠提供某種前人未曾提供過的審美經驗。它是基於感性生命、精神需要乃至個人和集體無意識的一種對於世界的獨特的審美把握。這種審美把握通過原創性努力，涵納豐富多彩的心靈世界與鮮活豐滿的本眞生命，而且還以生成著、行動著的「在場時域」將過去和未來的生命吸納於當下。這樣創造出來的文學經典能使人性、人心相通，文心、詩心相通，從而使不同時期的文化和文學得到深層溝通。第三、從民族特色來看，文學經典還往往在民族文學史上翻開了新篇章，具有「史」的價值。這也就是說，文學經典，特別是那些可稱爲「元典」的文學經典，能促使一個民族的語言和思想登上一個新的平臺。

在「文學經典」標準的啓發下，「文學史經典」的概念被提了出來，「文學史經典」與「文學經典」完全不同，因爲「文學史是記錄文學發展的歷史流程，所以，只要在歷史上產生影響的文學現象勢必都要納入到文學史家的視野當中。因此，諸多文學現象乃至創作文本就常常在文學史家的描述與流

〔註17〕 陶東風：《紅色經典：在官方與市場的夾縫中求生存》，《中國比較文學》2004年第4期。
〔註18〕 黃曼君：《回到經典 重釋經典——關於20世紀中國新文學經典化問題》，《文學評論》2004年第4期。

傳的過程中成爲了『文學史經典』。」如果從藝術性上將二者加以比較的話，那麼顯然地，「文學經典高於文學史經典」。對於如何評價和定位「紅色經典」，提出區分「文學史經典」和「文學經典」觀點的張立群認爲，「紅色經典」由於缺乏藝術上的穿透力和缺乏展示人性的底蘊而具有的敞開性、超越性，自然很難成爲像魯迅小說那樣眞正意義上的文學經典；不過，「紅色經典」乃至二十世紀五十至七十年代文學作爲一個特定的文學歷史流程，卻是任何一個史家在修治當代文學史所無法逾越的階段，所以，它也就在史家書寫的過程中成爲了「文學史經典」。因此，在諸多研究者以文學藝術性特別是文學經典的標準去衡量它們的時候，其面臨被批評、指責也就成了順理成章的一件事情。〔註19〕

　　自然，對於評價一部文學作品而言，「文學經典」和「文學史經典」的區分方法是很有參考價值的，不過，對於「紅色經典」大可不必將精力花費在「紅色經典」是「文學經典」還是「文學史經典」這一剪不斷、理還亂的論爭上，因爲首先「紅色經典」是一個約定俗成的概念，一提起它，人們就會情不自禁地懷念起那個激情燃燒的歲月，頭腦中就會自然地浮現出那些記錄革命歷史、塑造高大英雄形象的作品。另外，「紅色經典」涵蓋了一系列作品，它們有著相近的時代氣質特徵，但就每一部具體的作品而言，由於作者的藝術修養不盡相同而又呈現出不同的藝術風格，這些特點都提示我們要將「紅色經典」看作一個整體。「紅色經典」是一種在一定歷史時期出現的獨特的文學現象，作爲一個具有開創意義的重要時代的記錄者和見證者，「紅色經典」已經凝聚成了寶貴的歷史文化資源，承載了歷史敘述的厚重內涵，因此，不管「紅色經典」是「文學經典」也好，是「文學史經典」也罷，它都是我們不能忽視的一個存在。

　　那麼「樣板戲」是不是「紅色經典」呢？對這一問題，到目前也一直頗多爭議。北京廣播學院電視學院宋家玲教授認爲，「『紅色經典』主要指五、六十年代的，就是人們所指的『十七年』這一時期的文藝作品。換句話來說，『紅色經典』是指新中國成立以後，到新時期，即改革開放以前這一階段的重要的作品，除了文學作品以外，還包括舞臺戲，電影等等。」不過對於「也有人把『樣板戲』也包括在裏面，認爲樣板戲也屬於紅色經典」的觀點，作

〔註19〕張立群：《論文學經典與文學史經典──以「紅色經典」爲例》，《重慶社會科學》2005 年第 11 期。

者表示可以理解和接受，並且指出，評價「樣板戲」應該站在比較客觀的位置上，從「樣板戲」本身的價值出發，採取實事求是的態度，因為「當年樣板戲也是起到很大影響的，那麼多人看，那麼多人聽，家喻戶曉，都會唱。文藝作品的產生，你不能因為某個人的干預，某個人如何而把這些都劃歸成有問題的東西。」〔註 20〕雖然不能否認，「紅色經典」和文革「樣板戲」在高揚理想的價值取向和道德承載方面、在美學品格和創作範式等方面有某些溝通之處，然而並不能據此就把「樣板戲」定義為「紅色經典」，因為「樣板戲」是文革這一特殊時期的特殊產物，它給人們留下更多的是痛苦的記憶，而非藝術享受。中國人民大學政治學系主任張鳴痛心地說，「那個年月，有多少人僅僅因為唱錯了詞，而遭到批判，甚至丟了性命。文藝界的人體會應該更深，對他們中的多數人來說，樣板戲不是戲，而是棍子、棒子和刀子。在樣板戲的所謂創作原則的大棒下，多少作品和作者遭殃，樣板戲的繁榮，意味著中國文學藝術界的百花凋零以及栽花人的倒楣」，「『江青同志』炮製的垃圾，堂而皇之地變成了紅色經典，紅色與革命，在不知不覺中，甚至可以被偷換成『文革』的同義語」，這實在令論者不可思議。〔註 21〕陳思和則將「樣板戲」視為「極左的文藝路線導致出現的文藝上的怪胎」，並且「對這樣的作品，我們在今天還要把它當成是『紅色經典』，特別是把它當成是一種不可動搖、不可改變的聖經一樣的作品，我覺得是非常可笑的，這與我們今天時代的主導思想理論也是相違背的。」〔註 22〕令劉勇「扼腕歎息」的是，「現在許多人在談及『紅色經典』時居然還把『文革』時代的作品也歸入其中。這不能不說是影視界『紅色經典』改編熱帶來的一個後遺症。現在『樣板戲』中的《沙家浜》、《紅色娘子軍》和《紅燈記》已經或正在改編成電視連續劇，而且都引起了觀眾的極大關注。於是在許多普通民眾中就造成了一個先入為主的觀念：原來『樣板戲』也是『紅色經典』。這樣一來，謬種流傳，危害不淺。」〔註 23〕這幾段話雖然措辭激烈，包含著強烈的個人情緒，不過卻有一定的道理。雖然應該看到「樣板戲」在藝術形式的某些方面確有可借鑒之處，不過

〔註 20〕 鄧樹林：《與影視專家對話紅色經典》，中國網 http://www.china.com.cn/chinese/zhuanti/qkjc/607558.htm，2004 年 7 月 12 日。

〔註 21〕 張鳴：《誰的紅色，何來經典》，《炎黃春秋》2007 年第 1 期。

〔註 22〕 陳思和：《我不贊成「紅色經典」這個提法》，南方網 http://www.southcn.com/weekend/tempdir/200405080071.htm，2004 年 5 月 8 日。

〔註 23〕 劉勇：《「紅色經典」：虛假的命名？》，《文藝評論》2007 年第 4 期。

和那些「紅色經典」小說相比,「樣板戲」無限誇大政治教化功能的做法,唯我獨秀的專斷姿態已經使它越來越遠離藝術的範疇,將其和「紅色經典」混為一談顯然是不合適的。同樣地,「樣板戲」作為文革期間的特殊文藝詞彙,和「紅色經典」一樣具有約定俗成性,因此同樣沒有必要討論「樣板戲」是否是「紅色經典」的問題。

圍繞著「紅色經典」的爭論還有很多,這些爭論所引發的話題和思索,無疑都給研究者提供了寶貴的參考。從某種意義上來說,能夠引起人們廣泛而持續的討論興趣,並具有多種言說性本身,就足以證明「紅色經典」的價值。雖然對「紅色經典」的評價還褒貶不一,評判的標準也處於混亂和失範狀態,但無論如何,由影視翻拍熱所引發的、「紅色經典」研究的必要性和重要性已經被廣泛認可,不認真研究「紅色經典」,就難以窺見到整個中國文學的全貌。

第三節　紅色懸疑小說走紅的背後

2005 年由柳雲龍執導,麥家、楊健編劇的《暗算》首播,隨即在大陸影視界掀起了諜戰劇熱潮。《暗算》作為大陸影視界諜戰題材的開山之作,帶動了大陸電視劇諜戰懸疑題材火熱至今,在《暗算》之後諜戰劇如雨後春筍般層出不窮。《暗算》的熱播也帶動了大眾對「紅色懸疑」小說的重新發現和關注。2008 年麥家憑藉《暗算》為代表的特情系列小說獲得第七屆茅盾文學獎。學界普遍認為,麥家的獲獎對於茅盾文學獎是一次巨大的衝擊。《暗算》以通俗小說的身份進入茅盾文學獎的殿堂得益於其小說書寫上仍具有相當的純文學特色,但是其通俗小說的特性又引起了文學界對於其獲獎的爭議。麥家小說中對於隱秘戰線中特殊人物群及其傳奇命運的設計,以及其設計懸疑的縝密與奇詭,再到交織其中的沉重歷史感與紅色情懷抒寫,都使得麥家小說一定程度上超出了通俗小說的範疇,具備了相當的藝術價值。《暗算》的成功對於中國大眾文化的意義在於為業界啟示了一條成功的捷徑,即把傳統懸疑小說模式與革命歷史題材小說相結合成一類名為「紅色懸疑」的中國特色小說題材。雖然麥家並非是這類題材的創始者,但是《暗算》的爆紅讓我們看到了這類題材所具有的市場潛力。

2008 年由龍一同名小說改編、姜偉編劇的電視劇《潛伏》問世,成為了

「紅色懸疑」題材影視劇創作中的又一座高峰。《潛伏》電視劇更專注於刻畫諜戰中驚險刺激的鬥智鬥勇，減輕了過往懸疑劇中的陰鬱晦澀感，在娛樂性上表現得更為出色。《暗算》、《潛伏》共同奠定了「紅色懸疑」類影視劇的通行模式，即敘述紅色背景的主角隱藏身份成為臥底的傳奇故事。其中重點描繪主角帶有悲劇色彩的革命友情與愛情，以及在不利情況下運用巧妙手段智鬥敵人、洗脫嫌疑的大智大勇。而故事的結局往往帶有悲劇色彩，或是主角捨身完成任務，或是在極端不利情況下親人、革命戰友或戀人犧牲，而在部分結局中主角在勝利後不得不忍受生離死別的痛楚繼續潛伏，它們都譜寫了一曲特殊年代特殊戰線的悲歌。

通常來說，懸疑小說主要是指通俗小說中一類以「設置懸念——推理解開懸念」為中心的小說。《暗算》中表現密碼謎題破譯的劇情相對更為接近於原本的懸疑定義，而現在「紅色懸疑」中比重較大的諜戰小說與影視劇中加入的刑偵、軍事內容更多，主要也是為了迎合大眾尋求緊張刺激場面的需要。以諜戰為主體的懸疑小說及影視作品在西方同樣是異常火熱，比如廣為人知的「007」系列、「諜中諜」系列等，都廣受東西方人民的歡迎。懸疑類型題材在當代中國發展出了眾多的類型，實際上在「紅色懸疑」同期，中國國內通俗文學創作中懸疑小說的創作已經頗具規模。但「紅色懸疑」這一變體能夠脫穎而出並成功掀起影視化的狂潮，無疑是諸多因素共同作用的結果。

以大眾文化視角看，諜戰作品相比起傳統的懸疑推理受眾面更為廣闊。傳統懸疑推理中「文戲」較多，懸疑劇情的設置和推理解謎的過程對於一般大眾而言往往晦澀難懂，營造的氣氛偏向陰鬱恐怖，這都難以被普通大眾所接受。相對而言，諜戰小說中的背景往往設置在戰爭年代或特殊戰線，在保留細緻縝密的「文戲」的同時，其中驚險刺激的「武戲」更為豐富，往往還有一定比重的感情糾葛，能夠同時滿足不同層次大眾的需求。這都使得「紅色懸疑」相較傳統懸疑來說更貼近中國大眾的審美傾向。新世紀的「紅色懸疑」小說則主要寓懸疑於敵我鬥智鬥勇之中，並不過多去強調懸疑解密的重要性，而是將其作為串聯小說情節變化的主要線索之一。懸疑要素的引入為小說增加了驚險刺激的情節，這無疑是吸引讀者和觀眾關注的一大利器。但是「紅色懸疑」的構成又非僅止於懸疑情節，還有傳統的愛情、生活情節，「紅色」小說中的傳統敵我鬥爭情節，以及豐厚的歷史情節等。在不同作品中的懸疑比重往往存在著相當大的不同。

　　大體上看，新世紀「紅色懸疑」的發展大體分爲兩個階段。第一個階段是《暗算》電視劇的橫空出世，其在懸疑要素的運用上大大突破了上世紀傳統反特、諜戰題材小說及影視劇的固有框架。麥家小說的成功當然不僅是懸疑元素的運用，但是其在傳統懸疑要素的運用上是相當用心的，這也使得他的小說及小說改編影視劇奇詭風格特別突出，懸疑要素突出而豐富。讀者和觀眾容易感到新奇，但同樣難以親近。第二個階段則應當以《潛伏》電視劇問世爲界點，《潛伏》的意義在於模範性地將懸疑與中國反特小說、諜戰小說以及諜戰劇傳統模式進行了調和，是對「紅色懸疑」一段時間探索的良好總括，並爲「紅色懸疑」類型樹立了一個良好的模範。《潛伏》類型往往把懸疑謎題加以柔化，放置在諜戰雙方斗智鬥勇之中，主要突出鬥智的一環，寓謎題和解謎於鬥智鬥勇之中。這使得它們也區別於傳統諜戰偏重「戰」的一部分，在傳統諜戰基礎上生發出了新的模式。

　　《暗算》電視劇分爲《聽風》、《看風》、《捕風》三個篇章，其中後兩篇格外受到觀眾歡迎。《看風》中的密碼破譯過程以及女主角的愛情悲劇是其中主要的看點，其中言情戲份重，凄婉深切的愛情回味悠長。而《捕風》中鬥智鬥勇的過程激烈中蘊含智慧，過程刺激而精彩。觀眾對於《看風》和《捕風》之間的優劣看法不一，主要是不同人群間的側重不同。《潛伏》的框架與《捕風》近似，錢之江與余則成都是潛伏的特情人員，在與對方的鬥智鬥勇中完成使命，兩人也都有一個悲壯的結局。但《潛伏》在這個大的框架中融合了更多的愛情戲份，余則成錯失兩位愛人的經歷令人扼腕。而《潛伏》中翠平這一角色的鄉村女游擊隊長身份引發的滑稽劇情，不僅給緊張刺激的劇情帶來一定的平衡和舒緩，也使電視劇的娛樂效果更加豐富。

　　《暗算》到《潛伏》的變化，不僅反映了「紅色懸疑」創作模式的自我選擇和自我進化，背後無疑有大眾文化中通俗化、娛樂化審美導向的影響。《暗算》與《潛伏》小說原本並非以娛樂爲賣點，《暗算》劇情中晦暗生澀的部分較多，《潛伏》小說僅一萬多字，原本都不具備如今的知名度。在其影視化的過程中導演、編劇等影視工作者進行較多的修改與填充，使得電視劇最終在小說的基礎上創造輝煌。這兩部劇乃至「紅色懸疑」整體的大熱之中，編劇與導演遵循大眾文化特點、市場規律、觀眾的實際需求進行的出色改編起到了很大的作用。在重視小說作者麥家、龍一等人的突出創造的同時，也應當感謝從事影視創作相關人員對於作品做出的突出的貢獻。

　　「紅色懸疑」小說和影視劇在大眾文化市場脫穎而出的另一個原因，在於其順應了主流意識形態的要求，同時也相合於新時代人民的意識形態新變。「紅色懸疑」類小說及影視劇的故事以描寫特殊英雄人物的傳奇經歷為主，符合主流意識形態宣傳革命歷史的要求。但「紅色懸疑」的形成與火熱並不能說完全是宣揚主流意識形態的強制性產物，其本質上仍然是大眾文化產品，其推動其熱潮原因本質上還是市場選擇。從企業的角度上看，「紅色懸疑」不僅深受觀眾喜愛，其題材正面、易於通過審查，因此出版和投拍「紅色懸疑」類型的文化產品風險較低，電視臺也樂於購買和播放「紅色懸疑」影視劇。「紅色懸疑」熱潮參與方眾多，其中當然也吸引了中央及地方電視臺、部分政府宣傳部門的投資與參與，生產「紅色懸疑」類型文化產品可以得到更多的投資。因此企業熱衷生產「紅色懸疑」類型文化產品首要原因仍是站在經濟角度。近年「紅色懸疑」題材與主流意識形態宣傳抗日反法西斯戰爭相合之處，因此借力於這一趨勢在各個電視臺大量播映。但是「紅色懸疑」與通常代表主流意識形態的「主旋律」影視作品不同，其娛樂性是多於宣揚主流意識形態的效果，地方電視臺以此在吸引觀眾盈利和履行宣傳職能中進行平衡。從市場長期變化上看，「紅色懸疑」熱是長期持續的，短期主流意識形態風向主要起到的是助力作用。主流意識形態樂見於「紅色懸疑」的紅火，其存在可以配合主流意識形態的革命歷史與愛國主義宣傳，對主流意識形態的主旋律宣傳形成補充。在其反法西斯戰爭熱潮消退後「紅色懸疑」的熱火雖然有一定的降溫，但仍保持著相當興旺的狀態。可見「紅色懸疑」的紅火是大眾文化與官方主流意識形態的「合謀」並不全面。大眾文化與意識形態在「紅色懸疑」上的「合謀」更多體現在民間，是民間意識形態與大眾文化互動的結果。

　　當代中國意識形態相對於過往已經出現了較大的改變。1949 年之後，特別是文革時期，政治意識形態近乎佔領了社會意識形態的全部空間。與其相適應的便是「紅色經典」的大量出現。改革開放後這一局面發生了改變，精英意識形態、民間意識形態等多種意識形態出現並逐漸擴大，逐漸尋回其正常空間。近年來，民間意識形態異軍突起，與蓬勃發展的當代大眾文化相互交融。「紅色懸疑」作為中國大眾文化中近年形成的特色產物之一，自然有著與其形成相對應的民間意識形態根源。「紅色懸疑」的「紅色」不僅是適應於主流意識形態的結果，宣揚「紅色」仍然受到當代民眾歡迎是其形成更重要

的原因。「紅色」受到歡迎的原因首先是因緣於過往意識形態的傳承與遺留，在過往的意識形態中「紅色」是被正面宣傳的對象，「紅色」小說、戲劇等曾是當代中國大眾中年齡層較高的幾代人主要的精神文化來源，因此當代中國大眾對「紅色」題材仍然抱有好感。正如蘇聯解體、美蘇意識形態對抗不復存在後，歐美文學界和影視界在蘇聯解體後仍然將蘇聯及後來的俄羅斯視作假想敵人，仍在創作以其為邪惡敵人的文學及影視作品一般，意識形態時代的影響仍留存於當代，在較長一段時間內仍將持續影響著大眾的審美。

其次，「紅色」題材主要表現的是中華民族救亡圖存到民族復興的歷史，「紅色」題材受到歡迎與當代中國大眾的民族意識相關，這是不隨時代改變而改變的。雖然短期內大眾的民族意識的高漲會對「紅色」題材的受歡迎程度產生很大影響，但支撐「紅色」題材增長的根本動力是中國大眾隨著國家綜合國力的進步逐漸增長的民族自豪感，這使得大眾越加重視對民族歷史上重大事件的講述，而非恥於言談。

再次，意識形態時代終結後，當代大眾意識形態中的政治觀和歷史觀已經發生了改變，大眾文化中對於「紅色」的嶄新講述是符合大眾意識形態變化而產生的。無論中外，由意識形態時代解放後的大眾文化經常講述一種「去政治化」的政治觀和「去歷史化」的歷史觀。受此影響，「紅色懸疑」也和其他「新紅色經典」一樣「向內轉」，不再過度著墨於社會歷史整體描寫，而是著重塑造個別英雄人物的內在複雜性和豐富性，使得新時代的英雄重新恢復到有血有肉、有正常喜怒哀樂的人的形象。這正符合了當代大眾新政治觀和新歷史觀的要求。由此看來，「紅色懸疑」的熱潮摒除一時政治風向的助力後仍然有著其長期保溫的基礎，這基礎便是來自中國民間意識形態的肯定，便是來自大眾文化消費市場的歡迎與支持。

在新意識形態與大眾文化的「合謀」之下，「紅色懸疑」模式的建構也呈現出了諸多新的變化。在英雄人物的設計與塑造上，英雄人物不再像過往一樣單純「偉光正」，而是注入了豐沛的人性要素。在「紅色懸疑」之中，英雄人物「智」的一面自然是重點刻畫的對象，英雄人物的鬥爭方式傾向於智鬥而非武鬥，英雄人物也可以是以智勝敵的文弱書生。這些都在一定程度上打破了舊「紅色經典」臉譜化的人物模式。「紅色懸疑」中的新英雄人物不再「無懼無感無淚」，人性化的感情刻畫是新英雄人物征服觀眾的秘訣。「紅色懸疑」創作不僅僅關注新英雄人物的塑造，對於其中出現的配角人物，也同樣擁有

多樣的性格，也成爲了賦予更多人性的對象。隨著大眾文化欣賞水平的整體進步，大眾越來越認識到，過往超人式的英雄人物是不現實的，就像是瞻仰廟宇間供奉的偶像，並不能與其產生眞正的共鳴。新的英雄人物擁有普通人的喜怒哀樂，會百密一疏犯下錯誤，而這些錯誤往往會引發危機推動劇情的發展。出於解說如何化解懸念的需要，「紅色懸疑」中對主人公內心情感變化著墨很重，主人公的情感與理性間的鬥爭往往影響其行爲，這就成爲了推動劇情起伏變化的基點之一。《暗算》中黃依依對安在天的愛情一度成爲其破譯密碼的障礙，《潛伏》中余則成對左藍和翠平的感情多次使其身陷危機，「紅色懸疑」中從不避諱個人感情與革命事業存在的衝突，反而力圖在這種衝突中展現對英雄人物的眞實人性的關懷。由此可見，英雄人物的設計與塑造向更爲人性、縮短了與普通觀眾間的距離的方向進步，讓英雄人物走下神壇、重歸眞實的人的身份，使觀眾更加具有親近感、代入感。新的反派人物也不再是絕對的邪惡、絕對的愚蠢，在對其塑造中同樣重視強調其人性中複雜的一面。

當然這種取向不僅是出於對展現眞實人性的藝術要求，其形成也包含了市場的要求。在「紅色懸疑」中，英雄人物被設計爲通常具有很高的智慧以及在當時環境中較高的受教育程度，這一方面是需要用以支撐英雄人物「智商壓制」對手的合理性。一方面也是因爲大眾文化主要受眾集中於城市，受教育水平相對較高，對知識文化抱有更多崇敬感，這樣的英雄人物相比過往舊時代的英雄人物更加受到他們的尊敬和歡迎。因此「紅色懸疑」中的英雄人物的身份已經不再是出身於農村五大三粗「泥腿子」，而是經歷過高等教育或者專門軍事學校、間諜機構培訓的專門人才，談吐文雅、習慣於城市生活、在燈紅酒綠的生活中遊刃有餘。這實際上也是迎合了如今城市觀眾，特別是城市觀眾中年輕一代的審美，可見傳統的英雄人物也要在大眾文化浪潮中被改造得更爲世俗化。在這一點上《潛伏》意外地獲得了空前的成功，主角余則成不僅是一名有著高尚情操、忠誠的革命戰士，同時也有著善於融入世俗的一面，長於利用官場政治、敵人內部的勾心鬥角來保護自己、除去敵人，這在觀眾眼中同樣也是一種值得稱贊的智慧。無論是世俗的愛情，還是世俗的官場文化，這一系列「俗文化」進入「紅色懸疑」都顯示出其作爲大眾文化產品必然「庸俗化」的結果。

但值得注意的是，這種「庸俗化」本身是一種對過往革命英雄傳奇「政

治化」、「造神」的反撥,過度的「庸俗化」和「去革命化」的「紅色懸疑」作品反而未必能取得真正的成功。究其原因,英雄人物的傳奇與崇高一面從古至今就是觀眾崇敬的對象,新的英雄人物身上存在的英雄氣質仍是喚起觀眾審美記憶、認同感、親近的關鍵。從「紅色懸疑」的英雄人物模式中,我們可以窺見當代中國大眾在這方面的審美取向愈加向二元化發展,其一元是對應世俗化、現代化的城市生活,另外一元則是對歷史記憶、民族意識、遺留的革命情感的崇敬。換句話來說,當代中國大眾在日常社會生活中既是世俗的、現實的,亦在內心保有對家國理想與崇高精神的懷念和尊敬,「紅色懸疑」中的英雄人物實際上正是大眾文化時代出現的當代中國大眾的一個自我寫照。

當代「紅色懸疑」劇情中濃厚的悲劇意識也是新變化之一。不論是傳統的英雄傳奇,還是舊的「紅色經典」,其中存在的悲劇意識大多是有限的,往往故事的劇情是以大團圓告終,這也似乎更符合中國人的期盼。然而現實中真實的隱蔽戰線對抗往往異常殘酷,特殊戰線英雄不僅為了事業犧牲自己、奉獻一生,甚至其中不幸者終其一生都未獲「解密」和正名。如何正視並充分表現隱蔽戰線對抗的殘酷和艱辛正是當代「紅色懸疑」藝術創作中不可迴避的命題。

此外,「紅色懸疑」的故事背景大多建立在國難當頭的抗日戰場,這樣的背景無疑會與中國人的家國情懷相聯繫。中國文人意識中悲劇意識自古以來便是存在於家國情懷之中,自屈原賦離騷以來,中國文人便習慣於在文藝作品中抒發憂國憂民的悲憤情感。「紅色懸疑」的悲劇意識一定程度上也是中國傳統悲劇意識的現代延伸。「紅色懸疑」的悲劇主要建立在個人命運與家國天下的衝突,故事中英雄的悲劇是特殊年代中特殊身份的人的悲劇,造就悲劇的原因大多是因為其為國為民而自我犧牲,抑或是特殊年代特殊身份下的身不由己。「紅色懸疑」的悲劇意識往往貫穿於全劇始終,與傳統英雄傳奇與「紅色經典」中的經典情節模式和大團圓結局進行混合,從而呈現「喜中有悲」的特色。例如《潛伏》中余則成歷盡萬難圓滿完成任務,但是最終還是與翠平永別,繼續著自己的潛伏生涯。在劇情敘述範圍內,「紅色懸疑」通常會完滿完成謎題、懸念的解答,讓劇情以「小團圓」告終,但是這無法改變由於外部時代背景決定的主要人物的宿命。即余則成始終走在繼續潛伏的道路上,不可能與翠平真正地團圓,這是其作為高級諜報人員的宿命。而《暗算》

電視劇終末幾幕，也集中表現了小說中另一重「解密」的意義，類似安在天這樣隱蔽戰線工作者，其犧牲青春和心血獲得貢獻和成就，只有在數十年保密期限到期後方能為人所知，這也意味著他們終於能夠得到解脫。英雄人物雖然在複雜鬥爭中取得了勝利，但是往往因為付出了愛情、生命、青春等巨大犧牲，彰顯了特殊環境下特殊身份的人生存的無奈。通過這樣的悲劇展現隱秘戰線工作者崇高的一面，引發觀眾對他們的憐憫、關懷、歎惋等感情，同時也表達了個人命運在歷史與社會環境下的脆弱與無助。

「紅色懸疑」的悲劇意識基於中國傳統悲劇意識，但是隨著時代發展自然也發生了突破。新時代的悲劇意識中自然也隱含有「個人化」的轉向，更注重對個人悲劇的表達，歷經戰爭、「文革」等諸多歷史事件後反思在國家、時代、社會悲劇與個人命運悲劇的關聯，重視特殊環境下人的命運，無疑具有更豐富、更現代的內涵。也正是因此，「紅色懸疑」在反叛了傳統「大團圓」架構的同時，其展現的悲劇意識仍然能夠得到觀眾的認可和接受，進一步引導觀眾對劇情中表現的悲劇展開思考。「紅色懸疑」中悲劇意識的表現，同時也是作者和改編者於這種特殊環境下特殊身份的人命運的人文關懷，以及對造成如此悲劇歷史反思的展現。同時這種悲劇意識也在劇情的推進中轉化為崇高，既是表現弱小正義力量與強大敵對力量抗爭中展現的精神力量與智慧，又是弱小、普通而真實的人與強大的歷史與社會命運相抗爭的無奈。因此理想的「紅色懸疑」作品既是頌歌也是悲歌，在這一點上超越了過往「紅色經典」單純的歌頌，實現對崇高英雄人物及其精神的更全面表現。因而真正能夠打動觀眾的內心、獲得觀眾的歡迎，同時實現其藝術追求以及大眾文化生產追求的經濟利益。「紅色懸疑」的悲劇意識的轉變也是跟隨於新時期以來文學潮流轉變的結果，不僅不違逆官方意識形態的要求，還因為其藝術性與娛樂性的良好結合受到了市場的歡迎。

整體上看，「紅色懸疑」在英雄形象塑造與英雄命運塑造上主要著重還原英雄「人」的本性的變化是意識形態變化與大眾文化崛起共同作用的結果。對於小說與影視劇的「紅色」部分，「紅色懸疑」大眾文化本質與新意識形態的要求保持高度一致，的確顯現了「合謀」的意義。但在意識形態無意管制的部分，則往往充分發揮創造力迎合觀眾心理、取悅觀眾，顯露出大眾文化的本性。跟風而起的湧現出的一大批「紅色懸疑」類似題材影視劇使用的主要手段就是增加其通俗部分，製造更緊張刺激的戰鬥情節，加入更多女性人

物與愛情戲份，甚至不惜動搖和偏離「懸疑」主題，這也引起了批評家和觀眾們的反感。從《暗算》到《潛伏》，再到這一大批「紅色懸疑」模板下誕生的水準參差不齊的作品，其大眾文化本質一直將其向「娛樂至死」方向推動，更多迎合城市觀眾的口味。動作情節、愛情肥皂劇情節、幻想情節等娛樂成分不斷塞入「紅色懸疑」框架，將懸疑成分、歷史成分、革命成分不斷擠壓。這使得這些作品中的英雄形象不斷被庸俗化、娛樂化，其中的悲劇意識不斷變質乃至消失，演變成為了種種鬧劇。「紅色懸疑」再構歷史、適應城市化的特點也被曲解為可以在其中扭曲真實歷史環境、演成特殊背景的現代肥皂劇，從而產生了一大批披著「紅色懸疑」的「神劇」。這也是「紅色懸疑」當前發展中存在的一大問題。在這樣的發展下，披著「紅色懸疑」的「神劇」中「紅色」意味以及「懸疑」意義都被消解，與主流意識形態的「合謀」已經名存實亡，僅僅是用以通過審查、減少投資風險的外衣。對於觀眾而言，這樣「紅色懸疑」影視劇變體自然難以喚起其「紅色」記憶和民族情感，當然難以像當初《暗算》、《潛伏》一樣取得真正的成功。針對這樣的「過娛樂化」、不尊重歷史的發展方向，中國廣電總局 2010 年起也幾度出手管控，但是顯然仍難以扭轉這一趨勢。本質上來說，大眾文化的商業化、娛樂化、平庸化都使得這種與意識形態的合謀不是絕對的牢固，仍有存在衝突的可能。

回首《暗算》、《潛伏》的成功歷程，其最初的小說文本狀態非常簡潔、樸素，故事取材於現實中存在的人物與事件，但小說本身的出色為影視劇的成功奠定了基礎。出色的影視改編為其增添了大眾文化豐富的色彩，使其真正得以成熟，創作故事和影視改編兩個環節的是其成功的關鍵。「紅色懸疑」的成功自然也有觀眾方面的助力，大眾文化在中國歷經一段時期的發展培養了成熟的觀眾群體，高素質、高文化的觀眾群體樂見於「高智商」、意義內涵深刻的影視劇，這使得「紅色懸疑」格外受到觀眾喜愛與支持。「紅色懸疑」的成功實際上有著大眾文化發展打下的基礎，在此基礎上「紅色懸疑」的意義和內涵方能被發掘和表現。「紅色懸疑」的產生與成功，得益於中國整體趨向成熟當代大眾文化。然而中國大眾文化發展中存在的問題則使得現今「紅色懸疑」的整體發展出現了問題。從「紅色懸疑」類型影視劇這幾年的沉浮情況看，尤其是在影視改編這一「後端」存在的問題較為嚴重，這也折射當代中國這一方面相關人才與力量的嚴重不足。在其「前端」方面，實際上不乏對過往「紅色經典」、「紅色傳奇」的再改編，也不乏優秀的小說作為改編

的底本。影視改編的問題自然還是歸咎於過度逐利，與對藝術性的把握、挖掘不足有關，其中粗暴套用其他類型劇模式、損害「紅色懸疑」本質的行為更是一種極度短視的做法。這種做法有利於快速大批量實現類似題材影視劇的生產和銷售大量擴散，自然造成了同類型劇整體水平的跌落。這是過往審視「紅色懸疑」題材影視劇發展境況中產生的當然看法。中國大眾文化發展整體水平不足，然而市場擴大極為迅速，讓大眾文化缺陷在無序發展中被放大，這也是現階段發展中存在的主要矛盾。但是在大陸以外的「紅色懸疑」就一定能成功嗎，顯然未必。觀察 2012 年上映、同樣改編自《暗算》的香港電影《聽風者》，卻並沒有看到相對於大陸影視改編任何可能的突破，這不免引發了更深一步的思考。香港電影《聽風者》進行的大幅度改編，仍未能逃脫與大陸影視界在相同題材改編中存在的困境。儘管有著知名演員的精湛演出、先進的拍攝手法、更細膩的劇情改編，但都難以逃脫過度娛樂化、意義缺失的陷阱。近年來，影視改編在把握和重現「紅色懸疑」的意義上已然黔驢技窮，只能在填充娛樂內容上不斷加碼。例如過去實力派演員主場的「紅色懸疑」，如今竟流行由「小鮮肉」、高顏值一派演員出演，可見其意義消解已經到了無以復加的地步。

「紅色懸疑」熱潮的消減背後更為嚴重的是創造經典的乏力，《潛伏》之後雖然偶有佳作問世，但是現有趨於穩定的「紅色懸疑」模式仍然缺乏有效的革新者和後繼者。在保持相對的產出的同時欠缺穩定的革新力量，這對於「紅色懸疑」模式的發展而言，象徵著平穩之中存在著相當的危機。當前「紅色懸疑」的文化生產更多是借助其符合政策以及主流意識形態要求獲得的生產便利，流水線化生產文化產品，快餐化消費大眾的「紅色情懷」，以期快速穩定地收回投資。對於「紅色懸疑」來說，這原本是其得以產生和火熱的優勢，但是在不成熟的文化產業發展現狀下，反而最終轉變成了其良性發展的阻礙。新世紀「紅色懸疑」作為一種較為新興的文學題材，從事其創作的作家本就不多，而十餘年來的發展更是透支了有限的劇本資源。有些「紅色懸疑」作品甚至是對於舊反特小說、舊諜戰小說的粗劣改造，內涵與精神與產生了不少新變的新世紀「紅色懸疑」差距較大，新的思想特色與藝術特色蕩然無存。劇本資源有限的情況下，藝術追求讓位於市場需求，「紅色懸疑」創作中模板化、套路化現象越加嚴重，已然形成惡性循環。部分「紅色懸疑」劇不僅拋棄了自身特色，而且快速「抗日神劇」化，走了一條倒退的道路。

總的來說，儘管中國文化產業及文化市場的發展客觀上造就了「紅色懸疑」這一大類具有一定革新意義的文化產品，但其客觀上的不成熟使得「紅色懸疑」的創作革新道路難以長期維持，最終退化為高度市場化下流水線生產的劣質文化產品。在文化產業整體發展水平不足的前提下，大眾文化的特性反而是一把雙刃劍。

當代「紅色懸疑」重現經典的關鍵在於重建意義，在於減去其中堆砌娛樂要素形成的「虛胖」。重建意義的道路在哪裏，就在於醫治「意識形態恐懼症」，尊重「紅色」意義，發掘當代中國意識形態上的新變化、新特徵。這並非回歸舊意識形態，而是走出後意識形態刻意反對、消解一切意識形態的陷阱，客觀真實、以人為本地反映當代中國人思想現狀。「紅色懸疑」之中，「懸疑」更多是模式上的創新。「紅色懸疑」紅火的關鍵在於把握了當代中國人對於「紅色」的觀念上的變化。患上「意識形態恐懼症」創作者自身恐懼、迴避對於意識形態的真實詮釋。這是在過去意識形態至上時代遺留下來的問題，名義上是避免「審查上的麻煩」，歸根結底是疏懶於探索新時代、新思想變化的僵化保守態度。這並不利於與時俱進、反映真實的社會歷史情境，從而在創作上難以把握時代特點、緊跟時代風向，也就會迅速落後，最終背離人民。重建「紅色」意義不可避免地要與意識形態問題打交道，一再採取「鴕鳥式」的創作態度是無濟於事的。「紅色懸疑」重建意義需要對於中國社會歷史的豐厚瞭解，需要對於藝術執著的追求，根本上仍然要依賴本土作家群體長期的創作實踐進行探索。雖然當下中國文化產業正引入更多的國際交流和國際力量，但是這些國際化的力量能否能確實瞭解和反映一個中國特色題材，依然是個懸而未決的疑問。「紅色懸疑」這類本土特色濃重的題材要實現發展，根本上需求的是本土力量，需求的是更成熟本土文化產業的支持。

第二章 「王朔現象」：精英文化的解構與大眾文化的崛起

第一節 「王朔現象」解析

在二十世紀九十年代中國文學中，王朔現象〔註1〕是極其複雜而又令人無法忽視的文化現象。在整個社會轉型期與當代文化生產的轉向中，王朔所起的作用，遠大於作為作家的王朔或作為藝術創作的王朔小說〔註2〕，王朔現象的根本意義就在於，它在整個中國文化形態轉向與重構中，起了重要的作用。以王朔的作品和文化行為所引發的社會影響為中心，從王朔開始崛起的二十世紀八十年代中後期，至「王朔熱」在 2000 年之後的餘韻漸歇，整個「王朔現象」大體可分為三個階段。

第一階段，從 1984 年王朔的《空中小姐》的發表至 1989 年「王朔電影」所引發的一系列熱議，可視為「王朔現象」提出與被認定的時期。1978 年，王朔就以小說《等待》走上文壇，但其後的幾部部隊小說均反響平平。從 1984 年創作的《空中小姐》、《浮出水面》、《一半是火焰，一半世海水》等純情小說系列開始，到此後的《橡皮人》、《頑主》，王朔悄然開始走紅。1988 年，王朔選擇將自己的四部小說編成了影視作品，這種前所未有的盛況，被電影界

〔註1〕這裡所探討的王朔現象，指的是王朔的小說與影視劇在整個社會所引起的廣泛傳播與大眾的追捧，也內在的包含著王朔本人的文化行為與姿態。

〔註2〕汪暉：《90 年代的文化研究與文化批評》第 378 頁，北京：人民文學出版社 2000 年。

稱爲「王朔年」。由於四部電影在相互關聯中形成了一個整體，共同創造了王朔電影的精神世界〔註3〕，「王朔電影」的稱謂也由此出現。「王朔電影」的熱映，又促進了王朔的小說的熱銷。趁此熱潮，王朔又迅速創作出《玩的就是心跳》《一點正經沒有》《千萬別把我當人》等系列小說，引發了讀者的閱讀狂潮。在王朔走紅的同時，王朔的電影與小說所引發的熱議，也一路展開。最早將王朔當作一種新的社會現象，從社會文化意義上分析王朔小說走紅的原因的是雷達。在《論王朔現象》中，他提出，王朔是一個嶄新的社會現象，是最具特定時代性的產物〔註4〕。「王朔現象」由此被提出，也迅速被當作一種社會現象被廣泛認定。第二階段，大致可視爲 1989 年至 1998 年，爲「王朔現象」不斷發展與高潮的時期。這一時期，王朔創作了《我是你爸爸》《無人喝彩》《你不是一個俗人》《過把癮就死》等十幾部小說，使王朔再度成爲備受矚目的文壇熱點。同時，王朔等人策劃成立「海馬影視創作中心」，將莫言、海岩、蘇童、劉恒、史鐵生等 38 位知名作家全部囊括其中，相繼貢獻出《渴望》《編輯部的故事》《愛你沒商量》等紅遍了大街小巷的影視作品，王朔也成爲家喻戶曉的名字。1992 年，華藝出版社順勢出版了《王朔文集》四卷，發行到上百萬冊，成爲新時期小說發行量最大、讀者最多的一種。一時間「王朔熱」再度興起，並走向高潮，對於「王朔現象」的爭論從 1993 年 1月，也再度成爲波及整個文化界的熱門話題。1992 年之後，王朔逐漸從小說創作中淡出，更多的參與到影視劇的製作中去，《過把癮就死》《陽光燦爛的日子》《海馬歌舞廳》《皇城根》《搖滾青年》《青春無悔》《大撒把》《無人喝彩》等眾多影視作品，均有王朔的參與。1995 年，王朔成立了「時事公司」，試圖真正按照類型化、模式化、流水線等商業模式運作，組織人力編寫劇。但很快就偃旗息鼓，王朔也逐漸淡出人們的視線。如果說 1989 年之前王朔僅是在不自覺中走紅的話，那麼從 1990 年開始，王朔則是有意識地深度介入影視這一大眾媒介，將小說創作徹底的商業化，成爲大眾文化的代言人。1998年～2008 年爲「王朔現象」發展的第三個階段。從 1999 年起，王朔開始重新創作，小說《看上去很美》之後，王朔又以批評性的文字對文學界的各大名人作家進行了一一點評，先後發表了《我看金庸》《我看魯迅》《我看老舍》

〔註3〕李紅秀：《新時期的影像闡釋與小說傳播》第 214 頁，成都：四川大學出版社 2007 年。
〔註4〕雷達：《論王朔現象》，《作家》1989 年第 3 期。

等作家評論文章，引發了大量的關注，掀起了一場場文壇之爭，又於 2000 年
1 月和 8 月，分別出版批評專著《無知者無畏》和《美人贈我蒙汗藥》，於 2003
年 6 月出版《隨筆集》，再度引發了文化界的關注，「王朔熱」再度出現，文
化界對於王朔的爭論與批評也再次猛烈而來。隨後，王朔在沉寂後，又陸續
發表了《與青春有關的日子》，《我的千歲寒》《致女兒書》《新狂人日記》以
及《和我們的女兒談話》，但均已無法引起轟動。

　　從二十世紀八十年代末王朔開始走紅至 2008 年王朔的沉寂，王朔引發了
一次次的轟動效應，這在新時期以來是史無前例的。然而，與大批的讀者與
觀眾追捧與讚譽所截然不同的是評論界、文化界對王朔的大力聲討，以及文
壇對於王朔捉襟見肘的尷尬定位。王朔在一路走紅的同時，也遭遇了新時期
以來幾乎是最大的爭議。自「王朔現象」出現至消弭，對其的爭論就從未停
歇過。從 1988 年開始，電影界就興起了對「王朔電影」的熱議；至 1993 年 1
月「王朔現象」所引發的爭論，更是直接成為 6 月人文精神大討論的話題之
一；乃至 2000 前後再度出現的「討伐」。「王朔現象」所引起的爭議，上至大
學教授、專業研究人員，下至中學生和初級網民，人數之眾，涉及面之廣，
持續時間之久，都創下當代文化之記錄〔註5〕。在整個二十世紀八、九十年代
的文化語境中，王朔小說與影視劇所呈現出的社會價值取向以及王朔本人的
文化姿態，在整個社會中所引起的或認同或否定的價值判斷，遠超於其作品
本身所呈現出的價值，也是「王朔現象」在整個社會備受爭議的主要原因。
各種爭論之間的明顯對立與差異，非統一的「獨白話語」所能完全支配。這
種盛況空前的多重碰撞，集中展示了二十世紀八、九十年代的社會轉型給人
帶來的價值分歧與裂變。在公有制經濟向市場經濟時代轉向的歷史過程中，
王朔乘著商品經濟的大潮，借勢不可擋的商業文化氣息，對於整個公有制時
代的文化、價值觀的反叛，使他既迎合了眾多的青年和一部分知識分子對於
整個時代和現實的批判，也由此在很長的一段時間內，被堅守理想主義的精
英知識分子所圍剿。「王朔現象」也天然地成就了舊的傳統價值觀的衰落，又
內在地關聯起新的文化價值觀的重建。它之所以是整個社會持續關注的焦
點，就在於它反映了二十世紀八、九十年代中國當代文化形態重構的主導性
轉移趨勢〔註6〕，也就理所當然地成為整個社會文化轉型的矛盾爆發點。

〔註 5〕陳曉明：《表意的焦慮》第 129 頁，北京：中央編譯出版社 2002 年。
〔註 6〕王曉初：《王朔現象：宏大敘事的消解與大眾文化（文學）的崛起》，《貴州師

從二十世紀七十年代末開始，中國文化的最大變化莫過於精英文化的衰落與大眾文化的順時而起。文革後，隨著撥亂反正在整個社會的逐步展開，中國就面臨著全方位的變革。在全面清算與反思極左政治思潮的浪潮中，知識分子重新獲得了主體人格和自我精神的價值認同，再度成為國家的主人，啓蒙主義意識空前高漲，進入空前的理想化時代。八十年代被譽爲「文化人」的時代，精英文化隨之進入其黃金時期。然而，隨著十一屆三中全會之後，整個社會的重心從政治建設向經濟建設的轉移，政治權力和意識形態長期以來加諸於精神文化領域上的中心位置，逐漸退居邊緣。至二十世紀九十年代，市場經濟的正式到來。商品經濟時代的市場法則，完全取代了公有制時代的社會主義傳統道德和價值觀。人們在公有制時代長期被壓抑的物欲，逐漸被市場經濟的消費文化所喚醒，對於物欲和金錢的追求，取代了精神的匱乏與恐慌。作為精神象徵的知識分子，由於其在市場中尷尬的經濟地位，地位一落千丈。從整個社會的中心，直接跌至谷底。傳統理想主義價值觀和精英文化的衰落，成爲整個時代發展無可避免的趨勢，王曉明就指出：「80 年代關於人的想像力已揮霍乾淨，英雄主義的主角懷抱昨天的太陽燦爛死去，理想化時代的終結倒也乾脆利落。」〔註 7〕與此同時，與商品經濟相伴相生的世俗化浪潮，將植根於日常生活的感官愉悅體驗，商業化氣息濃重的大眾文化，從歐美與港臺裏挾而來，並迅猛地侵襲了整個社會、文化中心。以大眾消費爲主導，追求日常生活的娛樂與消遣，平面化、無深度、易複製的大眾文化，在 1980 年代中後期之後的發展已超出了人們的想像。它在滿足了廣大社會民眾的精神文化需求，消解著主流意識形態與行政權力的統一性和封閉性的同時，其工業化的媚俗傾向，也不可避免地解構著精英文化的崇高與神聖。在精英文化逐漸向大眾文化轉變的這一歷史過程中，王朔的小說與影視劇的恰逢其時出現，不僅實現了這種文化轉向，並代表與主導了這種傾向的發展。

王朔的小說，勾連著精英文化與大眾文化的複雜關聯，也推動著當代文化生產的自我調整與重構。其小說，最吸引大眾的是其反叛的姿態和調侃的語言〔註 8〕，王朔筆下的「痞子」與「頑主」，不僅在道德上有著明顯的「反

範大學學報》2003 年第 4 期。

〔註 7〕陳曉明：《最後的儀式》，《文學評論》1991 年第 5 期。

〔註 8〕溫儒敏、趙祖謨：《王朔現象與大眾文化》，《中國現當代文學專題研究》第 323 頁，北京大學出版社 2002 年。

正統」色彩，而且在文化上也充當了前衛的角色〔註9〕。從《空中小姐》中的退伍軍人，到《浮出水面》、《一半是火焰，一半是海水》以及《橡皮人》中的「倒爺」、詐騙犯等，王朔塑造了一群生存在新舊制度夾縫中的社會邊緣人。他們完全脫離了正常的社會秩序，也拒絕了傳統的社會生活和道德觀念，在新舊制度之間的夾縫中渾水摸魚。他們不屑於吃不飽、餓不死的公職，而選擇在新興的市場經濟中進行經濟冒險。傳統的價值觀在金錢的法則面前，被基本捨棄。「痞子」們的日常生活就是終日遊蕩在都市裏的大街小巷中，頻繁地進出繁華的商業地標，肆意玩樂。在「頑主」的世界裏，正常的朝九晚五的生活是被嘲諷的對象，賣弄嘴皮子的調侃和荒誕的遊戲，才是他們存在的方式和意義。從「痞子」口中不時湧出的俏皮話，到「頑主」中，成了滔滔不絕、無處不在的專事調侃，王朔一步步撕開了主流與精英文化的神聖面孔。文革後在人們文化記憶中的無意識殘留的政治話語，被王朔拿來進行了大量的戲仿與拼貼，在主流意識形態的歷史語境中，無比神聖與莊嚴的政治話語，在王朔刻意的言語狂歡中，淪為滑稽的笑料。王朔對於政治話語的無意識地「施虐」，無形中將矛頭指向了政治倫理教育與意識形態強力干預下的革命道德神話。在長期以來理想主義的道德神話教育所培養的社會公眾道德的虛偽，在王朔歪打正著的「話語遊戲」裏被褻瀆和摧毀。支撐這種社會公眾道德神話的父輩文化、傳統愛情乃至於集體主義價值傾向與傳統價值觀，在「頑主」機智、幽默的調侃中，也全部變成了毫無意義的荒誕鬧劇。王朔對於革命政治文化的嘲諷，尚控制在有限的範圍內，但對於整個精英文化的顛覆與挖苦，就顯得更為赤裸裸和不遺餘力。王朔所塑造的知識分子形象，幾乎成了虛偽、墮落的代名詞。《頑主》中的寶康與「德育教授」的趙堯舜，表面上滿嘴仁義道德，佔據道德至高點，實則虛偽、自私；《一點正經沒有》中的古德白，自吹自擂、厚顏無恥；《我是你爸爸》中的政治老師，自恃身份，有錯不改，對學生打擊報復。王朔小說中的專家、學者、作家、老師，都是負面的知識分子形象，被無情地奚落、嘲笑、挖苦，整個知識分子群體的尊嚴與啟蒙主義姿態，在王朔的小說中被解構殆盡。作家尤其成為他肆意攻訐的對象，在「頑主」的眼中，作家跟流氓等同，假如恭維一個人是作家，那就是罵人。文學是無所事事、不學無術的人走投無路時才去「搞」的，文學頒獎

〔註9〕張清華：《由語言通向歷史：王朔的意義》，《中國當代文學中的歷史敘事》第
211頁，北京大學出版社2012年。

典禮被用來以頒發鹹菜罈子的形式，給無名小卒以虛榮的滿足，文學創作被拿到法庭上胡亂審判。在撕開一部分知識分子所存在的虛偽嘴臉時，整個知識分子群體和精英階層都被全盤否定。王朔也在走向整個精英文化的對立面中，一股腦掀翻了整個社會文化語境中理想與道德，一切的有深度的人文價值：知識、文化、崇高、理想、使命、終極關懷、歷史、婚姻、家庭、倫理……乃至自己，都在嘲諷中被一一拆解。

王朔這種反道德、反精英、反文化的姿態，主要是通過語言的「調侃」與解構來完成的。語言作爲一個時代文化的全部載體和產物，是當代文化變革與重構的起點〔註 10〕。與當代其他作家側重從觀念與意識角度來解構不同，王朔是一個從語言、語境入手、最接近和最地道的解構主義者〔註 11〕。在王朔的小說中，語言是通向所有場景和情境的節點。他的小說並無太過連貫的情節，眾多的場景也全圍繞對話展開。從最初的純情系列中的男女主人公時不時出現的俏皮話，到「頑主」中完全由對話撑起的小說骨架。王朔小說中獨具魅力的語言，成爲他觸及政治和現實的唯一介質。書面語、政治話語與市井流行語，代表三種不同身份的說話人之間的話語形式，同時出現在王朔的文本中，既沒有形成相互排斥，也沒有明確的界限，在隨意地拼貼、交替中，兼容並包地共存於王朔的文本中。他的小說語言以北京的口語爲基礎，但所用的語言並非純粹的北京方言，而是北京的城市流行語。對此，王朔有過明確的說明，「我借助最多的是城市流行語，老北京的方言我不太懂。」〔註 12〕「我的小說不是純粹的北京口語，『文革』時的東西我要充分利用，有時很出效果。我認爲語言有兩個源頭，一個是民間語言，一個是文人語言。我受的教育決定了我只能用口語寫作，我不能熟練地操作那種文人書面語，哪怕我使用那種歐化的文體，都會有很大的障礙和困難。而且我寫作時的確覺得口語是最生動的，最能表達時代特點，特別是表達當代人的情緒最準確。」〔註 13〕在北京的城市流行語的底色上，王朔還將政治話語與知識分子的書面語兩類獨具特色的話語融於其中，基本顛覆了這兩種話語的原有使用規範。

〔註 10〕 此觀點參考張清華：《由語言通向歷史：王朔的意義》，《中國當代文學中的歷史敘事》第 214 頁，北京大學出版社 2012 年。
〔註 11〕 張清華：《由語言通向歷史：王朔的意義》，《中國當代文學中的歷史敘事》第 214 頁，北京大學出版社 2012 年。
〔註 12〕 王朔：《我是王朔》第 61 頁，北京：國際文化出版社 1992 年。
〔註 13〕 《王朔自白——摘自一篇未發表的王朔訪談錄》，《文藝爭鳴》年 1993 第 1 期。

如在小說中融入了大量的文革語言、政治術語，如叛徒、特務、漢奸、僞軍、皇軍、太君、投降、收編、卑鄙、無恥、流氓、苦出身、苦孩子、水深火熱、世界革命、挖資產階級的牆角、三分之二受苦受難的人民、首惡必辦、階級兄弟、幹了階級敵人想幹而幹不到的事等等。通過這些詞語的活用、誤用和反用，造成只有中國大陸人才能感受到的滑稽和荒唐感。此外還有經典語錄和古漢語書面語言、純文學優美語言、封建頌聖語言以及俚語、俗語、行話、黑話等內容，在各式語言的碰撞與融合中，形成了王朔小說語言鮮活的表現力和粗糙的幽默，也引發了讀者的閱讀狂潮與大量追捧。在有意迎合讀者的前提下，王朔將語言的混雜與調侃用到了極致。他相當自覺地說，「我曾受到一種影響，就是無論什麼，只要你把它發展到極端，就是有價值的」〔註14〕。王朔小說的語言狂歡，多是通過大量的戲仿和拼貼和反諷來實現的。諸如，描述偉大、神聖與卑微、瑣屑的語彙，通常都會被王朔抽離出原有的語境，進行隨意的拼貼。偉大、神聖的詞語常常用來形容平凡瑣屑的事物，而卑瑣的詞彙則出現在莊嚴、神聖的事物的描寫中，語境與詞彙的錯置，形成了反諷。繼而在正負相抵、美醜並存、善惡同在的折衷中，造成兩種意義的反差與荒誕，消解了一切意義和規範，也顛覆了文學語言的等級差別。同樣的語言策略還表現在王朔以市井口語對「文革」時的革命話語和知識分子話語的戲仿，用「痞子式」的話語，將原有的語境偷換或諧謔化，造成意義的錯位與性質的脫節，從而使知識分子話語和政治話語原有的神聖和莊嚴被褻瀆或完全消解。如，《給我頂住》中：

> 「敵進你退，敵退你進，敵駐你擾，敵疲你打。」
>
> 前排坐著的一個女同志撲哧一笑，回過頭橫我一眼：「什麼亂七八糟的？」
>
> 「這不是我說的，《誘妞大全》上就這麼寫的。」我繼續對關平山說，「你還得機智靈活，英勇頑強，屢戰屢敗，屢敗屢戰。先胖不算胖後胖壓塌炕笑到最後才算是笑得最好看。」

這裡，毛澤東遊擊戰的十六字方針，被用來泡妞，原有的政治話語的嚴肅和崇高，一掃而光。

在小說《玩得就是心跳》中更加明顯地對政治權威的解構：

〔註14〕王朔：《我是王朔》第306頁，北京：國際文化出版社1992年。

「我媳婦回來了，所以我們這個黨小組會挪到你這兒繼續開。」

他又一指大臉盤的陌生男人說「這是我們新發展的黨員，由於你經常缺席，無故不繳納黨費，我們決定暫時停止你的組織生活。」

作者巧妙將日常生活休閒娛樂與莊嚴黨的組織生活相提並論，將「黨小組會」、「新發展的黨員」、「繳納黨費」、「組織生活」等嚴肅莊重的詞彙不倫不類地應用於日常生活的麻將遊戲中，權威觀念不知不覺在調侃中喪失殆盡。

同樣的解構還出現在《頑主》中，馬青看到林蓓跟寶康在一起閒聊，直接告誡林蓓：

「林蓓你小心點，康寶不是好東西，你沒聽說現在管流氓不叫流氓叫作家麼？」

神聖的作家直接與流氓等同，作家原有的莊嚴一晃而光。王朔在作品中熟練運用的戲仿與拼貼，不僅在本質上將矛頭指向了極左意識形態和精英文化，也否定了一切的神聖與崇高，使其主人公最終走向了精神上的價值真空與文化虛無。王朔小說的巨大破壞力，暗合了文革之後人們普遍出現對於傳統社會公眾道德體系的失望與牴觸情緒，也讓整個評論界對其保持了長時間的沉默。深受極左政治思潮之害的王蒙就直接稱贊王朔：「撕破了一些偽崇高的假面」〔註15〕，王蒙的態度也代表了相當一部分人對於王朔的肯定。類似的評價還出現在作家鄭萬隆、趙大年、馮牧、史鐵生等眾人身上，他們對王朔小說中語言運用進行了肯定與贊揚。他們認為王朔的作品豐富了文學畫廊，「表現了與他同一代的青年男女在這個歷史時期的思想和心態，具有認識價值」〔註16〕。與此同時，辛辣的諷刺也同樣指向了王朔反叛一切的文化態度，以「痞子文學」和「流氓作家」為首的批評風暴撲面而來。張德祥就直接指出：「（王朔筆下的人物）他們已經徹底失去了自尊，乾脆自卑到底成為無賴。這是他們的低劣素質和人性本能所決定的，不扳倒一切有價值的、尊貴美好的東西，他們怎麼能獲得心理平衡？如果他們總被自卑感所籠罩還怎麼能『樂』起來？他們的低劣素質決定了他們只能從反面褻瀆美好，以獲得平衡。這些人的玩世不恭、誹謗人生，既是他們生命能量的發泄方式，也是他們聰明才智的發揮方式。這種方式的背後掩藏著一種價值觀和人生哲學，

〔註15〕王蒙：《躲避崇高》，《讀書》1993年第1期。

〔註16〕高波：《王朔：大師還是痞子》第194頁，北京燕山出版社1993年。

體現出他們對世界與人生的解釋和邏輯，他們的人生觀及其方式在特定的歷史時代形成，又適應了商品經濟乍興於這塊古老國土上，道德觀念與傳統價值受到猛烈衝擊的社會條件，使他們走上了歷史舞臺。他們的無恥無賴的極端個人利己主義品性同商品的本質有某種共通之處。因此，在金錢強化著人們的金錢觀念、強化著個人利益、衝蕩著道德價值的同時，他們的人生哲學正與這種強化不謀而合，無疑得到了社會響應，形成一種社會文化現象：金錢化、利己化、實用化、世俗化。反過來說，也就是這種社會文化現象在這些人身上得到了集中體現：女人出賣臉皮與貞操，男人拍賣尊嚴與人格。」〔註17〕這種辛辣的批判，直指王朔反叛一切的文化態度。而王朔對於精英文化的天然對立與仇視，也完全源自於他在時代背景下迫不得已的文化策略和其本人大院子弟本身的文化偏見。在徹底解構之後，王朔並沒有給出能夠擺脫這種時代夾縫的出路，反而憑藉對於時代的敏銳感知，充當了整個消費文化時代的大眾心理代言人。王朔現象一路備受爭議的原因，也在於此。

　　王朔的小說中，有著濃厚的商業時代氣息。高樓林立、繁華的南方商業都市，只屬於商業時代的物質標識如錄音機、電視、電影等和酒吧、歌舞廳等娛樂場所在小說中不斷出現。不管是「痞子」還是「頑主」，他們都是遊走在新舊制度夾縫中的社會邊緣人。純情小說中的「痞子」們，在市場經濟的現實誘惑下，很快認清了新的社會現實，拋棄了原有的社會道德觀念，陷入對於金錢的瘋狂追逐。到「頑主」系列中，藐視一切的規則與秩序的「頑主」們，既看不起朝九晚五的正常生活，也完全脫離於整個社會的正常秩序和運轉軌道。他們不在任何規則與正常生活、社會秩序之中，也不屬於任何地方，既沒有經濟壓力，又有著大把的時間和精力。他們終日在繁華的都市裏四處遊蕩，自由地遊走在城市的大街小巷。完全憑自己的喜好，肆意地玩樂、調侃，沒有邊際的吃喝玩樂。不追求任何意義和價值，輕鬆地活著是他們的基本生存哲學。「痞子」與「頑主」們對於金錢與世俗享樂的追求，構成了王朔小說主人公的精神特徵，傳達了市場經濟時代到來後的大眾文化心理。

　　在一面不遺餘力地反叛主流和精英文化的同時，王朔也在另一面又主動維持著與大眾文化的緊密關係。在商業時代到來前的當代文壇，王朔是最早

〔註17〕張德祥、金惠敏：《王朔批判》第37、38頁，北京：中國社會科學出版社1993年。

意識到大眾文化的商業價值的。文革後政治理想的破滅和精英階層〔註18〕出身的優越感，直接將王朔拋向了市場。下海經商失敗的經歷，給王朔帶來了敏銳的商業眼光。在市場經濟到來之後，在相當一部分作家羞於談論商業利益，堅持精英立場之時，王朔率先認識到了大眾文化的商業屬性，一面蔑視大眾文化，不願與其為伍，一面又不得不利用大眾文化。正如王朔所言：「我依舊蔑視大眾的自發趣味，一方面要得到他們，一方面決不肯跟他們混為一談。」〔註19〕這種矛盾的文化觀念，並不影響王朔對於大眾文化的利用與征服。他是第一個不遺餘力將文學世俗化，進行文化生產的作家，也是第一個與大眾媒介共謀，開創明碼標價的賣文事業的文化商人。1988 年，王朔將其四部小說改編成了電影，在獲得影視與小說聯姻的巨大成功之後。王朔的小說創作也出現了影視化的痕跡，眾多的影視劇本均被拿來改編成片段化、場景化的小說。二十世紀九十年代，電視劇進入其黃金時期，成為老百姓的主要娛樂方式時，王朔緊緊抓住電視劇的商機，擔任眾多電視劇的編劇，利用影視的廣泛受眾群和在市場中的巨大影響力，為其小說打廣告，不僅贏得了小說與影視的雙贏，也直接使王朔名利雙收。

在大眾文化的商業利益面前，王朔很快完成了對於大眾文化生產規律的認同，「搖身一變成為大眾文化的主力打手和搖唇鼓舌者」〔註20〕。王朔真正體會到大眾文化衝擊力的是《渴望》等電視劇的熱播，他說：「《渴望》播出後那個轟動勁兒使我們初次領教了大眾文化的可怕煽動性和對其他藝術審美能力的吞噬性。」〔註21〕從《渴望》的拍攝與製作開始，王朔就明確地認識到了大眾文化的集體創作原則與產業化生產：「大眾文化有自己的標準構置和法定夢境」〔註22〕，「大眾文化必須結束小打小鬧，自發的，完全依賴從業人

〔註18〕指建國後在北京出現的，佔有特殊政治地位的軍事大院或國家機關大院。作為特權階層的象徵，出身於部隊大院的通常是曾處於社會頂端的幹部子弟，他們與一般平民、知識分子相對，有著極強的身份優越感。

〔註19〕王朔：《我看大眾文化港臺文化與其他》，《無知者無畏》第 7 頁，北京：春風文藝出版社 2000 年。

〔註20〕王朔：《我看大眾文化港臺文化與其他》，《無知者無畏》第 15 頁，北京：春風文藝出版社 2000 年。

〔註21〕王朔：《我看大眾文化港臺文化及其他》，《無知者無畏》第 14 頁，北京：春風文藝出版社 2000 年。

〔註22〕王朔：《我看大眾文化港臺文化與其他》，《無知者無畏》第 11 頁，北京：春風文藝出版社 2000 年。

員的靈感出作品的狀況。它是一個產業，就要按產業的要求佈局，要有規模，要從基本建設開始，像搞房地產，先圈地，再修路，通水通電，然後成片起樓，大投入大產出。」〔註 23〕在認識了大眾文化的流水線生產之後，王朔隨之熟門熟路地創作了《編輯部的故事》、《海馬歌舞廳》等電視劇，直接打響了王朔國內最出名的編劇身份。王朔甚至企圖按照大眾文化的生產方式，成立時事公司〔註 24〕，以進行流水化的影視生產，但他很快厭倦了與大眾文化眉來眼去的生活〔註25〕，結束了與大眾文化的聯盟。

　　王朔對於大眾媒介的利用，也幾乎到了極致。大眾文化在某種程度上被稱爲媒介文化，大眾媒介以電影與電視劇的各式吸引眼球的娛樂、花邊新聞，迅速在二十世紀九十年代的大眾市場中急劇擴張。王朔在談到 1992 年的大眾文化時說，「大眾文化在那一年集中表現在報紙周末版的出現，大量的以報導影視娛樂、明星花絮爲內容的小報上了街頭。」〔註 26〕在意識到大眾媒介在二十世紀九十年代的巨大宣傳力後，王朔開始有意識地利用大眾媒介，進行自我營銷。從小說的影視改編開始，王朔利用了一切可以出現在媒體中的機會，時不時地語出驚人，炮轟各個名人，製造出爆炸性的新聞，以提高在大眾面前的曝光率，爲自己增強知名度。大眾媒體也樂於接受王朔爲自己的代言人，以在整個社會中爲大眾文化打開局面。這種策略，也一直持續在王朔的沉寂，且屢試不爽，造就了文壇一次次的軒然大波。在王朔身上，既連接著文學與傳媒、文學與市場等眾多新型關係〔註 27〕，也內在地勾連著大眾文化在整個社會的興起與發展。王朔與大眾文化的關係，正如他自己所說：「再沒其他一個作家像我這樣對大眾文化介入這麼深的，所以他們針對我在大眾文化這一塊發揮的影響和帶來的後果講話也顯得言之有物。」〔註 28〕

〔註23〕 王朔：《我看大眾文化港臺文化與其他》，《無知者無畏》第 25 頁，北京：春風文藝出版社 2000 年。

〔註24〕 指的是王朔在 1995 年與葉大鷹一起創辦的「時事公司」。

〔註25〕 王朔：《我看大眾文化港臺文化與其他》，《無知者無畏》第 32 頁，北京：春風文藝出版社 2000 年。

〔註26〕 王朔：《我看大眾文化港臺文化與其他》，《無知者無畏》第 18 頁，北京：春風文藝出版社 2000 年。

〔註27〕 張伯存、盧衍鵬：《二十世紀九十年代文學轉向與社會轉型研究》第 31 頁，北京：光明日報出版社 2013 年。

〔註28〕 王朔：《我看大眾文化港臺文化與其他》，《無知者無畏》第 36 頁，北京：春風文藝出版社 2000 年。

王朔現象是社會經濟文化轉型時期的典型文化現象。從王朔身上，精英文化與大眾文化彙集成了一個扭結點。精英文化是王朔不遺餘力排斥、不斷反叛的文化立場，而大眾文化是他潛意識拒絕、自覺利用、推波助瀾最終捨棄的文化觀念。王朔先期將精英文化徑直拉下神壇，在不自覺中為大眾文化在二十世紀九十年代的興起與定型，充當了引路人的角色。在精英文化不斷衰落與大眾文化愈加興起的歷史過程中，王朔左右逢源地游離於文學與市場之間，成為了重構市場經濟時代的新型文化形態的文化英雄。在大眾文化的走向不斷明晰與發展日趨成熟之時，王朔也只能在自我調整的寫作轉向中，走向沉寂。

第二節　王朔小說的大眾文化特徵

無論是王朔小說中的世俗化內容，還是其小說傳達出的社會價值觀，都無法擺脫大眾文化的影響。王朔的小說既有明顯的通俗小說特質，又無法徹底與純文學脫離關係。從開始創作到最後的出版營銷，王朔的文學生產都表現出眾多的大眾文化特徵。

大眾文化的商業屬性，在王朔的小說中表現地淋漓盡致。王朔一直有著多重的文化身份，在文學與市場之間，他首先是一個文化商人，其次才是作家。作為社會轉型體制調整下的犧牲品，王朔在生存的重壓下，對小說創作有著明確的商業目的，他寫小說就是為了賣錢，以獲得商業回報。「好東西生產出來，不會賣，什麼都不是。」〔註 29〕「我寫小說就是要拿它當敲門磚，一要通過它過體面的生活，目的與名利是不可分的……我追求體面的社會地位，追求中產階級的生活方式。」〔註 30〕面對二十世紀九十年代的文學市場化，當相當一部分精英知識分子在文學與商業之間徘徊不定時，王朔欣然讚同文學的徹底市場化，很快完成了心理的轉變。「在這裡『一切為了人民』和『一切為了金錢』這兩個口號是不架的，為廣大人民群眾所接受的同時也是利潤最豐厚的，只有知識分子、藝術家在這個問題上才會有觀念衝突，甚至覺得需要一個痛苦的轉變認識過程，對商人而言這從來就不是個問題。」〔註 31〕

〔註29〕 王朔：《我看大眾文化港臺文化與其他》，《無知者無畏》第 15 頁，北京：春風文藝出版社 2000 年。
〔註30〕 《王朔訪談錄》，《聯合報》1993 年 5 月 30 日。
〔註31〕 王朔：《鳥兒問答》第 196 頁，天津人民出版社 2007 年。

他以「玩」文學的態度，將文學看作明碼標價的商品，整個文學的創作過程就是一次商品買賣的流程，「文學本身也是商海，寫作就是做生意，有需求，加上銷售渠道暢通，也能賣出好價錢。其實，中國的文學市場還是很大的。」〔註32〕在文學市場需求的驅動下，王朔將寫小說當成了商業來經營。在極力迎合讀者口味的前提下，王朔的小說中的娛樂功能佔據了主要位置，他的小說就有著很強的趣味性和消遣、娛樂性。通常，王朔的小說很少給讀者設置閱讀障礙，讀他的小說並不要求太多的審美要求與文學素養。他非常注重讀者的需要，他說：「有人覺得不需要讀者，這當然無所謂。但是對我來說，我需要。」〔註33〕出於小說出版與銷售的考慮，王朔的小說基本都有著明確的受眾定位，對此，王朔也絲毫並沒打算掩飾：「我的小說是衝著某類讀者去的。《空中小姐》《浮出海面》吸引的是純情少女，《頑主》就衝趣味跟我一樣的城市青年去了，男的為主。後來又寫了《永失我愛》《過把癮就死》這是向大一大二女生去的。《玩的就是心跳》是給文學修養高的人看的，《我是你爸爸》是給對國家憂心忡忡的中年知識分子寫的。《動物兇猛》是給同齡人寫的，給這幫人打個招呼。」〔註34〕在明確的預期受眾群分類設定下，王朔小說為吸引讀者，小說中有著眾多通俗的因素，純情小說中女主角都有著新鮮而神秘的職業和身份設計，如空中小姐、舞蹈演員、女大學生等，對於此，王朔透露：「當時我選了《空中小姐》，我可以不寫這篇，但這個題目，空中小姐這個職業，在讀者在編輯眼裏都有一種神秘感。而且寫女孩子的東西是很討巧的。」〔註35〕這種討巧的小說人物形象設置，也確實為王朔的小說出版帶來了便利，這一點也同樣出現在王朔男主人公以及小說的情節設置。不同常規的「痞子」性格和嘲弄一切的調侃，以及遊蕩於法律邊緣的經濟犯罪和放縱恣肆的玩樂，這些普通人無法體驗的生活，給王朔的小說增添了眾多閱讀的快感與新鮮刺激，使得王朔小說成功地吸引了大批的讀者。王朔曾坦言自己的作品即便什麼意義也看不出，「起碼也讓你看一樂兒」〔註36〕。王朔小說迎

〔註32〕於文秀：《「大眾英雄」——王朔現象解讀》，《當下文化景觀研究》第55頁，北京：人民出版社2007年。

〔註33〕轉引自本傑明 L・李卜曼：《權威與王朔小說的話語》，《當代作家評論》1993年第3期。

〔註34〕王朔：《我是王朔》第55頁，北京：國際文化出版公司1992年。

〔註35〕王朔：《我是王朔》第21頁，北京：國際文化出版公司1992年。

〔註36〕王朔：《我的小說》，《人民文學》1989年第3期。

合讀者口味的行為，常被打上了媚俗的標籤。儘管設定特定的讀者群，以吸引讀者，並不是否定一部小說的充分理由。但一旦小說創作僅僅是為獲得最大商業利益，而絲毫不顧及文學的藝術特徵，就極易使小說的文學性喪失，而流於粗製濫造。在市場化到來後，王朔率先開始的商業化寫作，無疑為眾人樹立了標杆，與他同時期的海岩也同樣表示了他的寫作立場，「反映緝毒、吸毒和戒毒的作品已經太多，讀者早已掉了胃口……為了讓人愛看，我在寫作的時候就採取了戲不夠，愛情湊，愛情不夠景來湊的辦法。讓這個故事的許多情節，都發生在風景勝地。就像電影《廬山戀》似的，不愛看故事就看景吧。」〔註37〕為吸引讀者而拼湊情節與故事，很難保證這種小說創作不損害文學的韻味。王朔之後，隨著市場化的逐步加深，為市場寫作的立場，也被眾多的作家所接受，商業化寫作大肆盛行。「美女寫作」、「80 後寫作」，就是極為典型的代表。

在一個作品大獲成功之後，在商業利益的驅動下，王朔又迅速地抓住商機，進行大批量的文本複製，成就了一個個模式相同的文本系列。從《空中小姐》到《浮出水面》、《一半是火焰，一半是海水》等，王朔的小說有著幾近相似的男女主人公性格及生命體驗，小說也基本是痞子與玉女的情感糾葛模式；至《頑主》《一點正經沒有》《千萬別把我當人》，也全是調侃的對話沿襲到最後，反叛的精神也從純情系列的初露萌芽，至頑主中的肆意宣泄。閻晶明就指出：通俗故事、浪漫情調以及獨特的價值觀念，是王朔小說的三個基本要素〔註38〕。王朔曾毫不掩飾地說道：「指望作家深思熟慮之後拿出心血之作是來不及的，那等於靠天吃飯，要形成規模，講究效益，必須走到工業化組織和工業化生產這條路上來。」〔註39〕作為凸顯作家主體意識與獨立意識的文學創作，是作家個性與創作性的體現。但大眾文化的大行其道，使得影視改編帶來的經濟利益成為作家進行文學創作的一大目的。文學創作在影視的集體創作標準影響下，成為流水線上生產的商品，作家的個性無可避免地成為阻礙。王朔明確表示；「大眾文化最大的敵人就是作者自己的個性，除

〔註37〕 海岩：《我為什麼寫緝毒小說——代後記》，《永不瞑目》第 487 頁，北京：作家出版社 2000 年。

〔註38〕 閻晶明：《頑主與都市的衝突——論王朔的價值選擇》，《文學評論》1989 年第 6 期。

〔註39〕 王朔：《我看大眾文化港臺文化及其他》，《無知者無畏》第 8 頁，北京：春風文藝出版社 2000 年。

非這種個性恰巧正為大眾所需要。」〔註 40〕文學也由此不再是作家獨特的生命體驗和精神內涵的個性體現，而走向了一個接一個的套路複製與再生產，文學的個性與多樣性被同質性所取代。王朔的出現，一開始在為文壇帶來迥異的個性體驗的同時，也迅速陷入了自我複製的困境。王朔的四大卷小說，基本都有著不同程度的複製。但在受眾和傳媒的熱烈追捧下，王朔將小說的複製發揮到極致，也導致其不得不停筆，最終在幾度浮沉中，走向沉寂。這種文本複製，在王朔的成功示範之後，作家在自我複製之後，紛紛進入了高產量的小說生產之中。僅 1998 年上半年，海男就有 4 部長篇小說面世；潘軍在 2000 年一年內出了 19 本書；更莫提時下熱門的網絡作家，最少全年無休的日更 5000 字……除此以外，還有因一部作品而引發的瘋狂跟風也大量出現。比如，衛慧的《上海寶貝》之後，各方「寶貝」輪番上陣；《盜墓筆記》火熱之後，各式尋寶、盜墓小說的泛濫，而不論什麼樣的複製，都是文學個性與多樣性的喪失。

　　王朔深受大眾文化影響的另一方面在於，他的小說借助大眾媒介達到了更大範圍的傳播。當大眾文化傳播的主要媒介——影視，伴隨著港臺流行文化席捲了整個八十年代的文化市場時，單純的文字傳媒已很難在大眾中擴大其影響，作為視覺文化的影視藝術，以其生動的畫面、震撼的音響效果，迅速征服了大眾。與文學傳媒的間接性和抽象性相比，影視在轉型期的中國無疑有著更為龐大的市場和受眾群。丹尼爾．貝爾對於視覺文化的衝擊力有著明晰的概括：「目前居統治地位的是視覺觀念，聲音和影像，尤其是後者，組織了美學，統帥了觀眾，一個大眾社會裏，這幾乎是不可避免的。」〔註 41〕文學作品更多的是借助電影、電視、網絡等多種新興傳播媒介，被大眾所熟知。大多數文學作品被改編成影視劇後，均能得到良好的觀影反饋，繼而使原著在閱讀量和傳播上得以提升，小說的熱賣又給更多作品被拍攝成影視帶來更多的機會。文學作品的影視改編作為小說與影視結合的最好例證，在最近的一個世紀，形成了雙贏的運作模式。大眾文化的興起，使王朔意識到僅僅憑藉圖書的出版，尚不足以給他帶來巨大的利益。在大眾文化語境和個人

〔註40〕　王朔：《我看大眾文化港臺文化及其他》，《無知者無畏》第 9 頁，北京：春風
　　　　　文藝出版社 2000 年。
〔註41〕　〔美〕丹尼爾・貝爾：《資本主義文化矛盾》154 頁，趙一凡譯，三聯書店 1989
　　　　　年。

價值選擇的雙重作用下，他不斷向大眾媒體靠攏，有意識地把文化當作事業來做，積極尋求與影視的合作。一方面他充分利用了影視媒介的巨大影響力，寫電視劇本，或將小說改編成電視電影劇本；另一方面他的創作觀念開始向影視化轉移。從 1988 年開始，王朔的影視劇不再是單方面地依靠小說提供劇本，影視的思維也影響了王朔的小說創作。《永失我愛》《給我頂住》《編輯部的故事》；《無人喝彩》《劉慧芳》《你不是一個俗人》等小說全部是改自影視劇本或取自影視構思。王朔曾專門有所說明：「我在 1988 年以後的創作幾乎無一不受到影視的影響。某一天起，我的多數朋友都是導演或演員，他們一天到晚給我講故事，用金錢誘惑把這些故事寫下來以便他們拍攝。上面提到的那兩部長篇《千萬別把我當人》和《我是你爸爸》以及後面的《過把癮就死》《許爺》同樣都是萌生於某個導演的意圖。只不過我在其中傾注了更多的個人感觸，所以我寧願不把這幾部小說劃入單純為影視寫作之列。」〔註 42〕影視對於場景與對話的注重，對於王朔的小說影響極為明顯。《頑主》之後的眾多小說，都沒有非常連貫的小說情節，大量的場景與對話，基本是王朔小說的全部內容。其中，對話這種易於呈現在影視中的方式，極為出彩，完全取代了小說中的人物的心理塑造與詩意的氛圍描述。

　　除小說的創作開始出現影視化傾向外，王朔在 1992 年之後的小說傳播，也基本依靠大眾傳媒，而擺脫了傳統的文學傳播機制。大眾傳媒將大量的信息呈爆炸式地呈現在人們面前，在給大眾帶來充分的便捷的同時，也將其內在的商業屬性暗含其中，帶動了眼球經濟的發展。因此，吸引受眾關注成為達成這種商業利益的必要選擇，大眾媒介在這裡顯得功不可沒。而當大眾傳媒的力量不斷向文學領域內部滲透，精神文化領域的文學也開始選擇與大眾媒介聯盟，作家在看到傳媒對自身與作品的重要作用時，就開始利用傳媒或者被傳媒利用，為作品發行增添助力。故作驚人之語、片面偏執、誇大事實、有人挑起事端，大肆借事件等手段進行宣傳炒作，以謀求受眾關注，達到傳播的目，成為佔領市場的常用手段，使得文學與作家不可避免地出現了娛樂、炒作的傾向。王朔無疑很好地利用大眾傳媒這個強大信息載體的運作法則，策劃文學事件、製造時尚話題和花邊新聞，實現了在傳媒上的大量曝光率和頻繁推介，成就了短時間內的爆紅。王朔就曾說，「我一直是拿電視劇當給自

〔註42〕王朔：《身後一片廢墟》，《無知者無畏》第 103 頁，北京：春風文藝出版社 2000年。

己打廣告看待的，拍什麼不重要，重要的是有機會到小報上說瘋話去，混個名兒熟，讀者一見書皮兒，咦，這不是昨天還在報上放狂話那位麼？丫都寫了什麼呀我得瞧瞧。這一招相當管用，九二年我見了足有兩三百名記者，都見到了，大報小報，北京外地，同一張報紙見了文藝版的見影視版，見了副刊的見周末版的，自己也說亂了，惟恐紅不透，惟恐聲音不能遍及全國城鄉各地。與此同時，圖書銷售應聲而漲，每本均破十萬大關，且持續節節上升。」〔註43〕從 1992 年之後，幾乎每一次王朔的作品發佈，都伴隨著王朔的驚人之語和各種花邊新聞。王朔與各式名人的對罵，個人經歷與緋聞，都成為借機炒作的話題。2000 年，王朔連續在《中國青年報》《收穫》等刊物和網絡上發表文章攻擊金庸和魯迅以及張藝謀等人，立刻招來了批評和聲援，再次引發軒然大波，掀起了「酷評熱」。王朔的評論似乎並不具備學術意義上的價值，而更像是借大眾文化謀取金錢和名聲的鬧劇。王朔的新書，經此一役，迅速開始熱銷。而王朔每一次與大眾媒介的親密互動，都吸引了大批受眾的眼球，使王朔的曝光率和知名度一路飆升，也在很大程度上帶來了其作品的大量閱讀和廣泛關注。儘管其後的作品，如《我的千歲寒》等，實際上並不如王朔前期作品那麼通俗和流行，眾多的讀者紛紛表示看不懂，但在傳媒發揮巨大作用的時代，它的強大輿論場效應依舊給王朔帶來了可觀的經濟收入，使得這部作品的版權賣出了天價。在王朔之後，借用媒體而取得更大名聲的「晚生代」、「新新人類」和「低齡化寫作」，更是在大眾文化市場掀起了軒然大波，博盡了大眾的眼球。

然而，在傳媒左右大眾意願選擇的市場作用下，文學的娛樂化傾向日益明顯，文學也很容易在擺脫其身上的道德、啟蒙和理想重負時，也失掉了文學本身的價值，從而陷入失重的娛樂狂歡。

第三節　王朔影視劇的市場化策略

大眾文化在二十世紀八、九十年代的興起，為王朔帶來了巨大的機遇。在整個社會、文化急劇轉型的二十世紀八、九十年代，王朔以其敏銳的商業意識，準確洞悉了市場和大眾的需要，打造了眾多的當紅影視劇。王朔影視

〔註43〕王朔：《我看大眾文化港臺文化及其他》，《無知者無畏》第 18 頁，北京：春風文藝出版社 2000 年。

劇在這一時期的成功，得益於社會轉型與市場化導向下，與大眾文化生產的合謀。

王朔在 1988 年上映的四部電影，正值內地電影的娛樂元素不斷凸顯與轉向的時期。在同一年中，王朔的四部小說被不約而同選中，葉大鷹說：「可能是火候到了，大家的情緒也到了。」所謂的「火候」與「情緒」，既有整個社會轉型的大時代氛圍與大眾的需求，也內在地包含著電影與電影人的發展動向。作爲大眾娛樂形態的電影，不可避免受到整個大的時代環境的波及，在這一時期也開始了從觀念到整個體制的變革。從二十世紀八十年代中期開始，電影由計劃經濟時代的國家投資、行政性分配指標計劃拍片的方式，轉爲適應社會主義市場經濟的運行規則。在走向市場化的過程中，電影一面繼續用「主旋律」書寫來承傳主導政治的權威的同時，也在艱難地向文化工業轉型〔註 44〕。建國以來，電影作爲一種文藝形式一直被強調的教化、宣傳功能，被日益凸顯的娛樂性、商業性的追求逼退。主流意識形態和知識分子立場之外的民俗、民間生活描寫，取代了新時期以來的「理性電影」、「載道電影」的宏大敘事，電影對於日常生活中的普通人的生活與情感的關注，以及所塑造和表達的世俗化平庸的人物，消解了原有宏大敘事電影的神聖魅力，也成爲這一時期電影探索的新趨勢。〔註45〕對此，王朔回憶說：「那一年陳昊蘇當主管電影的副部長，提出拍『娛樂片』的口號，其實那也是意在恢覆電影這一大眾文化產品的本來面目」，「陳昊蘇提出拍娛樂片，我的小說因此受到青睞，所以我的小說有很大的娛樂性，這個邏輯是成立的〔註 46〕。王朔的小說對於世俗主題的表達，以及濃厚的時代氣息和通俗特質，吻合了二十世紀八十年代中期以來電影由「批判型」、「控訴型」電影話語向大眾話語的文化語境轉型，也契合了大眾審美趣味的變化，爲電影的改編提供了合適的範本。邵牧君就直接點出：「王朔小說在題材上的新鮮奇特，生活圖景的高度眞實，人物語言的尖利幽默，尤其是以插科打諢的方式對政治弊端，社會惡習，禁欲文化的尖銳抨擊，既解氣又不落把柄，這些都無疑對電影創作者產生了

〔註44〕尹鴻：《世紀之交：九十年代中國電影備忘》，丁亞平主編，《百年中國電影理論文選》（下冊）第 659 頁，北京：文化藝術出版社 2002 年。

〔註45〕丁亞平：《論中國電影與通俗文化傳統》，《百年中國電影理論文選》（下冊）第 711 頁，北京：文化藝術出版社 2002 年。

〔註46〕王朔：《我看大眾文化港臺文化及其他》，《無知者無畏》第 11 頁，北京：春風文藝出版社 2000 年。

很強大的誘惑力。」〔註 47〕小說的暢銷，爲電影帶來了潛在的市場和成功的前提，也使王朔的小說成爲影視市場的爭相搶購的對象。從 1988 年的《浮出水面》、《一半是火焰，一半是海水》、《橡皮人》、《頑主》開始，王朔的 14 部小說均改編成的電影。由《動物兇猛》、《一點正經沒有》分別改編而成的《陽光燦爛的日子》和《甲方乙方》，在二十世紀九十年代電影市場份額縮減的形勢下，依然獲得了市場上的巨大成功，《陽光燦爛的日子》更是實現了票房與口碑的雙贏，被譽爲新生代導演中最突出的影片。《爸爸》和《看上去很美》，令王朔和張元成爲各大領獎臺上的常客。作爲大眾娛樂、消遣的藝術形式，影視的視覺影像表達，給大眾帶來了新鮮的感官刺激的同時，也進一步提高了王朔小說的銷量和知名度，小說與影視實現了雙向的共贏。王朔小說本身的影視改編潛力與改編後電影的良好的市場反應，使得王朔成爲當時國內最搶手的影視編劇〔註 48〕，他的主要作品全部改編成了電影或者售出了電影改編權。在嘗盡影視劇創作所帶來的甜頭後，王朔開始在爲電影電視的世俗化寫作。努力滿足買主的需要，是王朔 1988 年之後小說創作有意識地向大眾媒介靠攏的結果。

1989 年，王朔先後成立或加入公司，試圖依照大眾文化的生產規律，進行市場化的影視生產。由王朔任總幹事，囊括 38 位知名作家的「海馬影視創作室」，是王朔等人正式進行市場化創作的嘗試。「海馬影視創作室」宣稱，他們的原則是圍繞市場來寫作——市場需要什麼，他們就寫什麼，什麼叫座他們寫什麼。「海馬宣言」中聲稱海馬全身均可入藥，有壯陽、健身、催產、止疼，強心之功效。這已經是明顯的將影視視爲純盈利的商品，以市場爲導向的大眾文化的生產。在大眾文化的背景下，以大眾文化爲導向，爲市場大眾創作，是王朔一貫的創作立場，王朔的影視劇創作也始終堅持這一創作方向。《渴望》和《編輯部的故事》就是王朔等人大眾文化生產模式下的成功範例。

《渴望》和《編輯部的故事》是王朔二十世紀九十年代最爲成功的影視作品。當電影深陷受眾縮減的困境時，電視劇開始陸續進入老百姓的日常生活，走向其發展的黃金時期。王朔在繼續大量的電影劇本創作〔註 49〕的同時，也適時地參與到電視劇的創作中去。《渴望》與《編輯部的故事》是王朔按照

〔註 47〕邵牧君：《略論王朔電影》，《電影藝術》1989 年第 5 期。
〔註 48〕王朔：《我是王朔》第 65 頁，北京：國際文化出版公司 1992 年。
〔註 49〕如《青春無悔》、《神秘夫妻》、《紅櫻桃》、《一聲歎息》、《夢想照進現實》等。

大眾文化模式進行影視創作的首次嘗試。鄭曉龍在《渴望》的製作前，已經有著明確的要求，起碼四十集，成本要低，全在室內拍攝。《渴望》最初是由五個人在北京某飯店「侃」出來的，它的製作過程採取先設計出一個故事，由熟悉各方面的情況、掌握觀眾心理及情節編製方法的人員組成的策劃班子，對整個劇情的發展和人物的性格實施控制。這種創作方式打破了中國影視創作原有的「作者」神話，集體創作代替了個體創作，這種集體編劇的方式正是大眾文化的典型特點。《渴望》採取的是室內劇的製作方式，採取多機拍攝、現場切換、同期錄音方式製作，場景多集中在室內，這極大地降低了電視劇製作的成本，縮短了製作的週期，創造了平均每 6 天拍攝一集的高速度。根據室內劇只能在家庭完成的特點。其故事原型取材於一則報紙上的新聞，劇本在創作上有著明確的受眾定位，「大家上來就達成了共識這不是個人化的創作，大家都把自己的追求和價值觀放到一邊，這部戲是給老百姓看的，主題、趣味要尊重老百姓的價值觀和欣賞習慣。」〔註 50〕《渴望》以年輕漂亮的女工劉慧芳的複雜情感糾葛爲線索，爲了吸引觀眾，其角色設置、人物身份、故事情節、主題設計等，全部是爲了觀眾的欣賞習慣和審美情趣。「那個過程就像做數學題，求等式，有一個好人就要設置一個不那麼好的人。一個人住胡同的，一個住樓的，一個熱烈的，一個默契的。這個人要是太好了，那一定要在天平的另一頭把所有倒楣的事都扣她頭上，才能讓她一直好下去。所有的角色性格都是預先分配好的。像一盤棋上的車馬炮，你只能直行，你只能斜著走，她必須隔一個打一個，這樣才能把一盤棋下好下完，我們叫類型化，各司其職。」〔註 51〕《渴望》播出後，引發了瘋狂的追劇熱潮，劉慧芳的好人形象和不幸的經歷賺足了中年婦女的眼淚。電視劇以超高的收視率創造了中國電視劇的神話，也幾乎包攬了電視劇領域的各大獎項。它不僅拉開了中國通俗電視劇和家庭倫理劇的大幕，也開創了中國長篇室內劇的創作模式，成爲中國電視劇史上里程碑式的作品。《渴望》的成功是王朔等人整體市場化運作的必然結果，整個劇作明顯應市場需求而生，有著明顯的市場導向，一切的創作皆圍繞著市場而進行，是市場化生產運作的成功典範。

〔註 50〕 王朔：《我看大眾文化港臺文化及其他》，《無知者無畏》第 8 頁，北京：春風文藝出版社 2000 年。

〔註 51〕 王朔：《我看大眾文化港臺文化及其他》，《無知者無畏》第 10 頁，北京：春風文藝出版社 2000 年。

　　《渴望》的餘溫尚在，王朔等人就又著手打造了《編輯部的故事》。《編輯部的故事》同樣採取了「室內劇」的創作方式，並且成功創造了中國的第一部社會情景喜劇。整個劇作的運作仍然採取的是大眾文化的「流水線作業」，從人物的類型化到劇中所傳達的內涵，也全部是迎合讀者和觀眾的創作。該劇一開始由五、六個人同時創作，每人分別寫出幾集，但最終發現只有王朔和馮小剛寫的兩集可用，於是劇本將這種風格定為整個劇的統一風格，其他人均需要向這種風格靠攏，劇本基本由王朔和馮小剛完成。劇作取材於社會生活中的熱點話題，人物仍然面向大眾，是社會中最普通的平凡人，以《人間指南》的雜誌編輯部的幾個性格各異的編輯磕磕絆絆的日常生活為主要表現對象，劇作幽默、諷刺、戲謔的調侃式對話一時間風靡全國。《編輯部的故事》在播出後，同樣引起了很大的社會反響，收穫了較高的收視率，是王朔在大眾文化模式下創作的又一典範。《渴望》與《編輯部的故事》的影視劇「集體」創作的流水線生產，令王朔感受到了大眾文化的威力和成功的規律生產，也清晰地明瞭大眾文化的生產規律，但並沒有就此徹底與大眾文化共舞。在隨後被王朔譽為最用心的電視劇《愛你沒商量》中，儘管並不牴觸大眾文化的準則，劇作也有著明確的收視對象——老百姓和老幹部，在創作中王朔等人依然出現了大眾化的方向與自身的寫作傾向的衝突，流露出王朔本人的個人趣味，市場化的大眾口味與個人創作的不同，顯然無法令大眾買賬。王朔在總結這部電視劇的慘敗時說：「關於這部戲的成敗當時也有很多的說法，我個人感到，最大的失著在於我們沒有尊重電視劇的規律，最終受到規律的懲罰。」〔註52〕在《愛你沒商量》的失敗，令王朔徹底認清現實。「大眾文化中大眾是至高無上的，他們的喜好就是衡量一部作品成敗的惟一尺度，傷不能說我在這部作品中有種種觀念上的突破，手法上的創新面最終未被大多數人接受，那還叫失敗。」〔註53〕此後，個性與情懷已經完全被王朔完全視為阻礙，將文化當作商品，「好賣」成為唯一的需求。大眾文化的觀眾意識和市場效應，使王朔主動採取大眾文化生產模式進行影視創作，徹底走向了流水線的工業化生產。

〔註52〕王朔：《我看大眾文化港臺文化及其他》，《無知者無畏》第 22 頁，北京：春風文藝出版社 2000 年。

〔註53〕王朔：《我看大眾文化港臺文化及其他》，《無知者無畏》第 23 頁，北京：春風文藝出版社 2000 年。

1994 和 1995 年的「好夢公司」與「時事公司」，王朔均表明了赤裸裸地
文化工業構想。「我想起碼先從北京各高校中文系和電影學院戲劇學院這兩個
專業院校的戲文系過一遍，篩選出所有具備寫作能力的小孩，跟他們簽約，
像培養包裝歌星那樣讓他們一步步走上職業編劇之路。不是嚴肅寫作，是工
廠流水線上的機器人，專寫警匪的，專寫言情的，專寫情景喜劇的，分門別
類，像動物園的籠子，到獅虎山裏邊就能看大型貓料動物，到鳴禽館就能聽
到一片鳥叫。我們缺這樣的職業寫手，像瓊瑤金庸那樣一門靈的專門家。大
眾文化要想持續不間斷地蓬勃發展，必須類型化，模式化，像京劇的角色一
樣各分行當」，「我想從我們這一代在我手上建立一個模式，一個生產線，每
年都有合格的功能各異的寫手源源不斷定下生產線，補充到大眾文化的建設
高潮中去。」〔註 54〕王朔的這種構想，儘管並沒有得以實現，但也清晰地道
盡了他的大眾文化的生產模式。王朔影視劇的成功與他本人的商業意識和明
晰的市場化運作模式不無關係，然而，王朔影視劇能夠契合大眾的深層原因，
不僅在於他不斷地對於大眾口味的摸索和調整，還在於他的影視劇確實給大
眾提供了值得消費的審美趣味。

隨著新的經濟形勢的轉變和市場經濟的確立，都市再次成為發展的重心
和眾人關注的焦點，市民群體也進一步擴大。生活於現代商業都市中的市民，
是影視劇的主要受眾群。王朔的影視劇關注的是都市中的世俗小人物的生存
狀態，所體現的也是普通大眾的價值觀。《頑主》中的馬青、於觀、楊重等是
遊蕩於都市裏無所事事的社會青年；《渴望》中的劉慧芳是普通的勞動婦女，
《編輯部的故事》中的李冬寶等是普通的辦公室人員，圍繞這些普通人的瑣
屑日常生活所上演的一幕幕鬧劇，是對於現實中的市民生活的演繹與誇大。
《輪迴》、《大喘氣》、《一半是火焰，一半是海水》等電影真實地再現了繁華
的都市場景，張明等人遊走在法律邊緣的經濟詐騙和倒買倒賣行為，也確實
出現在市場化到來的商業社會和某些人群，這些真實的情節都拉進了電影與
大眾的距離。電影中極具戲劇性的愛情模式，顯然極大地滿足了觀眾的獵奇
心理。但電影成功的更大原因，在於它們凸顯了轉型時期整個社會青年的真
實的精神世界，張明等人的價值選擇與命運變遷，折射出的是市場經濟的金
錢法則對於傳統道德價值觀的衝擊與侵蝕。至《頑主》系列，張明等人化身

〔註 54〕 王朔：《我看大眾文化港臺文化及其他》，《無知者無畏》第 26 頁，北京：春
　　　　風文藝出版社 2000 年。

為無所事事遊蕩於大街小巷的于觀、馬青等「頑主」，「頑主」們口若懸河地肆意調侃和愈發荒誕的遊戲生活，俏皮地道盡大眾對於極左思潮的厭倦，為市民大眾構建了一個沒有任何規則、無限自由的遊戲人生想像，令大眾在虛幻的宣泄快感中，暫時逃離現實的混亂。實質上，電影中「頑主」荒誕的遊戲生活，本身就是轉型時期的青年處於精神上的價值真空的沉淪。王朔電影迎合大眾的一方面就在於它真實地承載了轉型時期青年的精神特質，又給了大眾得以宣泄的人生想像，在真實與虛幻中的遊戲人生中，勾起了大眾對於現實的無限思考。《陽光燦爛的日子》和《看上去很美》呈現出的部隊大院子弟獨具時代特色的童年和青春，儼然是與王朔同齡的一代人無法抹去的文革記憶，這種記憶伴隨著成長的苦澀和青春的躁動，不管是當時亦或是現在，都能獲得大眾的認同。不同於王朔在絕大多數電影中為大眾所提供的現實想像，王朔電視劇更多傾向於對於傳統市民價值觀的迎合。王朔也深諳市民階層的價值觀和欣賞習慣，「老百姓這點兒事咱都清楚，他們這癢癢肉兒在哪兒，咱撓哪兒」〔註55〕。「就是中國傳統價值觀，揚善抑惡，站在道德立場評判每一個人，歌頌真善美，鞭打假惡醜，正義終將戰勝邪惡，好人一生平安，壞人現世現報。」〔註56〕《渴望》、《編輯部的故事》等電視劇所上演的一幕幕生活鬧劇，大多有著普通市民生活的影子，《渴望》的好人劉慧芳勤勞、善良，是傳統的勞動婦女形象，卻遇上了幾乎所有的倒楣事，王朔精準地抓住了整個市民階層的心理，用好人遭難的戲劇化的衝突將整個矛盾驟然放大，賺足了人的眼淚，又最終以好人好報的皆大歡喜結局，完成了對於傳統價值觀的宣揚。這種傾向於市民生活趣味的大眾文化形態，顯然更易得到大眾文化市場的認可，也是王朔電影獲得市場的重要原因。其次，「肥皂劇」和「情景喜劇」的運用。「肥皂劇」產生於國外，誕生於廣播的黃金時代，由於公司企業常在節目中插播家庭中常用的消費品廣告，如肥皂等，因此而得名，其主要觀眾是家庭中主婦及其他家庭成員。《渴望》的製作過程和故事模式，以及與「代勞力」廣告相聯繫的播出方式，都借鑒了國外肥皂劇的表現經驗。《渴望》最初是由五個人在北京某飯店「侃」出來的，它的製作過程採取先設計出一個故事，由熟悉各方面的情況、掌握觀眾心理及情節編製方法的人員組成的策劃班子，對整個劇情的發展和人物的性格實施控制。這種創作方式打

〔註55〕王朔：《我是王朔》第97頁，北京：國際文化出版社1992年。
〔註56〕王朔：《我看大眾文化及其他》第8頁，北京：國際文化出版公司，1992年。

破了中國影視創作原有的「作者」神話，集體創作代替了個體創作，這種集體編劇的方式正是肥皂劇編劇方式的典型特點。《渴望》採取的是室內劇的製作方式，採取多機拍攝、現場切換、同期錄音的方式製作，場景多集中在室內，這極大地降低了電視劇製作的成本，縮短了製作的週期，創造了平均每 6 天拍攝一集的高速度。

王朔的影視劇中另外一個獨特魅力，就在於與其小說一脈相承的調侃。各式調侃出現在王朔影視劇的眾多人物對白中，對於政治權威、知識分子的解構與現實生活的無奈自嘲，均在影視劇中一一得到保留。《編輯部的故事中》，李多寶和勇剛的日常生活對話中，充斥著王朔式的招牌調侃。王朔通過調侃解構了日常生活中政治話語的崇高，拉下了政治的神聖面紗。如李東寶特意把參加徵婚的勇剛和一個姑娘叫進老陳的辦公室，鄭重地說：

> 「坐吧。好好談談，求同存異，不要指望一次會談就能把所有問題解決了按照和平共處的五項原則辦，要靜下心來談，大使級關係一下難建立。哪怕先互派代表、溝通聯繫呢。祝你們初戰告捷。」

（《編輯部的故事》劇本）

一次普通的徵婚者的約會卻被李東寶說成是國家與國家間「會談」，希望二人心平氣和地談說成「和平共處五項原則」，建立戀愛關係說成「大使級關係」，話語機智幽默口觀眾開懷大笑的同時，國家政治生活中高高在上的權威也被拉下來了。

同樣在王朔策劃、梁左編劇《我愛我家》中，退休後傅老閒著沒事，官癮大犯，召開所謂家庭會議，著手解決家里老大難問題，依然帶有對政治權威的調侃。

> 傅老：不許請假。開短會，很快。我先說幾句啊我主持家庭日常工作以來，有一個星期了吧？主要是搞了一些調查研究，發現咱們這個家裏問題很多，積重難返，一定要下大決心、花大力氣來整頓。首先是開源節流，在家庭日常開支方面要從嚴控制，第一步是要大幅度削減支出，比如小凡和圓圓的零花錢。第二步……

> 小凡：別呀，爸！我每月才 100 塊零花錢，夠幹什麼的呀！正想要求增加呢，怎麼還削減呀！您要真把我逼急了，我可敢上醫院賣血去。

傅老：不是這個意思嘛，你聽我慢慢說……

圓圓：爺爺，我一天才一塊錢零花，還給我往下減呀？您要把我逼急了……我也不說什麼了，反正能讓您後悔一輩子！

傅老：哎呀，你們怎麼搞的嘛！改革嘛，總要有一個陣痛過程嘛！怎麼一觸及個人利益就坐不住了，一觸即跳呢！

（《我愛我家》劇本）

普通的家庭議事，被傅老搞得像開大會，「調查研究」、「積重難返」、「開源節流」「改革嘛，總要有一個陣痛的過程」，一些政治話語中常見的嚴肅性的詞彙，用於日常生活的家庭瑣事當中，人們不覺感到莫名的滑稽好笑，政治權威似乎在觀眾的心中不那麼「崇高」了，觀眾獲得了一種觀影的快感。

王朔在影視劇中不僅保留了對於政治權威的嘲諷，對於知識分子的調侃也絲毫不少。在電影《頑主》中，王朔對趙堯舜口蜜腹劍，當面笑嘻嘻，背後卻暗箭傷人的行為，進行了極大的嘲弄。《編輯部故事》中王朔又嘲弄了那些所謂作家的講話：

老先生皺了皺眉，戴上眼鏡開始念稿，慢條斯理，聲音微弱「各位領導，各位朋友，各位同仁各位同志，各位女士，各位先生……」

「他講的什麼」李東寶鼓著腮問。戈玲聳聳肩。

老先生「各位熱心的讀者，各位來祝興嘉賓，以及到場的和正在進場的所有有關人員和家屬，你們……」翻下一頁，挪下眼鏡細看了一下。「好，今天，能請到各位領導，各位朋友，各位同仁，各位同志……」

（《編輯部的故事》劇本）

寥寥數語，把身居高位、昏庸無能的作家醜態淋漓盡致地展示出來了。這些人，或許沒有多少真本事，或許年歲已高，仍佔了茅坑不拉屎，他們講話的口頭禪就是「各位……」，一個小小的發言，「各位」一個詞就佔據了大量的時間，而全無實質性的內容，知識分子的官僚醜態昭然若揭。

除此之外，他創作的影視劇中，人物對白還有不少痞子似的調侃，請看《頑主》中劉美萍與楊重的對話：

劉美萍：「弗洛伊德說，當兒子的都想跟自己的媽結婚，對吧？」

楊重顯然已經才盡，面對正在興頭上的劉美萍，顯得精神恍惚。

楊重：「不不，和我媽媽結婚的是我爸爸，我不可能在我爸爸和

我媽媽結婚前先和我媽媽結婚，錯不開。」

　　劉美萍：「我不是說你和你媽結了婚，那不成體統，誰也不能和自個的媽結婚，近親。我是說你想和你媽結婚可是結不成因為有你爸因為有倫理道德所以你痛苦你看誰都看不上只想和你媽結婚可是結不成因為有你爸怎麼又說回來了我也說不明白了反正就是怎麼回事人家外國書上說過你挑對象其實就是挑你媽。」

在勸說房事過度時，于觀說：

　　「您瞅著您媳婦就暈那就去吃些丸藥『六味地黃』『金醫腎』『龜齡集』之類的抵擋一陣，再不成就晚上熱粥時給你媳婦碗裏放點安眠藥讓她吃飽了就犯困看唐老鴨也睜不開眼洗腳就想上床沒心思幹別的最多打打呼嚕不至於危及您下半生健康。」

楊重對手淫頻繁的顧客：

　　「不要過早上床熬得不頂丁再去睡內褲要寬鬆買倆鐵球一手揍一個黎明即起跑上十公里室內不要掛電影明星畫片意念剛開始飄忽就去想河馬想劉英俊實在不由自主就當自己是在老山前線一人堅守陣地守得住光榮守不住也光榮。　　　　　（《頑主》劇本）

同樣，在《你不是一個俗人》中於觀道：

　　「馮先生，我們不過是步您後塵罷了。」「長江尚且後浪推前浪，何況爾等大千世界，各領風騷，今後真要看你們騷了。」

　　王朔影視劇作中頗含性色彩的調侃比比皆是，顯出人物的鬼機靈，「下半生的健康」、「堅守陣地」、「一慢二看三通過」、「百日行車無事故」、「無照駕駛」等等，富含成人幽默色彩的語彙，頗帶髒話性質的調侃，在觀眾和讀者中頗有市場。

　　《編輯部的故事》中，還有著大量的人生哲理和潛臺詞的運用，李東寶和勇剛感歎生命來之不易，用了一大段獨白，細緻想來還頗有道理，這樣的對白就不僅僅是調侃了，他能給觀眾以啟發。李東寶深情地說：

　　「可不，打在胎裏，就隨時有可能流產。當媽的一口煙就有可能長成畸形。長慢了心臟缺損，長快了就六指兒。好容易扛過十個月生出來，不留神還得讓產鉗把腦袋夾扁了。都躲過去了，小兒麻痺，百日咳猩紅熱，大腦炎又在前面等著咱。哭起來吃奶走起來摔跤，摸水水燙，碰火火燎，是個東西撞上自個就是個半死。鈣多了，

不長個兒，鈣少了，羅圈兒腿，總算混到會吃飯，能出門了，天上下電子，地上跑汽車，大街小巷是個黑處就躲著個壞人，趕上誰都是九死一生，不送命也得落個殘疾……」勇剛激動地「這些都是明槍，還有那些暗箭勢利眼、冷臉子、閒言碎語、指桑罵槐；好了讓人妒嫉，差了遭人瞧不起，忠厚了人家說你傻，精明了人家說你奸，冷淡了大夥兒說你傲，熱情了群眾說你浪，有錢是王八蛋，沒錢是窮光蛋，走在前頭挨悶棍兒，跟在後邊全沒份兒──我他媽都不明白我怎麼活到今兒。」

（《編輯部的故事》劇本）

寥寥幾句調侃寫盡人生之不易，生存之不易。

在《編輯部的故事》裏勇剛想要看李東寶的報紙，頗費周折、語意隱藏極深：

勇剛：「哎，你也是這兒的？也是編輯。」

李東寶：「對對，是這兒的，編輯。」

勇剛：「看著就像」，笑盈盈地：「一張報紙能看大半天。」

李東寶揚著臉發呆：「什麼意思？好話歹話」

勇剛笑著揚手打了李東寶一下，「這還聽不出來？我能說你歹話麼」

李東寶：「嗯嗯，好話我愛聽，說多少我都不煩。」

勇剛「一看你就透著有學問，比別人的書卷氣都濃。」

李東寶：「這愛聽。還有什麼？」

勇剛：「還愛幫助人，比如別人想看報紙，你就主動……。」

李東寶這才明白：「得得都拿去看吧！」把眼前的報紙一股腦兒遞給他：「我不看了還不行反正我也看得差不多了。」

（《編輯部的故事》劇本）

欣賞藝術有一條即觀眾不喜歡「和盤托出」的藝術作品，他們喜歡參與進來，潛臺詞之所以能耐人尋味，就在於它給觀眾留有餘地，給觀眾留下想像的空間，讓觀眾與作者一起進行再創作，這樣，觀眾就不再被動了，他們積極主動地參與，在觀賞中再現自己的「本質力量」，獲取愉悅和滿足。針對普通觀眾的電影，娛樂性佔據主要位置。

　　王朔影視劇中的大量調侃，所帶來的幽默意味，爲王朔的影視劇吸引了
大批的觀眾。「正是這種調侃既滿足了觀眾的政治無意識，又帶來一種掙脫了
語言規範而獲得的解放的快感。這是一種『口腔快感』，一種典型的後現代主
義式的『狂歡』它嘲笑別人的同時也嘲笑自己，所以輕鬆自如，遊刃有餘它
譏諷種種現實規則和符號秩序時並不實際地去反抗它們，所以嬉笑怒罵皆自
由它雖不會引起『超我』的焦慮，又能宣泄『本我』的鬱積。」〔註57〕王朔
調侃的創作風格也影響了一大批作家。《編輯部故事》之後，《貧嘴張大民的
幸福生活》、《我愛我家》，以及後來眾多影視劇，也都出現了王朔式的調侃。

　　王朔的影視劇一向以市場化爲導向，按照大眾文化的生產模式，爲大眾
提供了可供消費的世俗趣味，在滿足都市大眾的世俗欲望的愉悅與快感中，
成功營造了王朔影視劇的品牌效應。王朔在新時期走上市場化的創作之路，
既是電影從計劃經濟到商品經濟這一特殊的歷史時期的必然產物，也無法脫
離王朔本人的生活經歷和商業意識。王朔的成功，開創了知識分子「下海」
成功的先例，也由此影響了其後一大批作家，劉恒、莫言、馮小剛等的觸電
與商業化道路，無一不是受其影響。

　　在二十世紀八、九十年代的中國文化語境中，王朔以一個文化英雄的身
份，用其小說與影視劇勾連起文學與市場、文學與媒體的新型文化生產關係，
在精英文化與大眾文化的文化夾縫中，遊刃有餘地主導了整個經濟轉型時期
的當代文化生產的重構。在二十世紀九十年代之後形成的大眾文化生產機制
中，王朔是最早的文化路標，他既引領了商業化寫作浪潮的出現，也帶來了
精英文化與大眾文化的互動與融合。

〔註57〕尹鴻：《後現代語境中的中國電影》，《尹鴻自選集　媒介圖景・中國影像》第
　　　　154頁，上海：復旦大學出版社2004年。

第三章 中國科幻文學：少數人的 大眾文化

第一節 中國科幻文學的傳播語境

一、從「科幻奇譚」到「科普文學」再到「科幻文學」

　　中國科幻文學的確切發端通常被認為是在晚清時期，其發展傳播過程經歷了從清末的「科幻奇譚」到 1949 之後的「科普文學」時期，直至今日，中國的科幻小說日益與世界科幻文壇接軌，這也昭示著中國科幻文學成熟時代的到來。研究與疏通中國科幻發展傳播脈絡，是深入研究中國科幻文學的基礎，下文擬從晚清時期中國科幻文學的起源與發展、1949 年以來科幻文學的發展、新世紀以來中國科幻文學的發展這三個時段來闡述中國科幻文學的傳播軌跡與時代特徵，從而展望中國科幻文學在新世紀的未來走向。

　　科幻小說興起於十九世紀的歐洲，發源於兩種當時典型的通俗文學類型：哥特式恐怖小說和探險小說。時至十九世紀末，科幻小說已成為西方讀者最歡迎的文類之一。「科學幻想小說（Science-fantastic Fiction）是中國對科學小說（Science Fiction）的稱呼。科學小說就是以科學為依據展開想像的小說，簡稱 SF。最初這類小說在中國也被稱之為科學小說。科學幻想小說是 1949 年以後逐步地約定俗成的對科學小說的稱呼」，「中國傳統文學中沒有科幻小說，只有神話故事、怪異小說等幻想小說，所以說，科幻小說是外國引進的

小說類型。」〔註1〕在中國，古代科幻萌芽並未對早期的中國科幻小說的產生發生過直接影響，而科幻文學作爲一個獨立的文學類型，其現實源頭實際上是受益於西方近代科幻文學的譯介。晚清出現了一次傳播科學技術的高潮，進而也引發了之後寫作、翻譯、刊行科幻小說的熱潮。在這一時期，法國科幻小說家儒勒·凡爾納的小說被大量翻譯傳播，其小說所呈現的科學歷險和烏托邦式幻想吸引了國人的目光，再加上新式學堂的興辦，恰好爲早期中國科幻文學培養了一批最初的讀者群。正是在這場如火如荼的翻譯浪潮中，中國的讀者、知識分子開始有機會接觸到科幻小說，早期的中國科幻小說，也都是直接模仿西方近代科幻小說進行創作

在中國，得到人們認可的首部科幻小說應該是 1900 年薛紹徽所翻譯的《八十日環遊記》，這是一部凡爾納的現實題材的冒險小說。其後，梁啓超、吳趼人與魯迅等作家也開始翻譯、創作、刊載科幻小說作品：《海底旅行》（盧籍東和紅溪生合譯）、《世界末日記》（梁啓超譯）、《新中國未來記》（梁啓超著）、《從地球到月球》（魯迅譯）等。葉水烈在爲《中國大百科全書·中國文學卷》所寫的「科學文藝」條目裏提及，中國人最早寫的科幻小說是 1904 年荒江釣叟在《繡像小說》裏發表的《月球殖民地》，於是 1904 年被暫定爲中國現代科幻的誕生年。而當時主要的小說雜誌，如《新小說》、《繡像小說》、《月月小說》等，都「給予科幻小說顯著位置，視之爲『新小說』的重要文類」。〔註2〕這一時期，「中國的科幻小說之中充滿了愛國情緒，並由此產生出濃厚的憂患意識。愛國主義和憂患意識產生了中國科幻小說的兩種形態。一種是『政治幻想型』……第二類是『邪惡科技型』。」〔註3〕清末民初的中國科幻小說創作，基本都屬於「政治幻想型」，並且具有強烈的時代氣息，國人禁不住將富國強兵、科技興邦的夢想寄託在科學技術的發展之上，明顯區別於凡爾納小說的「科學享樂主義」，滿含渴望未來科技振興帶動國力發展的期願，帶有一定烏托邦色彩。這一時期的科幻小說充滿明顯的模仿痕跡，只是尚未成熟的科幻作品，同時還帶有強烈的文化衝突痕跡，例如中式

〔註1〕湯哲聲：《邊緣耀眼——中國現當代通俗小說講論》第 77 頁，北京大學出版社 2013 年。

〔註2〕〔美〕王德威：《晚清小說新論》，《被壓抑的現代性》第 293 頁，宋偉傑譯，北京大學出版社 2005 年。

〔註3〕湯哲聲：《中國科幻小說爲什麼不繁榮》，《中國現代通俗小說思辨錄》第 163 頁，北京大學出版社 2008 年。

場景中突兀的出現西方器物或名詞等，綜上，晚清時期這類科幻作品並不能被稱作嚴格意義上的科幻小說。

「科幻奇譚」取用自王德威先生在《被壓抑的現代性：晚清小說新論》的論述，他用「科幻奇譚」（Science Fantasy）一詞取代更爲流行的「科學小說」（Science Faction）來形容晚清時期的中國科幻小說，因其解釋了此時中國科幻的混雜性特徵：「我所謂科幻奇譚，指的是晚清說部的一種文類特徵，其敘事動力來自演義稀奇怪界的物象與亦幻亦眞的事件，其敘事效果則在想像與認識論的層面，挑動著讀者的非非之想……晚清科幻奇譚最引人人勝之處是，它統合了兩種似乎不能相容的話語：一種是有關知識與眞理的話語，另一種則是夢想與傳奇的話語。」〔註4〕王德威先生提出一個觀點：晚清科幻奇譚實際上在很大程度上受到了中國傳統神怪小說某些因素的影響，通過借助「認知的陌生化」造就一種新的「眞實性」，並在幻想之表象下，以迂迴的筆法投射當時社會現實的危機，體現的是彼時文人與國民對於整個民族歷史的回顧和歷史表象背後的思考，因而這一時期的科幻文學實際上是一場充滿民族主義和自我意識的科技狂想，它所展現的是文人怎樣想像「科學」的圖景〔註5〕，雖然它並未完全脫離怪誕志異的傳統幻想小說寫法。此時中國的科幻文學的「祛魅」過程幾乎還未開始，科幻小說還未與幻想小說完全區別開來，並不能稱作「科學小說」或者「科學幻想小說」。

到了民國戰亂時期，政治動蕩，中國科幻在此三十八年期間的發展十分艱難，已經無法與晚清時期的蓬勃發展相比較。這一時期的中國科幻由於沒有本土淵源，其發展所依靠的主要力量還是翻譯世界科幻作品。彼時，在世界範圍享有盛名的凡爾納、威爾斯、柯南·道爾等人的科幻小說被持續翻譯進來，爲中國科幻注入延綿不斷的活水，也影響了不少主流作家。在 1932 年，老舍創作了一部長篇科幻小說《貓城記》，他坦言受到過科幻小說《美麗的新世界》〔註6〕的影響。1942 年，作家許地山也發表了科幻小說《鐵魚的鰓》，

〔註4〕　〔美〕王德威：《晚清小說新論》，《被壓抑的現代性》第 292 頁，宋偉傑譯，北京大學出版社 2005 年。

〔註5〕　〔美〕王德威：《晚清小說新論》，《被壓抑的現代性》第 292 頁，宋偉傑譯，北京大學出版社 2005 年。

〔註6〕　《美麗的新世界》是 1932 年英國作家 A·赫胥黎創作的一部反烏托邦科幻小說傑作。小說虛構了「福特紀元」七百年後的世界，那時人類都是工廠裏生產的克隆人，社會能給公眾提供各種愉悅，也沒有殘酷的統治和政治謊言，但人們生活在虛幻的文明中，不再有探索的意識。該小說影響力廣而持久。

小說通過描述科學家研究潛水艇中氧氣提取裝置，來反映舊中國科學家的尷尬處境，具有一定社會批判精神。老舍和許地山作為主流文學作家，在此時也跟隨西方科幻潮流進行科幻小說創作，這從一定程度上說明，文學界對於世界科幻文學最新成果的吸收一直從未間斷，換句話來說，世界科幻文學的輻射力在中國始終保持著相對活力。之後，民國時期中國最典型的科幻作家顧均正也開始嶄露頭角。

1939 年，顧均正以「振之」為筆名出版了科幻小說《在北極底下》、《倫敦奇疫》、《和平的夢》三個短篇，顧均正的作品有不少主題和題材已經與世界科幻主流接近，而他本人也有著明確的創作理念，並把握到科幻文學的核心問題：「科幻小說中的科學知識是文學元素，而不是科學元素」〔註 7〕，而他因此也在當時最早承受了「偽科學」的批判與指責。他可以算作中國文學史上第一個系統創作科幻小說的作家。顧均正所創作的科幻小說將三、四十年代的中國科幻文學提升到能與世界主流科幻文學接軌的水平，此後二十多年都未出現更為成熟的科幻作品。

從晚清至民國，中國的科幻文學創作都只屬於萌發與探索的階段，有很多不成熟之處，且當時甚至都不被稱作「科幻小說」，只通過翻譯稱為「科學小說」，科幻小說的本質與核心價值都還未被當時的作家普遍瞭解與認識，更無法形成中國科幻文學獨立的民族意識。科幻文學作為一個文類，長期流浪在文學之邊緣，被主流文學所忽視，只有個別作家的零星作品達到一定水準，中國科幻發展之路漫長而艱辛。

1949 年後，在全國工業化高潮的大背景之下，科普事業被國家所重視，因而形成一個比較有利於科幻文學發展的時代背景，但由於中國文藝界在此時已經確立了「社會主義現實主義」的主流地位，科幻文學等不同於「現實主義」的文學流派均被排擠到文學邊緣地帶，科幻文學只能轉向兒童文學與科普文學的領地，繼續在夾縫中成長。

與此前不同的是，這一時期蘇聯的科幻小說被大量譯介進來，別利亞耶夫和葉菲列莫夫等人的作品展現出一種全新的科幻類型：以社會主義現實主義為基礎的科幻。這種科幻是對於理想未來的想像，十分符合當時中國國情需求，同時，凡爾納的樂觀主義通過俄文轉譯為中文，傳播到國內，對當時

〔註 7〕鄭軍編著：《第五類接觸——世界科幻文學簡史》第 207 頁，天津：百花文藝出版社 2011 年。

的中國科幻作家影響深遠。在此之後的 1950 年，張然發表了可以考證到的第一篇科幻小說《夢遊太陽系》，緊接著 1955 年，鄭文廣發表了《第二個月亮》，隨後又發表了《從地球到火星》、《征服月亮的人們》等作品。這一時期出現了一些主要的科幻作家，有鄭文光、肖建亨、童恩正、葉至善、魯克、劉興詩、嵇鴻等。

　　由於文革等歷史原因，這時期的許多作家幾乎沒人閱讀過晚清科幻和民國科幻的早期中國科幻作品，都是直接受益於凡爾納、威爾斯以及蘇聯的一些科幻作家，同時許多科普和兒童文學作家被邀請創作科幻作品，因而形成了這一時期中國科幻基本上屬於少兒科幻和科普文學，可讀性不強，且原創性匱乏，具有套路化、模式化的特徵，很多作品在今天看來甚至連科幻小說都算不上。即便之後的鄭文光、童恩正、劉興詩、肖建亨以及葉永烈等主力科幻作家努力探索中國科幻，並嘗試創作了科幻長篇小說，力圖提高科幻文學創作水平，但還未及發表就均被「文革」所打斷。文革期間僅有葉永烈的《石油蛋白》在 1976 年，上海少兒出版社創辦《少年科學》雜誌時期發表。直到文革結束之後，諸如《小靈通漫遊未來》、《珊瑚島上的死光》等在六十年代初就已完稿的作品才在 1978 年開始被陸續刊出。

　　雖然這一時期的中國科幻文學幾乎等同於科普文學和兒童文學，基本沒有新的發展與突破，科幻也成為科學普及的工具，沒有形成科幻文學獨立的文學體系，但這一時期的科幻創作價值恰好在於它們在很大程度上傳播了科學，確立了尊重科學、熱愛科學的價值觀，擴大了讀者對於科學的接受程度，能更加理解與欣賞之後中國湧出的大量科幻文學作品，從長遠上來看這種科普是十分有益的，科普是中國科幻文學發展的基石，為中國科幻文學的後續發展儲備了能量。

　　文革後，中國第二次科普大潮來臨，1978 年伊始，在「四個現代化」的號召之下，中國形成科學傳播與科幻文學發展的「黃金時代」〔註8〕，同時也進入中國科幻文學界對外交流的時代。這一時期，中國科幻文學有了許多新的變化與發展。

〔註 8〕中國科幻的黃金時代一般指 1978 到 1983 年這一時期，當時中國科幻文學的影響力和輻射面幾乎可以認為達到了其歷史的頂峰，至今，中國科幻都未能再次達到及超越當時繁榮的程度，而到最近幾年，中國科幻才開始重新引起主流文學界以及世界範圍的關注。

　　首先，凡爾納、威爾斯、阿西莫夫、克拉克等科幻大師的作品繼續譯介至中國，同時蘇聯科幻以及西方二十世紀經典科幻小說也被大量引入，比以往更為多種多樣的科幻文學作品滋潤著中國科幻的生長土壤；其次，出版界開始恢復和創辦科幻出版社和科普刊物，形成了科幻文學發表的專屬刊物，比如當時的「四刊一報」〔註9〕，激發了中國科幻作家的創作熱情，發行量在世界範圍屈指可數。更值得一提的是，當時許多主流文學刊物，也開始發表、刊載科幻小說，比如《北京文學》、《上海文學》、《小說界》等，甚至作為最權威的主流文學刊物《人民文學》，都刊載了科幻文學作品，這也激發了科幻作家研究與提升科幻文學藝術品味的欲望，開始進行科幻理論探索，例如葉永烈在 1979 年創作的《論科學文藝》、黃尹編寫的《論科學幻想小說》；再次，前文已提到，這時期中國科幻開始對外交流，葉永烈在八十年代初與世界科幻協會建立起聯繫，不僅成為這一世界科幻協會的第一位中國會員，還當選理事之一，並推薦其他十位作家入會。在此影響下，中國科幻作家逐漸凝聚起來形成群體，共同發表了兩封聯名信抵制當時外界關於中國科幻小說「逃避主義」、「偽科學」、「反科學」等一系列指責，至此已能證明，中國的科幻作家的科幻創作自覺意識已經開始具備，這也標誌著中國科幻文學正式開啟獨創之路，無論是對於科幻文學這一文學類型的認識、對科幻文學藝術的探索還是對科幻作家自身使命的反思與追尋，都達到了新的高度，對於中國原創科幻文學的題材、主題、理論或是創作手法，都有了進一步開拓。

　　在科幻文學正蓬勃發展的時期，一場從葉永烈小說《世界最高峰上的奇跡》而開始的，關於科幻文學姓「科」與姓「文」的爭論，使得中國科幻前進的步伐驟然停頓下來。該小說描寫的是從珠穆朗瑪峰找到一隻未石化的恐龍蛋如何被復活的故事，最初發表於1977年的《少年科學》雜誌，之後便引起了一系列對該文的批判，指責其違背科學事實，錯誤連篇，是偽科學。這場爭論還同時牽扯到對於童恩正科幻革新概念的質疑。

　　雖然這場持續發酵的爭論表面上批判的是兩位科幻作者的作品，但實際上的打擊對象都是科幻文學。究其原因，應是由於科幻文學蓬勃發展改變了以科普為中心這一重點，社會上一些人開始開始質疑科幻文學的屬性，一些

〔註9〕北京的《科幻海洋》、天津的《智慧樹》、成都的《科學文藝》、黑龍江的《科學時代》以及黑龍江的《科幻小說報》，被業內人士稱為「四刊一報」。

批評家開始掀起一場關於科幻文學是姓「科」還是姓「文」的爭論，即爭論科幻文學究竟是文學體裁的一種，還是科普創作的一部分。「科幻創作體制從五十年代便埋下的隱患在此時充分暴露出來……科幻作家幾乎都認同它是一種文學類型，而參與爭論的科普評論家、科學家和有關領導則判定科幻小說是科普創作的一部分」，要求科幻小說必須圍繞科學內容展開，壓縮其情節、人物刻畫和背景描寫成分，「實質上便是否定科幻小說的文學本質。」〔註10〕之後更將科幻問題提升至政治問題，這場科幻問題爭論最終變成科幻創作思想政治傾向之爭，這實際上是對中國科幻的一場清剿，由此，科幻文學在中國偃旗息鼓，創作和出版迅速衰落，「這場本來應該能夠繁榮科幻的爭執，最終導致了中國科幻文學在二十世紀八十年代中期的沒落。」〔註11〕

　　這場科幻文學的衰落之旅，除了外力強力干擾，中國科幻文學自身也暴露出許多問題，最為根本的原因實際是中國科幻缺乏廣泛而堅實的讀者群。這個原因無論是放在過去，還是放在今天來描述中國科幻文學發展問題，都不會過時。湯哲聲在其《二十世紀中國科幻小說創作發展史論》中認為，「這一場沒有什麼學術價值的爭論只能說明一個事實：中國科幻小說作家處於一種身份的迷失狀態」〔註12〕，科幻作家的成熟需要一個長期的創作積累和思想碰撞的過程，顯然當時的中國無法為其提供這樣一個成長環境。

　　這場爭論和急剎車實際上對中國科幻文學創作產生了極為深遠的影響，科幻作家們開始認真思考和辨識「科幻性」與「文學性」的問題，並嚴肅區分科幻文學類型。之後，隨著長期的沉澱與積累，中國科幻小說的創作觀念在「悄悄地發生著變化：科幻小說創作從『科普論』向『社會論』靠攏。它要求著科幻小說創作表現更為廣泛的現實社會生活，思考更為深刻的人生問題和生存環境，表現更為複雜的『成人情緒』。」〔註13〕幸運的是，今日的中國早已今非昔比，而中國科幻也迎來再次崛起的契機。

二、二十世紀九十年代至今中國科幻文學發展的新高潮

　　在經歷了十年的停滯期之後，中國科幻終於在二十世紀九十年代引來一

〔註10〕鄭軍：《第五類接觸——世界科幻文學簡史》第222頁，天津：百花文藝出版社2011年。

〔註11〕吳岩主編：《科幻文學理論和學科體系建設》第272頁，重慶出版社2008年。

〔註12〕湯哲聲：《20世紀中國科幻小說創作發展史論》，《文藝爭鳴》2003年第6期。

〔註13〕湯哲聲：《20世紀中國科幻小說創作發展史論》，《文藝爭鳴》2003年第6期。

次轉折的機遇，中國新科幻的「新浪潮」〔註14〕開始形成，並迅速壯大，這源於諸多有利因素的推動。九十年代中國擁有相比之前較爲寬鬆的政治、經濟背景，中國科幻文學開始眞正走向市場，獲得生存空間和發展轉機；另外，隨著國際交流變得更加廣泛和便捷，最前沿的科技、多種多樣的科幻作品和科幻文學理論被及時引入中國，爲中國的科幻作家提供了創作養料。

除了較以往更爲輕鬆的政治文化環境，中國科幻這一時期的發展還得益於有一批民間科幻活動家、科幻作者始終堅持不懈地爲中國科幻文學事業的發展做著努力，主要代表人物是吳岩、姚海軍、姜雲生。吳岩於1991年在北京師範大學任教時開辦中國高等院校第一個科幻文學選修課，也成功培養了一批新生代科幻作家，比如後來的星河、楊鵬等。姚海軍是現在的《科幻世界》主編，他推出了《世界科幻大師系列叢書》，打開了中國讀者的視野。目前，兩人依然活躍在科幻文學學術研究界，發掘和培養著更多的青年科幻研究者，充實了專業的科幻文學研究隊伍。

科幻出版社的復興，也爲中國科幻起了推波助瀾之力。中國科幻文學最爲重要的陣地——《科幻世界》〔註15〕刊物的創辦與發行，既培養了一批新生代科幻作家，又培養了新一代更爲廣泛、穩定的科幻讀者群和科幻迷，後期許多科幻迷也都開始提筆進行科幻小說創作，例如劉慈欣等，極大地擴張了中國科幻文學的影響力。「這家雜誌社單槍獨馬地開創了中國客戶按市場，並將其推過了『兒童期』……現在這個市場已經能夠自行成長，進入了『青春期』。」〔註16〕除了《科幻世界》之外，中國的市場還先後出現過《科幻迷》、《科幻畫報》、《科幻·文學秀》、《科幻世界博覽》等十幾家科幻刊物，同時，還有一些科技類、少兒類或小說類的刊物也開始加上科幻專欄，例如《青少年科技博覽》、《科幻大觀園》、《小說月報·新小說》等。這些專業科幻雜誌

〔註14〕 「新浪潮」是借鑒自美國科幻文學史的概念，指打破傳統的科幻文學文類成規，具有先鋒文學精神的寫作。

〔註15〕 《科幻世界》的前身是1979年創刊的《科幻文藝》，於1988年改名爲《奇談》，後將讀者定位與青少年改名爲《科幻世界》從而贏得市場，主要刊登國內外一流的科幻小說和最新沿的科學動態，現發行量已達四十萬，是全世界發行量最大的科幻雜誌，楊瀟，阿來，秦莉曾先後任雜誌社社長，目前是中國最具影響力的專業科幻出版機構，旗下擁有《科幻世界》、《飛·奇幻世界》、《科幻世界·譯文版》和《小牛頓》四個刊物。

〔註16〕 鄭軍編著：《第五類接觸——世界科幻文學簡史》第230頁，天津：百花文藝出版社2011年。

和科幻專欄的設立極大豐富了中國科幻小說內容，帶動了原創科幻發表熱潮。同時，一些重量級的出版社也開始參與進來，包括人民文學出版社、作家出版社等主流大社，他們的嚴格篩選也促進了科幻作家進一步提高創作水平，越來越多的科幻作品開始有了獨立性訴求。

到了 2000 年，新世紀中國科幻小說的出版和發行產生了更多形式，新興的網絡媒體對於科幻文學的宣傳作用不可小覷。科幻網站和科幻論壇大量出現，諸如《科幻世界》雜誌論壇、太空時代論壇以及飛騰科幻論壇等論壇，新浪微博等自媒體平臺上的互動更是集結了眾多科幻文學創作、愛好者，爲科幻愛好者以及科幻原創提供了更多交流和展示的平臺，擴大和鞏固了科幻讀者群體。

中國科幻文學理論體系的建構也在逐步開展，在這方面，科幻活動家吳岩長期以來做了大量工作，他所主編的《科幻文學理論和學科體系建設》第一次系統闡述和建設了中國科幻的理論與學科體系，之後所編著的《科幻文學論綱》更是對中國科幻文學理論與學科體系建構的一項重大貢獻。除此之外，他還主編了《西方科幻文論經典譯叢》等一系列叢書，它囊括了科幻理論界的泰斗達科·蘇恩文的《科幻小說變形記》和《科幻小說面面觀》，奧爾迪斯的《億萬年大狂歡》和斯科爾斯的《科幻小說的批評與建構》等外國科幻研究著作，爲廣大中國科幻研究者提供了非常寶貴的參考資料。

同時，近幾年科幻文化傳播力度更大了，「《人民文學》開始重新刊登科幻作品，科幻作家首次被邀請到國際上的圖書展和文學論壇，人們對中國科幻的興趣正迅速上升，甚至有人認爲，世界的未來在中國」，「海外學者宋明煒主持翻譯的中國科幻小說，也由香港的《譯叢》出版了專輯，這是一件很了不起的大事。」〔註17〕2014 年 11 月，《三體》海外版正式發行，僅一個月的時間就被 246 家美國圖書館收錄。隨著中西科幻交流的頻繁，以及中國科幻作品的持續譯介至海外，相信會有越來越多的人關注中國科幻，中國科幻也將眞正具有成爲下一個世界科幻中心的可能。這一切都得益於老一輩的科普工作者以及科幻作家在困難之中的堅守，以及新生代作家群在新世紀以來的不斷地創新、實驗與成熟。

九十年代中國相對自由的科幻發展氛圍，使得新世紀以來以劉慈欣爲代表的中國科幻「新生代」作家群逐漸壯大，並不斷成熟。這些「新生代」以

〔註17〕韓松：《2012 年科幻文學：重新成爲一個有夢的民族》，《文藝報》2013 年 2
　　　月 22 日。

劉慈欣、韓松、王晉康爲代表，還包括星河、楊鵬、楊平、何夕、潘海天、淩晨、趙海虹等，通過這些作家的努力，當今中國科幻文學已經開始呈現繁榮之勢。這一時期，根植於當代社會知識結構，中國科幻開始顛覆以往的科幻寫作模式，也開始逐步重新建構新的思想觀念，「科學想像失去了小靈通式的天眞樂觀，更多地呈現出曖昧、黑暗和複雜的景象」〔註18〕。

「新生代」所代表的是一種科幻觀念的革新，用《科幻世界》主編姚海軍的話來說，新生代「革新了長期處於科普羽翼下的科幻小說平白呆板的敘述模式，進而將科幻小說引向了一條回歸本源的希望之路」〔註19〕。作家何夕曾說：「越是到了現代，科幻的界限似乎越模糊，魔幻現實主義、玄怪等因素越來越多地滲入進來。現在我們所說的科幻與凡爾納的時代已經相去甚遠。」〔註20〕哈佛大學的王德威教授，在題爲《烏托邦，惡托邦，異托邦》的一次演講中，梳理了「從魯迅到劉慈欣」的中國科幻文學史，並認爲在過去十到二十年裏，中國敘事文學出現了一個新轉折，並贊揚了韓松、劉慈欣這兩位當代中國科幻作家，推薦了劉慈欣的「地球往事三部曲」即三體系列〔註21〕。正是在新觀念的革新之下，中國科幻在新世紀開始向科幻文學內核深處發展，同時也開始眞正探索科幻這一文學類型的獨立價值和美學價值，有了不同以往的新迹象。

首先，個性化和多樣化都有了不同程度的進展。諸多科幻作家，例如劉慈欣、何夕、王晉康、韓松、星河等紛紛對題材與內容進行了創新，推出自己的創作專輯，個人風格化逐漸明顯。同時，一部分人的創作也在向主流文學靠攏，敘事更加現代，對於文學性和人性的挖掘也更深了。這也體現出作家對於科幻文學敘事藝術的進一步追求。

其次，雖然核心科幻仍是這一時期的主流，但一些「不像科幻的科幻」的異類科幻已經開始挑戰主流：有的科幻小說界限模糊，有的與魔幻、奇幻合流，或者嵌入實驗性科幻的內核，出現了諸如《語法樹》、《登月自行車》等作品，這些作品，多展現的是某個歷史的瞬間，反映的是當下的碎片。在

〔註18〕 宋明煒：《彈星者與面壁者——劉慈欣的科幻世界》，《上海文化》2011年第5期。
〔註19〕 轉引自徐剛：《新世紀中國科幻文學的流變》，《粵海風》2011年第6期。
〔註20〕 轉引自韓松：《革命的前夜——2002年的中國科幻》，《2002年度中國最佳科幻小說集》第12頁，成都：四川人民出版社2003年。
〔註21〕 〔美〕王德威：《烏托邦，惡托邦，異托邦——從魯迅到劉慈欣（之一）》，《文藝報》2011年6月3日。

他們看來，世界是多樣的，複雜的隱喻是內容的核心，並且這些作品對現實的逃避感和疏離感更強。科幻文學如若要獲得飛躍性的發展，這些「非主流」科幻的出現與發展極有必要，多類型相互碰撞與糅合，更能激發作家的創作靈感。同一時期，少兒科幻也在繼續發展，這些不同類型的作品都極大豐富了當今中國科幻文學的種類。

除了主流的「男性硬科幻」，女性科幻作家也保有一席之地。早在二十世紀七十年代末就已出現女性科幻作家嵇偉和張靜，到了九十年代後，有更多女性科幻作家進入人們視野，諸如英子、淩晨、趙海虹、於向昀等。在進入新世紀以後，又有程婧波、夏笳等女性科幻作家，這些人的出現，給科幻文學帶來了全新的視角和敘述形式，為中國科幻注入了新的活力，也為中國科幻的轉型帶去了重要的動力。

長篇科幻小說的大量創作與發行，也是中國新生代科幻作家走向成熟的一個標誌。韓松的《紅色海洋》、劉慈欣的《球形閃電》、《三體》系列、王晉康的《生死平衡》等長篇科幻小說，帶來的是質的飛躍：中國科幻作家所要表達的情緒和所想描繪的科幻世界構架，已經達到需要用長篇小說的篇幅來抒寫的容度，其思想的深度和廣度已無法用中短篇來展示清楚。中國科幻創作的成熟，是科幻作家們一次厚積薄發的飛躍，也是中國科幻這長久以來發展積累的一次質變。

有利的時代背景、科普工作者和科幻活動家的努力，以及新生代作家群的創造，中國科幻終於在新世紀迎來了新的變化與轉機。如今，中國科幻已經超越了八十年代為新奇感創作和閱讀的動因，中國科幻作家對科學、對於整個宇宙文明的理解和思考，已經涉及到諸如時間的盡頭、生命的起源與終局等哲學層面，中國科幻文學已經開始探索獨立的自我價值，原創科幻已走向成熟，走向市場，也走向世界。正是在這樣的環境下，劉慈欣的作品「帶給文學一種新的可能，或者說是一種寶貴的平衡。劉慈欣是新時代的，又是中國的。」〔註 22〕他的作品既有天馬行空、隨心所欲的想像力，又裝備著嚴密的邏輯和理性思維，極具思想力和批判精神。劉慈欣用大量筆墨展現出他眼中的中國形象、人類文明和宇宙文明，是新生代科幻作家中的代表人物，他的作品也代表著中國科幻在新時期已達到世界先進水平。

〔註22〕嚴峰：《追尋「造物主的活兒」——劉慈欣的科幻世界》，《書城》2009 年第 2 期。

　　韓松曾說，「『科幻』的實質是一種建構在科學理性上的想像力」，「科幻的本質，或者說想像力的本質，與崔健提倡的搖滾的本質有某種類似，那便是最大限度地拓展表達自由的空間」〔註23〕，如今中國科幻跨越歷史長河，也終於迎來了一次可以自由表達的時代發展契機。在劉慈欣心中，科幻能承載光榮與夢想。我們大可以期待中國的科幻作家為中華民族插上想像的翅膀，中國的科幻文學，能滿載中華民族的光榮與夢想騰飛。

第二節　劉慈欣：讓科幻從小眾走向大眾

　　近幾年《三體》系列熱度持續高漲，尤其是在 2015 年《三體》（英文版）獲得第 73 屆雨果獎的最佳長篇故事獎之後，幾乎在一夜之間，「中國科幻」、「劉慈欣」、「三體」等關鍵詞迅速佔據了各大主流媒體首頁，「三體」的獲獎效應使得科幻文學關注度也隨之水漲船高。劉慈欣以其平易近人的語言風格，集大家之所成的敘述風格，用穩妥紮實的理論邏輯支撐，在注重科幻作品的共情與通感的同時，展現了科學的浪漫和魅力，代表中國科幻文學所達成的一個新的高度。在新媒體的爆炸式傳播功力加持下，劉慈欣用他獨有的科幻美學風格，讓中國科幻從小眾走向了大眾。

一、語言風格與敘事結構

　　劉慈欣的語言風格繼承了硬派科幻的特點，顯得冷靜與莊重，在繼承他人風格的同時也有著自己的巧思，這也影響到其創作風格，相比其他科幻作家顯得更為嚴肅冷峻。劉慈欣的敘事結構也頗有特點，最為突出的便是其想像與現實相結合的雙線條敘事結構。無論是語言風格還是敘事結構，劉慈欣在自己的創作生涯中都多次進行調整，最終煉就出平實易懂卻又精彩紛呈的《三體》系列作品。

　　劉慈欣曾表示，自己在文學方面受蘇俄文學的影響很深，比如《苦難的歷程》、《靜靜的頓河》、《青年近衛軍》等等，影響最深的是托爾斯泰的《戰爭與和平》，還有屠格涅夫、陀思妥耶夫斯基等人的作品。蘇俄文學的厚重感，包括它的語言及敘述方式，實際上並不太適合科幻文學，劉慈欣早期創作受其影響頗深，小說常帶有舊俄文學色彩，顯得很凝重，不夠活躍，從最開始

〔註23〕韓松：《想像力宣言》第 250～257 頁，成都：四川人民出版社 2000 年。

的《天使時代》、《光榮與夢想》、《地球大炮》，到《全頻道阻塞干擾》、《混沌蝴蝶》、《鄉村教師》、《地火》等作品，都帶給人一種壓抑、沉重的感覺。

然而隨著創作的深入，劉慈欣越來越感覺到自己深受俄羅斯文學浸漬後所帶來的一些不好的影響，他此後一直在試圖擺脫這種沉重感，希望自己的創作變得更加輕靈，這樣才能更好地寫出科幻的美感，為此，他在之後的作品中做了多番嘗試，語言風格更加樸素而輕靈。對語言進行調整的同時，也加入更多可供思考的內容與隱喻，逐漸找到自己的風格，達到一種平衡。

劉慈欣汲取俄羅斯文學的語言風格，以及一些科幻大家，諸如克拉克和阿西莫夫、奧威爾等人，而更早一點的凡爾納、威爾斯對他的影響反而不大；除此之外，還有著名反烏托邦小說《一九八四》的作者奧威爾，他的作品啟發和影響了劉慈欣對於哲學、社會、倫理的思考。他常採用現實與想像的雙線條敘事結構，使得小說情節更加引人入勝。對於這些影響，劉慈欣從不避諱。

劉慈欣坦言：「《三體》第三部的結構就是《2001年：太空探險》的結構，你要看過『2001』就會發現，它那個結構就是從最現實的、最瑣碎的細節起飛，越飛越高，開始還是一種比較平滑的曲線，到快結尾猛一下就上到時空尺度最大的，去到無限的那麼一個狀態。這個結構不光是被我，也被好多科幻小說廣泛模擬。」〔註 24〕雖然有模仿，但也有區別。克拉克的風格可以說是繼承了凡爾納和雨果‧根斯巴克對於技術科幻小說寫作的傳統。他的小說一般場面宏大，基調昂揚，充滿科學樂觀主義精神。劉慈欣繼承了克拉克的一部分寫作傳統，但在情節和人物塑造上超越了克拉克，尤其是細節處理方面，劉慈欣強化了「宏細節」和「微細節」的寫作手法，使得人物形象和科幻形象都十分突出。除了吸取科幻大師的創作經驗，劉慈欣這十餘年的創作生涯裏，也逐漸創造出自己獨特的寫作模式和比較固定的敘事結構。

劉慈欣是一個愛幻想的人，但他的幻想更像思想實驗，他喜歡基於理智和邏輯的幻想，「我心目中的科幻是超現實但不是超自然的，我認為科幻想應該基本遵循已有的科學規律」，〔註 25〕劉慈欣的科幻小說有一種極強的代入感，他的所有小說都是從現實起步，小說不會在一開始就直接進入到遙遠的

〔註 24〕黃永明：《每一個文明都是帶槍的獵手——專訪劉慈欣》，《南方周末報》2011
　　　　年 4 月 22 日。
〔註 25〕匿名：《劉慈欣：「理科男」的世界觀》，新浪博客 http://blog.sina.com.cn/s/
　　　　blog_630b976d0100xqo3.html，2012 年 3 月 7 日。

未來或不可觸碰的星空。中國的科幻小說讀者有一定特殊性,「對於這些讀者而言,科幻小說就像風箏,必須要給它拴上一根現實的線,這個風箏才能穩定的飛起來。」〔註26〕

　　劉慈欣的中長篇小說喜用雙線條或多線條敘事結構,最大的特點便是先由現實開始,再在讓故事在現實和科幻之間穿梭,使得一些非科幻讀者也比較容易進入,比如《贍養人類》、《贍養上帝》等作品涉及的都是當下的社會矛盾,再比如《三體》的開頭一章便是描寫文革,看上去跟科幻根本不沾邊。隨著關於文革記憶的描寫結束,葉文潔、汪淼等一眾主要人物和三體遊戲的登場,小說的科幻意味便越來越濃,也越來越飛離現實,最後突然進入到遙遠的星空去,時空的尺度陡然擴大。從現實出發自然也是作者經歷的一種曲折地反映。他的中長篇小說通常會有現實和科幻兩條線索並行,一直延續到小說的最後,兩條線索期間會有所交集,直至重疊。例如《鄉村教師》,這是劉慈欣小說科幻味並不很突出的一部作品,小說開頭是關於現實的這條線索,描寫的是在一個具有典型中國農村特徵的小村莊裏,一位身患重疾的老師掙扎著去給農村孩子上最後一節物理課的情景。這段極具現實主義手法的描寫讓人很難聯想到這是一部科幻小說。緊接著,劉慈欣又直接切入第二條線索,它來自數百光年外的一場結束的銀河系星際戰爭。獲勝的碳基聯邦決定製造直徑為數百光年的恒星空白帶,來防止矽基帝國死灰復燃。地球文明必須證明具有足夠的文明水平,才能免於被毀滅的命運。在鋪設完科幻這條線索後,視角又切換回鄉村教師的授課,最終,由於鄉村老師的最後一堂物理啓蒙課,地球文明種下了希望的種子,最終從銀河系的毀滅行動中生存了下來。兩條線索互不干擾,同時進行,卻在結尾處完好銜接起來,形成一個完整的故事鏈條。

　　《中國太陽》,它的兩條線索,一條是來自農村在城市打工一步步實現人生新目標的水娃,一條是發明了納米鍍膜鏡的固體物理學教授莊宇,兩個完全不同世界的人因為一個巧合相識繼而分開,在各自發展一段時間後,這兩條線索最終重迭起來,這時水娃從一個城市高樓玻璃清潔工,成功登上了太空,成為「中國太陽」的清潔工,做著連一般宇航員都無法完成的工作。

　　《三體》裏,汪淼和葉文潔也構成了雙線條敘事結構,汪淼代表的是一個現實生活中普通的科學研究者,無意間涉入到三體遊戲裏,結識了葉文潔

〔註26〕 包忠:《劉慈欣:握住現實的科幻狂人》,《成都日報》2006年8月9日。

和軍官史強等人物，見證了人類與三體的對抗行動。而葉文潔所代表的則是人類與三體世界的紐帶，是屬於科幻領域的一條重要線索。

劉慈欣的小說裏，採用這種結構敘事的文本有許多，它的優勢也很明顯。通過現實與科幻這兩條敘事線索的交叉互動，能夠在短時間內快速切換視角，極大程度提升文本容量。

二、「超現實」：營造科幻的眞實感

科幻小說本身就需要大量科學幻想作支撐，如何在龐大的想像空間裏營造科幻的眞實感，使其不至於虛無縹緲而失去現實的基礎，讓讀者易於融入，產生共情，這是小說創作者最需要解決的技術性問題。劉慈欣所做的，就是用「超現實」營造科幻的眞實感。爲此，劉慈欣有一套自己的標準：「科幻作者提出一個理論設定，首先考察它是否具有文學上的美感和震撼力，看它是否能夠在讀者的科幻想像中掀起風暴，然後再考察它在科學上是否合理……最後要得到的不是科學家想要的精確和正確，而是小說家想要的眞實感（注意是眞實感而不是眞實）。」〔註27〕劉慈欣認爲科幻小說家最重要的是要營造科幻小說的眞實感，它的設定並不需要完全遵守現實社會裏的科學定律，只要能在邏輯上自圓其說，即便有些科學硬傷，也是可以理解的。所謂「超現實」的寫法，指的就是劉慈欣科幻小說中的宏細節和宇宙史這兩種標誌性的寫作手法。劉慈欣喜歡以此來描寫超級災難，他擅長以理性編織細節，來填充想像的時空，科幻想像因此而有了眞實感。

小說必須有細節，而在科幻文學裏，細節的概念卻十分不同於傳統文學。劉慈欣謂之爲「宏細節」。何謂「宏細節」？它與主流文學的「微細節」相對應，是科幻文學所獨有的一種描寫手法。劉慈欣曾在自己的一篇評論《從大海見一滴水》裏詳細談到有關「宏細節」的具體概念，他通過一篇名爲《奇點火焰》的科幻小說中關於宇宙誕生的片段，來向讀者解釋何謂宏細節：

> 「『這顆好!這顆好!』當焰火在虛無中炸開時，主體 1 歡呼起來。
>
> 『至少比剛才幾顆好，』主體 2 懶洋洋地說，『暴脹後形成的物理規律分佈均勻，從純能中沉澱出的基本粒子成色也不錯。』
>
> ……

〔註27〕鍾剛：《劉慈欣訪談：道德的盡頭就是科幻的開始》，《南方都市報》2008 年 9月 1 日。

　　　　毫無疑問，以上的文字應該算做細節……但這個細節真的不
『細』，短短二百字，卻在時空上展現了我們的宇宙之外的一個超宇
宙的圖景。這是科幻所獨有的細節，相對於主流文學的『微細節』
而言，我們不妨把它稱爲『宏細節』」。〔註28〕

　　宏細節能讓科幻作家輕鬆的創造出縱橫億萬光年的時空，遠超主流文學
的容度，它使人類文明成爲大海中的一滴水，宇宙中的一粒星塵。宏細節的
大量出現對於中國的科幻小說結構有著十分深遠的影響。按照劉慈欣的說
法，「一部以宏細節爲主的科幻小說，首先是要按照自己所創造的規律來建成
一個世界，然後再進一步去充實和細化。這個創作過程是與主流文學相反的。
可以說，宏細節的存在使科幻小說極大地擴張了文學的描寫空間。」〔註29〕
因此，劉慈欣認爲宏細節非常能體現科幻文學對於傳統文學的優勢，而以宏
細節爲主這一現象的大量出現，也標誌著中國科幻文學已經成熟。

　　使用宏細節描寫手法能達到怎樣的效果？套用《三體III·死神永生》中
四維空間看三維空間的感覺來回答便是：無限細節。劉慈欣對科幻小說所做
的堅持便是用大量細節填充文本，將科學技術與現實用宏細節和微細節展
現，用來營造真實感，就如同《三體》中所描寫的，能將一個 11 維的智子，
展開成一張巨大的二維平面之下的細節之網。

　　宏細節的最大作用便是能使小說的容度在較短的篇幅內大幅度提升，能
「讓崇高跌落到二維，在平面世界中鉅細靡遺地展開。」〔註30〕當然，宏細
節的重要不代表微細節就不重要。實際上科幻小說真實感的營造需要兩者的
共同作用。劉慈欣自己也認爲，《球狀閃電》與他之前的作品相比最大的不同
就在於它是一部充滿了細節的小說，「他在宏細節的同時也有豐富的微細節」
〔註31〕。劉慈欣小說中宏偉的想像力是通過最平常的視角來展開的，並且用
最堅實的技術細節來具化他的科幻世界。按照這樣的說法，劉慈欣小說中包
含大量宏細節可以說是他的自覺實踐，那我們是否可以認爲，劉慈欣的小說
已代表著中國科幻小說的成熟？

〔註28〕劉慈欣：《超越自戀——科幻給文學的機會》，《山西文學》2009 年第 7 期。
〔註29〕劉慈欣：《超越自戀——科幻給文學的機會》，《山西文學》2009 年第 7 期。
〔註30〕宋明煒：《彈星者與面壁者——劉慈欣的科幻世界》，《上海文化》2011 年第 3
　　　　期。
〔註31〕劉慈欣：《〈球狀閃電〉再談錄》，《微紀元》第 128 頁，上海科學普及出版社
　　　　2004 年。

　　科幻世界裏的時間線和宇宙史描寫，雖不是劉慈欣小說裏的重頭戲，但卻一直作爲一個副線存在，起著整理時間碎片，平鋪敘事背景的功能。通過時間線與宇宙史，讀者對於小說中科幻世界的整體把握更爲直觀和具體，能夠較爲輕鬆的理解全局。正因爲劉慈欣具有歷史觀念，他的創作和想像自然也展現出與中國其他的科幻作家不太相同的一些特點。劉慈欣的想像不是零碎、斷裂的，在他的想像背後有一個完整的思想體系，它有科學邏輯，有一定組織和秩序，即便是他的短篇作品，其中的想像也是一個完整的「世界」，這些「世界」各自獨立，最終也能夠通過其中的宇宙時間互相聯繫起來，形成一個完整的有序的科幻世界體系。正因爲具有這種整體性思維，劉慈欣在他《三體》三部曲中，就成功創造了一個關於現行世界和未來世界完整的時間線和宇宙史〔註32〕。

　　除了《三體》三部曲中完整展示出來的時間線，劉慈欣在其他中短篇小說中也會按照宇宙時間劃分時代，比如《流浪地球》裏，劉慈欣將人類的逃亡分爲五步，並爲未來的時間劃分前後相繼的刹車時代、逃逸時代等時代。《時間移民》裏也將歷史時間劃分爲：黑色時代、大廳時代、無形時代，形成一個史的觀念。而《帶上她的眼睛》和《地球大炮》兩則小說在內容和時間線上實際是前後聯繫的，《吞食者》和《詩雲》在時間上也是前後相繼的。

　　劉慈欣還會在描寫大事件時插入一章類似史書的內容直接鋪呈背景，比如《三體III・死神永生》中採用在正文章節內插播《時間之外的往事》系列內容，解釋了群星計劃、人體冬眠技術、階梯計劃、執劍人、智子盲區、三體技術爆炸、掩體計劃等等一系列正文中沒有解釋清楚的事件和名詞。在《時間之外的往事》的序言裏有描述道：

> 「這些文字本來應該叫歷史的，可筆者能依靠的，只有自己的記憶了，寫出來缺乏歷史的嚴謹。其實叫往事也不準確，因爲那一切不是發生在過去，不是發生在現在，也不是發生在未來。
>
> 　　筆者不想寫細節，只提供一個歷史或往事的大框架。因爲存留下來的細節肯定已經很豐富了，這些信息大都存儲在漂流瓶中，但願能到達新宇宙並保存下來。所以筆者只寫框架，以便有一天能把所有信息和細節填充進來——當然不是由我們來做這事。但願會有那一天。」〔註33〕

〔註32〕劉慈欣《三體》三部曲小說中的時間線。
〔註33〕劉慈欣：《三體III・死神永生》第1頁，重慶出版社2010年。

這篇序言實際上就是解釋了《時間之外的往事》寫的就是一部關於人類的歷史。劉慈欣用它來解釋背景，整合小說中的歷史時間碎片。除了插入史書的內容，劉慈欣還充分運用了回憶錄的形式接上斷裂的時間背景，或是展示幾個內容相同的文件內容，通過文件上署名、批閱的時間，來形成一個完整的時間線。比如《三體》中對紅岸時代文件批註的摘錄。這種宇宙史的寫法讓小說顯得更具現實感，也顯得更真實，使讀者能夠置身其中，把握科幻世界裏的歷史細節與時間線。

三、浪漫風格的展現：創造科幻的美感

劉慈欣的小說雖然大部分所展現的都是冷酷的科技主義和情感的零度，但他的小說裏也有著對科幻中浪漫主義的堅守，既向讀者展示了科幻特有的美感，也體現出劉慈欣對人類文明的關懷，是人文主義關懷的一個側面，這種浪漫風格給予劉慈欣的小說更多溫度，使其作品內嚴肅、莊重，甚至有些冰冷的宇宙世界擁有一種複調的美感。

縱觀所有作品，劉慈欣的許多作品主題很空靈，有的已經涉及到時間本質和生命起源等哲學性問題，這些思考最終通過劉慈欣的敘事、結構、主題和意象展現出來。其中，劉慈欣作品裏眾多浪漫的科幻意象最能夠向讀者展現科幻的美感。

劉慈欣小說裏有關文明流浪的意象是比較突出的。比如很受讀者喜愛的中篇小說《流浪地球》，它描寫的是一部人類的悲壯流亡史，雖然故事的根基是來源自科學的理性推測，對地球作為巨大航艦進行宇宙流亡所要經歷的技術改造的描寫也是頗有現實感，顯得十分沉重和絕望，但這篇作品的美學核心是科學推動地球在宇宙中流浪，無助而又迷茫地尋找新家園這樣一個意象，使讀者能在閱讀小說情節之時，能深切的感受到文明的悲壯之美。小說中，曾經蔚藍的地球如今滿載鋼筋鐵骨，如山一般高大的發動機侵佔了美麗的家園，發出刺眼的藍白光線；高溫融化了冰川，巨浪淹沒了大地，人們只能住在地下，太陽已經成為人類眼中的惡魔。地球還未出發便已面目全非。而整個移民過程也將持續兩千五百年時間，整整一百代人，這苦難的旅程和災難的生活似乎都沒有盡頭，後輩子女也不能體驗祖輩們曾有幸度過的地球田園時光。人類孤擲一注的做法帶著文明最後的驕傲。在經歷了地球浩劫和太陽死亡之後，小說的最後是一段男主人公的幻想：

「我好像看到半人馬座三顆金色的太陽在地平線上依次升起，萬物沐浴在它溫暖的光芒中。固態的空氣融化了，變成了碧藍的天。兩千多年前的種子從解凍的土層中復蘇，大地綠了。我看到我的第一百代孫子孫女們在綠色的草原上歡笑，草原上有清澈的小溪，溪中有銀色的小魚……我看到了加代子，她從綠色的大地上向我跑來，年輕美麗，像個天使……

啊，地球，我的流浪地球……」〔註34〕

這是劫後餘生的感歎，也是對苦難歲月和人類文明生生不息的敬畏，飽含了對新世界的渴望與嚮往。科幻美感不僅來自主題的悲壯之感，還來自人類流浪這主題，它所承載的是人類渴望實現文明救贖這一終極目的的信念。

其次是宇宙閃爍這一科幻意象。劉慈欣的小說裏多次提到宇宙閃爍的概念，包括它的分支——恒星閃爍。《思想者》裏，男女主人公自初次相遇開始，便與恒星閃爍這一遙遠的天文現象結下了不解之緣，也促成了浪漫故事的開始。女天文學博士耗費了三十多年時間來觀測恒星間的閃爍傳遞：

「『知道嗎，我們可能花十幾年的時間在宇宙中採集標本，然後才談得上歸納和發現。這是我博士論文的題目，但我想我會一直把它做下去，用一生也說不定。』

『如此看來，你並不真覺得天文學枯燥。』

『我覺得自己在從事一項很美的事業，走進恒星世界，就像進入一個無限廣闊的花園，這裡的每一朵花都不相同……您肯定覺得這個比喻有些奇怪，但我確實有這種感覺。』」〔註35〕

男醫生從她的身上以及她所描繪的恒星閃爍繪畫上，感受到了廣袤宇宙的神秘與美麗，他不僅被不染塵世的女博士所打動，更為遙遠星辰閃爍的波形曲線的美感所震撼，成為了一個業餘的天文研究者。在小說的最後，他們發現了一個傷感的事實：「在這34年裏，源於太陽的那次閃爍可能只是一次原始的神經元衝動，這種衝動每時每刻都在發生……只有傳遍全宇宙的衝動才能成為一次完整的感受……按照現代宇宙學的宇宙爆炸理論」，而人類耗盡一生，甚至耗盡整個人類文明的壽命，也無法看到宇宙一次完整的閃爍，因為「在膨

〔註34〕劉慈欣：《流浪地球》，《科幻世界》2000年第7期。
〔註35〕劉慈欣：《思想者》，《科幻世界》2003年第12期。

膨脹的宇宙中，從某一點發出的光線永遠也不可能傳遍宇宙。」〔註36〕所以在《三體Ⅲ・死神永生》中，關一帆也將宇宙比作一個高位截癱的病人：它的大腦無法感知身體，它永遠無法擁有一次完整感受。二人心心相念的宇宙閃爍的長程反襯出人類生命的苦短，造成一種強烈的滄桑之感。然而醫生的腦海裏在三十多年前爲她和美妙的恒星光線發生了一次閃爍，這閃爍傳遍了他的心靈小宇宙，持續了很多年都沒有消失，如同重墨的油彩畫，深深印刻在時光的畫布之上。

更加震撼的宇宙閃爍來自《三體》中智子在地球上空的低維展開，展開後的智子包裹住地球，通過讓宇宙背景輻射選擇性透過，實現了讓全地球人類可見的宇宙閃爍，於人類世界而言，這是一個前所未見的壯麗景象。這是一次利用高科技手段達成的人工宇宙閃爍，它不同於《思想者》中恒星閃爍的宇宙自然現象，卻同樣爲我們帶來震撼，使人類感受到自身的渺小與宇宙的浩大無邊。實際上宇宙閃爍這一意象還隱含了更深層的含義：當所有的文明能觀測到宇宙一次完整的閃爍之時，那即是宇宙末日，也是文明的盡頭、時間的終局。從科學想像的角度來欣賞，這個意象有一種充滿哀傷的美麗。

劉慈欣的小說裏還有一類科幻意象：先驅者。無論是作爲探索外太空文明的宇航員，還是探索地內世界的地航者，他們無一不是要獨自承受一生的孤獨去探索宇宙和地球，展現出生命的苦短與技術困局。比如劉慈欣非常出名的短篇小說《帶上她的眼睛》，它所講述的是一個航行到地心進行科學探索的地航員，由於設備故障導致飛船上再也無法返航，最後只活下來一個小女孩。爲了繼續搜集地心資料，她要頑強的活下去，與地面的通訊系統即將失靈，她將在幾平方米的空間裏度過餘生。小說的男主人公一開始並不知道這個女孩是誰，他帶著她的「眼睛」〔註37〕讓她最後一次感受大地的一切：陽光、天空、河水、鮮花和野草。當他知道這個女孩的真實身份後，她與地面的通訊也徹底斷了，她的飛船徹底沉入地心中央，成爲一個永恒的遺憾。這是屬於科幻的美感。除了先驅者意象本身帶有的孤獨美感，這篇小說還有另外一個浪漫之處，來自於小說結尾的那段話：

　　　　「在以後的歲月中，我到過很多地方，每到一個處，我都喜歡

〔註36〕劉慈欣：《思想者》，《科幻世界》2003 年第 12 期。
〔註37〕小說中一種新型科技，戴上特殊「眼鏡」後能使無法親自到達某地之人與攜帶者感同身受，即能聞到花香又能聽到鳥叫。

躺在那裏的大地上。我曾經躺在海南島的海灘上、阿拉斯加的冰雪上、俄羅斯的白樺林中、撒哈拉邊人的沙漠上……每到那個時刻，地球在我腦海中就變得透明了，在我下面六千多公里深處，在這巨大的水晶球中心，我看到了停泊在那裏的『落日六號』地航飛船，感受到了從幾千公里深的地球中心傳出的她的心跳。我想像著金色的陽光和銀色的月光透射到這個星球的中心，我聽到了那裏傳出的她吟唱的《月光》，還聽到她那輕柔的話音：

　　『……多美啊，這又是另一種音樂了……』

　　有一個想法安慰著我：不管走到天涯海角，我離她都不會再遠了。」〔註38〕

　　劉慈欣說，他最滿意的是這個小說的結尾，最後這句話「不讀科幻的人體會不到它在說什麼。很簡單，地球的半徑都是一樣的，走到天涯海角都不會離她更遠了。這個美感，普通文學不會出現，只能出現在科幻裏。」〔註39〕這便是科幻的獨特之處。

　　除了科幻意象和古典主義，劉慈欣小說中的浪漫主義精神也來源自其天馬行空的想像力和對純粹之愛的描寫，也展現了他小說中人文主義關懷的一個側面。《思想者》裏醫生對女天文學博士跨越人生數十年的守候，發乎情，止於禮。相似感情也出現在《球狀閃電》裏，主人公對於林雲的欣賞與愛慕，同樣是藏於心中，現實中並不去打擾和觸碰。文中有段主人公關於愛的自白，展現出他內心的暗波湧動：

　　「見過江星辰後，我並沒有想像中的沮喪，反而像卸下了某種重負。林雲在我的心中已經形成了一個美麗的小世界，我欣賞那個世界，身心疲憊時也會去那裏休息，但很小心的避免陷入其中。某種東西隔開了我們的心靈，那東西不可言表，但我清楚的意識到它的存在。對於我，林雲就像她戴在胸前的那柄微型劍，晶瑩美麗但鋒利危險。」〔註40〕

　　他們就像守候者，靜靜觀賞著這些出采女性的芬芳，任其豐沛了自己的

〔註38〕 劉慈欣：《帶上她的眼睛》，《科幻世界》1999年第10期。
〔註39〕 匿名：《劉慈欣：我的科幻是沉重的》，南報網 http://www.njdaily.cn/2015/0226/1061311.shtml?bsh_bid=585283338，2015年2月26日。
〔註40〕 劉慈欣：《球狀閃電》第47頁，成都：四川科學技術出版社2009年。

內心世界。

　　《三體II‧黑暗森林》中面壁者羅輯，他愛上了自己想像的女性，並最終找到了這個想像中女性在現實中最相像的一個真實人物，並為她開闢了絕對空靈、靜謐、美好的小家園，這一段故事充滿夢幻感和浪漫氣息，展現出想像的力量，也使讀者暫時從沉重的地球危機中逃離出來，透了一口氣。

　　《三體》三部曲是嚴肅科幻，講述的是一個悲壯的故事，除了展示宇宙的無限可能和人類終局未知的恐懼之外，許多章節對於人物內心與外界景象的描寫細膩柔和，不同於描寫技術時的冷酷。並且在很多細節之處也都展現了劉慈欣的浪漫主義。比如《三體II‧黑暗森林》中，東方延緒給「自然選擇號」太空艦艇最高權限口令是：「Man Always Remember Love, Because Of Romance Only.」這句話是「Marlboro」（萬寶路）品牌的來源，關於它還衍生出一個關於羅蘭花的愛情故事，因此這句話應該翻譯為「人因浪漫而相愛。」一個在東方延緒時代早已經消失的老牌香煙，竟然被她想起來用作艦艇口令，這個口令就像是個小小的咒語，提醒著人們愛有著能穿越時空的恒久之力。

　　《三體III‧死神永生》中雲天明是一個貫穿始終的人物，而他本身具有一種憂鬱、敏感的詩人氣質，就似冷酷宇宙之中暗自發光的星雲。他身上展示出的是一種愛的「重力」（Gravity），支撐他穿越星海和時空，為自己所愛之人無私奉獻，這也成為他生命延續的動力。他放棄了鉅額財產，送給對他完全不曾在意的暗戀對象程心一顆恒星；他被迫放棄了自己的身體，只將大腦送入三體敵星的陣營裏，成為一把插入敵人心臟的匕首。對於始作俑者程心，他從不曾有恨意，在宇宙的另一頭，雲天明一直和她在一起：通過智子，他看到了幾個世紀裏她所經歷的一切，感受著她的痛苦與掙扎，還在宇宙毀滅的盡頭，為程心留下了他為其創造的小宇宙，供其平靜的度過最後的時光。雲天明對程心的愛慕是一種無所求的純粹之愛。在這一點上，程心與他十分相似，只不過程心這個人物所展現的是對普世的愛，對人類文明、地球生命平等的愛，但一樣都是純粹的愛，所以帶有自我奉獻和自我犧牲的豪情之美。這種愛代表了劉慈欣小說裏人文精神對於嚴酷現實的一種對抗，是浪漫給予沉重現實的一條出路。

　　對於人性，劉慈欣總是要將其放置在一個極端的環境中，讓其在人類文明的存亡和人性之間做選擇。然而只要是遵循人性的選擇導致的必然是文明

的失敗，這種悲劇結尾，充斥的是執行者矛盾、痛苦、悲傷與無奈的心境。
爲了彌補這種傷痛，劉慈欣在很多細節之處，並沒有以完成式的殘酷做終結，
而是利用科學幻想，在以科學爲基礎的維度內，將事與願違的悲劇感削弱，
從另一個維度滿足讀者希望大團圓的心境。《球狀閃電》可以說是一個小團圓
式的結局，結尾處那支暗夜無人時刻徑自開放的玫瑰，無論是對於主人公而
言，還是對於在整部作品閱讀完畢之後稍感失落的讀者而言，都是一種溫柔
且浪漫的慰藉。

　　在讀完劉慈欣的所有科幻小說後，可以很明顯的感受到他對於文學和藝
術的鍾愛。科幻小說裏頻繁出現的詩歌與童話，是他在向文學和藝術致敬。
比如《詩雲》、《微紀元》、《地球流浪》等小說中，都有詩歌的出現。T‧S‧
艾略特有詩云：「人類不能承受太多的現實。」（《四個四重奏》）如果小說敘
事是在捕捉世界運動的軌跡，刻畫的是人類在世界中的時間與經驗；那麼詩
歌所呈現的便是瞬間世界，展示的是某個時間片段裏人類的經歷和情緒。詩
歌有種動人的力量，它可以跨越時空，在歷史視角與人文角度間對峙，實現
語言的最大魅力，對任何時代的人類都能進行無差別的心靈撼動。

　　在《球狀閃電》中，正是林雲輕輕吟唱的詩歌，最終點燃了男主人公心
中壓制已久的火焰：

　　　　「『遠遠的街燈明了，好像是閃著無數的星星。

　　　　天上的明星現了，好像是點著無數的街燈。』

　　　　我跟著吟下去：

　　　　『我想那飄渺的空中，定然有美麗的街市。

　　　　街市上陳列的一些物品，定然是世上沒有的珍奇。』

　　　　我的眼淚湧了出來。這美麗的夜中世界在淚水中抖動了一下又
　　　　變得比剛才更加清澈。我明白自己是一個追夢的人，我也明白在這
　　　　個世界上，這樣的人生之路是何等的險惡莫測，即使那霧中的南天
　　　　門永遠不出現，我也將永遠攀登下去──我別無選擇。」〔註41〕

　　《三體》三部曲中，三體人類亦爲地球的文學藝術所傾倒，不惜餘力模
仿和學習創作詩歌、小說和童話，以及音樂、雕塑、繪畫等其他藝術。三體
文明也正因爲接觸到了人類的語言、文學和藝術，產生了技術大爆炸，使得

〔註41〕 劉慈欣：《球狀閃電》第 30 頁，成都：四川科學技術出版社 2009 年。

三體文明在短時間內科技大幅度提升，才能遠超地球人類的預期，提前到達地球。

《詩雲》中，來自宇宙高級文明的「神」是一位藝術品收藏家，它收集宇宙中來自各種文明的藝術品。由於對人類詩歌的興趣，它甚至開發出了一個吟詩軟件，通過它來搜集和創造詩歌，太陽系裏所有的星體將作爲儲存器儲存吟出的詩歌。最後太陽系消失，取而代之的是一片直徑爲 100 個天文單位的漩渦狀星雲，這就是詩雲。小說的最後，技術在藝術中遭遇了一道不可逾越的障礙：雖然能利用技術創造出詩歌的巔峰之作，但卻無法創造具備詩歌鑒賞能力的軟件來將其檢索出來。這是技術永遠無法取代文學的一個有力證據，也是劉慈欣對人類文學的信心。

《三體III・死神永生》中的三段童話故事極具美感，充滿浪漫氣息。雲天明在地球危急關頭再次出現，爲了在三體文明的監視之下向人類傳達如何拯救人類的信息，雲天明巧妙地用三個童話故事進行了隱喻。其中，雲天明要表達的最關鍵的一點就是：由曲率引擎驅動的光速飛船可以逃出黑域，也能逃離二向箔的降維攻擊，而人類文明應該傳承給星艦人類，在黑域中的太陽系人類再也不可能逃出自己的星系了。

這三個童話故事包含了豐富的隱喻、暗示和象徵，其中任何一個情節都可以解讀出多種含義，而每種含義都可以找到對應的依據，信息量十分巨大，很難確定究竟哪種意思是作者最想要傳達的信息。可惜的是，由於解讀的限制太少，人類始終無法參透這三個童話中最重要的信息，也沒能夠完全理解雲天明要表達的意思。人類最終沒能意識到曲率引擎的重要性，也沒能大規模逃離太陽二維化的降維打擊。對於雲天明三個故事隱喻的解讀，可以說是科學向文學的一次致敬。或者說，作者通過文化／語言的隱喻暗示著文學／文字的技巧對於今後高速發展的科技而言，擁有一種永恒且無法被取代的力量。語言處理能力是人類優先於三體文明的一個層面，並且無論時間、空間的長軸如何轉動，科學也要向其借力。離開文學與語言，文明必將終結。

除了詩歌和童話，劉慈欣的作品中還涉及到對於繪畫、音樂和雕塑藝術的欣賞。例如《思想者》裏將恒星閃爍時的曲線描繪成抽象的油畫；《三體II・黑暗森林》中羅輯喜歡的女孩莊顏對繪畫有獨到的見解；《三體III・死神永生》中，太陽系被二維化降維開始後，羅輯自在的在人類文明的墓地上觀賞著從遠古時期至今遺留下的雕塑與字畫，並不在意死亡。

劉慈欣的科幻是硬科幻，也是浪漫的科幻。他在自己創作的科幻世界裏極盡所能的展示科幻的美、星河的瑰麗和宇宙的神秘，讓人心生敬畏。人們為什麼會喜愛科學、嚮往宇宙？從衛星和空間站所拍攝到眾多奇妙而瑰麗的星雲畫面，蔚藍色地球在黑暗的宇宙中是如此靜謐與美好，渺小而偉大：人類是渺小的，但關於對宇宙生命、文明的追問又是偉大的。人性究竟是什麼，生命的本源與意義何在？對宇宙與文明的終級追問使我們心有渴望又充滿敬畏。這種心理可以說不僅推動了科技乃至科幻文學的發展，更推動了地球文明向前邁進。或許科幻的意義，也在於此。

第三節　中國科幻文學的突破與價值

劉慈欣在自己的作品中展現出了對中國科幻文學進行了全方位的思考，在創作過程中，他通過審視當今科幻文學困境，結合自身科幻世界觀，為中國科幻文學的未來走向尋找突破口，更深入地探尋中國科幻文學在當代文壇所處的地位與價值。

一、尋找未來中國科幻文學的突破口

技術創意在未來中國科幻文學裏，似乎有必要增加比重。《球狀閃電》後記中劉慈欣提到，克拉克的《2001》和《與拉瑪相會》確立了他的科幻理念：「科幻的真正魅力在於創造一個想像中的事物（《2001》中的獨石）或世界（《與拉瑪相會》中的飛船）……當科幻小說家把它們想像出來後，它們就存在了，不需要進一步的證實和承諾」，而劉慈欣認為中國科幻「最大的遺憾就是沒有留下這樣的想像世界。」〔註42〕他所指的這種「想像」，既指出了應該對未來世界大膽想像，也說明了中國科幻目前最缺乏的是一種技術創意和科學精神。劉慈欣是堅定不移的硬科幻寫作者，他同大多數中國科幻小說家一樣深受阿瑟·克拉克的影響，小說創作必須嚴格按照科學規律來發展劇情，結局也要依照實驗邏輯進行設定，作家儘量不進行過多干預，即用一種推理的方式去往前推進劇情。如此，技術創意對於科幻小說情節的重要性可見一斑。

劉慈欣在他自己的創作中也始終踐行著這一點要求，我們可以從許多作

〔註42〕劉慈欣：《〈球狀閃電〉後記》，《劉慈欣談科幻》第 122、123 頁，武漢：湖北科學技術出版社 2014 年。

品中找到憑證。諸如他所創造的一系列有關「宏」的名詞：宏細節、宏原子、宏聚變、宏紀元；以及微觀文明、電子詩人、零度宇宙等名詞；還有頻頻出現的新潮科學意象，諸如量子幽靈、高維宇宙、三體星系的混沌天體運動等等。在他的創作初期曾發表了兩篇比較短小的科幻小說，是《微觀盡頭》和《坍縮》。前者描寫的是人類通過對世界已知物質最小單位夸克的擊破，將整個宇宙反轉變爲宇宙負片，然後又通過同樣的方式將宇宙變回正常。後一篇是講宇宙坍縮開始後，時間開始倒流的奇觀。這是兩篇純科幻作品，未涉及過多現實的內容，技術創意就是小說完成和贏得讀者的關鍵。劉慈欣的一部長篇小說《球狀閃電》全篇以量子力學理論爲基礎，將我們所存在的世界描繪成以一種量子疊加狀態存在的形態，把波粒二象性用形象化的文字展現了出來。同時他還創造了「宏電子」這一物理現象，用以解釋球狀閃電的形成原理，再創造「宏聚變」來完成小說結尾處軍事實驗的高潮部分。通過整部小說的形象化描述，使得「薛定諤的貓」〔註 43〕這個量子力學裏有關平行世界的著名實驗，最終能以故事的形式被具象化，被廣大普通讀者所理解。整部作品依託量子力學理論，儘管有關球狀閃電成因的設想只是劉慈欣的個人幻想，但是正因爲有了科學創意做技術支持，整部科幻小說依舊顯示出了科學力量，能夠自圓其說。同樣，在寫作《三體》之前，劉慈欣開發出一個程序來模擬三體世界的運行模式，以此爲小說中「三體」遊戲運行的描寫收集必要數據。爲了進一步推動情節發展，他還在小說中設想人類實現了可控核聚變。在寫《詩雲》之時，劉慈欣認眞思考和試驗過電子計算機通過編程軟件寫詩的可能性。《微紀元》中人類爲了應對能源和生存空間的危機，大膽設想通過基因技術將自身縮小至細菌大小，形成微型生態系統，只用消耗極微小的資源就可以使人類生存下去。劉慈欣通過設想類似以上的一系列小說中所描述的技術變革，推動了情節發展，決定了人物行動的走向，因而科學幻想也能展現出令人信服與嚮往的力量。

　　劉慈欣強調中國科幻文學十分需要「科學精神」，在世界範疇內，幾乎是科學主義還未出現之時，「反科學主義」就已經出現了。在中國，反科學主義似乎沒有海外那樣聲勢浩大，如前文所述，中國科幻的發展在很長一段時間裏都處在科普範疇，科學在中國依舊擁有強大的權威，劉慈欣卻反省道：「中

〔註43〕　「薛定諤的貓」（Erwin Schrodinger's Cat）是奧地利物理學家埃爾溫・薛定諤試圖證明量子力學在宏觀條件下的不完備性而提出的一個思想實驗。

國的科學權威是很大，但中國的科學精神還沒有」，同時，當代中國科幻文學作品中頻繁流露出的科學悲觀主義思想，是受了西方思潮影響的一個證明。西方的科學思想已經發展到了該有所限制的水平，而「中國的科學思想才剛剛誕生，我們就開始把它妖魔化，我覺得這是不太合適的。」〔註44〕

　　如果說科學創意是解決科幻文學內容是否吸引人的問題，那麼科學精神則是決定中國科幻能走多遠和能走多高的關鍵。劉慈欣認為科幻作者的第一課應該是教會他們在內心深處真正找到科幻的感覺，使他們擁有一種對宇宙的宗教感情，要對宇宙的宏大與神秘產生敬畏之感，只有這樣，才能感受太空的廣闊、個體的孤獨與渺小；才能體會先驅者的悲壯、感受對時間的敬畏和感知命運在宇宙時間維度中的無情。而中國科幻作家目前最缺少的就是這種對科幻的宗教感情。中國科幻存在的歷史基礎和條件就是「科學的神奇感」〔註45〕，這種神奇感尤其需要人對未來世界的想像，需要對科學有著堅定的信仰。如同劉慈欣所感受到的，我們也依稀能感受到如今人類對宇宙的麻木感正充斥著整個社會。優秀的科幻小說作者，能通過其科幻作品來對宇宙和科學進行詩意解讀，營造科學的神性。這種理解來源自劉慈欣判定當下「上帝已死」的論斷，他也是這樣踐行的，並堅定認為，來自科幻精神所創造的新神話，必將擔當起救贖人類靈魂的重任。

　　科幻文學創作必然要有自己的使命與訴求，劉慈欣的科幻文學創作一直是有目的性的，他本人對於科幻文學的使命感在多處採訪和自己的文章中都有寫到：「科幻的使命是拓廣和拉深人們的思想，如果讀者因一篇科幻小說，在下班的夜路上停下來，抬頭若有所思的望了一會兒星空，這篇小說就是十分成功了。」〔註46〕這種使命感促使劉慈欣多次反觀自己的科幻文學創作，並進行了一些有益的嘗試。最初，劉慈欣認為科幻文學創作目的是通過文學的形式把科學的魅力展現出來。更具體一點來說，是通過科學幻想創造奇麗、震撼的世界，從而將科學的美感從方程序中釋放出來，展現給大眾看。〔註47〕在此創作思想之下我們可以看到，劉慈欣對現實中並不存在的未來世界描繪

〔註44〕劉慈欣：《為什麼人類還值得拯救》，《劉慈欣談科幻》第 39 頁，武漢：湖北科學技術出版社 2014 年。

〔註45〕包忠：《劉慈欣：握住現實的科幻狂人》，《成都日報》2006 年 8 月 9 日。

〔註46〕劉慈欣：《SF 教——論科幻小說對宇宙的描寫》，《劉慈欣談科幻》第 86 頁，武漢：湖北科學技術出版社 2014 年。

〔註47〕劉慈欣：《重返伊甸園——科幻創作十年回顧》，《南方文壇》2010 年第 6 期。

之時，用了大量細節描寫，通過具象化、細節化、超現實化的手法，來展現科學魅力與科學美感，不僅使得劉慈欣所幻想的未來世界如此逼真，也能照顧到更廣泛讀者的閱讀體驗。

隨著創作的不斷成熟，劉慈欣對於中國科幻文學的思考也逐漸加深，其創作理念和對科幻的看法也在不斷進行調整和深化。「科幻對於我們不僅僅是一種文學樣式，而是一個完整的精神世界，一種生活方式。我們是一群精神上的先遣隊和探險者」，劉慈欣如是說，「科幻小說的靈魂，第一是思想，第二是思想，第三還是思想。」〔註48〕中國科幻文學要在新時期裏嬗變與突破，就必須到達它質變的「奇點」，其中的關鍵就是要形成一個完整思想體系，包含科技、宇宙、哲學、和物理世界等等元素，它要在邏輯上完整可行，並且超前、獨特、自成方圓。這自然就要求科幻創作者橫向拓展、縱向挖掘，整體提升自我創作水平。這是劉慈欣所認定的一種科幻文學創作的核心要素。如此，中國當代的科幻作者才能在歷史的長河中留下比以往更多、更優秀的經典作品。

如前文所提，由於歷史等諸多原因，中國科幻文學長期處於邊緣地帶。當代中國科幻小說的市場很小，讀者圈也很封閉，基本上只有科幻迷這個小圈子。科幻作家為了吸引圈外讀者做出了巨大的努力，他們認為，「要想吸引圈子外的讀者並獲得主流的承認，必須拋棄坎貝爾式的『科幻原教旨主義』，提高科幻小說的現實性和文學性。」〔註49〕為了發展，一些科幻作家一度向主流文學靠攏，開始追求較為前衛、精緻的現代表現手法，主題的多重內涵使得作品愈發晦澀難懂，想像世界也沾染現代派的特色，比起以往的作品更顯得陰暗、扭曲、頹靡和絕望，許多科幻作品開始偏離大眾審美，與此同時也更加具有精英化思維。針對這一現象，劉慈欣有著自己的看法：「科幻文學生長土壤和力量源泉是在文學之外的……從科學中開掘新的神奇視點，把這種神奇大眾化，才能最終拯救科幻文學。」〔註50〕新時期中國科幻作家身份基礎與以往較不相同，受教育程度普遍較高，早年的閱讀、創作經驗對於之後創作成熟的科幻作品有著深度影響，創作時自然更偏向精英思維，這十分

〔註48〕匿名：《整個宇宙，為你閃爍！「三體社區」即將上線》，游俠網 http://www.ali213. net/news/html/2015-1/136469.html，2015 年 1 月 16 日。

〔註49〕劉慈欣：《最糟的宇宙和最好的地球》，新浪博客，http://blog.sina.com.cn/s/ blog_540d5e800101s54u.html，2014 年 6 月 9 日。

〔註50〕劉慈欣：《國內科幻文學的現狀和思考》，《劉慈欣談科幻》第 57 頁，武漢：湖北科學技術出版社 2014 年。

有利於中國科幻文學內核裂變與縱向深入發展，有利於創造出更有影響力的經典科幻作品。但就目前中國的科幻創作來看，劉慈欣認為精英化只會害了中國科幻。在他看來，科幻文學是一種類型文學，而類型文學都是草根的，「但中國科幻的特殊之處，恰恰在於其中混雜著太多的精英意識」，〔註51〕中國社會裏精英階層的訴求、價值觀念和思想感情，都離草根階層越來越遠。在中國，科學本身就是一種精英文化，而「越是精英它越個人化，越精神化，越是容易進入精神的迷宮。」〔註52〕

除此之外，劉慈欣還認為中國的科幻長期以來存在讀者定位誤區，「青少年讀者是中國科幻的希望和優勢所在，把握住青少年讀者對於宇宙好奇、對新世界的渴望這一心理期許，是中國科幻創造黃金時代的一個重要契機。」〔註53〕美國經典的科幻作品，幾乎都是大眾文學，國內的科幻小說思想性已十分好，卻因為太精英而遠離普通大眾的思想情感，難以引起草根讀者的共鳴，這是中國科幻日益小眾化處境的本質原因〔註54〕。因而劉慈欣認為中國科幻急需擴大讀者面，不能一味挑戰、遠離大眾。優秀的科幻作品必須達到精英化與大眾化的平衡狀態，要「用草根思維描寫精英」，這也是劉慈欣自認為《三體 III・死神永生》備受歡迎的原因。

通過這一觀點我們反觀劉慈欣的作品，他創作初期是作為一名科幻迷的自覺要求，想要通過文學作品來展現科幻美感，因而創作了幾部純科幻構思的短篇小說作品，最典型的是「大藝術家三部曲」：《夢之海》、《詩雲》、《歡樂頌》。《夢之海》中，劉慈欣設定了一位來自宇宙未知領域低溫文明世界的一位低溫藝術家，為了創造完美的冰雕作品，它將地球所有的水取出變成冰塊，雕塑了一個環繞於地球上空的瑰麗冰環，地球因此經歷了一場史無前例的乾旱浩劫。《詩雲》則設想了來自宇宙的「神」，因為喜愛收藏宇宙中的各種藝術品，不惜將整個太陽系所有物質能量犧牲，變為一個巨大的存貯器，用來保存量子計算機裏吟詩軟件所做出的詩歌，文學藝術在宇宙尺度上得以永恆，但卻犧牲了人類家園。極小部分人類被豢養起來，失去了思考的力量，

〔註51〕黃修毅：《劉慈欣：精英化只會害了科幻》，《南都周刊》2011 年 1 月 30 日。

〔註52〕黃修毅：《劉慈欣：精英化只會害了科幻》，《南都周刊》2011 年 1 月 30 日。

〔註53〕劉慈欣：《國內科幻文學的現狀和思考》，《劉慈欣談科幻》第 57 頁，武漢：湖北科學技術出版社 2014 年。

〔註54〕李剛：《劉慈欣：向美國輸出科幻本身就是成功》，《第一財經日報》2013 年 11 月 15 日。

同時地球文明也不復存在。在這三部作品中，所有現實的因素被拋棄，在宇宙未知領域的「神」的眼中，藝術高於一切，地球文明乃至太陽系文明都可以隨意被犧牲，藝術是宇宙尺度上的一場狂歡。這是最能體現劉慈欣思想深處對科幻理解的幾部作品，卻也拉開了與讀者間的距離。中國科幻想要發展，必須贏得更多讀者的支持。一味創作純科幻作品，顯然極可能偏離讀者的欣賞取向，劉慈欣也敏銳的意識到了這個問題，並開始對自己的創作理念進行修正。「這種創作是難以持久的」，事實上，劉慈欣「在創作伊始就意識到科幻小說是大眾文學，自己的科幻理念必須與讀者的欣賞取向取得一定平衡。」〔註55〕

怎麼處理好精英化與大眾化兩相平衡的問題？在發現了這個問題後，劉慈欣進行了一些創作實驗，逐漸挖掘出了一些可以遵循的標準。首先，中國科幻文學應該繼續發展科普文學，這一長期活躍在中國科幻文學史中的重要角色不應該消失，起碼可以作為科幻文學的一個類型繼續發展。對於科普文學，劉慈欣的態度十分友好。他認為上世紀中國科幻向科普傾斜所創造的科幻是中國自己的科幻，是地道的中國科幻。「百年來，中國科普和中國科幻興衰的曲線幾乎是重合的，用唇亡齒寒來形容兩並不過……一方的崛起和繁榮對另一方都是百利而無一害。」〔註56〕科普文學在中國的幾次發展熱潮都有深刻的歷史原因，與中國科幻發展相互作用，形成了目前中國科幻文學的格局，這一切都值得被歷史記載。而科普文學的發展，也是對科幻文學這一類型文學的完善。

其次，要在純科幻寫作與反映現實中取捨有度。評論界有一種說法是認為所有的科幻小說內核深處實際都是在反應現實。劉慈欣對此持保留意見，但也認可科幻創作關注人與自然、人與社會的關係能極大擴充科幻文學的容度，讓自己的創作走的更遠。在 2010 年，劉慈欣在自己的一篇文章中提到自己創作前後有一個轉折點，它來源於自己的一個發現：「科幻中的正與邪善與惡，只有在相應的世界形象中才有意義。」〔註57〕這樣來看，劉慈欣的後續創作必然受到這一觀點的影響，反觀之後的《三體》，以文革經歷為背景，重要人物葉

〔註55〕劉慈欣：《重返伊甸園——科幻創作十年回顧》，《南方文壇》2010 年第 6 期。
〔註56〕劉慈欣：《當科普的科幻嘗起來是文學的》，新浪博客 http://blog.sina.com.cn/s/blog_540d5e800100chth.html，2009 年 3 月 4 日。
〔註57〕劉慈欣：《重返伊甸園——科幻創作十年回顧》，《南方文壇》2010 年第 6 期。

文潔完成了一次改變地球歷史的信號發射行動；《圓圓的泡泡》中，從小喜歡吹泡泡的圓圓研發的超級泡泡技術被運用到治理沙漠上，十年的中國西部空中調水工程，最終拯救了日益沙漠化的城市；《球狀閃電》的故事創意就來源自現實生活裏報導的球狀閃電導致的奇異事件；《超新星紀元》則設想地球經歷宇宙輻射的浩劫之後，所有成年人將死去，剩下所有的兒童必須肩負起維繫人類文明的重任。這類與現實密切結合的作品的確為劉慈欣贏得大量讀者，創作思維的改變使劉慈欣從純科幻轉向干預現實，步入創作的成熟階段。

二、對主流文學有所超越

中國科幻文學想要繼續發展，首先應該明確的便是與其他文類的界限，並且要對主流文學進行超越，在這裡「主流文學」指的是以人類為中心、反映社會現實和人類心理狀況的文學作品。科幻文學即使是在之前井噴式的發展時期時，也不曾成為主流文學在中國流行，或許中國的科幻文學從骨子裏就是小眾、個性、獨立的。劉慈欣等新生代科幻作家想要謀取的，也不過是希望科幻文學能作為一個獨立的文類，強化類型文學在中國文學界的地位，使之在中國文學長廊佔據一席之地，擺脫長久以來所處的邊緣地帶，收穫更多讀者。劉慈欣曾用一篇文章盡數科幻小說與主流文學中的傳統文學要素之區別，對此進行反思與辯駁，實則也是清算兩者界限，為中國原創科幻提供一些寶貴的經驗。

主流文學作品是寫一個上帝創造的世界，而科幻文學能像上帝一樣去創造世界。科幻文學更注重創造科幻形象，人物地位的改變，是劉慈欣認為科幻文學與主流文學最大的區別。基於此點，劉慈欣認為主流文學始終秉承一種觀念，即：文學是人學，沒有人物的小說不能被接受，傳統文學是以人物形象為中心的作品。傳統的長篇小說必須塑造某個或者多個人物形象，而科幻文學中，人物可以不再作為小說的主體呈現，取而代之的可以是整個種族形象，或者是世界形象，「長篇科幻小說最重要的是創造一個科幻形象，這個形象是非人的，或至少不是傳統意義上的人」﹝註58﹞，比如《球狀閃電》中所致力創造的是球狀閃電，而不是頗為有個性的女主人公；《夢之海》中的低溫藝術家不是人類也不是生物，而是一個科幻形象；《朝聞道》描寫的是宇宙

﹝註58﹞劉慈欣：《〈球狀閃電〉再談錄》，《劉慈欣談科幻》第 128 頁，武漢：湖北科學技術出版社 2014 年。

眞理而非科學家；《流浪地球》並未著力刻畫某個人物形象，而是將地球人類作爲一個群體來描寫，用他們的眼光來反射地球作爲一個宇宙星體整體流浪的這一悲壯之舉；《纖維》的描寫主體是多個平行世界，這些平行世界有一些重合交叉點，從而造成來自不同時空間生物的奇妙碰撞；《混沌蝴蝶》描寫的是通過計算找到試驗點，從而能夠利用蝴蝶效應來影響天氣，達到世界和平的目的，整篇小說的主體便是蝴蝶效應。諸如此類的小說有許多，並且都不是以傳統的人物爲主體來描述。「科幻小說並沒有拋棄人物，但人物形象和地位與主流文學相比已大大降低。」〔註 59〕科幻文學可以創造出人類文明之外的多個文明，這些文明可以擁有各不相同的種族。世界可作爲一個整體形象成爲科幻小說主體。可以是各種星球星系，也可以是平行宇宙中的某個分支，又或者是計算機中的無數個虛擬世界。這些世界裏既可以有人類或者種族存在，也可以完全沒有生命體存在。這些都屬於作家對於科幻文學的靈魂——「科幻形象」的創造。如此種種在主流文學中都不可能實現，「種族形象和世界形象是科幻對文學的貢獻」，這兩種新的文學形象在國內並未得到讀者和批評家的認可，「而對這兩個科幻文學形象的創造和欣賞，正是科幻文學的核心內容，中國科幻在文學水平上的欠缺，本質上是這兩個形象的欠缺。」〔註 60〕劉慈欣的集大成之作《三體》三部曲裏，對於科幻形象的塑造下了十足的功力。單說他創造的宇宙文明形象就有許多。甚至有讀者將這些宇宙文明進行了排序。這些宇宙文明前所未有，只在劉慈欣的小說中出現，例如傳說中的宇宙神級文明，此文明只是由關天帆簡略的提及過幾句，在小說中並未直接露面，它能掌握數學規律，是宇宙最高等文明。再就是歸零者文明，能將維度歸零，並可以進行低光速黑洞防禦。這種文明爲了能夠重返宇宙的田園時代，企圖使宇宙歸爲奇點，形成宇宙大爆炸，重新創造出一個十維的新宇宙。還有魔戒文明，它所處的四維空間被神級文明銷蝕，只能在四維空間碎片中苟延殘喘，最後所有智慧生命消逝，只留下一個數據記載體作爲墓碑，爲曾經輝煌過的文明默哀。除了這些宏觀文明世界，劉慈欣還描寫了微觀世界的某些文明形象，例如《三體》中三體人爲了實驗製造智子，曾低維度展開了

〔註 59〕劉慈欣：《從大海見一滴水——對科幻小說中某些傳統文學要素的反思》，《流浪地球——劉慈欣獲獎作品》第 281 頁，武漢：長江文藝出版社 2008 年。

〔註 60〕劉慈欣：《從大海見一滴水——對科幻小說中某些傳統文學要素的反思》，《流浪地球——劉慈欣獲獎作品》第 281～282 頁，武漢：長江文藝出版社 2008 年。

一個基本粒子，卻無意中激活了這個粒子中的微觀文明，它們集齊微宇宙裏百億年的功力向三體文明展開了攻擊，形成了一個環繞三體主星的一隻巨大的眼睛。上述這些科幻形象只是劉慈欣小說中的冰山一角，它們代替人物形象成為科幻小說中的主體，這在根本原因上是源於科幻想像極劇擴大了文學描述空間範疇的緣故，科幻文學在此具有得天獨厚的優勢。

值得注意的是，雖然人物的地位在科幻小說中有所下降，卻並不代表科幻小說不需要精心塑造人物。實際上劉慈欣小說中令人印象深刻、值得解讀的人物形象並不比他所創造出的科幻形象少多少。這一點正是劉慈欣辯證吸取前人和西方科幻大師經驗教訓的結果，中國的科幻作家需要在兩者之間取捨與平衡。

科幻文學擁有更廣泛的民族立場，它們所擁有的宏大的宇宙視野，在一定程度上超越了人類視野。主流文學作品大多具有極厚重的現實感，或昂揚愛國主義激情，或批判社會現實，劉慈欣的科幻小說中也有涉及到此類題材，但與之不同的地方在於，科幻小說所具有的時空上的巨大容度，能使作家超越一般傳統題材局限於某個國家或民族的道德立場，站在更高的視角去俯瞰我們的文明，重新定義我們的立場。劉慈欣的科幻世界，涵蓋了從最基本粒子夸克到宇宙邊境的所有尺度範圍的元素，跨越了從地球文明起源到未來千萬年的漫長時光，它所包含的思想深度和廣度、它的視野之開闊，都是主流文學無法企及的，可謂「早已超越了『可上九天攬月，可下五洋捉鼈』的傳統境界」〔註61〕，同時也隱含著作者站在全人類民族立場上對現實問題的關注與深切思考。例如《2018 年 4 月 1 日》探討的是未來世界長壽基因出現帶來的社會問題；《全頻道阻塞干擾》是軍事科幻題材，講述中國（俄國）人民用鮮血和智慧抗擊外來侵略的故事；《天使時代》裏非洲國家桑比亞由於十分貧窮，人民幾乎快餓死。博士依塔通過對人類基因進行重新編程，改造人體，使人類可以像牛羊一般吃草和樹葉而不需要糧食，還能擁有翅膀，這項驚世駭俗的發明引起了聯合國和全世界人類的恐慌，他們武裝成軍隊侵略桑比亞，卻被改造後帶有翅膀的桑比亞新人類擊敗；《光榮與夢想》裏，國家間的較量投射到體育競賽上，展現弱肉強食的殘酷現實。這類題材隱喻著持續膠著、無法解決的社會問題，諸如環境污染、資源耗竭、種族歧視、貧富差距

〔註61〕嚴峰：《追尋「造物主的活兒」──劉慈欣的科幻世界》，《書城》2009 年第 2
期。

等等，以科學幻想對這類棘手問題給出解決方案，或預知未來走向。

　　劉慈欣曾說，自己的小說或許有厚重的現實感，但並沒有著力宣揚愛國主義精神，也沒有任何民族主義的東西〔註62〕，因為在他看來，「科幻文學好像是唯一世界性文學，很少有別的文學有這麼多的世界屬性。」〔註 63〕科幻文學是全人類視野的文學，這與民族立場並不矛盾，因為在宇宙文明的範疇中看，全人類是一個民族，在面對外星文明的入侵威脅時，中華民族與其他民族所面臨的是同樣的困境和危機。《流浪地球》中，由於太陽即將毀滅，地球上所有國家民族達成一致，集結所有的資源，裝上了巨大的地球發動機，開始一場前途未知的流浪之旅，將地球作為一艘巨大的航行器，載滿人類在宇宙的時空長河裏尋找新的家園，共同體會著孤獨和惶恐的漂泊感。《三體》中，這樣的情節再次出現，三體文明的威脅使得地球人類內部出現了一些分裂，但從大體上看，依舊是作為一個整體的民族在抵抗三體文明的入侵。在這種狀況下，無論是犧牲還是獲得，最終的結局是滅亡還是延續，都是要由整個人類共同承擔。

　　上述情況也只是「更廣泛民族立場」的一個側面，從更深的角度上來考慮，以宇宙視野替代人類視野，或許是這一觀點的昇華。在這種視角下，人類文明顯得超脫、空靈，充滿未來的大同感。《三體II・黑暗森林》裏，原本對立的兩個種族：三體星人和地球人類，在面對宇宙未知鄰域中暗藏殺機的更高智慧的文明之時，他們雖未結成同盟，卻也不再相互挾制，轉而為各自文明謀取一線生機，這一危機之下，他們的立場是一致的——要隱藏自己，生存下去；《三體III・死神永生》裏則更進一步。來自宇宙中更高智慧文明的歸零者，在毀滅三體星系文明後，也對太陽系進行了幾乎是碾壓式的毀滅——利用「二向箔」，將整個太陽系二維化〔註64〕，面對這種殘酷打擊，所有三

〔註62〕劉慈欣：《〈球狀閃電〉再談錄》，《劉慈欣談科幻》第 130 頁，武漢：湖北科學技術出版社 2014 年。

〔註63〕黃永明：《每個文明都是帶槍的獵手——專訪科幻作家劉慈欣》，《南方周末》2011 年 4 月 21 日。

〔註64〕「二向箔」來源自《三體III・死神永生》，指在黑暗森林狀態下，某種星際文明的一種毀滅性攻擊武器。二向箔是一個被力場包裹的「小紙片」，在與三維空間接觸的瞬間，能使三維空間的一個維度蜷縮到微觀，從而使三維空間及其中的所有物質跌落到二維，達到消滅敵方的目的，只有以接近光速脫離的物體才能免除傷害。將太陽系二維化，也就是將太陽「壓扁」，變成二維平面，所有生命和文明都不復存在。

維世界的文明都將處於同一威脅之中。而到了宇宙毀滅的終極時刻，所有宇宙文明——無論維度、種族、文明程度——他們此刻都面臨著同一困境：宇宙能量能否被完整歸還決定了新的宇宙能否誕生，如若不然，便是整個宇宙永久地墜入死亡的深淵。這便是「死神永生」的含義，重生或是毀滅，變成了整個宇宙文明必須共同承擔的命運。實際上，想要寫出有中國特色的科幻作品並不難，而要寫出拋棄作者本土色彩、消解國籍和民族特色，還能以超然的視角審視人類文明的科幻作品卻不容易。科幻文學在這一層面上，的確比主流文學具有更廣泛的民族立場和視野，它超越了人類的情與愛、生與死，幾乎能直達宇宙盡頭。

三、創造了科幻小說中的當代「中國形象」

中國的科幻小說自晚清到建國後，其主題基本上是「追求現代性」與實現民族復興。自二十世紀啓蒙文學影響中國以來，文化批判和夢想復興這兩個主題也在中國科幻文學中得到延續。當代中國科幻文學繼承了自晚清以來利用科學幻想變形現實和展望未來的功能，或描寫荒誕、晦暗的虛構時空以警示現實，或通過塑造未來先進、強盛的中國形象來感召國民，給予其精神信仰。許多科幻作品都展現出全新的中國形象，體現了民族的自覺，充滿返回世界中心的衝動。所謂「中國形象」，「指的便是文學中那種由符號表意系統創造的能呈現『中國』、或能使人從不同方面想像『中國』的具有審美魅力的藝術形象。」〔註65〕在長達幾十年的創作生涯裏，劉慈欣都在自覺運用自己的科幻世界觀來創造他筆下科幻世界，無論有意無意，他的作品也都展現了想像中未來世界裏的中國形象。這個形象是完整的，它站在世界的中心，睿智、沈穩、神秘的文明古國不再蜷縮於角落，它見證了人類文明的每個高度，它誕生出眾多英雄，無論是科學家還是普通研究者，皆有改變世界、認識宇宙的智慧與力量，除了啓蒙與復興，它還肩負著自我救贖的重任。除了帶有濃重東方色彩和中華歷史感的建築與文明之外，劉慈欣作品裏展現的中國形象具體分析起來主要是通過他所創造的眾多中國人物形象來實現的。

劉慈欣小說塑造了許多令人印象深刻的當代科學家、工程師和軍事家等中國人物形象。首要的一位科學家是丁儀。從劉慈欣發表的第一篇科幻小說《坍縮》起，教授丁儀幾乎貫穿了他所有創作的始終，《坍縮》、《微觀盡頭》、

〔註65〕韓松：《科幻文學與東方民族的現代性》，《中華讀書報》2007 年 9 月 26 日。

《朝聞道》、《球狀閃電》、《三體》等小說中均出現過。雖然從不是主角，但卻是每部小說中共不能缺少的一環，將劉慈欣的文字世界連接起來。他不修邊幅，感情淡漠，但思想境界極高，哲學思維敏銳，處事成穩，具有哲學和量子物理學兩個博士學位和數學碩士學位，一級教授，還是最年輕的科學院院士。這樣一個全知全能的角色，他代表的是最前沿的物理科學研究成果，處理的是決定人類命運的關鍵問題，在國際上的地位舉足輕重，受人尊敬。他的形象實際象徵著一個在世界科技領域裏的中國符號，彰顯的是劉慈欣對未來中國科學前景的信心。

羅輯是全球防禦三體的「面壁計劃」中唯一的亞洲人，他來自中國，也是唯一一個三體人直接下達過死亡命令的人。由最初的玩世不恭到最後轉變成具有高度震懾力的執劍人，這種巨大的轉變也凸顯出一種由自私到無私境界的昇華。他是一位社會學博士，做科研只為謀生而非道義，因為葉文潔無意間向他透露出的「宇宙社會學」命題，使他被選為面壁人。羅輯想像力十分豐富，他甚至愛上了自己想像出的一個人物。劉慈欣有意識的塑造了這樣一個極具浪漫主義精神的人物，使其展示出超強的思考能力和浪漫情懷，也正是因為處於這種特質，羅輯最終參透葉文潔所提出的宇宙社會學法則，提出猜疑鏈和黑暗森林的說法，成為震懾三體星人的最終武器，暫時保衛了地球文明不被入侵。羅輯所代表的中國形象，如同宇宙星空般靜謐、深藏不露，他有強盛的思想力與浪漫精神，這有別於西方文明對中國文化的認識與想像，向世界展示出中華文明的無限可能。

值得一提的是在劉慈欣的小說裏，女性科學家也佔有舉重若輕的分量，絲毫不遜色於男性角色。比如《三體》的主角之一葉文潔。她是一名出色的基礎天文物理學家，具有極高的專業水平，但早年文革和知青的經歷使她身上帶有厚重的中國烙印，給她造成難以癒合的心靈傷痛，這些經歷讓她形成了複雜、睿智、隱忍和絕對理性的性格，同時也讓她對人類的徹底失望，並直接導致了她對地球人類的背叛行動：向三體星人發送地球座標，成為地球叛軍領袖，以此希望為地球引來一位來自外域的「上帝」來約束和改造地球文明。這個冷酷、理性、執著的女科學家形象正是劉慈欣對於中國歷史現實的一種反思，而葉文潔這位絕對理性人物對現代理性的背叛行為，也反射出劉慈欣對於理性的矛盾心理與複雜態度。劉慈欣的小說中塑造了眾多技術型中國女性形象，她們在許多技術領域方面都具有超強的研究能力，甚至有了

改變文明走向的智慧水平與決斷力。比如《圓圓的肥皂泡》中，圓圓發明的超級大泡泡直接推動了空中調水工程，《三體》中程心階梯計劃創造的百分之一光速技術等等，這些女性科技類人物形象的大量出現實際上增強了女性的競爭能力，使女性和男性在科幻世界裏達到某種平衡，大大提升了女性地位。她們或柔弱或果決，博學、獨立，對生活和未來充滿信心。這是中國傳統女性與當代女性的兩相雜糅，是複雜的混合體，也向世界展現了全新的當代中國技術型女性形象。

除了當代科學家，中國當代軍事類人物形象也頻繁出現在小說中。《三體II·黑暗森林》中有兩個關鍵人物，一位是被選爲全球四位「面壁者」之一的學者羅輯，另一位便是太空軍艦隊政委之一的章北海。章北海被廣大科幻讀者認爲是劉慈欣筆下最成功的一位人物。他是一名典型的中國軍人，有頑強的信念和狡黠的智慧，行事果決冷靜，目光深遠，充滿絕對理性，爲了人類最終的勝利，他將自己完全僞裝，忍辱負重，並且在必要的時刻敢於逾越常規，採取非常手段達到最終目的。這個人物形象幾乎是中國老一輩無產階級革命家和的眞實寫照，他是一個具有鋼鐵意志的中國軍人。「章北海對人的主觀能動性能夠贏得未來戰爭的這堅定信念，也讓人想起革命先烈們對於中國革命始終樂觀的精神」〔註66〕。

與章北海這個形象比較相似的還有《三體》系列中貫穿始終的警官史強，他性格粗獷，不拘小節，與章北海一樣參與了許多重大軍事活動，擁有極強的組織與行動能力，生存適應能力與思辨力極強，常能打破常規提出最有效但也最驚世駭俗的解決方案。值得一提的是，史強這個人物的行爲舉止似乎跟中華傳統美德毫不沾邊，甚至可以說有道德缺陷。他劣跡斑斑，從不去思考關於生命和時間的終極問題，不追求眞理，也沒有信仰。但卻能在人們因喪失信仰、理性潰敗而絕望之時，以其驚人的自信和強大的信服力穩住軍心、民心。當科學家汪淼看到智子所創造出的人類物理學中認定不可能出現的非自然物理現象之時，他崩潰地痛哭起來，史強卻哈哈大笑毫不在意。在任何極端情況之下，史強總能保持對未來必勝的信心，在無數次動亂中始終屹立不倒，穩定人心，他所依賴的不是什麼科學與眞理，而是對生活經驗與生存技能的絕對掌握。

〔註66〕賈立元：《「光榮中華」：劉慈欣科幻小說中的中國形象》，《渤海大學學報》2011年第1期。

劉慈欣的小說還有一位令人印象深刻的女軍事家：林雲。她是《球狀閃電》裏的一個人物。林雲在少年喪母之後性情大變，作為一名女性，卻十分鍾愛新型武器與所有危險的事物，與優秀的士兵和軍官一起接受專業化的軍事訓練，處理事情狠辣有決斷力，也可以說有些冷酷無情，她認為殺人這種事情能帶來奇異的美感。小說裏通過幾處細節展現了這個冷酷、剛強的女軍事家：將一個年代久遠，還處於擊發狀態的防步兵雷隨意的當做裝飾品，隨意地懸掛在車窗上；她隨身佩戴的一個美麗胸針，實際上是世界上最鋒利的一把微型劍；她行事沒有什麼道德約束，也沒有太多感情波動，一切只為研究新型武器，並且為達目的不擇手段。

劉慈欣的小說裏還有許多類似帶有中國烙印的人物形象，不僅是通過這些人物塑造，包括一些小說的主題內容，也都能展現出日新月異的中華思想和中國形象，總體上，劉慈欣科幻世界裏塑造的是一個穩重、睿智、絕對領先的中國形象，它有著嚴肅理性和超前的思想，也有著浪漫樂觀的精神，有別於一些科幻作家筆下頹靡、落後破敗、固步自封的中國形象，展示出中國科幻作家對中國未來的積極姿態。

四、劉慈欣：中國科幻文學的「放大器」

吳岩教授評價劉慈欣科幻小說可以被概括為「建構」。因為他「扭轉了以破壞性為主潮的中國科幻文學的當代走向，並把它引向積極的建構方向。」〔註67〕劉慈欣科幻小說帶來的震撼和美感，加深了人們對宇宙宏大深遠之感的認知，也讓人類更深刻的瞭解了自己在宇宙中的位置，更是培養了對宇宙終極的、文明盡頭的好奇與追問。劉慈欣的小說飽含最宏偉的想像力，卻從最平凡的角度展開，通過堅實的科幻細節來充實想像內容，為我們塑造了一個個令人難以忘懷的宇宙世界。

劉慈欣於中國科幻，套用他自己的小說中的描述來形容，就像是恒星太陽。《三體》中，劉慈欣將太陽設定為是宇宙波的放大器，能將來自地球和其他星系的宇宙波用恒星的能量放大，使得十分遙遠的星系也能捕捉。那麼我就將劉慈欣比作中國科幻文學對外發聲的放大器，他是中國科幻這個小宇宙裏的一顆恒星，目前比其他行星更有影響力，通過他的努力，中國科幻走出

〔註67〕吳岩、方曉慶：《劉慈欣與新古典主義科幻小說》，《湖南科技學院學報》2006年第2期。

自己的小天地，被主流文學、大眾讀者所熟知，也走出國門，被世界科幻文學研究者和愛好者所熟悉。北京師範大學教授吳岩曾表示，「劉慈欣對中國科幻現狀的改變是全方位的，從敘事到主題，從情感基調到人物面貌。」〔註68〕中國科幻經過漫長而曲折的發展，到了當代，已經有了許多新的變化，而劉慈欣是新生代科幻作家中最受矚目的一員，他首先用自己的作品和思想爲中國科幻打下堅實的基石，其次展示出科幻文學比主流文學更廣闊的視野，最後，他也向世界科幻文學展示出全新的中國形象，構建了中國新科幻的價值體系，展現了自己獨特的科幻美學風格。在信息爆炸的新媒體網絡時代，劉慈欣用其獨特的科幻世界觀征服著海內外讀者，爲中國科幻文學開啓了一個新的篇章，讓中國科幻文學由小眾走向大眾，由中國走出世界。

　　劉慈欣的小說是一種文學與科幻的平衡，既有極高的藝術質地，又有強大的思想穿透力，他所關注的科學命題與人類當今的生存狀態以及未來命運的走向緊緊相連，是一種「厚重的核心科幻」〔註69〕，《科幻世界》副總編姚海軍曾說過，「只有核心強大，才能談突破邊界」〔註70〕，劉慈欣的科幻小說即是核心科幻，如今他也正如姚海軍所說，作爲強大的核心科幻創作者，在他的先驅作用之下，更多新生代科幻作家也開始突破文學的邊界，這種創造性的建設，是他個人的努力結果，也是中國科幻發展到今日的必然走向。即使當今沒有劉慈欣，也必然會出現「李慈欣」、「王慈欣」。說到底，中國科幻文學，是要開始進入眞正的黃金時代了。

〔註68〕吳岩、方曉慶：《劉慈欣與新古典主義科幻小說》，《湖南科技學院學報》2006年第2期。

〔註69〕王全根：《崛起的中國科幻與價值重構》，《中國圖書評論》2013年第12期。

〔註70〕宋平：《「只有核心強大，才能突破邊界」——專訪〈科幻世界〉雜誌副總編、〈三體〉三部曲策劃人姚海軍》，《中華讀書報》2012年7月11日。

第四章 韓寒與郭敬明：「80 後」青春文學的生產與消費

第一節 青春文學裏的青春

　　「一代有一代之文學」，一代有一代的青春，所以每個時代都有著屬於自己時代的青春文學。有評論者把郭敬明和韓寒所代表的那個階段的青春文學叫做「80 後」青春文學，現在看來，雖然青春常在，但是時代在變，比起網絡文學和網絡遊戲這類更為流行的時代符號，「80 後」青春文學已經屬於文學史上的一個歷史階段，正如所有的大眾文藝一樣，「80 後」青春文學在某個階段成為人們關注的焦點，又在下一個階段被另一個流行的大眾文藝所取代。郭敬明和韓寒無疑是「80 後」青春文學最有代表性的作家，他們筆下的青春代表著「80 後」青春文學裏的青春。

一、韓寒的叛逆青春

　　《三重門》是韓寒的第一部小說。韓寒曾經在《三重門》的個人簡介中用了王朔的一系列小說名來介紹自己，比如說，《頑主》、《看上去很美》、《過把癮就死》、《動物兇猛》，一方面以書名作自我介紹本就別出心裁極具個性，另一方面也產生了極強的互文效果，讓很多之前不瞭解韓寒的讀者，對韓寒的最初認識便是王朔的反叛和不羈。在這段個性的介紹之後，韓寒說，我們之所以悲哀，是因為我們有太多的規矩。僅這句話來看，一方面是哀歎，太多規矩於個人幸福甚至是個人生存而言本就是不利因素，而更值得哀歎的是，沉默的大多數們為了遵循規矩而放棄了個人的幸福甚至放棄了個人的生

存。另一方面，這份哀歎也實實在在地肯定著反叛。因為在哀歎的同時包含了嘲諷和指責的味道，對規矩與順從規矩的嘲諷和指責也就意味著對於反叛的肯定。這份個人簡介算是給他自己的文字及其個人思想態度定下了風格和基調，他在之後的小說、雜文包括博客裏也都延續著這種風格和基調。但韓寒本人卻不太願意別人以某種固定的風格或者是形象去評論他。在小說《像少年啦飛馳》發表之後，他特別表明「以前我還是一個現象，之後也有很多人爭做什麼現象，這些並非是我的意願」〔註1〕，但是，就連這句話也同樣符合了他本有的風格，這樣的一句反駁，正像是一個好的佐證。

首先，從《三重門》開始，韓寒的小說都是沒有固定的情節線索的，故事從某一個很平常的開端出發，然後走向另一些平常的情節、一些散亂的片段，片段一般都由時間的向後延伸為線索，並伴隨著主人公的成長過程。在《三重門》中是林雨翔從小學到初中再到高中的經歷，在《像少年啦飛馳》中是「我」的小學、初中、高中以及後來的師範學院的生活的一些點擊性的敘述。這種散亂在《像少年啦飛馳》裏的一個很鮮明的具體表現就是，整本書分節特別多，而每一節的開頭常見「那一段時間」「以後」「……以後」這樣的句式，這樣的不確定的時間指向更加增加了文本整體的不確定性和隨意性。《長安亂》《光榮日》《一座城池》裏依舊是這種沒有太多情節的散漫，並且開始脫離學校這一具體環境，敘事的具體空間變成一段路程，幾個人一起走過一段路程，路上發生一些並沒有太多關聯的故事。在閱讀韓寒的小說的同時，閱讀其散文集《零下一度》，會感覺韓寒的散文和小說不僅沒有實質性的差別，也沒有太多形式上的差別。或許換個角度看，也可以把這份散漫看作是叛逆而迷茫的青春的注解。

其次，小說裏的批判和諷刺隨處可見。或許是因為小說從整體上營造了一個批判和諷刺的場域，一些平常的句子也能讀出諷刺和叛逆，一整篇讀下來，感覺每一個句子都充滿了諷刺的味道。在《三重門》林雨翔所在的鎮和學校是如此被介紹的：

> 「小鎮一共一個學校，那學校好比獨生子女。小鎮政府生造的一些教育機構獎項全給了它，那學校門口『先進單位』的牌子都掛不下了，恨不得用獎狀鋪地。鎮上的老少都為這所學校自豪。」〔註2〕

〔註1〕韓寒：《像少年啦飛馳》第1頁，北京：萬卷出版公司2008年。
〔註2〕韓寒：《三重門》第2頁，北京：作家出版社2003年。

　　本來「鎮上的老少都爲這所學校自豪」這樣的句子似乎還有幾分表揚的味道，可是在整個對小鎮和學校的描述的背景之下，這句話的諷刺意味就變得鮮明了。幽默諷刺一般情況下是會起到加強表達效果的作用的，但是，當滿篇都是大同小異的諷刺時，其諷刺效果可能大打折扣，讀者沒有辦法把注意力集中到某一個確定的社會問題之上，因爲下一個句子，就會有另一個吸引人眼球的問題或者諷刺和批判出現。前文所提到的，在《三重門》的開篇處，說到小鎮和學校浮誇的走形式的問題，以及老百姓居然對這種浮誇的形式十分認同，這確實是一件簡單常見卻引人深思的事情，但是，未及深思，作者又馬上聊到了社會對文理科的看法的問題，並且接下來還有人們對待文學的態度等問題。這樣一來，哪一個問題都沒有佔據足夠的份量。另外，對於學校老師校長的諷刺頻繁地重複出現。在韓寒的筆下幾乎沒有出現過比較正面的老師形象，但凡有老師出現，就意味著迂腐和禁錮，甚至猥瑣，他們樂於濫用教師的身份所賦予的權威，也樂於扼殺學生的創造性。在《三重門》裏面有如下表述：

　　　　「教師不吃香而家教卻十分熱火，可見求授知識這東西就像談戀愛，一拖幾十的就是低賤，而一對一的便是珍貴。珍貴的東西當然眞貴，一個小時幾十元，基本上與妓女們開的是一個價。同是賺錢，教師就比妓女厲害多了。妓女賺錢，是因爲妓女給了對方快樂；而教師給了對方痛苦，卻照樣收錢，這就是家教的偉大之處。」〔註3〕

　　　　「牛炯要學生牢記這些例子，並要運用自如，再套幾句評論，高分矣！」〔註4〕

　　類似表述在韓寒的文字裏是極爲常見的。在他的散文《教師的問題》裏，韓寒曾坦言，「我曾經說過中國教育之所以差是因爲教師的水平差」，「教師本來就是一個由低能力學校培訓出來的人，像我上學的時候，周圍只有成績實在不行，而且完全沒有什麼特長，又不想當兵，但考大專又嫌難聽的人才選擇了師範，而在師範裏培養出一點眞本事，或者又很漂亮，或者學習優異的人都不會選擇出來做老師，所以在師範裏又只有成績實在不行，而且完全沒有特長，又不想去當兵，嫌失業太難聽的人選擇了做教師。所以可想教師的

〔註3〕韓寒：《三重門》第83頁，北京：作家出版社2003年。
〔註4〕韓寒：《三重門》第108頁，北京：作家出版社2003年。

本事能有多大。」〔註5〕不得不說，這些老師形象或多或少地反映了中國教育存在的一些問題，但同樣不得不承認的是，韓寒對於教師的態度上，可能跟其個人的經歷有關，而把這份相對個人化的體驗作爲總結，是反應有些過激了。但是，這正是青春，是人在沒有成爲「標準的成年人」之前可能出現的反應，正是青春期的人不顧一切的吶喊，如果韓寒在其作品中理性地分析老師的優點和缺點，那便跟其他理性分析的文字一樣很難引起人們的注意，也就不像是青春了。

第三，情感在韓寒的小說裏面被弱化。這裡情感主要指的是小說裏面的人物對待情感的態度，或許情感並不應該被單獨拿出來分析，因爲韓寒的小說裏，弱化的不僅僅是情感，而是所有的存在。讀完他的每一部小說都有一種迷茫和模糊感，好像沒有什麼事情是重要的，從人物形象到人物情感，從故事的情節到故事結構。《三重門》在一定程度上算是一個例外，在《三重門》中，林雨翔是韓寒筆下還未學會用各種批判和雲淡風清來掩飾自己的情感的孩子，他對於蘇珊的感情較於韓寒其他小說之中的主人公的態度是認眞而誠懇的。在此之後，韓寒筆下的主人公們有點像是看淡了江湖的劍客，或者說是受過傷害的孩子長大成人了，對世界少了些許的信任。不過，也還抱著想要相信世界的念頭，或者是抱著一點點世界總有可信之處的希望。他或許也沒有信心，所以，即便是世界偶而有一點點可以信任的溫暖，也總是在接下來就被調侃稀釋模糊掉。雖然那時的少年依然輕歎著「總會有光明的東西的，在未來。」〔註6〕但是更多的時候是在小心地自我保護之中，正如在《像少年啦飛馳》之中，在「我」的女朋友陳小露突然跟「我」的朋友鐵牛在一起了之後，「在以後的三天裏我想著怎麼樣出氣」。〔註7〕這樣的表達像是不那麼看重情感，更在乎尊嚴或者說根本就是想一想就成爲過去。在《長安亂》裏，韓寒則慣用似有若無的幽默來淡化情感。即使在喜樂死後，釋然也沒有直接地表達過內心的情感，而只是隱隱暗暗地流露，他說：

「我們遲早會再在一起給小扁剃毛。只是需要完成一些事情。

而這些事情竟然不是江湖恩怨，只是把一個小孩帶大。」〔註8〕

〔註5〕韓寒：《韓寒五年文集》第459頁，北京：中國青年出版社2005年。
〔註6〕韓寒：《像少年啦飛馳》第23頁，北京：萬卷出版公司2008年。
〔註7〕韓寒：《像少年啦飛馳》第12頁，北京：萬卷出版公司2008年。
〔註8〕韓寒：《長安亂》第295頁，北京：中國青年出版社2004年。

　　同樣的,在《他的國》裏左小龍對於泥巴也是,常常一副貌似很嫌棄的樣子,實則又在享受著泥巴帶給他那種溫暖的感覺。這一類的例子不勝枚舉,再加上韓寒本有的充滿了戲謔和調侃的語言風格,使得整個的故事都像是在刻意迴避情感,呈現出一種在溫暖面前茫茫然不敢相信的味道。這裡不得不說的是,這種看似雲淡風清的感覺,並且像是刻意迴避的味道讓我感覺情感很是濃鬱,那種假裝目光沒有聚焦毫不在乎的感覺,隱藏著內在的渴望。

　　從這些小說的共同特點可以看得出,韓寒的文字裏確實透露著反叛和批判的味道,這一點正好與青春期的特點相吻合,因而也就更加成就了其對於青春期讀者的吸引。當青春期的讀者正在尋找自己,正渴望著衝出那些既定的成規的時候,閱讀韓寒則正是找到了外在對內心的聲音的呼應,也肯定了自己本還處在懷疑或者猶疑之中的那些青春的迷茫和小激憤。那些青春期裏混雜著迷茫的激憤或是叛逆,往往只是停留在迷茫裏的叛逆,似乎叛逆就是全部的目標,而並不在意所叛逆的為何物。或許正是由於年齡和心理的某種契合,韓寒的小說裏表述的那些批判和懷疑也正如青春期叛逆一樣地不知所措,似乎批判就是全部目的,批判是不在乎對象的。當然,這樣的批判在多次重複或者是布滿了整本小說的時候,其效果和力量確實大打折扣,但是也並不意味著,這種批判完全沒有建設性。在新的建設開始之前,原有的建制是前行的阻攔,而批判雖然並沒有開始新的建設,甚至沒有任何對於新的建設的方向,也沒有任何與新的建設有關的概念,但是卻算是開始了新的建設的第一步。並不是所有的時候,所有的批判都是正確的,但是批判態度的存在卻意味著,新的可能即將誕生。

　　韓寒也有著自己的成長和變化。在韓寒的小說《他的國》裏面,幽默感和諷刺的現實指向性有著明顯的增強,在幽默後面已經透出更為冷靜的思考和悲涼的氛圍。其實,聯繫到資本全球化鏈條的發展,這樣的轉變的合理性和必然性會顯得更為明朗。《他的國》的故事表現出一種對於英雄的渴望和懷念,因為真的英雄正是一個以資本本身為英雄的資本時代所欠缺的。而那些「他者」對個體的壓迫,讓人感受到資本的時代個體的孤獨。比如,圍觀的群眾鼓勵想要跳樓的人往下跳,甚至用不同的方式刺激他往下跳。包圍著我們的一切都是「他者」,不僅僅有鋼筋水泥包裹的空間,還有同為人類的「他人」。《他的國》的故事最後呈現出來的那個在資本的引導之下出現了變異物種的世界,借著文學的虛構和修辭,真實而貼切地表現了某些值得憂慮的現

狀。當下的現代化進程確實正如小說之中的亭林鎮一樣變化得讓人難以接受和適應，人的心理甚至身體都產生了不同程度的不協調。這種不協調的狀況在小說之外的當下的現實之中甚至都不用作過多的說明，因爲每個個體都正處於其中，身心皆有所感。尤其當我們放眼當下的流行的娛樂文化，放眼網絡上各種極具導向型和指向性的新聞頭條，以及這些頭條下網友們毫無邏輯卻眾口一聲的評論，都能夠感受到資本的時代裏的不自由。《他的國》裏面表現出來的，韓寒作品中現實指向性的增強，或許會得到很多評論者的認可，但是，這樣的走向會使得韓寒不是那個從前從眾人之中凸顯出來的韓寒，更不是曾經青春的韓寒了。這一點在郭敬明那裏也一樣，資本更多地介入我們的時代，也更多地介入到文學作品的表達以及後續的消費之中。

二、郭敬明的「明媚的憂傷」

「明媚的憂傷」是郭敬明的作品的鮮明特徵。就這個詞組本身而言，這是一個通感的修辭，憂傷成爲了一種視覺上的效果，其實也就是一種情感的外化，而明媚則恰恰表明這是一種強烈的視覺衝擊。這種強烈的情感的外化所帶來的衝擊力正是青春文學的自我表現之一。

郭敬明的文字常常喜歡渲染那些內在的隱秘而又細緻的情感。「天空傳來一聲飛鳥的鳴叫，我回過頭，看到了櫻花樹下的釋。櫻花的枝葉已經全部凋零，剩下尖銳的枯枝刺破蒼藍色的天空，釋的身影顯得那麼寂寞和孤單。」〔註9〕「後來釋在我的寢宮看到了這幅畫，他的眼中突然大雪彌漫，沒有說一句話就轉身離開，不知從什麼地方吹來的風，突然就灌滿了釋雪白的長袍。」〔註10〕「閉上眼，飛花鋪天蓋地地湧過來，像是誰的回憶，突然從天而降。」〔註 11〕如此細膩的情感表達，正好與青春相關，是青春期所特有的敏感的憂傷或者說應該是青春遭遇了文字之後的表現。但是，郭敬明的文字裏的憂傷或許也不僅僅與青春相關，更與一個時代相關。「人類的命運從來都是息息相關的，而在一個越來越條塊分明而井井有條的現代時空，很可能某種屬類的被壓制的情感只能在某一特定人群那裏流溢出來，其他人群則早已無動於衷。」〔註 12〕在物質世界對人的內在世界擠壓越來越嚴重的時代，人的情感

〔註 9〕 郭敬明：《幻城》第 4 頁，瀋陽：春風文藝出版社 2004 年。
〔註 10〕 郭敬明：《幻城》第 9 頁，瀋陽：春風文藝出版社 2004 年。
〔註 11〕 郭敬明：《夢裏花落知多少》第 227 頁，瀋陽：春風文藝出版社 2003 年。
〔註 12〕 喬煥江：《郭敬明論》，《文藝爭鳴》2006 年第 3 期。

在某個情形之下突然地爆發，也並不令人驚訝。而人本是有情感的動物，外在的各種事物都會投向內心形成不同的情感，況且我們的青春期所處的現實確實有著某些難以名狀的糾結，「郭敬明對於這種青春痛苦的強度有著異常真切的感覺，一種對於身體痛苦的敏感，一種對於無可名狀的焦慮的體驗都被他傳達得異常逼真。某種真切的『物質性』也在小說的內心流動的心理表現中有了真真切切的展現。小說中人物的命運並不指向一種社會衝突和矛盾，而是指向一種感覺和生命的表現。這些都體現了與計劃經濟時代成長的作家完全不同的走向。這部小說在某種程度上代表了青春文學的普遍性的特色——對於自我生命敏感性的發現和感知。」〔註13〕而文學與那種不可名狀更好地結合在一起了，在經過了文學語言這一符號的轉化之後，那種內心的憂傷才得到了更好的渲染和表達。蘇珊‧朗格曾經這樣表述那些用藝術符號來表現的難以名狀的東西，她說在我們的語言理性可以表達的東西之外「仍然存在著大量可知的經驗，這不僅僅包括那些即時性的、無形式的和無意義的衝動經驗，而且還包括那些作為複雜的生命網絡的一個方面的經驗。這些經驗都不能通過推論性的形式表現出來，當然也就不能通過語言表現出來。這些經驗就是我們有時稱為主觀經驗方面的東西或者直接感受到的東西——那些似乎清醒和似乎運動著的東西，那些昏暗模糊和運動速度時快時緩的東西，那些要求與別人交流的東西，那些時而使我們感到自豪又時而使我們感到孤獨的東西，還有那些時時追蹤某種模糊的思想或偉大的觀念的東西。」〔註14〕按照蘇珊‧朗格的觀點，藝術是人類情感的符號形式的創造，情感是這一符號形式的生長的源頭。而當殘酷的青春所遭遇的疼痛遇上了文學，情感自然在符號本身具有的張力之下變得更為細膩真切。

憂傷被形容為「明媚」的。「明媚」的體現，一則是情感的濃烈，但更主要的是青春的張揚的姿態。郭敬明的文字常常運用誇張的修辭，來張揚其情感，讓本就濃烈的情感更為誇張，如同「成千上萬的飛鳥突然飛過血紅色的天空」〔註15〕，給人強烈的衝擊力。這裡有著一個很有意思的矛盾，情感本是人的內在傾向，卻總是在向外流露著，那些由外在感受到的東西，則內化

〔註13〕　張頤武：《當下文學的轉變與精神發展以「網絡文學」和「青春文學」的崛起為中心》，《探索與爭鳴》2009年第8期。

〔註14〕　〔美〕蘇珊‧朗格：《藝術問題》第21頁，滕守堯、朱疆源譯，北京：中國社會科學出版社1983年。

〔註15〕　郭敬明：《1995～2005夏至未至》第104頁，瀋陽：春風文藝出版社2005年。

為我們的情感。當下的時代常常被敘述為「碎片化」的時代，碎片化的多元的時代給人一種失去主導和中心的危機感。市場經濟同樣是遵循著這樣一種多元性，各種不同元素都可以進入市場甚至引導市場，而引導市場的這些因素自然與人的各個方面相聯繫，或者說資本時代的實質是人整個地被投入到市場之中，渺小而喪失意義。而人怎麼能夠接受自己頭頂的「萬物之靈」的光芒就此破碎掉呢？所以正像是那些琳琅滿目的想要吸引人的眼球的商品，每一個個體都想要表現自己的存在，於是誇張是我們必備的姿態，否則在眾多渺小微茫的存在之中，我們自己都難以意識到自己的存在，又如何能夠讓他人注意到我們的存在呢？「80後」「90後」的一群人常常被認為追求個性，其實個性正是時代與青春的合體。

郭敬明的小說經常出現情節上的突轉。故事總是從溫暖開始，然後突然改變顏色。正如同為青春文學寫手的落落對郭敬明的評價「他只是給人下了個陷阱，用安逸無害的美麗日子，寫出值得我們喜歡的人物，……就在這樣綿密的筆觸下，似乎誰都相信了這樣的溫暖將持續到最終，因而漸漸卸下防備，想要迎接一次動人的結局。……於是正中作者下懷。《1995～2005 夏至未至》終於向我們流露出它原來的樣子，那些粉飾在生命上的美麗花粉，原來可以被輕輕一吹就吹得半點不留。」〔註16〕從《夢裏花落知多少》開始，就一直有溫暖的甚至是熱烈的故事開頭，最初的林嵐和聞婧就是兩個活潑熱情的小姑娘，在《夏至未至》之中，最初的陸之昂、傅小司、立夏、遇見等都還在懷揣著夢想和憧憬。可是，每個故事都在發生突然的改變，聞婧突然遭遇了強姦，傅小司的畫突然被懷疑抄襲，之後故事就好像只剩下悲傷，從人物的心情到句子的節奏，都改頭換面。這樣的轉折正像是成長，總是有些猝不及防。

三、青春的共性

郭敬明和韓寒常常被拿來比較，但是無論二者的風格如何有別於對方或者甚至是刻意地區別於對方，他們之間還是有很多值得探討的共性，其中一個突出的共性就是他們同樣地從眾多的作家之中突顯出來了，成為了一個階段的代表性人物，因而得到了廣泛的關注。從群體之中被個性的標籤突出出來，這一點是如此地符合青春期渴望被關注的心理需求。

〔註16〕落落：《1995～2005 夏至未至·序言》，轉引自：喬煥江《郭敬明論》，《文藝爭鳴》2006 年第 3 期。

青春期是一個特殊的生理和心理時期，是從童年到成年的轉折過程。在這個階段，一方面身體加速發育，另一方面更多地接觸、瞭解成人世界的規則。同時面對自身和外在世界的雙重變化，青春期的人們更加關注自我，也更加地關注外在與自身的關係，因而也就更爲敏感。

韓寒、郭敬明的小說之中都常常出現語言的自指，很多文字都在圍繞著字詞本身在表達。在韓寒的《穿著棉襖洗澡》裏有「如果現在這個時代能出全才，那便是應試教育的幸運和這個時代的不幸。如果有，他便是『人中之王』可惜沒有，所以我們只好把『全』字人下的『王』給拿掉，時代需要的只是人才。」〔註 17〕像這一類的文字遊戲在韓寒的筆下數不勝數，這樣一種表達使得語言產生陌生化的表達效果，因而無論是詞句本身還是通過詞句表達出來的情感態度都變得更爲強烈鮮明、引人注意，這樣一種自戀式的自指，也是青春期關注自我的一種表現。

青春期處於自身與外在世界的關係的摸索階段。或許正是因爲如此，青春期才總是給人無限的可能和希望，相對於童年和成年期而言，青春期是充滿了碰撞的，因其不確定而產生碰撞，也因其不確定才充滿了可能性。童年時期還沒有太過關注自身與外在的關係，多是處在非自覺的被動的與外在聯繫的狀態，而成年期則是通過掙扎碰撞之後的個體的適應和順從階段，成年期當然也會關心自身與外在的關係，但與青春期不一樣的是，成年期對於外在的形態和自身與外在的關係是已經認同了的。青春期的不確定性，使得青春期的個體更加地渴望表現自己，情感上更加敏感，這正好與青春文學裏的叛逆和「明媚的憂傷」相契合。

更進一步說，叛逆的青春和「明媚的憂傷」著的青春，都是找尋自我的過程。青春的個體想要確立個體的存在，跟每個其他個體找尋自身存在的路徑一樣，要麼通往外在的世界，去尋找某種確定的可以把握的東西，要麼通往自己的內在世界，尋找一種內在的情感依託。韓寒和郭敬明的作品正好成爲這兩種路徑的代表，在尋求自我的路上，韓寒走的是叛逆的道路，在他的作品之中時刻充斥著諷刺的味道和美國五、六十年代的「垮掉的一代」的味道。這一類的青春通過在外在世界中批評他者來表達自我，通過「不認同」來標榜自我，但同時也在某種無可把握的散漫之中迷茫著。郭敬明的早期作品則更多地通向人的內心，其小說之中華麗的文字所表現的細膩的極具感染力的情感，極爲鮮明

〔註17〕韓寒：《韓寒五年文集》第 246 頁，北京：中國青年出版社 2005 年。

地表現了青春期強烈的情感訴求。這一類的青春渴望通過對情感的把握來達到對個體自身和外在世界的某種程度的把握。無論最終的結果如何，這個過程就是青春。然而無論是那種重複出現的自戀和自我，還是沉醉其中的敏感的自我都在成長的過程之中轉變著。當我們看到這兩個人在之後的作品中越來越強的現實指向性再回頭看他們當初所受到的批評的時候，感覺成長有時候真的有一些悲涼，時代整體對個體的影響力是如此強大。

在大眾對郭敬明和韓寒的評論中，一個很有意味的現象是，很多人「避郭而取韓」。雖然郭敬明的讀者或者粉絲並不比韓寒的少，但是，若是把二人放在一起比較的話，評論者往往「避郭而取韓」，個中緣由恐怕仍然與時代對人的心理人格影響以及青春期的心理表現密不可分。

榮格的原型理論認為，人格在面對外在的不同環境時會產生不同的態度，即為人格面具，人格面具是人面對不同外在環境是所展現出來的面貌，相對於這種面對外在所展現出來的面貌，還有一種內在面貌，即陰影。人的陰影之中蘊藏著人的本能或者說動物性，並且有著與人格面具對抗的力量。「為了使一個人成為集體中奉公守法的成員，就有必要馴服容納在他的陰影原型中的動物性精神。而這又只有通過壓抑陰影的顯現，通過發展起一個強有力的人格面具來對抗陰影的力量，才能夠得以實現。」〔註 18〕當下的時代正是一個需要個體保持剛強外在的人格的時代，由於競爭壓力的增大，個體不得不時刻地讓自己適應外在的環境，時時刻刻保持某種外在所需的強大的人格面具，所以內在柔弱的情感會暫時被壓抑起來。但是陰影與人格面具之間有著天然的對抗性，當人格面具過於強大甚至膨脹時，也就意味著陰影受到了嚴重的壓抑，而壓抑越是強大，反抗也就越是鮮明。這或許就是人們「避郭而取韓」的原因之一，在這樣一個大時代，人們不僅不敢表現自己柔弱的內在，還要通過不斷地強化自己的外在來掩飾自己內在本有的軟弱性，所以叛逆地批判是比明媚的憂傷更好的選擇。在一個理性或者說資本的理性主導的世界，悲傷和孤獨像是一種矯情，於是更多人選擇用叛逆和批判來武裝自己，但是無法否認的是每一份青春裏都同時住著郭敬明和韓寒。

青春的姿態常常受到成人世界的批評，這也是青春的共性。而無論是韓寒還是郭敬明都受到了很多的批評，比較典型的有劉如溪寫給韓寒的《韓寒

〔註18〕 魏廣東：《心靈深處的秘密——榮格的分析心理學》第100頁，北京師範大學出版社2012年。

三思》和郜元寶批評郭敬明的《靈魂的玩法——從郭敬明的〈爵跡〉談起》。

讀《零下一度》後面劉如溪的《韓寒三思》覺得頗有些忍俊不禁的味道。首先，劉如溪先生語重心長地教導韓寒，認為其不能想著出一份虛名，並以自身的經歷現身說法，「像我這樣出生於六十年代中期的人，趕上了思想解放的潮流，自信不會太保守，但成名成家的思想還是不敢張揚出來，並且隨著年歲的增長，就越發謹慎了；反正做事情要緊，浪得虛名又有何用？況且你的那個名，也只是對你自己有用，別人誰還能指望它來吃飯呢？」〔註 19〕其後，他又馬上提到自己不是說韓寒就有這樣的想法。且不說從一個不一定成立的觀點發起的議論有多麼地不可思議，就只看看其反對趁早出名的理由，一是不該張揚，也就是說要藏著；二是這虛名沒用，不能用來吃飯。劉先生在這裡的表述無疑已經暴露其過於「成人」的思想了。再看看出名「沒用」這樣的提法，不得不讓人揪心。何謂有用，當下似乎全世界都在做著有用的事情，然後靠著那些青春片在無限緬懷著曾經敢做敢為的無用時光。

不得不說劉先生早已經完全認同了現實環境，所以才會認為韓寒還處在「理應全面發展」的階段，他或許沒有注意到，何謂「理」，在他的一系列說法裏，其實就是已經被大家接受了的規則制度，可是誰能確定這本有的「理」到底是不是對的呢？誰說一個孩子就應該全面地發展呢？全面而泛泛的發展，難道一定比擁有某項愛好和專長好？劉先生出生於六十年代，青春文學裏的很多東西對於他而言怕是很難感同身受了，我們不能要求所有的成人都用心體會青春文學裏所表達的青春。但是，諸如「韓寒還不如用寫小說的時間學好那些暫時沒有學好的科目。這一關韓寒應該過，韓寒現在能夠輕鬆過關才是好樣的，遠遠比再寫一部《三重門》之類的小說更有意義。」〔註 20〕或者「如果能有哪所肯賞識韓寒的大學破格錄取他，當然幸運，但對韓寒自己，可千萬別做這樣的打算，一旦無人破你一格呢？」〔註 21〕這樣的觀點則不僅僅是年齡的問題，而是完全被時代社會所禁錮了的思想裏，產生不了未來的可能的問題。如果我們的未來，只能想到當下社會所提供的上大學然後賺錢吃飯這樣的道路，不得不說實在過於悲哀。

後來韓寒在《韓寒五年》這本文集後面說：「《零下一度》的後記是別人

〔註 19〕韓寒：《零下一度》第 203、204 頁，上海人民出版社 2000 年。
〔註 20〕韓寒：《零下一度》第 203 頁，上海人民出版社 2000 年。
〔註 21〕韓寒：《零下一度》第 204 頁，上海人民出版社 2000 年。

寫的，具體是寫我什麼做得不好應該怎麼做之類，名字叫《韓寒三思》，眞是很滑稽，因爲一個作者的書的後記居然找的是另外一個人在罵他，這樣的事情天下可能就我一個人碰到了。」〔註 22〕這一系列的觀念之差，也正是成人期和青春期的差別，成人期是成熟穩重的，可是誰能想像一個只有成年人的世界呢？另外，也不僅僅是青春和成人之間的差別，文化環境對人的觀念的塑造自然起到了很大的作用。當然，劉溪如先生讓韓寒「清醒地認識到自己是被塑造成了反潮流的英雄」這一點倒是值得思索玩味，一語道出了青春文學與青春文學的偶像作家的出現與消費社會的大眾文化的重要關係。

比起韓寒，郭敬明受到的批評似乎更多，從抄襲案到炫富，他都很吸引人的眼球，也很吸引罵聲，另外還經常被認爲在作品裏宣揚拜金主義。個人認爲，對於抄襲我們必須有批評的態度，但如果我們回到文學作品本身去分析，拜金主義的提法或許是有些牽強的。郭敬明的作品尤其是《小時代》裏面對於物質的描寫確實很多，奢華的商品品牌也不少，但這正是這個時代的某個側面。另外，主人公們在物質的禁錮之下所承受的痛苦，令人感受到的是這個物質時代的惡意。

在眾多批評郭敬明的文章中，郜元寶 2010 年發表於《文藝爭鳴》文章《靈魂的玩法——從郭敬明的〈爵跡〉談起》是一個典型，這篇文章的觀點也得到很多評論者的認同和轉引，以下部分摘錄：

> 「窗外的夕陽」既爲主語，說明敘述者此時在室內，但整句敘述的內容顯然發生在室外，這種視覺紊亂出現在開頭第一句，實在不應該。

> 「溫馨」、「溫暖而迷人」，屬於王國維所謂「一切景語皆情語」，寫人對景物的感受，也寫景物向人呈現的樣態，總要針對可能存在的某人或某一群人。現在整部小說剛開始，無人登場，急於使用「溫暖而迷人」、「溫馨」這類「情語」或「景語」，必然落空。

> 用語不當、臃腫雜沓、模棱兩可、盲目的一次性景物描寫，看來只爲顯示語言的豐富和詩意，但這個目的並未達到，倒是暴露了作者只顧陳列不知安排、只顧炫耀不懂含蓄、只顧堆砌不知選擇的暴發戶的惡趣味。〔註23〕

〔註 22〕韓寒：《韓寒五年文集》第 498 頁，北京：中國青年出版社 2005 年。
〔註 23〕郜元寶：《靈魂的玩法——從郭敬明〈爵跡〉談起》，《文藝爭鳴》2010 年第

　　這些很像是一個長輩或者前輩在嚴格地教導孩子，告訴他你這樣不行，你那樣不可以，你這樣做別人怎麼能夠理解呢，你這就是一個壞孩子。可是，他沒有參與過孩子們的活動，他以爲孩子誤入了歧途。另外，就文學語言與語法規則的關係來看，從來沒有誰的創作是按照語法書進行的，大概也沒有誰在創作的時候把一些批評的和理論的著作把在桌上，以此來時刻提醒自己走一條最爲規則，最爲有效的道路。何況那些道路和規則的正確性和有效性永遠也沒有辦法得到驗證。

　　在對語句的分析之外，還有一些對於內容的分析：

> 比如其中的打鬥，和實際只爲了安排新的打鬥而設計的故事情
> 節（不妨稱之爲「打鬥情節」），基本還是金庸、古龍、溫瑞安的老
> 手段，無非原地拔起，飄然飛掠，來去無蹤，以及山外有山，人外
> 有人，工夫不足情來湊，情感不足欲來補。當然也有變化，就是將
> 傳統氣功神技根據現代電子技術加以擴充，一陽指、劍氣之類的威
> 力擴大而爲類似槍支彈藥乃至大規模殺傷性武器的效果（「魂器」、
> 「魂力」、「陣」等），所有這一切，「兩岸三地」古裝戲早就十分普
> 遍。再就是好萊塢科幻片、災難片、恐怖片的一些常用手段，如外
> 星人、異形變種、吸血鬼、終極者的隨物賦形、變化多端、超常再
> 生力以及黏液橫流、急速飛行、令人無法躲藏的多角度吸納、吞噬、
> 穿透、纏繞（如「魂獸」們千篇一律的觸鬚的威力、從無形到有形
> 的膨脹、收縮、穿透肉身、內部爆破、瞬間肢體分解），再就是率獸
> 食人、僵屍復活、鬼魂重生、飛越時空（如海島「魂獸」大戰、「尤
> 圖爾遺跡」、「棋子」等）。不知道好萊塢科幻電影是否全有詳細腳本，
> 如有，大概就是《爵跡》這類小說的祖本吧？區別在於，《爵跡》完
> 成的只是拼湊組合渲染之功（在這方面作者確有超常的能力），至於
> 原創性與科學含量，幾等於零。〔註24〕

　　作者因此認爲《爵跡》的奇幻之名不過如此，沒有什麼奇幻的地方，另外，小說中的各種元素都可以在其他地方找到類似的，所以也沒有任何原創性可言。這樣的批評其實是落到了整個通俗文學上，因爲要得到大眾的理解

---

11 期。
〔註24〕邸元寶：《靈魂的玩法──從郭敬明〈爵跡〉談起》，《文藝爭鳴》2010 年第
　　　11 期。

並且激發大眾在閱讀過程之中的參與感，很多的元素必然是人們熟悉的元素。從互文性這個角度上講，所有的文本都在相互參照中被理解，這樣才構成了文本本身的豐富性，所以，其實永遠也沒有辦法避免類似，而人也沒有辦法創造出超出人的可能性的東西，而所有的那些與人的可能性相關的東西都已經在千百年前就開始被表述了。

在文章的結尾，郜元寶老師也十分誠懇地表示，「我的問題仍然是感到陌生。但總算積累了一點經驗，這一回，語言、情節、人物、手法，幾乎都看懂了，只是對作家精神指向，對小說顯示的可能的精神歸宿，依舊一片茫然。不過既然部分地看懂了，對最後那個看不懂而又屬於結論性的部分，勢必有猜想的興趣。同時，我也想探測一下何以在我感到茫然，在別人（尤其粉絲們）卻倍感親切，以至要誓死捍衛？他們究竟在郭敬明作品中看到了什麼？倘若郭敬明和他的粉絲們真有一種我看不懂的青年亞文化，那它的核心究竟為何？」〔註25〕這裡多次表達的茫然，實際上可能不僅僅是他在閱讀理解的過程上的迷茫，而是青春本身的迷茫給他帶來的無形的感染。但是，事情遠不止青春那麼簡單，還包括時代和成長。

就像前面說到過的，韓寒的諷刺和批判性的現實指向性更為明顯了，或者說更為理智了。而郭敬明在一次採訪之中說，「所以說現在我們就是要儘量去改掉那種少年驕縱的脾氣和自以為是的態度，這樣彼此就會越來越融洽，而不會再像以前初中階段，就像一個刺蝟，全身都是刺，任何東西你都想要去抵抗。」〔註26〕他們終究還是會慢慢地變成這個時代所想要的樣子，變成理智的成年人。

第二節　《後會無期》與《小時代》：「80後」青春文學的後期

電影《後會無期》和《小時代》都分別延續了韓寒和郭敬明在文字上的風格，韓寒依然堅持在沒有情節的情節裡批評和思考，而郭敬明也依然在情感濃烈的故事裏敏感憂傷。但是，從文字到電影，更能看出他們的姿態在悄然地轉變之中。

〔註25〕 郜元寶：《靈魂的玩法──從郭敬明〈爵跡〉談起》，《文藝爭鳴》2010年第11期。
〔註26〕 楊瀾：《郭敬明：抄襲案讓我堅強》，《傳奇文學選刊》2006年第1期。

一、被動的思考和妥協

　　首先是影片的內容所表現出來的面對現實的態度,已經不像之前的文字裏面所表現的那樣絕對而乾脆。

　　《後會無期》是一個由一段路程連起來的散漫的故事,韓寒依然延續了其文本之中「無情節」和充滿諷刺的風格,只是在《後會無期》裏面原來的反叛的諷刺變成了些許深刻的哲思。充滿了意味的是,在《後會無期》之中,故事最初的敘述者是一個被別人認為腦子有問題的胡生,一個被別人認為腦子有問題的人,開始了他的敘述,那麼他的敘述注定是孤獨的。在胡生的敘述之中馬浩漢的第一次出場,是一個站在眾人面前對著麥克風努力想要表達的姿態,但是,麥克風壞了,他無法發出聲音,也沒有人願意聽他說話,因而整個影片就在一種失語的壓抑狀態中開始了。這種開場的孤獨和壓抑是整個社會的整體氛圍的一種映像。其實,無論故事後來發生些什麼,整個框架和調子已然定下,正如無論東極島是多麼小的一個島,都逃不過最終被進行商業改造的命運。出發之前,江河對胡生說:「無論你在哪裏走丟,只要回到原地就好」,然而面對著一直快速變化的世界,原地在哪裏呢,之後的東極島也已經不是之前的東極島了。在整個路途之中,《後會無期》在延續著這樣的一些思考:在整個世界都被資本所包圍的時候,人到底存在於何處,或者說人可以往哪裏去呢?在車載廣播裏,一位聽眾說:「我覺得這個世界上這麼多人,可是沒有人想聽我說話」,其實這一句表達的是群體甚至是整體的心聲。在這樣一種整體環境的堅持之下,個體的堅持還有沒有意義呢?江河說:「我決定的事,不會被改變。」,於是,在那個他們所幻想的那個故事裏,江河真的堅持到底了。但是,故事馬上又重新回來,他們仍然在車上幻想著故事。這種結尾可以做多種解讀,樂觀主義者相信,故事的發展是有多種可能性的,因此,他們幻想的那個故事未必就不可能,悲觀者可能會認為,一直堅持會得到勝利最終只是故事裏說的事,與現實無關。

　　影片有很多隱喻性的臺詞和鏡頭。一條路一段經歷本來就極具象徵意味,而在路上不同的地方可以讓人思考不同的問題。在東極島的時候,東極島的大小與整個世界的大小之間是一種對比。僅僅從面積上來看,東極島就是個小小的島,在整個資本的鏈條之中看,它也許就是被套在這個鏈條底端的小小的一環,但是對於胡生這樣一直生長在島上的人來說,它就已經是全部的世界了。對於「胡生們」而言,東極島本來就挺好,不需要什麼發展改

造，但是，大家都覺得胡生的腦子有問題，大家都很難拒絕「發展」這樣的詞彙。在社會轉型的過程中，被轉型的地方和被轉型的人們一定留下了某些傷痛。在他們開始那段路程之前浩漢說：「能帶走的別留下，留不下的別牽掛，我爹說的。」又已經在思考另一個問題了。離開，燒掉了房子算是解決了牽掛嗎，浩漢走了一條十分形式化的解決牽掛的路，瞬間把自己說的那句話講成了一個笑話。接下來是去見周沫，周沫在城市裏當群眾演員、替身演員，她的一句「你以爲我有得選啊」，又把思考調到關於人在整個現代化過程之中的被動上，到底有沒有選擇權，也有不同的角度可供思考。依此，「在路上」的場景在不斷地變化，片中人物被安置在各種場景之中進行思考，這些場景的安排都十分理想，直接指向思考。如果從故事裏面跳出來再看看，才更清楚地認識到整個影片本就是一個故事，韓寒把很多問題都放到一起，然後把他們交給在路上的主人公們去思考，本身確實是對現實的一種接近，但是，就影片中所出現的環境而言卻十分理想主義，也就是說導演給人物設置了特定的構成因素簡單的環境去思考人生，極大地削弱了這裡的思考所具有的力量。並且，思考的結論似乎都指向無奈，指向個體的無能爲力，這樣的思考本質上就已經是一種對於現實的妥協。

二、從單純青春到複雜現實

《小時代》系列電影的上映曾經引發熱議，也曾引起很多主流媒體的注意。早在《小時代》電影剛上映的時候，人民日報多次發表系列評論，最初發文的標題爲《〈小時代〉爲何褒貶不一：電影創作讓青少年「飢餓」太久》，之後又有《〈小時代〉：是青春表達還是「僞理想」？》，最後還有《讓人產生無法擺脫的不安》。其中批評的份量在相應地加重，而偏偏批評的話語引起了更多媒體的關注和轉發，其中「取之有道的財富，幫助我們獲得尊嚴和體面，但是一旦對於財富的炫耀和追求，成爲一個社會較大人群尤其是已經擺脫貧困的知識分子的終極目標，一個社會先知先覺階層的知識分子的精神追求向世俗和世故下傾，整個社會的思想面目勢必『喜言通俗，惡稱大雅』。」〔註27〕這樣的話語被認爲直指《小時代》拜金。批評還希望對創作有所指引「文藝作品對於物質和人的關係的探索是必要的和有價值的，但探索如果僅僅停留在物質創造和物質擁有的層面，把物質本身作爲人生追逐的目標，奉

―――――――――――
〔註27〕劉瓊：《青年作家應該注重修身立德》，《人民日報》2013 年 7 月 15 日。

消費主義爲圭臬，是『小』了時代，窄了格局，矮了思想。」〔註28〕總體而言，從《小時代》上映最初，便被批評爲在宣揚一種拜金或者說拜物的思想，尤其有人說這對於青少年的價值觀會產生極大的負面影響。如果更爲客觀或者說如果能夠在影片所呈現的畫面之外結合故事之中人物的命運和情感特徵來看待這電影，或許能發現不同的問題。《小時代》的故事背景確實是繁華的大都市，並且鏡頭常常拉到很高來俯瞰整個五光十色的城市，但這樣的華麗給人的感覺不是溫暖，大的城市更加映襯出個體的渺小，大的整體的控制力也同時突顯出來。而在《小時代》之中物質的背後往往是悲痛的故事，主人公們常常也在大城市的繁華之中渴望著簡單的快樂，觀眾在接受的過程之中不可能對於這種情感上的焦慮和悲痛沒有相應的感知而單單看到繁華的物質世界的誘惑。所以，如果說《小時代》在鼓勵拜金，是有些牽強的，倒不如說，《小時代》確實在一定程度上反映了複雜的社會現實。

但《小時代》卻也並不是時代清流。雖然影片中的物質標籤和故事中所傳達的時代價值取向並不能說明《小時代》在宣傳某種物質崇拜，但卻很能說明，《小時代》所受到的時代的侵染。

《小時代》依然延續著郭敬明早期的作品裏面細膩敏感的抒情。電影中人物依然看重情感。表面倔強而強勢的顧里無比珍惜幾個朋友之間的感情，四個女生吵吵鬧鬧卻依然捨不得分開。電影的情節也依然以感情的發展爲主要線索，並且無論外在物質如何強大而無情，總有溫暖出現在主角們的身邊。電影的臺詞依然堅持郭敬明華麗而細膩的文字，比如「你要相信這個世界上一定會有一個你愛的人，他會穿越這個世界洶湧的人群，一一的走過他們，懷著滿腔的熱和沉甸甸的愛，走向你，抓緊你。你要等。」但看到這些細膩情感的同時，也不難發現影響故事情節發展的因素卻更偏向現實。《小時代》系列電影的情節總線是，幾個女生從校園到社會的經歷和變化，在她們所經歷的友情和愛情的變化之中，可以清晰地看到物質因素對整個故事情節的推動，以及對人的深刻影響。《小時代》裏的四個女生，雖然家庭背景各異，但都同樣地受到物質條件的影響。林蕭這樣普通家庭出來的女孩，對《M.E》的工作渴望不已，其實質是想要獲得更好的物質條件。南湘則由於家庭相對貧困，幾乎是在利用自己的年輕貌美以獲得更好的物質條件。顧里家庭條件更好，但更好的物質條件帶給她的不是安心，而是更多的危機感和獲得更多物

〔註28〕劉瓊：《〈小時代〉和大時代》，《人民日報》2013 年 7 月 15 日。

質的渴望。回顧整個情節，如果不是物質資本，似乎友情和愛情都沒有破碎的理由，故事或許會平淡而溫暖。現代社會的發展在進一步地刺激人的物欲，在一個消費社會之中，每件商品指向不同的身份、不同的社會地位，消費商品意味著消費某種價值符號，在各種媒體信息的塑造烘託之下，彷彿消費某種商品就能擁有其符號價值。《小時代》的臺詞裏經常提到某人穿著某某品牌的衣服或者鞋子，提著某個牌子的包包，其實正是一個消費社會的眞實寫照。

三、作爲商品的青春電影

除了更具現實傾向性，《後會無期》和《小時代》較前期的青春文學更加融入到整個市場之中，作爲商品的特徵更爲明顯。

早在《小時代》系列電影和《後會無期》上映之前，二者就已經博得了足夠的話題。他們之間的風格比較，早已經不以比較爲目的，而是企圖吸引更多的眼球。在一個 IP 時代，他們自己已經被作爲一個大 IP 投入到市場之中，參與到包裝和營銷的過程之中。

微博是《後會無期》的主要宣傳陣地，有評論者將韓寒的微博營銷分爲三種類型，「一是製造網絡大事件，引發轟動效應；二是告知網友影片的演員、故事、風格等信息，發佈劇照、片場照、海報、預告片等物料；三是品牌維持，即通過睿智幽默的調侃向網友表明，韓寒還是那個你熟悉的韓寒。」〔註 29〕在微博營銷的過程中，韓寒甚至不惜以自己的女兒來製造熱點，多次以「國民岳父」的稱號來博取關注。這也足以證明《後會無期》的商業性。

另外，韓寒把自己作爲 IP 來營銷，於是《後會無期》中韓寒的「文青」甚至「憤青」的味道必不可少。使《後會無期》具有韓寒味道的幾個因素分別是：電影的公路題材、朴樹的新歌作片尾曲和帶著文藝氣息的臺詞。公路電影的鏡頭往往空曠、廣闊，營造一種追求自由的渴望和氛圍，於是備受文藝青年尤其是僞文藝青年的青睞。而朴樹作爲文青們的重要偶像，在十一年的銷聲匿跡之後重新回歸，足以給很多粉絲帶來心潮澎湃的激動。一首《平凡之路》又像是唱盡了「80 後」們的青春，以及在青春之後歸於平淡的心境，又像是韓寒自身心理轉變的獨白。至於《後會無期》中文藝氣息的臺詞，「喜歡就是放肆，愛就會剋制」曾經在 QQ 和朋友圈風靡，而作爲宣傳語的「聽過

〔註 29〕小甜甜、任奕潔：《〈後會無期〉的商業策略　韓寒教你做品牌營銷》，《企業家日報》2014 年 8 月 2 日。

很多道理，依然過不好這一生」，這一句更是激起了很多人對青春的回憶和感觸。或許其中仍有殘餘的青春的味道，有著「80後」青春文學的味道，但是不得不承認，這是電影的宣傳營銷策略。

《小時代》的營銷與《後會無期》大同小異，除了必要的話題製造和關注度的博取，粉絲和青春話題是《小時代》取得票房成功的重要原因。郭敬明文字裏的青春情懷是其獲得粉絲的重要原因，也是其電影營銷的重要話題。在《小時代》電影宣傳過程中，青春的情懷也成為了贏得市場的重要因素。時代變化太快，青春也流逝得太快，而成年期的無聊苦悶使得青春期的純真和熱情尤其令人懷念，於是青春元素也便成了獲取市場的重要資源。郭敬明早期文字上的表達已經成為「80後」青春的標誌性符號，也正是這一特性使得郭敬明在多年之後依然擁有大量的擁躉。郭敬明的成功已經被很多學者評論為「郭敬明現象」，粉絲的聚集是這一現象形成的重要條件。《小時代》的小說是早已經出版並且獲得了大量讀者的，這些原著的讀者直接成為了電影的粉絲。除了郭敬明的「四迷」，電影中的各位主演也擁有大量的粉絲群。有人認為「在影片上映之時，除了小說原著的粉絲鼎力宣傳外，『蜜蜂』（楊冪粉絲）的帶頭作用也不可忽視，正如《小時代1》已經被罵到慘不忍睹的時候，《小時代2》還能趾高氣揚地在上映7天內斬獲2億票房，成功突圍七夕檔，這其中『蜜蜂』的支持絕對功不可沒。」〔註30〕除了楊冪，兩個電影的其他主演也都擁有大量的粉絲群，靠著這些粉絲群的宣傳和支持，電影在商業上的成功幾乎是毫無懸念的。《後會無期》在演員的選擇上與《小時代》也有很多的共性，年輕、美貌、帥氣是基本的標準，另外，又根據當時明星的關注度和影響力以及受眾來挑選。無論是《後會無期》還是《小時代》，所選的演員都符合當下年輕受眾的審美、迎合粉絲的需求，二者也都因此獲得了不錯的商業效益，但無論是影片的內容還是影片的營銷都顯示青春文學已經走到了後期，褪去了曾經稚嫩的認真，走入了成熟的生產和消費的軌道之中。青春的味道在消亡，生產和消費的味道在生長。

這份轉變所提醒我們的，不僅僅是郭敬明和韓寒在隨著時代的變化而變化，也不僅僅是青春文學在隨著時代的變化而變化，而是青春文學本來所具有的大眾文化的本質。在消費社會裏，這一大眾文化性質被資本利用引導，這或許意味著，文學批評和文化批評更需要有自己的堅持和標準。

〔註30〕張雅：《〈小時代〉，開啟粉絲時代的跨屏營銷》，《影視點評》2013年第10期。

第三節　青春文學的走向：從成長到消費

從文字到電影，表面上看只是表達方式的差異，但文字到圖像的變化是一個時代到另一個時代的變化。

一、曾經的青春激情和熱情

雖然青春文學是郭敬明等作家作品被廣泛閱讀之後才提出的一個概念，但是「一代有一代之文學」，每個時代也都有自己的青春文學。

從現當代文學史來看，五四的精神引導著之後的各個階段的文學思潮，在文學爲人生和爲藝術之間都閃耀著五四的青春光芒。青春在隨著時代不斷地變換著色彩，在彷徨著吶喊的最初，青春在面臨著各種社會的、人生的問題，當然也在無力作爲之中苦悶，於是有「問題小說」、「『自傳體』抒情小說」。那些用稚嫩的白話文寫的詩歌，多麼像認眞而可愛的青春。青春的熱血時時都想要沸騰燃燒，所以革命的風暴才那麼迅猛地點燃了那些走出家的青年們對國的熱愛。在五四之後的這許多年裏，中國現代文學、中國當代文學都不曾忘記曾經文學與青春的熱血在一起創造的歷史。那是青春與文學帶給我們的眞實的感動。

楊沫的《青春之歌》也是一代人的青春成長歷程，以《青春之歌》與郭敬明的《小時代》系列進行對比或許可以看出一些青春的共性和時代的差異。

首先可以清晰地看到的是，無論是在林道靜的成長之路上，還是在林蕭、顧里、南湘、唐宛如這些人的成長之路上，孤獨感與對眞摯情感的渴望是共通的。林道靜也常常一個人感到害怕，「可是我像蜘蛛網上的小蟲，卻怎麼也擺脫不了這灰色可怕的包圍」〔註31〕，正如在《小時代》系列，無論是文本還是電影都常常出現的，「我們躺在自己小小的被窩裏，我們微茫得幾乎什麼都不是。」〔註32〕雖然時代不同，也依然可以清晰地看到那大概是每一代人的成長都會有的殘酷感。

個體的青春與時代息息相關，這既是二者的共同點也是產生不同的原因。在《青春之歌》產生的時候，集體仍然是每個人心裏堅定的嚮導，林道靜的危機感會在她找到那個方向之後被解除，如果我們可以把青春文學的概念再擴大一點，變成青春的文學，那麼便可以說曾經的青春文學更關乎成長。

〔註31〕楊沫：《青春之歌》第 51 頁，北京：中國青年出版社 2000 年。
〔註32〕郭敬明：《小時代 1.0：摺紙時代》，武漢：長江文藝出版社 2008 年。

而在價值多元的當下，人常常處在一個什麼都難以把握的危機之下，這裡或許可以借用卡西爾對人的危機的觀點。「一個可爲人求助的公認的權威不再存在了。神學家，科學家，政治家，社會學家，生物學家，心理學家，人種學家，經濟學家們都從他們自己的角度來探討這個問題。要聯合或同一所有這些特殊的方面和看法乃是不可能的。而且甚至在某些特殊領域範圍之內，也都根本不存在普遍承認的科學原則。個人的因素變得越來越盛行，著作家個人的氣質開始起到決定性的作用。欲望人人有之，每一位作者似乎歸根到底都是被他自己關於人類生活的概念和評價所引導的。」〔註 33〕但是林蕭和顧里她們，同時也就是我們，在當下現實之中的我們，仍然不知道何爲方向。所以，同樣是迷茫的青春，卻因爲有不同的時代氛圍而不同。於是，林道靜的青春在熱血崇高著，而當下的青春文學裏的青春在物質裏恐慌著。

二、青春文學流行之前和之後

在青春文學之前，距離青春文學很近的私人寫作，先於青春文學有了他者無法理解的感傷和叛逆。在私人寫作開始流行的時候，也正好是社會轉型開始的時候，多元進入到一種「曾被嘗試過的中年寫作、知識分子寫作、民間寫作、紅色寫作等等，似乎任何一個觀察視角都無法涵納每位書寫者的個性」〔註 34〕。所以有了私人寫作，「它是以私人隱秘經驗的跳躍式流動爲敘述展開的依據，其敘述自由、散漫、零亂，視點遊移不定」〔註 35〕，其中的敘述和情感他人無法理解，作者也並不期待他人能夠理解，而這一點很好地與青春文學銜接起來。原因更多地可能不是文學風格上的繼承發展，而是時代本身給個體的衝擊。

青春文學在郭敬明、韓寒、饒雪漫等的作品暢銷之後，便有越來越多的同類型的作品出來，之後類型化的創作，或者說得直接一點，複製的作品便越來越多，人們按照人們期待的青春或者說按照青春期待的類型去複製，賺取讀者的眼淚和憤恨的同時贏得商業利潤。類型化的生產一方面確實擴大的讀者，但是在不斷複製的過程中，其對讀者的吸引力也已經出現頹勢，最初閱讀青春文學作品的感動已經不再，曾經的青春文學是成長，後來的青春文

〔註 33〕〔德〕卡西爾：《人論》第 31 頁，甘陽譯，上海譯文出版社 2004 年。

〔註 34〕羅振亞：《「個人化寫作」：通往「此在」的詩學》，《中國文學研究》2004 年第 1 期。

〔註 35〕陶東風：《「私人化寫作」重識》，《福建論壇》2008 年第 9 期。

學卻更與消費有關。所以有學者認為，當代形成了一種青年亞文化，而當下的青年亞文化極大地與大眾消費聯繫起來，「青春亞文化也是完全被市場經濟浸透的，它的每一種活動形式，都是商業化的，都以經濟效益（利潤）的實現為前提的。」〔註36〕

在青春文學的文本盛行過後，青春電影延續並發展了對於青春的消費。青春片在很長一段時間都佔據著市場，從《那些年我們一起追過的女孩》到《致青春》再到《左耳》，以及後來的其他，人們都樂此不疲地一遍又一遍地去重複回味青春，回味那些懵懂的初戀，或者是轟轟烈烈足夠真切的校園戀愛，回味那些上課時發呆的時光，或者是各種青春未了的遺憾。當然，《小時代》系列和《後會無期》，也滲透了很多與青春有關的消費符號，有關青春期那些叛逆或是感傷，也有青春的迷茫，但比起文本而言，消費的性質更為鮮明了。電影的視覺衝擊或許更加適合製造「在場」的錯覺。貌美或帥氣的演員、乾淨的校園和校服、陽光底下斑斕的樹影、美麗的季節裏盛開的花和飄落的雪、還有姑娘們的各色裙擺，這些通過電影畫面直接呈現在我們眼前的青春符號都極容易給人產生一種回到青春的錯覺，同時也更容易刺激我們的消費。

但與其說是青春參與了消費，不如說是消費抓住了青春。當青春與過去的時代一起成為了過去的時候，它們便變成了懷舊的元素，當然也就成為了可消費的符號。鮑德里亞討論這種消費時認為，「正如馬克思談到拿破侖三世時所說：有時，同樣的事在歷史中會發生兩次：第一次，它們具有真實的歷史意義，第二次，它們的意義則只在於一種誇張可笑的追憶、滑稽怪誕的變形——依賴某種傳說性參照存在。因而文化消費可以被定義為那種誇張可笑的復興、那種對已經不復存在之事物——對已被『消費』（取這個詞的本義：完成和結束）事物進行滑稽追憶的時間和場所。」〔註37〕並且，「從中我們不應只簡單地看到對過去的懷念：透過這一『生活化』層面的，是對消費的歷史性和結構性定義，即在否認事物和現實的基礎上對符號進行頌揚。」〔註38〕於是，當青春與消費結合在一起的時候，更加滿足了人們想要從現實逃離的

〔註36〕肖鷹：《青春亞文化論》，《藝苑》2006年第5期。
〔註37〕〔法〕讓·波德里亞：《消費社會》第99頁，劉成富譯，南京大學出版社2001年。
〔註38〕〔法〕讓·波德里亞：《消費社會》第100頁，劉成富譯，南京大學出版社2001年。

心理。一方面，消費本身所附帶的那些幸福的符號，給人帶來對於物質甚至是文化的擁有感，給現實本身的匱乏以補償，另外，青春的回憶也是成年逃離現實的天堂，而且，不難發現，在經過了時間的過濾之後，我們的回憶常常變得比冗長的日常生活要精彩得多，我們常常把回憶創造得跟對未來的憧憬極其相似。

　　青春的個性是青春文學的一個重要表達，但是，當我們結合當下消費社會之下的大眾文化的工業化生產去看時，這種個性便成為一種集體性，我們很難再找到真正個性的個體。按照鮑德里亞的說法，「對差異的崇拜正是建立在差別喪失之基礎上的」〔註39〕，當整個時代更多地趨向一致的時候，青春文學裏才更渴望突出個性，在青春裏的人們才更想要跟別人不一樣。只是遺憾的是，青春文學和青春裏追求的個性，在整個消費符號的籠罩之下，實際上是在追求成為某個群體、成為某種類屬。這個類屬裏的每個人都以為自己在追尋個性，實際上可能只是在追尋一個時代流行的標籤，所謂的非主流群體，不過是主流之外另一個群體，這個群體與主流的群體一樣，群體裏的個體彼此類似，甚至雷同。

三、青春文學走向的影響因素

　　現代媒介為青春文學打造市場。打造市場從打造作者開始。由於《萌芽》雜誌社舉辦的「新概念作文大賽」不僅僅有著名校的參與，還有雜誌的參與，在整個比賽的過程之中，相關的信息會不斷地輸入給讀者，於是最後的冠軍自然而然地成為一個文字英雄，也就自然而然地成為了一個明星偶像，而對一個明星作家的作品而言，擁有廣大的市場是一件水到渠成的事情。然後，是對作品的打造。青春文學的作品內容有著十分突出的一致性，無外乎殘酷的青春和疼痛的成長之類，這一點不僅是緊扣市場需求的，也很好地滿足了青少年的內心需求。但是我們不得不注意的是，是媒體的宣傳和強化作用讓青春文學有了這樣標籤化的青春文學。這些標籤化的特點，雖然表現出了青春的部分特點，卻也遮蔽了很多青春更多的可能性，使得這一階段的青春特點相對單一。而媒體強大的傳播力，又把這本就有缺陷的青春特點傳輸給更多的讀者。第三，很多讀者的青春需求不僅僅是從自身發出的，更多的是被

〔註39〕　〔法〕讓·波德里亞：《消費社會》第83頁，劉成富譯，南京大學出版社2001年。

媒體塑造的。從掌控讀者的閱讀期待開始，媒體對青春文學的標籤化處理爲青春文學打造了很好的市場接受氛圍，於是市場產生了相應的生產需求。當然，媒介在整個青春文學生產過程之中對於市場的打造並非其專制之下的謀劃，更多的是媒介與時代文化彼此作用的結果。

時代無疑是青春文學的重要影響因素。當下的時代特色是，市場經濟讓社會整體充滿了競爭和壓力，多元的價值觀念又讓人在無中心的環境之中沒有安全感。於是，青春便更多了些疼痛和無助。

但是說到底，青春才是青春文學最重要的影響因素。很難想像人若是不經歷青春就直接成年，那些曾經稚嫩的心事，無論是叛逆還是憂傷都是我們的認眞。青春充滿了生命力，常常讓人聯想到積極向上、變革、未來、希望這一類的詞彙。在現當代文學史上，曾經有那麼一段時間「國族想像（現代性）—少年情懷—革命運動構成了三位一體的時代精神」，於是從五四以來，那份充滿了熱情精神的少年情懷就在文學的世界裏感動著我們，所以青春文學才得到了如此多的關注，因爲我們相信，青春是一個不一樣的時期，而青春與文學之間又有著極大的默契和同質性。「文學與青春相關，也許是少數幾個能解答文學之秘奧的超逾歷史的恒久不易的答案了。文學在人類歷史不同時段不同空間得以存續，在那些或宏闊或神秘的緣由之外，眞正唯一可被眾多人把捉的也許就是那些即使再隱忍也不減其璀璨絢麗的青春時日，那些時日裏時常迸發的沖決一切的無來由的生命力，那些忘我的笑聲或淚水，那些即使略顯稚氣的嚴肅和認眞。每個在心底暗存一份青春記憶的人都知道，青春是不計功利得失的忘我投入，文學也是如此，或者說，某種程度上，文學得以保持這種精神，正是緣於那些熱情到忘我的青春時日的接續和綿延。」〔註40〕

從青春本身的特質與青春文學所表現出來的青春味道，可以看得出青春文學作爲一種文學表達本身所具有的認眞，其中的憂傷或是叛逆爲我們所帶來的都是認眞的感動。在青春文學開始的時候，正如一個人在剛進入青春期的時候一樣，所做出的是自然的反應。一個人在剛剛進入青春期發現了自己想像的世界與現實世界之間彼此無法取得認同的時候，自然而然地產生了叛逆或者憂傷，於是就形成了青春期的表達。

而且，必須說明的是，沒有證據能夠證明在文學作爲消費產品之後，其

〔註40〕喬煥江：《日常的力量：後新時期的文學和文化反思》第 298、299 頁，桂林：廣西師範大學出版社 2011 年。

自我表達的能力會消失，它依然是某一種內心情感的表達，如果細心體會，她依然能夠帶給我們感動。這裡的關鍵是我們依然保留那顆青春的心，不忘青春的認真態度。只是當下的環境之中，不僅僅是青春文學的生產和消費在資本的主導之下離青春越來越遠，青春文學的讀者也已經不是認真的讀者了，所以曾經稚嫩的感動才逐漸遠去了。或許，「所謂藝術的高雅形式並不能在現代資本主義民主中找到合適的土壤，因為從事政治或者其他職業的人們既沒有時間也不想去品味隱秘思想的樂趣，他們所需要的是在嚴肅的工作生活中獲得片刻必要的消遣。」〔註 41〕這裡依然有很多矛盾存在，但是，即便是資本引領的現代社會，人們對文藝娛樂沒有過高的藝術要求，藝術創作者便有理由放棄自己的追求嗎？一方面，青春的感動會延續，另一方面，藝術的追求不能放棄，這才是青春文學該有的態度。

　　對於很多的評論者來說，郭敬明的「明媚的憂傷」多是些矯情的無病呻吟，而韓寒的叛逆和批判則顯得激烈而盲目，但是，對於很多青春期的少年們而言，這些卻是很認真的感動，這一現象本身也是值得探討的。首先，作者、青少年讀者和評論者之間存在著的不僅僅是觀念上的差異更多的是感覺上差異，在拋開了其他外在因素之後，我們所面對的最直接的就是文本，所以，作者、青少年讀者和評論者之間產生分歧的一個重要原因可能正是三者的直接感覺的差異。而從這三者來看，青少年讀者與作者之間產生了更多的共鳴，而這些在作者和青少年讀者之間產生的共鳴卻很難被眾多的評論者所理解，這一現象很容易讓我們聯想到不同年齡層的人之間的「代溝」問題，由於時代的差異，很多的評論者在新時代的新事物面前還需要適應的時間。另外一個二者的差異問題卻更為重要，這便是二者與成年之間的距離。韓寒和郭敬明的成名的時候，都是十八九歲，都屬於青春期，所以，跟那些幾乎完全對現實妥協的成年人之間有著一定的距離，而眾多的評論家們，幾乎都處在「成年人」期間了。縱然曾經的青春也留下過感動，但是在成人的世界裏，更多的現實理性在操控著他們，他們在講述著什麼對社會不利、什麼是人對社會的責任，什麼才是純真的愛，而青春期的人們在體驗著純真的愛，表達著純真的愛，而不會關心這些東西被什麼以何種方式或在何種程度上定義著。

〔註41〕〔美〕利奧・洛文塔爾：《文學、通俗文化和社會》第 67 頁，甘鋒譯，北京：中國人民大學出版社 2012 年。

　　當青春文學與生產和消費聯繫在一起的時候，我們常常弄不清楚青春文學到底是文學，還是批量生產和消費的商品。此時，我們就應該意識到，即便是大眾媒介參與的生產和消費，最終也還是與人本身聯繫起來，人的需求和情感，或許可以在某種程度上被建構，但這個建構的過程還是離不開人本身，所以，青春文學關乎大眾文化的生產和消費，更與青春相關。

第五章 「雷劇現象」：以藝術之名
　　　　　消費歷史

第一節　何謂「雷劇」？

一、「雷劇」的界定

　　電視劇作爲一種文學藝術，需要努力保持其藝術的基本品質，但作爲一種文化商品，又要儘量滿足觀眾的收視需求。在這種矛盾的作用下，電視劇難免會出現太過藝術化無人欣賞的尷尬，或者太過商業化備受批判的責難。「雷劇」就是後者的突出表現形式。目前，學界對「雷劇」這個新興的大眾文化現象並沒有一個統一、嚴肅的解釋。百度百科將「雷劇」定義爲：「2013年電視劇簡稱，一般是用來表示讓人震驚、哭笑不得、感覺不舒服、漏洞百出的電視劇。」「具有美譽度低、收視率高的特點。」「人氣居高不下，同時罵聲也鋪天蓋地。」國內很多知名學者對「雷劇」也有自己的認識。綜合觀之，簡列如下：中國傳媒大學副教授趙暉在《光明日報》中發文稱，「『雷劇』大多是指那些娛樂無底線、道德無節操的電視劇。這些電視劇劇情天馬行空，情節嚴重注水，表演誇張出位，臺詞弱智勁爆，關係混亂不清，情色、暴力、追逐名利、違反倫常是其慣用元素，『雷人』『狗血』『搞笑』是其常規標籤，美醜不分、以醜爲美是其特點。」[註1] 電視劇導演楊陽將其定義爲：「雷劇

〔註 1〕趙暉：《「雷劇」高收視率的文化悖論》，《光明日報》2014 年 2 月 17 日。

是一種跟從，表面化的邏輯不清的東西，取悅感官上的滿足，憑表層吸引觀眾，在藝術和思想層面不高級。」〔註2〕趙暉教授和楊陽導演對「雷劇」的闡釋，主要是從電視劇所具有的藝術性特質出發，定義比較犀利嚴謹。相比而言，尤小剛導演和尹鴻學者的態度則比較緩和。尤小剛從兩個方面解釋「雷劇」：「首先，所謂的雷人和狗血沒有一個具體標準，都是大的形容詞。應該這麼說，時代在發展，特別是新媒體、多媒體時代，大家在語言表達、內容接受、風格形式上，有一些新的追求，本身無可厚非。」〔註3〕清華大學研究影視傳播的學者尹鴻認爲「雷劇」也有可取之處：「它的題材關注度高，作品都是借助有影響力的人物和原有電視劇文本的熱度，包括在互聯網上的討論，這本身就是一種推廣。」〔註4〕

　　除此之外，網絡上對「雷劇」的解釋更加直白，「觀眾對這些低級錯誤頻現、過度以豔俗雷人情節吸引眼球、任意娛樂歷史的作品」稱爲「雷劇」或「神劇」。〔註5〕綜合而言，「雷劇」主要是指2008年以後，「以狗血、瘋癲、拼貼、複製見長的」，片面追求視覺效果和收視率，而忽視思想藝術價值的影視作品。它們「與當下盛行的消費主義與後現代主義互爲表裏」〔註6〕，顛覆受眾邏輯思維，一邊斬獲收視寶座，一邊被罵得狗血噴頭。它的發展歷程大體是從湖南衛視2008年播出的《醜女無敵》開始，到2012～2014年以《宮》系列、《美人》系列爲代表的「于正劇」，和以《活佛濟公》系列、《封神英雄》系列爲代表的「簡遠信劇」，以及以《西遊記》、《天龍八部》爲代表的一些經典翻拍劇呈現繁盛之態，再至近來《抗日奇俠》、《邊城漢子》等「抗日神劇」的「偶像化」、「暴力化」、「傳奇化」，「雷劇」的畸形發展已經達到一個頂峰。2015年後，在文化政策的管制約束下，和文化市場的自我淨化中，「雷劇」的發展已成強弩之末，只餘喘息之機。

〔註2〕祖愷、黃蓓：《湖南衛視「金鷹獨播劇場」高收視探析》，《視聽界》2014年第3期。

〔註3〕陳祥蕉、尤小剛：《「雷劇」太浮躁遲早會被拋棄》，《南方日報》2013年11月5日。

〔註4〕製片人坦言雷劇都是精心策劃的揭秘三大「雷招」，http://gb.cri.cn/27564/2010/07/30/108s2938486.htm. 2010年7月30日。

〔註5〕廣電總局查處「褲襠藏雷」劇　新華社斥濫加葷腥，http://cul.sohu.com/20150521/n413453449.shtml. 2015年5月21日。

〔註6〕祖愷、黃蓓：《湖南衛視「金鷹獨播劇場」高收視探析》，《視聽界》2014年第3期。

除了對「雷劇」下定義，還要將「雷劇」與雷劇、「爛劇」區別開來。雷劇通常是指根植於廣東雷州半島地區的一種地方戲劇。這種戲劇對很多觀眾來說頗為陌生，此處不多做闡釋。另外需要注意的是，「雷劇」雖然在藝術品質上得不到一致認可，但與「爛劇」還是有區別的，安徽衛視品牌推廣部副主任趙邦好認為，「爛劇就是故事胡編亂造，演員表演不夠專業，畫面不好看，臺詞乏味、沒有語言藝術；而在製作層面上，則是不專業的製作方，找不專業演員拍出劇後，通過關係在播出平臺播出。」〔註7〕不可否認二者存在相似之處，但不同之處也很明顯，「爛劇」在廣電總局審查之初基本上就會被槍斃掉了，進入不到大眾的視野，即使有漏網之魚，也不會形成一種引人注目的現象。這與「雷劇」所形成的高收視低評價現象有明顯區別。

從電視劇產生到現在，國產電視劇已經形成了言情劇、偶像劇、武俠劇、歷史劇、古裝劇、軍旅劇、都市劇等比較成熟的類型。隨著電視劇題材的進一步開發和藝術製作水平的不斷提高，電視劇製作者對各種藝術元素的使用更加大膽、獨特，電視劇的類型也更加多元。新產生的「雷劇」雖然還沒有被學術界承認是一種獨立的電視劇類型，但是在人們的口口相傳中，儼然已經與其他電視劇類型區別開來了。它不是按照題材劃分出來的，而是根據電視劇所表現出來的與眾不同的製播特徵和類型特徵而形成的，是人們在觀看電視時形成的一種心理認同經驗。通常人們把它與「正劇」對立起來。這裡所說的「正劇」不是繼悲劇、喜劇之後的又一種戲劇體裁，而是指題材嚴肅、不胡亂戲說，使觀眾看後身心得到淨化、思想產生共鳴的歷史電視劇。「雷劇」恰與之相反，主要是以惡搞經典、戲說歷史、浮誇逗笑為主。

二、「雷劇」的類型特徵

首先，「雷劇」善於把各種題材進行「大鍋亂燉」。傳統的電視劇類型題材都比較專一，即使加入了一些創新元素，也不會掩蓋掉電視劇原本的題材走向。但在「雷劇」中，古裝、歷史、言情、武打、偶像、家族、諜戰、玄幻等題材皆可進入。加入大量動畫特效的武俠劇，看起來更像玄幻劇；殘酷嚴肅的抗日劇用眉清目秀的青春偶像來演，總感覺像偶像劇；展現歷史的宮廷劇加入大量腹黑爭鬥，看起來就會有諜戰劇的即視感。「雷劇」製作者為了

〔註 7〕駱俊澎、崔凡：《誰來終結「國產爛劇一籮筐」？廣電總局喊話：減產推精品》，《東方早報》2012 年 9 月 12 日。

能招攬到更多的收視群體，盡可能多的加入各種題材，是最省時又省力的做法。但是，卻嚴重損害了一部電視劇本來要傳達的思想價值。雖然電視劇題材的融合是一個趨勢，更易於典型人物的塑造，也有很多成功的範本，但是，無原則的雜糅，無限度的濫用，反而使表達更加蒼白無力。倉促的「大鍋亂燉」，生產出來的只能是「四不像」。

其次，在人物上採用青春偶像。早些年電視劇在角色的選擇上首先考慮的是演員是否符合角色的形象、氣質，名氣和薪酬都是其次的，所以塑造了很多經典人物形象。《紅樓夢》劇組在《藝術人生》「20 年再聚首」中曾回憶，當時演員的選擇，第一就是不要明星，因為明星容易給觀眾先入為主的感覺，所以《紅樓夢》中的角色都是毫無名頭的新演員飾演。比如，賈迎春的扮演者是在路邊偶遇，感覺符合角色形象就找來的。與先前電視劇的選角不同，「雷劇」選角，首先考慮的不是是否適合，而是這個演員的商業價值。由此，選擇演員形成了兩種傾向，一是老演員，偶像作用綁定了十分固定的收視群體；二是新明星，青春氣息很容易把握住當前「90 後」、「00」後為主的收視群。在這種選角方式中，極易產生「雷點」、「雷區」，比如《薛平貴與王寶釧》中，年過四十的陳浩民和宣萱飾演十八歲的男女主角，兩人都是知名演員，自帶收視率，但飾演劇中人物十分不搭調。再如《孤島飛鷹》中，因「元芳體」〔註 8〕走紅的張子健扮演男主燕雙鷹，酷炫的戰鬥設備，超現實的打鬥場面，吸引了「90 後」等大批年輕觀眾，但俊朗乾淨的外形無法展現出歷史的滄桑。

另外，背景的特點可以用「當下亂入」來形容。「雷劇」之「雷」的另一個原因在於大眾常說的「穿越」。「穿越」是穿越空間和時間的簡稱，指從 A 時空經某過程到 B 時空，這在穿越劇和科幻劇中出現是無可厚非的，但是出現在其他劇中只會讓人大呼「雷人」。在「雷劇」中最為突出的是現代的東西隨便亂入。雖然這些「雷點」只是作為背景出現，不影響主要劇情發展，但是卻吸引了觀眾的目光。首先是臺詞，古裝劇裏雖然不用說文言文，但是狂飆英語和網絡用語，讓人汗顏。「別迷戀哥，哥只是個傳說」（《活佛濟公 2》）、「親，hold 住，淡定」（《活佛濟公 3》）、「See you later」（《鍾馗傳說》）……其

〔註 8〕 「元芳體」是網絡流行語言風格，來源於由梁冠華、張子健主演的電視劇《神
　　　　探狄仁傑》，劇中由梁冠華飾演的狄仁傑在斷案時，經常會詢問張子健飾演的
　　　　李元芳：「元芳，此事你怎麼看？」這句話被網友爭相模仿，形成「元芳體」。

次是道具現代化，1975 年問世的 M92 手槍出現在 1938 年（《孤島飛鷹》），打仗時的歐式大沙發（《向著炮火前進》），其他玉米、辣椒、胡蘿蔔等食物的「穿越」更是不可勝數。雖然無意的「穿幫」可以諒解，但是如果只是為了博取噱頭的刻意「穿越」就應該禁止。電視劇與當下緊密結合本不是壞事，用現代的思維去理解和接受過去的歷史和文化更應該提倡，但是如果只是片面的、毫無節制地輸入現代元素，只會形成不合時宜的尷尬。電視劇的類型化，並不是一個可怕的事情，它說明了我們文學作品更加豐富，文藝市場進一步成熟，但是「雷劇」的出現並不是一個好現象，它的類型化顯現了電視劇產業生態結構的危機，給電視劇未來的發展走向是一個警示。

由於「雷劇」涉及題材的廣泛性，和並不明晰的區分界限，給大眾認識它造成了很大的困難。時常會出現，有人認為是「雷劇」的，其他人認為不是「雷劇」的情況。「雷劇」現象雖然紛繁蕪雜，但也沒有脫離電視劇的一些基本原理。對於「雷劇」的具體分類，我們依然可以按照題材的不同分為：古裝「雷劇」、抗戰「雷劇」、偶像「雷劇」、言情「雷劇」，除此之外，還有一個翻拍「雷劇」。其中以古裝「雷劇」、抗戰「雷劇」和翻拍「雷劇」最為顯著。

古裝劇與歷史劇不同，歷史劇中的主要事件和人物應該符合真正的歷史事實，比較嚴肅。而古裝劇的主要事件和人物可以沒有歷史依據，它們一般只是以某一時期的歷史為背景，演員穿著古裝，演繹著現代人的愛恨情仇。在古裝劇中，人物和故事都可以根據觀眾的需求進行虛構，所以古裝劇的娛樂性很強，也因此常常由於過度娛樂化而成為古裝「雷劇」。從 2010～2015年，古裝「雷劇」佔據了「雷劇」的半邊天。2012 年湖南衛視播出的《鍾馗傳說》中，說著英文出場的鍾馗，捉鬼使用 GPS 導航系統，分析使用筆記本電腦，不僅具有自己的超級粉絲團，還成立「廣寒宮歌舞團」。再看 2013 年暑期檔，《精忠岳飛》、《楚漢傳奇》等正劇收視率難破 1%，而被稱為「第一雷劇」的《天天有喜》和《新洛神》卻穩拿收視冠軍。《天天有喜》收視率最高時達 4.66%。該劇以劉海砍樵的民間傳說為背景，整篇都是男女主角兩家人之間的家長里短，劇情囉嗦拖沓，片頭曲更是異常搞笑。之後，這部劇的男女主角陳浩民和穆婷婷又主演了一系列古裝「雷劇」，如《土地公土地婆》、《活佛濟公》系列、《劉海戲金蟾》等，因此被稱為「雷劇」教主、教母。另外，以玄幻元素為主的古裝劇也是「雷點」遍佈。2012 年《軒轅劍之天之痕》中

出現 ipad 式的河洛石刻和說著方言的陳皇子；2014 年《古劍奇譚》中修煉成妖的板藍根，都讓觀眾大呼「雷死人」。

抗戰「雷劇」，主要是指抗日劇，通常稱「抗日神劇」。1949 年以來，為了讓國民更好的瞭解抗戰的艱辛歷程，銘記歷史的經驗教訓，珍惜難得的幸福生活，把抗日歷史拍成電影電視成為最好的選擇。早些年的抗日劇，如《地道戰》、《地雷戰》、《鐵道游擊隊》等，是在尊重歷史的基礎上進行的藝術創作。而如今，在很多娛樂劇被限播的情況下，為了繼續吸引觀眾注意力，在安全易過的抗日劇中加入娛樂因素，成了電視臺和劇集製作商的共同選擇。近年來的「抗日神劇」以 2011 年播出的《抗日奇俠》為濫觴，它自稱為「武俠抗日傳奇劇」，並以「雷點」做賣點，每集賣到 200 萬，獲得多地收視冠軍。其後，類似的「抗日神劇」僅 2012 年一年便達到 70 多部。2013～2015 年間的抗日神劇更是極盡神化戲說之能事，武俠、偶像、懸疑、言情、情色等元素在抗日劇中越加常見。比如，帶著現代、時尚、言情色彩的《向著炮火前進》，有武俠、暴力影子的《抗日奇俠》，還有手榴彈炸飛機（《永不磨滅的番號》）、彈弓打鬼子（《滿山打鬼子》）、自行車截火車（《鐵道游擊隊》）等「雷人」橋段。這些「抗日偶像劇」、「抗日武俠劇」、「抗日言情劇」，已經完全喪失了抗日劇該有的嚴肅態度和深重歷史感，變成了文化導向和資本追逐的產物。

除了古裝劇和抗日劇成為「雷劇」的重災區以外，對經典電視劇的翻拍，也是「雷劇」的密集地帶。為了既節約生產成本，又迎合時尚潮流，很多電視劇製作商都開始轉向對經典電視劇的消費性改裝。其實對經典電視劇的翻拍，早已有之。它們的命運要麼是不受歡迎流通不廣，要麼是被奉為又一代人的經典。比如，《神雕俠侶》有多個成功的版本，七十年代人心中的經典是劉德華版的《神雕俠侶》，八、九十年代人心中的經典則是古天樂版的《神雕俠侶》。這些改編基本都尊重原著精神，符合大眾審美。而 2010 年以後，對經典電視劇的翻拍出現了新現象：肆意改動添加劇情，挑戰觀眾底線，一次次的翻拍也只能一次次成為「雷劇」。這一時期的翻拍「雷劇」主要集中在神話翻拍劇和武俠翻拍劇，如 2010 年浙版《西遊記》中給師徒四人都增加了五花八門的感情戲，原本十惡不赦的白骨精也變成了仙女白翩翩；2014 年的《封神英雄榜》不僅為紂王、申公豹畫上了誇張的煙燻，而且為姜子牙設置了愛情考驗和親情考驗；于正版《神雕俠侶》為東邪、西毒、南帝、北丐、中神通都設計了一條感情線，劇中小龍女也變得活潑開朗；吳奇隆版《新白髮魔

女傳》在關機一個月後神速播出，後期特效粗製濫造，被網友戲稱爲「五毛特效」。對經典電視劇的翻拍還在繼續，而且短時間內也不會停止，翻拍者應該在求新求變的同時，尊重原著，同時融進時代特點，而不應該在形式上劍走偏鋒，進入「雷」的誤區。

第二節 「雷劇」高收視率的文化悖論

從 2008 年至今，「雷劇」迅速霸佔電視屏幕，收視率遙遙領先於其他類型的電視劇，成爲電視劇發展過程中的一個異端。「雷劇」之「雷」與其超高的收視率，近年來引起了廣泛的熱議。一方面是衛視黃金檔收視陣地急速擴張的法寶，另一方面也招致了媒體從業者和學術界的極力批判。評論家們認爲，「雷劇」的出現會改變受眾的知識體系和審美趨向，導致他們「弱智化」、「低俗化」、「浮躁化」，「當下不少電視劇在情節內容及聲像表達上也有過份追求被稱爲『麻辣』『雷人』甚至是『太藝術』的表現……在一定程度上既違背了藝術創作領域裏的科學發展觀精神，也影響了我國電視劇藝術及文化的健康發展與進步完善。」〔註9〕「雷劇」的出現的確給國產劇敲響了警鐘，但是一味地跟風式批評並不明智。「雷劇」的出現是生產、傳播、接受多個環節共同作用下形成的，它在一定程度上實現了電視作品、傳播渠道、收視觀眾的三位一體，不僅將電視劇的創作範式進一步類型化，而且能對分化的受眾群體以強力聚合，同時也打造出了獨一無二的播出平臺，如湖南衛視的金鷹獨播劇場和鑽石獨播劇場。這些都表明「雷劇」已經成爲繼「肥皂劇」之後又一異於傳統且較爲成熟的電視劇類型。因此，我們應該以科學的態度，對「雷劇」現象進行一個宏觀的把握和解讀，讓這種大眾文化現象進入學術視野，從而使電視觀眾和批評學者更好地認識「雷劇」現象。

無論是作爲一種新興的大眾文化現象，還是電視劇產業的一種生產方式，「雷劇」現象已經開始「滲入當下生活的方方面面，影響著當代人的日常審美，參與著他們的精神建構……按薩特『存在即合理』的觀點，一味否定、批評甚至激烈地批判都並非通往理性的唯一之途」。〔註10〕「雷劇」現象的出

〔註9〕倪祥保：《電視劇不宜過於麻辣雷人》，《中國電視》2010 年第 3 期。
〔註10〕湯哲聲：《中國通俗文學與大眾文化：視覺文化研究》，《蘇州教育學院學報》
　　　　2014 年第 1 期。

現既是偶然，也是必然；既不能過份推崇，也不能過於鄙視。面對雜亂混沌的「雷劇」現象，我們首先要對這個新事物進行一個較爲客觀而又全面的梳理，爲「雷劇」現象的進一步解讀奠定基礎，以期發掘出其背後所蘊藏的經驗教訓。

任何新事物的產生都有特定的生成土壤，「雷劇」這一新生文化現象也是如此。進入二十一世紀，隨著數字網絡技術的發展和消費主義思想的潛移默化，兼收並蓄、包羅萬象的大眾文化語境，進入瓶頸、急於求新的國產電視劇語境，和雷大雨小、嚴而不周的文化政策語境，都爲「雷劇」的出現提供了契機。在我國，脫離政治語境的大眾文化從九十年代中後期開始蓬勃發展，逐漸擺脫邊緣姿態，進入到人們的視野中心。通俗易懂、變化多端的文化形式，使其在文化領域一路高歌，迅速深入到人們的日常生活中，影響著人們的生活方式和精神追求。時至當下，文化消費市場日新月異，大眾文化愈加繁榮卻也亂象叢生。

二十世紀以來，商業發展迅疾，沒有溫飽之虞的人們開始愈加重視生活的舒適度。滿足自我、享受人生的價值觀開始主導人們的各種消費方式。新奇性、娛樂性、技術性逐漸成爲人們接受新事物的標準。在文化領域，文化與商品生產結合得更加緊密，電子信息技術讓個人的視覺、感官都充分地發揮了作用，人們的審美也開始突破傳統，趨於多樣化。大眾在生活方式和接受事物上的變化，實際上都是一種對現實超越的心理滿足。互聯網時代的大眾文化弱化了藝術與生活的界限，它所帶有的感性娛樂功能和所傳達的中庸普世價值觀，不僅滿足了大眾的感性需求，也間接完成了大眾的人格塑造。除此之外，新世紀中大眾文化的發展豐富了文化種類，催促著多元文化的成長。這不僅表現在國內不同文化間的融合，也體現在國際上優秀文化的交流。從國內來說，在市場經濟的條件下，大眾文化以強勁勢頭打破了傳統穩定的文化體系，不僅衝擊著主流文化，而且消弭了精英文化的界限，促進了多種文化之間的相互融合。比如，2014 年 10 月 15 日網絡作家周小平和花千芳應邀參加習近平主席主持的文藝工作座談會，這就是大眾文化融入主流文化和精英文化的一個重要標誌。反過來，在大眾文化產業化、市場化的催化下，主流文學和精英文學也開始進入文學產業化階段，如王朔、劉震雲、閻連科等著名作家將純文學作品請下「神壇」，投向市場，並參與到電視劇本創作中。一來擴大了文學作品的增值空間，二來爲市場經濟提供了新的產業支柱和重

要經濟增長點。從國外來說，國際間的文化融合最主要的表現就是大眾文化對外來文化的交流和吸收，之前的「韓流」、「日風」即是如此。

大眾文化與生俱來的商品性導致了文化產品的質量泥沙俱下。當代大眾文化的亂象主要出現在影視文化領域。影視圖像所呈現出來的是一種「擬眞」世界，它瓦解了眞正意義上的眞實，取而代之的是符號編碼所建構的眞實。人與眞實對象之間的距離看似被消除，理性的思考與反應被不斷緊縮的時間和空間擠壓掉。電子媒介的廣泛運用，使得眞實逐漸變成了光影折射下的「眞實」，人與現實的關係往往被扭曲爲人與虛擬影像的關係。人們對新出現的影視圖像，不論好壞都趨之若鶩。新奇獨特的外觀，刺激眩暈的體驗，成爲人們對大眾文化的一種期許。反映現實的優秀現實電視劇不再像《渴望》那樣引起轟動，而「于正劇」、「抗日神劇」反而受到追捧，但很快又遭到唾棄。大眾在不斷的接受與拋棄中樂此不疲，瞬間的快感取代了長久的回憶與思考。大眾的情感和欲望被投機者製作成一種消費品，這類消費品從生產到接受都嚴格遵循市場運行規則，目的只有一個：迎合大眾消費心理，商業利益最大化。對目前大眾文化的發展方向來說，感性化和世俗化是必然的，但這並不意味著任其發展、不加管理。相反，理性思考與價值批判是必不可少的。

細數我國電視劇的發展歷程，可以發現國產電視劇的發展「經歷著從國家文化向市場文化的過渡」、「從教化工具到大眾文化的位移」、「宣傳工具到大眾文化的轉變」。〔註11〕電視劇在產生之初，並不是眞正意義上的大眾文化，只是一個闡釋國家政策的工具。改革開放後，電視機進入千家萬戶，電視劇開始成爲大眾文化的主要代表形式，這一時期的電視劇以「主旋律」作品爲主，承擔宣傳、教化作用。九十年代以後，隨著市場經濟的繁榮和製播分離制度的應用，電視劇發展開始多元化、類型化。歷史題材、革命題材等主流電視劇依舊繁盛，同時《還珠格格》、《雍正王朝》等戲說劇也獲得大眾喜愛。電視劇的通俗性與主流性，市場化與藝術化的雙重矛盾逐漸明顯。二十一世紀以來，電視劇種類更加多樣，不同題材的電視劇之間互相融合、相互滲透。戰爭、言情、武俠、倫理等多種元素的使用界限被逐漸淡化，抗戰劇不再完全是灰頭土臉的打鬥，開始出現偶像面孔，如《恰同學少年》、《雪豹》；都市劇也不再都是家族的爭鬥與復仇，開始關注都市年輕人的基本生活狀態，如《奮鬥》、《北京愛情故事》；宮廷劇也不再是王侯將相的主場，女人間的勾心

〔註11〕歐陽宏生：《電視文化學》第 268 頁，成都：四川大學出版社 2006 年。

鬥角更加驚險，如《金枝欲孽》、《甄嬛傳》等。至 2010 年左右，電視劇市場更加開放，也更加成熟，大眾的喜好直接影響著電視劇的發展走向。穿越劇、玄幻劇、仙俠劇、網絡劇等新劇種的蓬勃發展，和韓劇、美劇、日劇、泰劇等外來劇的深入浸染，國產電視劇開始進入一個新的階段。多劇種爭奇鬥豔，爲國產電視劇行業注入了新的活力，但同時也存在很多問題，比如一味求新求奇而缺乏系統的自覺創作，歷史題材的濫用和古典文化精神的失落，「戲說」對傳統和創新的誤導等等。「雷劇」便是這個過程中出現的典型。

互聯網的推廣，給頗具爭議性的「雷劇」提供了一個「良好」的發展平臺。以消遣爲主要目的的網友，對娛樂電視劇的關注佔了大部分時間。在網上常常可以看到網友們總結的「XXX 劇幾大雷點」、「雷人電視劇臺詞大盤點」、「史上最雷人電視劇」等吸睛的文字標題。貼吧、論壇、微博上的討論次數更是驚人的高。獵奇、比較、發泄的收視心理常常使得「雷劇」未播先火。除了網友熱議，網絡劇的發展也是「雷劇」出現的一個推動因素。區別於在電視機上播出的國產電視劇，這裡網絡劇單指網絡自製劇，「專門爲網絡製作、通過互聯網播放的視頻作品，是一種網絡與影視藝術相結合的新興藝術品種。」〔註 12〕在產生之初，網絡劇低廉的創作成本、緊湊雷人的橋段設計，色情暴力的情節元素，使「網絡劇」一直帶有藝術價值不高、純粹娛樂的貶義意味。網絡的便捷性，很快便收羅了部分觀眾。很多國產電視劇爲了繼續留住觀眾，便開始從網絡劇中吸收「精華」。「雷劇」就在網友的熱議和對網絡劇的「借鑒」中產生了。

我國電視劇的生產、播放與接受總是處於一定的政治氛圍內，國家的文化政策對電視劇的發展方向起著非常重要的作用。改革開放以來，國產電視劇蓬勃發展的新態勢離不開國家文化政策的指引。2014～2016 年間，習近平主席多次召開文藝工作座談會，明確指出當前文藝作品存在的問題，「有數量缺質量、有『高原』缺『高峰』」，「抄襲模仿、千篇一律」，「機械化生產、快餐式消費」。並提出「優秀的文藝作品，最好是既能在思想上、藝術上取得成功，又能在市場上受到歡迎」〔註 13〕，最終達到社會效益與經濟效益的統一。

〔註 12〕李志明、王春英：《傳播學視角下的網絡劇特徵探析》，《中國廣播電視學刊》2011 年第 11 期。

〔註 13〕習近平：《在文藝工作座談會上的講話》，http://gb.cri.cn/42071/2015/10/15/7551s5132476_1.htm，2015 年 10 月 15 日。

這便是當前文學藝術發展的主導方向。

除了國家大政方針對大眾文藝的方向性指引，國家新聞出版廣電總局（以下簡稱「廣電總局」）出臺的具體規定，從細節處規定了國產電視劇的發展。1994 年發佈的《電視劇審查暫行規定》第一次從政策上明確將「思想精深、藝術精湛、製作精良、爲廣大群眾喜聞樂見」〔註14〕作爲電視劇製作的基本標準。至 2004 年發佈的《電視劇審查管理規定》，電視劇制度已漸趨完善。其後每年都會對電視市場中新出現的一些不好現象進行規避，以保持電視劇文化的健康發展。比如，2004 年規定黃金檔不得播放「兇殺暴力涉案劇」、不得戲說「紅色經典」；2007 年停播電視劇《紅問號》，杜絕集中展示犯罪案件；2011 年禁止宮鬥戲、涉案戲、穿越劇在上星頻道黃金檔播出〔註15〕；2012 年對革命歷史劇、古裝歷史劇、商戰劇等電視劇創作提出了六項要求〔註 16〕。其後，2013～2015 年「古裝雷劇」和「抗日神劇」的火爆也引來了「限古」、「限播」的懲戒〔註17〕。法令一出，「雷劇」勢頭迅速遏制下來，2015 年中後期國產電視劇市場又逐漸恢復秩序，正統歷史劇的回歸和精良網絡劇的成功就是一個例證。

從以上不斷完善的文化政策可以看出，國家政策對電視大眾文化的重視，但同時也說明了，正是以前存在的漏洞使「雷劇」等低俗文藝鑽了空子。文化政策對電視文化的影響是長期的，也是重要的，但有時粗暴的規定或者過度的解讀也會抑制電視文化發展的自由。在文藝市場化的情況下，文藝工作者必須用好這柄「雙刃劍」，促進電視文化的良性發展。

從「雷劇」產生的背景，我們可以看到「雷劇」的產生並不是一種偶然。它的出現不僅影響了國產電視劇本身的格局，而且所引發的收視熱潮和爭議浪潮，在電視文化領域造成了很大影響。大數據時代的到來，爲量化一部電視劇的收視群體提供了可能，這就是收視率。作爲「雷劇」鼻祖，據央視索福瑞（CSM）的調查數據顯示，《醜女無敵》第一季播出時收視率最高達 9.3%，成爲 2004～2008 年間湖南衛視收視率最高的電視劇，堪稱「雷劇典範」。縱觀視頻網站，點擊率高的電視劇裏面一定會有「雷劇」的身影；而且只要一

〔註14〕1994 年 4 月 7 日發佈的《電視劇審查暫行規定》第三條。
〔註15〕2011 年 4 月，電視劇導演委員會年會上，廣電總局電視劇管理司司長李京盛發言。
〔註16〕2012 年 8 月，廣電總局對電視劇創作提出了六項要求。
〔註17〕2013 年 6 月，廣電總局出臺《衛視綜合頻道電視劇播出調控管理辦法》。

有「雷劇」，必然會霸佔熱搜榜頭條。大有一種「『雷劇』一出，誰與爭鋒」的架勢。在被專家稱爲「劇荒」的 2013 年，更有網友戲稱爲「雷劇」年。

「收視率」是電視臺選劇的重要標準。能爲收視率提供基本保障的「雷劇」自然成爲熒屏的常客。湖南衛視深諳其中道理，多選擇故事簡單、敘事直白、情感虐心、風格鮮明的「雷劇」播放。作爲「雷劇」的主要播出平臺，湖南衛視一直雄踞收視榜首。2013 年，在限娛令的限制下，雖然減少了電視劇的播出量，但收視率基本維穩，《百萬新娘之愛無悔》、《陸貞傳奇》、《隋唐英雄》等劇全國網平均收視率分別爲：2.119%、1.944%、1.812%，電視劇資源使用率顯著提高。2014 年黃金檔播出的《武媚娘傳奇》、《因爲愛情有奇緣》、《宮鎖連城》CSM50 城收視率分別是 2.503%、1.938%、1.64%，輕鬆佔據省級衛視電視劇收視率前三名，金鷹劇場的年平均收視率達到 1.114%，在省級衛視電視黃金檔中獨佔鰲頭。2015 年，湖南衛視勢頭同樣強勁，截至 2015 年 8 月 10 日，包攬省級衛視全國網電視劇排名前十，收視破 3 的達到 5 部（《武媚娘傳奇》跨年播放）。另，根據 CSM 城市網數據統計，從 2011 年至 2015 年 3 月，省級衛視電視劇收視率最高的前 20 名中，湖南衛視就佔據 14 個名額，並包攬前 4。《回家的誘惑》、《武媚娘傳奇》、《宮鎖心玉》、《宮鎖珠簾》，收視率分別達到：3.43%、2.959%、2.50%、2.427%。雖然，收視率高並不能代表質量就好，但是令人瞠目的收視狂潮，還是應該引起我們足夠的重視和思考。

「雷劇」除了霸佔電視收視率，也紮根在網絡世界。原本用於網絡社交的微博成爲電視劇營銷的重要工具。電視劇製作商、演員、電視臺都通過微博來及時分享所要播出或正在播出的電視劇的一些情況，培養一些與電視劇相關的話題，來擴大電視劇的影響力，從而調動觀眾的收看積極性。微博營銷的方式正適合話題性十足的「雷劇」，劇情預告、花絮曝光、演員隱私等都可以被微博直播出來供大家討論，與觀眾互動，讓網民也成爲宣傳者，達到轟動效應。比如，《新笑傲江湖》還未開播，就流出東方不敗的劇照，變身女人，樣貌美豔，引起一片譁然。播出時，與令狐沖的愛情線讓女主任盈盈跌爲「小三」。《陸貞傳奇》播出以後，觀眾對女主陸貞和男主高湛歷史定位的質疑，也引發了一連串的爭論。據 CMMR（北京美蘭德信息公司）數據統計，2013 年，上星頻道首播劇網媒關注度《新笑傲江湖》和《陸貞傳奇》位居前三，其中新《笑傲江湖》的微博提及量達到 1622.5 萬條。「雷劇」的網絡熱話題性，將觀眾吸引過來，推動了電視劇的網絡播放點擊率。2015 年，《武媚娘

傳奇》以「剪胸」，新《神鵰俠侶》以「小籠包」分別獲得了 122.25 億（截至 2015 年 5 月 30 日）、49.88 億次播放量，佔據前十。這種「網臺聯合」的營銷手法進一步提升了電視劇的收視率。但是，這也讓我們看明白，此時觀眾關注的已不再是電視劇本身，而是「雷劇」們引發的娛樂效應。

電商的異軍突起是商品市場新出現的一個顯著現象。這種依靠網絡形成的潛力巨大的虛擬市場也吸引了電視劇製作方的注意力。傳統國產電視劇一經播出，基本便完成了使命，只有部分藝術價值較高的經典電視劇，會在看不見的精神層次上繼續產生影響。而今一部電視劇的播出並不是終結，反而是它潛在價值的開始。網絡遊戲和商業產品等電視劇副產品繼續為電視劇附加值出力。其實以往的電視劇也有明信片、海報、書籍等電視劇副產品，如《還珠格格》（趙薇版）、《神鵰俠侶》（古天樂版）的明信片曾風靡大街小巷。但是，那個時候它們只是與電視劇本身完全無關的生活消費品。而對於「雷劇」來說，它已經形成了一條包括電視劇副產品在內的完整的產業鏈。比起依靠淨化觀眾思想精神來延續生命的經典電視劇，「雷劇」則是依靠物質產品的生產來進一步攫取現實利益。編劇于正認為，「影視作品多為一次性消費，通過跨界可以形成二次消費甚至多次消費。」〔註 18〕很多電視劇製作商看準了網絡市場這塊大肥肉，而網遊、手遊又是很多年輕人上網休閒的主要方式。所以，上線與熱播電視劇同名的網絡遊戲就成了製作商們「再撈一筆」的首要選擇。比如《神鵰俠侶》（陳妍希版）、《天龍八部》（鍾漢良版）、《武媚娘傳奇》（范冰冰版）等電視劇熱播的時候，也有同名網遊供網友娛樂。除了網遊這類虛擬產品，「雷劇」附帶的實物商品也有不少。出版同名影視書籍，製作劇中的服飾、髮飾和萌寵批量銷售，都取得了不斐的戰績。《美人製造》的編劇在宣傳時，直接發售劇中美容產品的小樣，並預計成立同名美容品牌。從發展的眼光來看，發掘出電視劇的潛在價值是電視劇領域的一個新走向，網遊等電視劇副產品與電視劇這個傳統娛樂行業的「碰撞」已經開始成為一種習慣，二者互相借勢，互相帶來生機。但是，需要明白的是，如果過份注重副產品的開發，就會造成喧賓奪主，影響到電視劇本身的藝術價值。

任何事物都具有兩面性，「雷劇」在獲得收視狂潮的同時，也引起了很大的爭議浪潮。不僅有抄襲與創新的辯論，也有收視與藝術的較量。

〔註 18〕姜中介、阿細：《于正：打怪升級，炮製雷劇》，《二十一世紀商業評論》2014 年第 25 期。

　　「雷劇」備受非議的原因除了狗血、雷人以外，就是雷同、抄襲。「于正劇」收視一路飄紅的同時，抄襲之聲也如影隨形。《大清後宮》一出，就被人說是內地版《金枝欲孽》，《宮鎖心玉》被指模仿《流星花園》。其中，最著名的是「《宮鎖連城》抄襲事件」。《宮鎖連城》是于正《宮》系列的收尾之作，一經播出就是收視冠軍。2014 年 4 月 15 瓊瑤發微博稱《宮鎖連城》抄襲《梅花烙》，將于正告上法院。隨後 100 多位編劇聯合署名力挺瓊瑤。稍微比較即可發現，《宮鎖連城》開頭的偷龍轉鳳情節與《梅花烙》完全一致，恒泰、連城、醒黛公主三人的主線發展惰節，與《梅花烙》中皓禎、吟霜、蘭馨公主等三位主人公的身世及關係，也基本完全一致。雖然于正一再聲稱來源於古代戲曲中的經典橋段，《京華煙雲》也借鑒了《紅樓夢》，用對歷史的繼承和發展來搪塞，但所謂的巧合和偶然並不能掩蓋抄襲的事實。2014 年 12 月 25 日，瓊瑤勝訴，《宮鎖連城》被禁止繼續宣傳發行。在近年的創作中，于正不僅抄別人的，還抄自己的。《王的女人》與《玫瑰江湖》框架完全一樣，只是年代從民國搬到了楚漢，角色的姓名變化了而已。爲了收視和利益，其他很多「雷劇」走的也是這個路數。娛樂工業的複製性和貧乏性以及對速度的要求，導致抄襲之風日益盛行。在「于正抄襲案」之前，劇情抄襲的版權糾紛很少得到法律宣判。這一判決將編劇領域的互相抄襲、改編等著作侵權問題擺到了臺面上，對著作權法的修訂再次引起人們的重視。于正的敗訴，不僅是對知識產權的維護，也是對投機取巧者的警告，這表明只有用心創作的作品才會具有長久的生命力。

　　對於一部電視劇來說，收視率與藝術價值本來是相輔相成、相互促進的兩個方面。常規的思維是，電視劇的藝術價值高了，欣賞的人就多了，收視率也就高了。但事實是，優秀的現實題材電視劇經常呈現出口碑與收視倒掛的現象，而思想內涵淺薄、藝術價值不高的「雷劇」卻收視看好。2013 年《楚漢傳奇》、《火線三兄弟》、《大宅門 1912》等高投入、高卡司〔註 19〕、高期待的「三高」之作，紛紛遭遇滑鐵盧，相繼被《百萬新娘之愛無悔》、《天天有喜》、《因爲愛情有多美》等「雷劇」擠下收視熱榜。據 CSM 城市網統計的數據，三部正劇的平均收視率分別只有 0.85%、0.80%、0.73%，而三部「雷劇」的平均收視率高達 2.12%、1.61%、1.52%，成爲收視之王。當前的收視環境使得「雷劇」大行其道，正劇頻頻折戟。收視率雖然可以作爲一部電視劇受

〔註 19〕cast 的中文音譯詞，演員陣容的意思。

不受歡迎的最直觀參照物，但是，並不應作爲衡量一部電視劇質量好壞的唯一標準。很多正劇雖然收視率不高，但其藝術價值和人文追求都是不可忽視的。比如，2014 年歷史正劇《大秦帝國之縱橫》的收視率雖然一度創了「央視新低」，但是此劇用大秦帝國富國強兵的歷史，展現了中華民族奮發圖強、不屈不撓的民族精神。在影視圖像中喚起人們對歷史的反思，感受文明的厚重。電視劇《推拿》因爲聚焦盲人推拿師，不具有主流性，導致收視遇冷，但是劇中真實美好的人文表達和細膩入微的情感書寫，受到觀眾的一致好評。與「雷劇」輕佻浮誇、歡喜熱鬧的審醜和惡搞相反，這類關注社會現實問題的優秀電視劇遠離泛偶像化和喜劇化的表達路徑，給觀眾更多的是對問題本質的嚴肅思考。當前電視劇的主流受眾的文化水平並不高，而且快節奏、高壓力的生活狀況，促使他們在空閒之餘，選擇迴避現實、只重消遣的娛樂劇。因此，注重反思的正劇與只圖歡快的觀眾就漸行漸遠了。正如學者周憲所說，「當精神上超越的激情衰退時，物質上的遊戲樂趣就自然上升。以巨大的衝突和痛感爲特徵的崇高，以及以受難和獻身爲表徵的悲劇性，顯然難以作爲主導的流行的審美範疇再佔據中心」。〔註 20〕雖然，目前「正劇難敵雷劇」，但是，相信在不久之後，收視和藝術的爭鬥能逐漸回歸初衷，共同成就一部既受觀眾喜愛又能給觀眾以深思的成功的電視劇。

第三節 「抗日神劇」：對抗日題材的過度消費

抗日戰爭是一段嚴肅莊重、不容歪曲的民族歷史，是中華民族全體人民共有的、不可遺忘的民族記憶。將歷史藝術化爲影像，是時代的要求，也是後來人瞭解那段苦難歲月的最好方式。歷史史實和紅色經典爲抗日劇的創作提供了豐富的原材料。每年抗日劇的數量基本要佔據電視劇市場的百分之三十，逢著週年紀念日，還會更多。抗日題材的繁盛是令人欣喜的，但濫竽充數、魚目混珠之作也多了起來。近年來，「抗日神劇」（「抗日雷劇」）一改往日抗日劇的沉重嚴肅，變得嬉鬧玄幻起來。收視率一路飄紅，但背後卻是一片吐槽貶斥之聲。隨意改寫歷史真實，摻雜言情、武俠、奇情、懸疑等元素，誤導受眾的審美方向，虛無狹隘的民族主義，被業界詬病，在社會上造成了不良的影響。

〔註20〕周憲：《中國當代審美文化研究》第 302 頁，北京大學出版社 1997 年。

一、「抗日神劇」的生成與發展

從 2008 年到 2015 年，「雷劇」之風日盛，很快就從古裝劇蔓延到抗日劇中，且「雷人」態勢更重，被稱爲「抗日神劇」或「抗日雷劇」。這一稱呼是相對於嚴肅正統的抗日劇而言的，它以抗日戰爭爲背景，加入武俠、玄幻、傳奇、言情、偶像、諜戰等元素，採用荒誕、戲說的表現手法，臺詞低智，情節混亂，以娛樂大眾和博取收視率爲主要目的。有學者直指「抗日神劇」的實質是「借歷史的殼裝遊戲的夢，將抗戰劇改編爲一個個充滿現代消費元素的舞臺秀，披著政治正確和民族正義的外衣，行著肆意篡改歷史眞實的實際，在博取觀眾的訝異和諧笑時，把民族經歷的殘酷與創傷，轉變成各種刺激元素的商業遊戲。」〔註21〕2013 年 4 月 10 日央視《新聞 1+1》節目點名批評了《向著炮火前進》、《永不磨滅的番號》、《箭在弦上》等「抗日神劇」。隨後，廣電總局也對全國 36 家上星衛視提出整改要求，以期清潔電視劇市場。不過需要明白的是，「抗日神劇」的出現與泛濫，有著深刻的精神源流和極大的消費可能。

從 1931 年「九一八事變」到 1945 年日本投降，日軍所犯下的滔天罪行罄竹難書。盧溝橋事變、梅花慘案、潘家峪慘案、南京大屠殺，中華大地上侵華日軍製造的累累慘案，無不充滿著殘暴的血腥，遍灑了每個中華人民的血淚。爲了贏得民族解放與獨立，中華民族付出了巨大的代價：3500 多萬軍民的生命和多達 6000 億美元的經濟損失。這段歷史承載著中華民族所有人民的共同記憶，是每一代中國人情感建構和身份認同的基礎，它需要用影像的方式來幫助國人銘記。這種巨大的歷史創傷，至今都影響著中日兩國之間的關係。近年來日本的右翼勢力依然蠢蠢欲動，篡改教科書、參拜靖國神社、否認南京大屠殺，激起我國民眾嚴重不滿。釣魚島事件更是直接點燃了人們時刻醞釀著的歷史情緒，遊行示威、抵制日貨等反日行爲一時高漲。這種仇日情緒，在影視劇領域表現爲「抗日神劇」的井噴式出現。2012～2014 年間，以「殺鬼子」爲主要內容的「抗日神劇」頓時獲得眾多觀眾青睞。雖然「雷點」頗多，備受貶斥，但劇中以一敵百、身懷絕技的草根抗日英雄們，讓在現實社會中情感被壓抑的大眾獲得了一種有仇報仇、有怨報怨的快樂感，對日軍花樣百出的擊殺方式，更讓大眾感受到一種由我做主、冒犯式的狂歡體

〔註21〕 時統宇：《新起點上的新跨越》，《中國電視》2014 年第 12 期。

驗。「抗日神劇」雖然在一定程度上迎合了大多數民眾的愛國熱情，但是過度的戲謔和娛樂，使其走向了遠離歷史眞實的道路。有學者統計，在抗日戰爭中「中日軍人傷亡爲2：1，中日傷亡總人數卻是17：1。」〔註22〕這與「抗日神劇」中我軍分分鐘秒殺敵人的情節完全相反。這種敘事方式已經背離了藝術和歷史的眞實性。然而，對於遠離戰爭年代的青年觀眾來說，他們對布景昏暗、情感單一的正統抗日劇並不能產生共鳴，反而更容易接受這種以抗日爲外衣，實則爲武俠或言情的青春偶像劇。這也是當前「抗日神劇」屢禁不止的一個重要原因。

長達十幾年的日本侵略戰爭不僅給中國人民留下了深刻的記憶，也豐富了文學作品的思想內容，形成了獨特耀目的「紅色經典」文學。這類作品「往往具有約定俗成的『期待視野』和獨特的意識形態含義，人物形象、美學風格、情節結構等都帶有不斷重複的『類型化』特徵。」〔註23〕既有正面描寫戰爭過程的艱難殘酷，如《閃閃紅星》、《英雄兒女》、《紅岩》，又有側面描寫戰爭背景下的人生百態，如《子夜》、《青春之歌》、《四世同堂》；既出現了魯迅、沈從文、茅盾等大文學家的豪文巨著，也形成了十七年文學、解放區文學等專門文學體系。爲數眾多的「紅色經典」作品用藝術話語向人們證明了革命鬥爭的合法性與抗日勝利的必然性，其中所反映出的革命英雄主義精神和忠誠、團結的愛國主義思想，時刻激勵著中華人民。

與此同時，「紅色經典」的積澱大大拓寬了影視題材領域。從二十世紀三、四十年代的《風雲兒女》、《十字街頭》，到五、六十年代的《上甘嶺》、《南征北戰》、《董存瑞》，現實主義地再現抗日救亡、歌頌抗戰英雄佔據著大熒幕。自八十年代始，《夜幕下的哈爾濱》、《烏龍山剿匪記》、《敵營十八年》等紅色經典開始出現在小熒屏上，抗日電視劇逐漸炙熱起來。在影視劇較爲貧乏的年代，人們觀看一次就能感受到戰火的無情、生命的崇高、人性的複雜，產生九死一生的震撼，進而去反思戰爭、珍惜和平。紅色經典肩負起的主要是意識形態功能：傳達革命反抗精神，堅定共產主義信仰，堅信勝利終會到來。在艱苦卓絕的年代裏，這些影視經典深刻影響了人們的日常言語、生活方式，甚至情感信仰，成爲中華人民民族情感與文化認同的根柢。正因爲「紅色經典」在政治上的重要性和文化上的獨特性，對這些作品的改編和戲仿從未停

〔註22〕唐曉梅：《抗日影視劇藝術審美模式初探》，《戲劇之家》2014年第9期。
〔註23〕陳旭光：《抗戰劇如何改編「紅色經典」》，《光明日報》2015年8月29日。

止。進入新世紀以來，日盛的大眾文化運用商業化的製作方式，通過現代傳媒，再次對「紅色經典」進行再生產和再創作，成為當代影視文化主流。目前，「紅色經典」影視劇的大眾化改編主要表現為三種形式，一種是直接改編。如《小兵張嘎》（1963 年）、《敵後武工隊》（1995 年）等經典電影，被直接翻拍為電視劇《小兵張嘎》（2004 年）、《敵後武工隊》（1999 年、2005 年）、《武工隊傳奇》（2013 年）。這類電視劇借助紅色經典原有的知名度很容易在電視劇市場中占得先機。另一種是隱性改編。如《激情燃燒的歲月》（2001 年、2003 年、2006 年）、《苦菜花》（2005 年）、《潛伏》（2009 年）等。這類劇並不直接展現戰爭和革命，而是將「紅色經典」中蘊含的「紅色精神」滲透到裏面，從側面表現另類抗戰。這兩種改編在滿足大眾化需求的同時，還能依然保留主流意識形態的正確表達。而第三種商品化改編下產生的「抗日神劇」，主觀臆造戲說、篡改紅色經典、無視民族記憶的做法，幾乎完全背離了製作抗日劇的初衷。「手撕鬼子」（《抗日奇俠》）、手榴彈炸飛機（《永不磨滅的番號》）、主角永遠不死（《黑狐》）等「雷人」片段雖然給人以新奇，但這種劍走偏鋒式的改編，無論在內容上，還是在形式上都脫離了「紅色經典」的沃土。「抗日神劇」從表面看，還是在塑造紅色形象，傳達紅色精神，但娛樂為上的宗旨，已經嚴重弱化了戰爭的殘酷性、抗爭的艱苦性，弱化了特定環境下人性的複雜展示，也弱化了那個年代的人們對信念的執著堅守。雖然，「任何一次對紅色經典的重新敘說，都是在特定的語境制約下的文化症候性表達，不可能是歷史、文本、風格的完全還原。」〔註 24〕但是，對紅色經典的改編應該嚴守尊重歷史、實事求是的基本底線，不能過度誇張。

二、消費可能：意識形態與消費文化

抗日題材電視劇的經久不衰，首先是由我國的意識形態決定的。抗日戰爭是在共產黨的英明領導下和艱苦鬥爭下而取得勝利的，也是世界反法西斯戰爭的重要組成部分。我們需要用影視的方式來記錄先輩的功勳，銘記歷史的教訓。「抗日神劇」原本也是擔負著這樣的使命而出現的。除了國家意識形態的決定作用外，國家文化政策上的導向也是又一重要原因。電視劇市場的一些偏向問題主要是由監管者的行政調控造成的。這個監管者主要是指國家新聞出版廣電總局，它主管新聞、出版、廣播、電影和電視領域。近十餘年

〔註 24〕陳旭光：《抗戰劇如何改編「紅色經典」》，《光明日報》2015 年 8 月 29 日。

來先後出臺了「限廣令」、「限娛令」、「限古令」、「限外令」、「限播令」等限令、禁令，以整肅影視文化市場的亂象。其中在電視劇方面，早在 2004 年，廣電總局就要求限制歷史題材、豪門富商家族恩怨題材、言情題材、名著改編題材，減少警匪、反腐、涉案題材，嚴審少兒題材。這樣一來，古裝劇、宮鬥劇、家族劇、偶像劇、警匪劇、涉案劇、戲說劇等曾經熱播的電視劇類型在電視熒屏上基本消失。2012 年初，廣電總局又對宮鬥劇、穿越劇和涉案劇再次進行限制。受政治意識和文化政策的影響，過審率高的抗日題材電視劇成爲諸多影視製作方最好的選擇。作爲主旋律電視劇，抗日劇傳播愛國熱情、弘揚民族精神，在政治上極爲安全，較於其他題材，審查者更喜見之。據統計，「1949～2004 年間，我國拍攝的抗戰題材的電視劇爲 150 多部，平均每年 3 部左右，而 2005 年完成並播出的就有 20 多部。」〔註25〕其後僅在 2012 年一年，就產生了 70 餘部作品。除了對其他題材電視劇的限制，廣電總局還出臺明文推廣抗日劇。2007 年 1 月，規定衛視黃金檔只能播放主旋律影視作品。2009 年 5～11 月期間，規定地方衛視臺黃金時段（20：00～22：00）只能播出國慶獻禮題材電視劇。2014 年 8 月，要求各家衛視於 9～10 月期間，必須播愛國主義題材和反法西斯題材。政治話語爲抗日題材的電視劇提供了暢通無阻的道路，然而，抗日劇雖然具有獨特的政治文化功能，但也具有鮮明的大眾文化屬性，爲了在響應政策的同時，還能吸引到觀眾，嬉鬧神奇的元素自然而然就進入到嚴肅的抗日劇中，再加上 2011 年《抗日奇俠》在多地衛視收視奪冠，平均 200%以上的利潤，深深地刺激著各大衛視和網絡媒介。「抗日神劇」就在這樣的政治話語和媒體環境助推之下粉墨登場。

王偉國在《電視劇策劃藝術論》一書中說，「電視劇作爲一種文化精神產品，單就一部劇來說，其商品特性決定了它的最終價值必須通過賣出好價錢來實現。」〔註 26〕爲了迎合觀眾口味，獲得最大的商業利益，電視劇市場需要不斷創造新的消費欲望來刺激消費。抗日劇成了新目標。時尚、偶像、暴力等具有感官刺激性的元素被揉入其中，在吸引觀眾眼球的同時，也使得抗日劇日漸媚俗化。

〔註25〕黃一磬、張雪彥：《抗日劇：可以強調日軍的兇狠 不能展現其軍事素質》，《南方周末》2013 年 3 月 7 日。
〔註26〕王偉國：《電視劇策劃藝術論》第 44～47 頁，北京：中國傳媒大學出版社 2006 年。

　　對於身處造星時代的年輕觀眾來說，電視劇演什麼不重要，關鍵是誰來演。這種論斷被「抗日神劇」應用的淋漓盡致。當前很多當紅明星都紛紛投身到抗日劇中，他們除了完成角色任務，在劇中最主要的作用就是「吸粉」。製作方並不管演員外形、演技是否適合角色，只考慮演員自身對電視劇收視率的號召力。所以，在抗日神劇中通常可以看見細皮嫩肉的抗日英雄和膚白貌美的女特工。在《向著炮火前進》中吳奇隆飾演的雷子楓扮相酷帥：皮夾克、飛機頭、雷朋眼鏡、哈雷摩托，時尚色彩十足。諜戰劇《槍花》中王麗坤、劉叢丹飾演的兩位美女特工，造型千變萬化，有風塵妖嬈的旗袍秀，清新靚麗的少女裝扮，還有英姿勃發的軍裝造型和執行任務的黑色緊身皮衣裝。電視劇《孤島飛鷹》中，越野摩托車、M3衝鋒槍、黑色裘皮大氅，裝備先進的抗日英雄與敵方的打鬥也十分酷炫。這種做法與其說是劇情需要、畫面創新，不如說是為了構成視覺衝擊力，營造觀賞效果，吸引觀眾的眼球。除了時尚元素的生搬硬套，展現男女的身體之誘惑也是許多影視劇出奇制勝保持收視的法寶。「抗日神劇」中少女裸敬軍禮（《英雄使命》）、五分鐘強暴戲（《邊城漢子》）、輪姦後數箭齊發（《箭在弦上》）、褲襠藏雷（《一起打鬼子》）、戀足癖（《犧牲》）等橋段將人們的窺伺欲和性欲觀賞擺上臺面，墮入了色情漩渦。除此之外，基於人們的仇日心理，抗日劇中的暴力行為也是必不可少的。「抗日神劇」在這一方面往往將其放大，特別渲染。用近景或特寫鏡頭描寫英雄遭受酷刑的場面（《向著炮火前進》日軍上尉八重英對雷子楓實施「縫嘴」酷刑），展示抗日英雄痛快殺敵的英勇（《抗日奇俠》手撕鬼子、單手掏心）。這種血腥的暴力特寫，以強烈的視覺衝擊性給觀眾帶來觀賞的快感。這樣，一方面他們得以感受血腥的年代，另一方面，他們又完好無缺地在電視機前享樂，〔註27〕極大地釋放了觀眾內心深處的破壞欲望和嗜血心理。至此，「抗日神劇」在隨意拼貼、堆砌、戲謔的媚俗藝術的迎合下和娛樂至上的思潮的浸潤下，已經成為一種純粹的消費品，完全淪為牟利的工具了。

　　對於消費社會中視覺文化產生的不良影響，尼爾·波茲曼看得非常清楚，他說：「電子和圖像革命所產生的最令人不安的後果是：電視呈現出來的世界在我們眼裏已經不再是奇怪的，而是自然的……我們的文化對於電視認識論的適應非常徹底，我們已經完全接受了電視對於真理、知識和現實的定義，

〔註27〕許哲敏：《後現代語境下的紅色青春偶像劇探析》第 19 頁，河北師範大學碩士論文 2012 年。

無聊的東西在我們眼裏充滿了意義，語無倫次變得合情合理」〔註28〕。「抗日神劇」的消費問題即在於此，中老年觀眾多是邊看邊罵，青少年觀眾則可能在耳濡目染中慢慢接受了「抗日神劇」所展示的抗日歷史，而劇中的「雷點」也似乎成了劇情不可缺少的調味品。它們對真實歷史的解構和對受眾「主體性」遮蔽的問題十分突出。

（一）扭曲歷史真實

對歷史的再創作，是抗日劇面對創作困境而尋求創新的一個突破口。接連不斷的「抗日神劇」卻走入歧路：神化我方英雄，醜化敵對形象，嚴重扭曲歷史真實。

自我神化是抗日劇的共同特點，現在「神化」主要體現在偶像化、武俠化、言情化。「抗日神劇」中的英雄，多由青春偶像演員飾演，穿著時尚現代，這一點在前文已經談過。除了自帶主角光環的造型設置，抗日英雄的身份也從正規軍中成長的戰士，變成半路出家的奇俠、土匪、小販、妓女，帶著武俠後人或者留洋高知的先天基因，抗日英雄們通常都身懷絕技，且永遠不死。比如《抗日奇俠》中，四位身懷絕技的民間俠客，利用繡花針、化骨綿掌、縮骨功、鷹爪功、太極拳等絕技將日寇打得屁滾尿流。在《利箭行動》中，利劍特戰隊隊員個個都輕功了得，能飛簷走壁。男主角李劍還擁有超越小李飛刀的飛刀特技，瞬間「秒殺」持有重型機槍的日軍。在披著紅色外衣的諜戰劇中，我軍的特工不僅精通多國語言、心理醫學、狙擊肉搏、製槍做藥等多種技能，還能在黑白兩道和敵我雙方之間來回穿梭，險境之中絕處逢生或身中數彈依然不死。在這類劇裏，民間絕技賦予了英雄們以一敵百的特異功能；尖刀弓箭等冷兵器比機槍大炮更頂用；槍傷、墜崖等危險只具有象徵意義，並不能真正殺死我們的英雄。抗日英雄們在如火如荼地打仗之餘，花式戀愛也成為「抗日神劇」重點描寫的對象，隨時隨地都可以上演傳統武俠劇中英雄救美或者美救英雄的戲碼。如《獨立縱隊》中軍閥之子孟雲霄、土匪頭子火鳳凰和八路軍文工團長李淑蔚之間纏綿悱惻的三角戀情。《正者無敵》的男主人公與四個身份撲朔迷離的姨太太之間的感情戲份佔了大量篇幅。我們的英雄最終都能做到戀愛、抗戰兩不誤，上世紀三十年代革命小說中「抗戰+戀愛」的模式在這些劇中被直接顛倒為「戀愛+抗戰」模式，革命熱情和

〔註28〕 〔美〕尼爾‧波茲曼：《娛樂至死》第 105～106 頁，章豔譯，桂林：廣西師範大學出版社 2004 年。

英雄主義思想被個人的情愛沖得煙消雲散。「抗日神劇」對英雄人物的偶像化、武俠化、言情化處理，雖然改變了過去概念式的宏大敘事和單向度的英雄定位，但是在試圖展現多種英雄人物、豐富英雄形象的同時，嚴重違背了歷史真實和人情事理。這種「神化」的英雄人物儼然不再是一個真正的有血有肉的人，而變成了一個想像中的神。試想當只有英雄人物本身的技能和自身的愛情糾葛成為觀眾議論的中心話題和茶餘飯後的談資，那也是一種悲哀。

在傳統抗日劇中，我們最熟悉的日軍形象有鳩山（《紅燈記》）、松井（《平原游擊隊》）、龜田《小兵張嘎》等典型形象，他們陰險狡詐、兇狠殘忍的樣子，直白地再現了日軍在中國粗暴的侵略行徑和國人所遭受的深重苦難，使中國人民不忘國恥，珍惜幸福。在剛剛建國的時候，確實需要這樣「臉譜化」的人物塑造來團結人民、激發鬥志。然而，特定的年代已過，這一做法卻並未改變，反而得到強化。日軍形象的塑造千篇一律，無個性、無深度，偏離藝術真實。「抗日神劇」中的日軍完全平面化為一種藝術符號，只象徵敵人的侵略行為。一出場就是面相兇悍、行為猥瑣、長著兩撮小鬍子，一進村莊就急著找雞鴨和花姑娘，數千人的軍隊卻打不過十幾個人的游擊，裝備現代精良卻對弓箭、石頭、飛鏢等冷兵器無可奈何。日本鬼子在劇中基本處於「失語」狀態，說的話通常只有「吆西」（よし「好」）、「八嘎」（バカ「笨蛋、蠢貨」）、「八格牙路」（バカやろう「混蛋」）、「米西米西」（めし「飯」）、「大大的」（「非常好」的意思）這幾句簡單粗暴的語言。劇中塑造的日本鬼子只有淫欲、獸性和懦弱愚蠢，而毫無智商、人性可言。一邊是神化的我軍英雄，一邊是一擊即敗的日本鬼子，勝利從來都是毫無懸念的，而編劇的真正任務就是花樣展現抗日軍民（包括小孩）戲弄敵人。《抗日奇俠》中的土肥原聯隊長，單從名字上就成了「土、肥、圓」，人物長相也果真醜陋、呆滯。上一秒還洋洋得意地亂殺無辜，下一秒就被奇俠們打得直喊饒命，完全就是窮兇極惡而又毫無反擊能力的蠢才，毫無軍人特點。《滿山打鬼子》中小主人公用一個彈弓既能射殺鬼子，還能打下炸彈，放鞭炮裝機槍聲，幾個孩子把整支日軍耍得團團轉。平民抗戰的巨大殺傷力，讓普通觀眾大快人心。

抗日劇中敵我形象的塑造是還原歷史的主要載體，單方面神化我軍將士，醜化、矮化日本士兵，只能使觀眾停留在自我良好的樂觀思想和「審醜」的感官愉悅中，而無法揭示歷史真實，更無法深刻反思戰爭給人類生存帶來的傷害。馬克思指出：「弱者總是靠相信奇跡求得解救，以為只要他能在自己的想

像中驅除了敵人就算打敗了敵人；他總是對自己的未來以及自己打算建樹，但現在還言之過早的功績信口吹噓，因而失去了對現實的一切感覺。」〔註29〕因此，「抗日神劇」愚民式的自我取樂必須嚴加禁止。我們應該正確對待敵我雙方的人物角色，既不神化也不極端化。「面對苦難歷史累累的傷痕，深層次觸摸人性，是當下電視劇與現代社會生活對視、對話的重要途徑之一。」〔註30〕

（二）忽視受眾「主體性」

主體性是指通過實踐活動，人獲得了人作為活動主體的質的規定性，它集中表現為人的自覺、自主、能動和創造的特性。對於電視受眾來說，「他們的社會主體性在意義建構方面的影響要大於文本產生的主體性，因為文本的主體性只有在閱讀文本時才存在。社會主體性是受眾對文本做出反應或解釋的認識視野和感情基礎。」〔註31〕而「抗日神劇」只注重觀眾在觀看時的自我快感，而忽視了觀眾的「社會主體性」。

抗日戰爭的勝利對於中國人民來說，是一個偉大的壯舉，但戰爭中對生命的摧殘和人性的蹂躪則是一種悲劇。對抗日劇而言，就是要通過對戰爭事件及人物的藝術再現，來使當下的觀眾從更高的哲學角度，昇華自己的情感，發現一種人性的美。正如亞里士多德所說，「借引起憐憫和恐懼來使這種情感得到淨化」。〔註32〕然而，「抗日神劇」武俠化、奇情化、偶像化的改編，嚴重減弱了戰爭的殘酷性、反抗的艱苦性，阻礙了人們對戰爭歲月的情感表達和人性思索，誤導了電視受眾在審美上的追求。如前文所述，一味地神化自我英雄，並不能使受眾感受到英雄人物在危險面前的巨大犧牲精神，在歷史洪流中的轉折性抉擇，只能使受眾產生一種孤芳自賞式的自我滿足感和獨佔話語權的優越感。而醜化侵略者，實際上也只是一種「審醜」心理在作祟。受眾在「抗日神劇」烹飪的暴力、「審醜」、自我神化的視覺盛宴中自娛自樂。戰爭的震撼、情感的共鳴、心靈的淨化一點都感受不到，更不用說產生崇高的美感了。「抗日神劇」只重感官刺激和遊戲娛樂的發展傾向，已經無法擔負

〔註29〕 《馬克思恩格斯選集（第1卷）》第607頁，北京：人民出版社1972年。

〔註30〕 盧徽一：《真情‧人性與道義的主流化敘述》，周安華：《民營的激情與想像——中國新文人電視劇論析》第159頁，北京：中國廣播電視出版社2008年。

〔註31〕 杜曉紅：《電視文化中的「快感」問題研究》第62頁，北京：中國書籍出版社2013年。

〔註32〕 亞里士多德：《詩學》第19頁，北京：人民文學出版社1982年。

起本該有的文化認知功能和教育功能，在審美導向上，視覺的「快感」也悄悄取代了藝術上「美感」，淪落爲欲望的展覽品。「人們在體驗到各種娛樂狂歡之後，帶給主體的卻是精神的高度空虛感、乏力感、無助感……這是娛樂狂歡的勝利，是娛樂欣快感對個體自我的勝利，對於回到現實的主體來說，只能意味著主體的全面潰敗與失落。」〔註33〕其實，「抗日神劇」這幾個字已經準確的諷刺了自己。從表面來說，它使受眾產生麻醉、欣快的幻覺，實則也赤裸裸地反映了自身人性的缺失與審美的異化。眞正優秀的電視劇不能僅僅停留在低層次的感官愉悅上，還應該引導大眾樹立正確的審美方向，充分發揮電視文化產品的認知教化作用。

　　作爲國家話語〔註34〕的一種藝術性表達，抗日劇不僅向我國國民傳達歷史價值觀和宣揚倫理道德觀，還向國際受眾傳播中華文化和展示國家形象。國外受眾可以通過觀看電視劇瞭解中華文化、民族情感和國家意志。可是，歷史觀扭曲、故事離奇、內容荒誕的「抗日神劇」表現出的是一種狹隘的民族主義。不死的英雄、必死的鬼子和遊戲化、娛樂化的鬥爭展示，不僅是對歷史的扭曲，還易把中國定位成一個不尊重人性、難以相處的幼稚形象。而給國內受眾留下最深刻印象的便是日軍燒殺搶掠、無惡不作、慘無人道的形象，無形中強化了中國人對日本人的憎恨。這與我們崇尚的「和合精神」背道而馳，損害了我國的國際形象。對於日本民眾來說，從這些劇中完全感受不到中國善良友好的邦交之意。2013年日本的《每日新聞》網頁版登載了《中國媒體報告：抗日劇有變化　批評煽動反日情緒的過度表演》〔註35〕，次年日刊網登載了《中國報紙也批評──中國流行抗日劇亂象叢生》〔註36〕。以上報導也表示「抗日神劇」不利於改善中日人民的感情。要銘記抗日歷史，但銘記的是抗戰中不怕犧牲、不甘奴役的民族精神，銘記的是日本軍國主義的殘忍行徑，而不是將當時的日本侵略者等同於整個大和民族，把仇恨的情

〔註33〕陳月華：《論電視傳播中的身體意象》，《中國傳媒大學學報》2006年第3期。
〔註34〕國家話語是指「國家話語權利實施的具體表現形式，是一種國家傳播現象及信息形態，是一種以傳播國家信息、塑造國家形象、提升國家軟實力、解決國際國內問題爲目的的國家傳播行爲」。
〔註35〕《中國媒體報告：抗日ドラマ、変化の兆し反日感情をあおる過剰演出に批判》，《每日新聞》2013年5月6日。
〔註36〕《共產黨機關紙も苦言……中國で流行「反日ドラマ」のハチャメチャ》，《日刊ゲンダイ》2014年8月27日。

緒蔓延到當前的日本人民身上。比如，反日遊行（2012 年 9 月釣魚島事件誘發西安、長沙、深圳等城市）中打砸日系車、燒搶日系商品，並不是正確的行為。這種企圖使暴力合法化的愛國是一種狹隘的民族主義。由此看來，「抗日神劇」必須及早禁止。「娛樂和愛國可以通過寓教於樂達到良性互動的目的……荒誕化的方式去激起人們的仇恨，可以達到一時的媚俗效果，但是勢必流於娛樂的淺俗，無法實現真正深刻的歷史教育的效果。」〔註 37〕一個民族良性發展的重要前提是對民族歷史的正確解讀和積極傳播。因此，製作尊重歷史的抗日劇，摒棄狹隘的民族之見，不僅可以幫助日本認識到侵略行為給他國人民帶來的苦難，也有利於兩國關係的彌合和積極發展。

第四節 「于正劇」：收視狂歡與審美變異

所謂「于正劇」，簡言之就是于正任編劇或製片的電視劇，憑藉《宮》系列和《美人》系列的古裝劇成名，並獲得高度關注。于正每年基本上會有四部左右的電視劇成片播出，不可謂不高產。根據央視索福瑞公司的數據統計，《宮鎖心玉》（2011 年）、《宮鎖珠簾》（2012 年）、《宮鎖連城》（2014 年）播出時全國網收視率最高時分別達到 3.08％、2.99％、2.97％。〔註 38〕《笑傲江湖》（2013 年）、《陸貞傳奇》（2013 年）、《美人製造》（2014 年）、新版《神雕俠侶》（2015 年）等劇，也穩坐同時段收視冠軍寶座。「一部劇捧紅一兩個演員」的造星記錄令人瞠目，當紅的楊冪、馮紹峰、趙麗穎等人皆自「于正劇」起家。「于正劇」逐漸成為高收視率電視劇的代表，它獨特的製作播出模式，也得到其後很多電視劇的傚仿。然而，在收視率一路走高的同時，「抄襲」和「雷人」的惡評也如影隨形。要想理解這其中的矛盾，我們就要從「于正劇」的構成要素和意義解構這兩個方面來解碼這種大眾文化現象。

一、「于正劇」的審美建構

在市場利益的刺激下，「于正劇」的風格有著明顯的變化。從 2011 年《宮鎖心玉》大火之後，「于正劇」就大有一種「『雷』不驚人死不休」的趨勢。而這種「雷」主要表現在兩個方面：一是俊男美女、視聽突出、古今融合、

〔註 37〕 李松：《抗日神劇，話語霸權與媚俗藝術》，周憲、陶東風：《文化研究（第 19 輯）》第 325～337 頁，北京：社會科學文獻出版社 2015 年。
〔註 38〕 李春暉：《于正的「葵花寶典」》，《中國企業家》2013 年第 7 期。

緊隨時尚的優點；二是情節荒誕、敘事急促、隨意改寫的「槽點」。前者是「于正劇」獲得高收視率的前提條件，後者則牽引著人們窺視、獵奇的欲望。這一好一壞兩類符號要素共同締造了「于正劇」的收視神話。

在「于正劇」中，觀眾的審美快感直接來源於畫面色彩的衝擊效果，影像圖畫的視覺觀感已經完全超越了敘事邏輯所帶來的認知性審美。擺脫傳統敘事的枷鎖，「于正劇」在演員選擇和視聽效果上都有近於偏執的追求。「雷劇」中的角色形象完全是作爲「消費符號」存在的。在「無明星不播」的今天，「于正劇」大膽啓用新人或不紅明星，實爲冒險之舉。「新人當道、老人陪襯」，這一搭配既可避免熟知明星無法超越在大眾心中已形成的經典形象，又可減少在演員片酬上的投資，增加布景和後期製作的費用。身爲編劇，于正「最清楚什麼樣的演員最適合劇中的角色，所以于正劇都是編劇親自選角色……他的劇只要演員選對了，觀眾在電視後期幾乎追的是演員而非劇情。」〔註39〕如《陸貞傳奇》中的陸貞（趙麗穎飾）奸臣成忠、新版《笑傲江湖》中的東方不敗（陳喬恩飾）男身變女，雖然與史實、經典不符，但被新人演繹得深具個人魅力，受到很多觀眾喜愛。有別於當前國產劇由導演定演員的常規，編劇選演員，更能綜合劇本需求和觀眾心理。對於娛樂功能爲主的電視劇來說，演員的外觀、氣質甚至超過了本身的才藝能力，成爲最具魅力的指標。于正劇「在符合角色氣質和內涵的基礎上，挑選的演員不以『智商』來評定，而是『容貌』來定輸贏，哪怕是新人。」〔註40〕演員的外觀直接指向觀眾的感官刺激，且往往寄託著人們的原始欲望和生命衝動，而這種欲望和衝動正是人類情感的最高潮和最極端之處。「于正劇」中俊男美女的基本設定，建構了觀眾心中理想的性別形象，恰好投合了大眾的窺淫欲。

除卻演員選擇的求新求美，「于正劇」在視聽方面的改進也讓人耳目一新。評判一個作品優劣的標準雖然很多，但在娛樂工業時期，視覺效果才是一部作品被人消費的生命線，畫面對觀眾的吸引力非常重要。「于正劇」中唯美的視聽畫面，恐怕是業界唯一的認可之處。于正要求電視畫面的建構要堅持「越簡單越好」的原則，防止觀眾注意力過度分散，另外，和諧而大膽的

〔註39〕《于正劇因爲「俗」，收視率才高》，http://tieba.baidu.com/p/2379062032，2013年6月7日。

〔註40〕《于正劇成功套路：擋不住的嘲笑　停不下的追劇》，http://www.huabian.com/muhoutucao/2013/1119/4675.html，2013年11月19日。

色彩搭配很具視覺衝擊力。他的劇一改傳統電視劇只重主角的做法，劇中的群眾演員也個個靚麗，衣著精緻。如今，各種美學觀念也隨著文化和時尚的變化而變化。必須抓住觀眾的注意力，才能實現信息的速遞。「于正劇」改變了之前景暗衣服亮的流行誤區，他認為景和衣服的色彩是沒有衝突的，只要色彩搭配統一即可。如在新版《笑傲江湖》中，穿水綠裙子的小師妹（岳靈珊），是不會與穿著大紅衣裙的東方不敗一起出現。為了東方不敗的紅色衣服不土氣，後期製作中又一幀一幀進行調試。「于正劇」在服裝場景上不吝花費。較之於注重氣勢、人員眾多的恢弘美，「于正劇」的玲瓏精緻美更容易吸引觀眾。除了畫面引人，一曲朗朗上口的主題曲也是電視劇獲得成功的另一法寶。電視劇的主題曲一般直接反映主題，跟人物的性格、情感和命運之間有一定的內在關聯。「于正劇」的主題曲不用現成名曲，全部量身定做，多採用古典歌詞與流行唱法相結合的方式，由劇中主角或流行歌手獻唱，跟隨時尚，拉近了與觀眾之間的距離。如《美人心計》的主題曲《落花》（林心如演唱），《宮鎖心玉》的主題曲《愛的供養》（楊冪演唱），《陸貞傳奇》主題曲《珍惜》（李宇春演唱）等歌曲，一時之間暢傳街頭巷尾，這對電視劇的傳播有很大的推介作用。不可否認，「于正劇」對電視畫面的唯美建構和電視音樂的商業性創新具有可借鑒之處，但極端地強調與使用，只會畫蛇添足、過猶不及。諸如「于正美學」一說，則是言過其實。

傳統古裝劇中人物、場景基本都是規規矩矩地活動在應有的時間內，帶有歷史的鄭重感，但在「于正劇」中，古代和現代並沒有絕對的對立，且互相影射融合。于正多擷取歷史的和現實的元素，相互拼接、組合，構織成劇中展現給觀眾的敘事時空，最先受到人們關注的是時空界限的交錯，也就是穿越劇。「于正劇」並非穿越劇的先鋒，但卻引發了穿越狂潮。《宮鎖心玉》中女主洛晴川從現代穿越到清代，與多個皇子上演了一場場愛恨糾葛；《美人製造》中男主賀蘭鈞從現代穿越到唐代，用美容絕技拯救失意之人，最後悟出「心靈美才是真的美」的道理。時空界限的模糊化，其實是人們試圖親身探秘古代的一種獵奇心理，是對遙遠的古代文明的現代感知。其次，服裝造型的改造，更容易符合現代人的審美。據史料記載，南北朝時期女官的髮式，是頭上三個大圈圈，完全照著做出來看著比較彆扭，在《陸貞傳奇》中，加入現代元素，按比例調整後就好看很多。宮女的衣服也一改以往單調、暗淡的色彩，黃藍的撞色搭配，強化視覺效果，既有新意，又避免俗氣和突兀。

對時尚的追逐是每個時代都有的重要主題。通常，時尚是現代劇的標識符，是古裝劇敬而遠之的東西。但在于正的古裝劇中，時常可以看到時尚元素的融入。比如，《王的女人》中呂樂偷溜出家在酒館裏所跳的舞蹈，加入了現代鋼管舞的元素；《美人製造》中女性角色經典的闊眉，加入了當今的平眉元素，既保留了唐朝的傳統又帶有幾分時尚感。新娘妝眼角的一點玫紅，用的大膽而有創意，整體效果古典而華麗。而《美人心計》和《陸貞傳奇》雖然寫的是古代宮廷，但也隱喻了現代女性在職場上的爭鬥。這種緊隨時尚的特點，使其不再囿於古裝劇古板、厚重的圈子。但是，過多加入現代元素則會使古裝劇顯得不倫不類。新版《神雕俠侶》中小龍女的「包子式」髮髻，楊過的時尚哈倫褲，甄志丙的亮黃色道袍，以及花紅柳綠的暖系色彩的使用，讓一個本來肝腸寸斷的故事變得逗笑滑稽，遭到網友和觀眾一致的口誅筆伐，也摧殘了經典的本來意蘊。除「于正劇」對時尚的多處不恰當使用外，其他「雷劇」更是將此發揮到極致，網絡用語、英文亂入和多角戀情甚至成其吸睛的法寶。如長相英俊、語言現代的陳浩民版濟公（《活佛濟公》），曹操、曹植、曹丕與甄宓的畸形四角戀情（《洛神》）。不管合適與否，「雷劇」將眾多流行元素一股腦添加進劇中。時尚，本是一個時期內相當多的人對特定的趣味、語言、思想和行為等各種模型或標本的隨從和追求。〔註41〕追求時尚本無可厚非，但一味堆砌、炒作只會降低自己的水準，誤導觀眾對時尚的正確理解，落得畫虎不成反類犬。

對視聽畫面的過度追求，導致劇情和敘事逐漸被邊緣化，現在許多編劇、導演並沒有腳踏實地的生活閱歷和豐富的閱讀體驗，而是憑藉天馬行空的想像，恣意創作，以致荒誕、「雷人」比比皆是。而這恰恰適合部分群體消遣獵奇的口味。較之於傳統古裝劇，「于正劇」等「雷劇」多從歷史和經典的邊緣與縫隙入手，隨意虛構那些被淹沒的故事。巴爾扎克曾說：文學所描繪出來的藝術世界，應該是「使每個人看了它們，都認為是真實的」〔註42〕。只有以真實性為基礎創作的文學作品，才會產生巨大的藝術吸引力和審美征服力，才能感染受眾，使其獲得思想精神上的淨滌。這就決定了藝術虛構不能憑空編造、故弄玄虛，更不能同藝術真實相背離，必須受到生活邏輯的制約。

〔註41〕周憲：《世紀之交的文化景觀：中國當代審美文化的多元透視》第 234 頁，上海遠東出版社 1998 年。

〔註42〕〔法〕巴爾扎克：《未被賞識的傑作》，《文學理論學習參考資料（上）》第 764 頁，長春：春風文藝出版社 1981 年。

而「于正劇」等「雷劇」的創作很多已背離藝術眞實，奔向了荒誕的路子。如《陸貞傳奇》對淫帝奸相的洗白，《王的女人》項羽與呂后擦肩而過的無奈，都嚴重彎歪曲了歷史眞實；新版《笑傲江湖》東方不敗與令狐沖的傾世眞愛，新版《神雕俠侶》黃藥師和梅超風的師徒絕戀，也都與經典的嚴肅厚重背道而馳。換心（《笑傲江湖》）、換臉（《宮鎖連城》）等情節在古裝劇中也顯得過於奇幻以致荒誕。再者，「于正劇」面面俱到的創作嚴重侵佔了觀眾的想像空間，缺乏藝術價值。如新版《神雕俠侶》中對東邪、西毒、南帝、北丐、中神通五人年輕時的愛情故事給了不遺餘力的展現，雖彌補了觀眾多年觀劇的遺憾，但也破壞了觀眾對這些神秘人物的無限想像，太過直白反而趨於普通。與繪畫一樣，影視創作中的「留白」與書寫同樣重要，很多情節、臺詞都沒有必要出現，不然只會產生多餘之感。

　　另外，「電視劇敘事節奏的快慢、強弱直接影響電視劇的敘事水平與觀賞效果。」〔註43〕鮮明的敘事節奏可以有效地激發觀眾的收視興趣，控制觀眾的注意力，調動觀眾的欣賞熱情和審美期待。當前「快餐式」的生活節奏讓人們的時間愈加零碎，所以快節奏的電視劇才更能引人注目。傳統電視劇敘事節奏講求緩急有度，而「于正劇」的敘事就像坐上了高速列車，一虐到底不停歇。如《宮鎖連城》兩集的時間男女主角就相遇相愛，接著男主另娶她人，二、三十集左右又集中展現大量魔幻元素和反轉劇情，牢牢抓住了觀眾的眼球。一般來說，故事情節越緊湊，越扣人心弦，人物的命運越是撲朔迷離，觀眾對人物命運的關注也就越熱切。《美人製造》第一集男主角被罷官、離婚、破產，並與女主有了肌膚之親，摒棄了古裝劇常用的成長之難、身世之謎等橋段，具有新鮮感。另外，劇情單元化處理，每六集左右為一個單元，觀眾可以隨意撿取幾集觀看，也可以迅速結束去做別的事情，適合快節奏的現代生活。但是，過於急促的敘事節奏往往會破壞故事的整體感，令人難以喘息。而且單純為了調動觀眾看的欲望，而設置的過多、過快、過荒誕的情節，只會嚴重損害作品的藝術性。

二、「于正劇」的文本互文性

　　「雷劇」的產生並非偶然，也不僅是受到市場利益的驅動。作為一種新興的文化熱銷品，它深深地存在於其他文本的網絡之中，並且與這些網絡聯

〔註43〕盧蓉：《電視劇敘事藝術》第89頁，北京：中國廣播電視出版社2004年。

繫密切。「雷劇」編劇的創作和受衆的理解，也都是利用了文本之間的這種互文性關係。「互文性」這個概念最早由法國作家朱莉婭・克里斯蒂娃提出，她認爲：「每一個文本都把自己建構爲一個引用語的馬賽克，都是對另一個文本的吸收與改造。」〔註 44〕也就是說每個文本都涉及到其他文本中的一些因素，每個文本都不可能是一個與外界絕緣的封閉的語言體系，具有包容性和開放性。在傳統的紙質文學中，互文性主要體現在某一確定文本與它所引用、改寫、吸收、擴展，或在總體上加以改造的其他文本之間的關係。而對於電視劇文本，尤其是「雷劇」文本，文本間的互文性不僅涉及到不同電視劇文本之間的互文性，還包括紙質文本與電子文本之間的跨媒介文本的互文性。火爆且備受爭議的「于正劇」在這一方面頗具代表性。大衆文化中的所有具體文本都是短暫的、不完整的，這決定了大衆文化重複與連續的本質。對於電視劇這種本身就有極強連續性的大衆文化文本來說，其意義的創造，絕大程度上取決於它文本間的互文能力。這不僅表現在與經典電視劇文本間的互文性，還包括對同類型電視劇文本的複製改編。

　　經典的文學作品歷來都是後人創作的不竭源泉，經典電視劇文本更是其他電視劇文本創作之初所要學習的重要「底本」〔註 45〕。與經典電視劇文本間的互文性是一部電視劇受到觀衆青睞的直接原因。比如直接翻拍經典電視劇，《笑傲江湖》、《神雕俠侶》都是大衆耳熟能詳的作品，本就帶著群體性的記憶，而男變女（東方不敗爲女子）、女追男（小龍女直白）的顛覆式改編更是賺足了話題。另外一個直觀的表現是，很多電視劇在未開播之前就打著經典劇或熱播劇的名號：xx 版《xxx》，比如《宮鎖心玉》稱爲古裝版《流星花園》，《陸貞傳奇》稱爲古裝版《杜拉拉升職記》，《美人天下》稱爲宮廷版《越獄》等等，以借東風之便搶先吸引關注。也正是由於這種互文性，各種各樣的元素可以不再受約束的隨意出現在一部電視劇中，言情、武俠、斷案、修眞、警匪等元素一擁而入，不同文本之間的疆界在「雷劇」中基本都被抹去。在批量生產的工業化時代，爲了追求速度和效益，很多電視劇文本不再細心打磨，而是直接在同類型熱播的電視劇文本中尋找「靈感」，進行改編，甚至

〔註 44〕馮壽農：《文本・語言・主題：尋找批評的途徑》第 18 頁，廈門大學出版社 2001 年。

〔註 45〕「底本，是各種已實現的或潛在有可能實現的敘述文本的深層結構——語言，而任何敘述出來的本子，就是表層結構——言語。」參見趙毅衡：《文學符號學》第 214 頁，北京：中國文聯出版公司 1990 年。

複製抄襲。類似劇紛堆出現，「雷劇」產生自不可避免。《甄嬛傳》火了，滿屏都可以看到雍正帝談戀愛；《宮鎖心玉》收視高，穿越劇就集體襲來；抗戰劇容易過審，各衛視又都開始戰火紛飛；《花千骨》等熱播，對大 IP〔註46〕的改編即成爲新的方向⋯⋯一片繁榮的背後，泥沙俱下，良莠不齊。看到《美人心計》、《宮鎖心玉》收視不錯，于正立刻推出《美人》系列、《宮》系列，雖收視穩定，但相似、抄襲之聲不斷。其中《宮鎖連城》抄襲瓊瑤舊作《梅花烙》，《王的女人》偷用《玫瑰江湖》的故事框架。這直接導致其後很多「雷劇」跟風仿傚。但，投機取巧不會長久，于正敗訴就表明了電視劇市場對知識產權的維護，對自主創新的籲求。

　　跨媒介文本，指文本打破媒介界限，在不同媒介之間流動，產生意義和快感。將紙質文本改編爲廣播電視文本是跨媒介文本最早出現的形式，早期優秀的電視劇文本基本由此產生。隨著網絡媒介的興起，跨媒介文本進入了一個新的階段，跨媒介文本間的互文性也更趨於複雜化。電子時代網絡文學和網絡遊戲的興起與繁榮，在爲電視劇發展提供新出路的同時，也爲「雷劇」的出現提供了豐富的資源。網絡文學自產生始，就一直受到主流評論家的批評，由此改編來的電視劇往往飽受非議，但其中也不乏《步步驚心》、《甄嬛傳》、《何以笙簫默》等精品。網絡遊戲改編電視劇始於《仙劍奇俠傳》，此後《軒轅劍之天之痕》和《古劍奇譚》雖多有「雷點」，但口碑不錯，也算是網遊改編的成功嘗試。而「于正劇」等「雷劇」文本則走著與上述情況完全相反的創作路子，它們在文本創作上不花多少工夫，而在電視劇成品後，將其改編爲網絡文學、網絡遊戲、紙質書籍等一系列文學副產品。通常情況下，一部電視劇被觀看後就完成了自己的使命，電視劇本身與這些副產品是沒有關係、完全分離的，但是說到「于正劇」，它完整的文本必須包括這些副產品。「于正劇」自有一整套製作營銷體系，在開拍之初就大力宣傳炒作，形成話題。播出時又通過互聯網與網友互動，主動攪動粉絲、觀眾和網友來降低運營風險。在播出未半，又積極策劃同款網絡遊戲，直接將電視劇和遊戲捆綁在一起。如，在《美人製造》開播後，推出了三款不同平臺的遊戲。遊戲不

〔註46〕「IP」本是英文「Intellectual Property」，知識產權的意思。「大 IP」是網絡用語，遊族網絡推出的概念，其本質指一種優質的社會資源。目前很多企業的發展主要依靠對這種社會資源的爭奪。比如，《甄嬛傳》、《何以笙簫默》、《花千骨》、《華胥引》等很多熱播的電視劇就是對網絡文學中「大 IP」的改編。

但高度還原電視劇中的場景、人物、劇情，遊戲中玩家的行為還將反作用於電視劇，影響劇情的未來走向。于正作品的這種「互聯網特質」，成為完美世界、360等知名互聯網公司與之合作的關鍵。當電視劇播完而餘溫未消之時，于正又趕緊推出在線網絡文學閱讀、出版紙質書籍，甚至將劇中產品做成正式商品在網絡出售。《宮》系列電視在播出的時候，其小說也一直保持著很高的在線點擊率和市場銷售量。《美人製造》中的美容產品也配合劇情推出保養小樣。其後，很多熱播電視劇也開始製作同名網遊和附屬商品。這些「跨界」之舉使一部影視作品被多次消費，對於觀眾理解和接受一部電視劇同樣產生了不可忽視的影響。在電子媒介時代，每一次對文本的跨界創作過程都是對前面作者的一次回應與修正。網絡作品變成電視作品，電視作品變成網絡遊戲、紙質文學、應用商品，在這種紛繁複雜的文本互文中，原作的權威性和唯一性被解構了。不同文本之間的互文性給受眾提供了比照的可能性，讓受眾可以綜合運用多種方式理解作品，這對於最初的創作來說，文本上的互文性上升為文化間的互動性。文本在各個媒介的互文性中走出了深度感、歷史性，不再承擔厚重的藝術使命，觀眾的接受變成了一種快樂的視覺享受和遊戲快感。這種新型的影視製作模式正在被廣泛運用，但是急功近利、藝術性差的弊端也顯而易見，這就給電視劇的發展提出了新的問題。

從文學創作角度來講，「互文性」是文學創作重要的發生心理機制，它是多元文化、多元話語相互影響的直接體現，在電視劇創作中是不可能缺少的。但是，換湯不換藥式的改編和抄襲極不可取，國產劇應該在文化自覺地的礎上汲取民族的文化營養並對經典劇和熱播劇進行重新編碼，轉換演繹成具有普適性價值觀和思維方式的能夠引領觀眾的優秀劇作，這才是國產劇實現跨語境旅行與文本互動的必由之路。

三、「于正劇」的意義解構

「雷劇」的出現，不僅打破了電視劇原初的敘事模式和傳播模式，而且以奇觀式的音像效果解構了語言文字符號的穩固性、傳統電視劇的典型性。除了視聽畫面上的改進，劇情節奏上的炒作，「于正劇」對正統電視劇所傳達的深沉的、根深蒂固的男性話語中心論的意義解構，正好迎合了主要收視群體的本能欲望。

「雷劇」之「雷」的一個重要原因在於角色的設置上，尤其是將男性角

色柔美化。父權制的主宰，使得我們的文學創作也基本都是以男性為核心的，文人對男性威武、崇高的各種塑造從來都是不吝筆墨。對於電視劇來說，武俠劇是最能展現男性魅力的劇種，男主角通常都是一種高、大、全的形象存在。早期搬上銀幕的武俠劇中，男主角從外形上不是濃眉大眼、闊面重頤的硬漢，就是面如冠玉、劍眉星目的俊男。觀眾一看便很容易體會到這個角色的性格特徵：硬漢多是熱血豪邁、憂國憂民的俠之大者，俊男則懷有瀟灑不羈、桀驁不馴的浪子情懷。而且，不論是硬漢還是俊男，都帶著濃重的男人味和陽剛氣。狄龍在《楚留香》、《多情劍客無情劍》、《天涯明月刀》、《蕭十一郎》等電影中留下了精彩身影，黃日華在《射雕英雄傳》、《天龍八部》等電視劇中的扮相也讓人懷念。所以，那個年代觀眾對大俠的定義很大程度上就是這個演員的形象。隨著電視劇數量的增加和收視群體性別的變化，武俠劇中男主角的形象開始發生變化，逐漸進入「男色時代」，雖然依舊英俊，但是身上的俠氣、英雄氣變少了。為了獲得高收視率，製作方投觀眾所好，多選擇人氣高的當紅小生出演。以「于正劇」為例，新版《笑傲江湖》裏霍建華出演令狐沖。作為金庸小說中為數不多的豪放派代表，面色白淨、文質彬彬的霍建華與令狐沖身上灑脫不羈、風趣幽默、義薄雲天的形象相去甚遠。而韓劇對男性陰柔美的極致挖掘，更使得「花美男」開始成為熒屏新寵。對於 90 後、00 後為主體的收視群體來說，長相俊秀、甜笑賣萌的「小鮮肉」們往往會獲得無條件支持。新版《神雕俠侶》主角楊過由陳曉飾演，陽光可愛、處處留情，除俊朗外形與原著相似之外，其心存大義、清冷專一的特質並沒有得到很好的展現，但還是受到很多觀眾追捧，收視率穩拿同時段第一。其他「古裝雷劇」和「抗日神劇」更甚，梳著飛機頭、騎著哈雷摩托、帶著雷朋眼鏡，幾場惡仗下來，面目依舊光鮮，衣服不沾寸灰。違背常規、誇張新奇的形象塑造，對於反叛傳統、崇尚個性解放的年輕觀眾來說，不難接受。而且「年輕化」、「偶像化」的演員選擇也是商業化時代電視劇發展的必然趨勢，但是它並不會完全取代硬漢型男的存在，只是隨著觀眾的喜好，一時之高低罷了。

　　「于正劇」收視率高的另外一個原因在於，女主男次的新主題設置。縱觀中國傳統文學，男性作者獨霸天下，女作者寥寥無幾，內容也多以男性成長為主題，即使有書寫女性的作品，不是男性喻己抒懷的感慨之文，就是供男性褻玩的狹邪之作。早期電視劇中的女性一般作為綠葉成為陪襯，即便一

開始特立獨行、眞誠勇敢，最終也要依附於男性的給予。在男女平等的今天，很多女性在家庭中甚至處於主導地位。女性作爲電視劇主要收視群體，自然會選擇以女性爲主角，或者容易將自己代入的電視劇觀看。于正就抓住了這一收視特徵，所拍的每部劇都是「女人戲」。「于正劇」多避開以帝王、英雄爲中心的傳統男權敘事，塑造美貌與智慧並存的獨立女性形象。同時，又區別於傳統描寫女性以對男性的依附與脫離爲核心的由弱小走向強大的成長程序，「于正劇」中的女性一出場就是獨立的個體存在，性格鮮明。電視劇情的整體發展也是以女主角自己對愛情和政治的理想追求爲中心。如《美人心計》中，平民女子竇漪房憑藉自己過人的膽識和卓越的遠見，在爾虞我詐、險象環生的皇宮中不但找到了眞愛，而且幫助夫君奪回政權，歷經四代君王，見證了西漢初期動蕩的政治局面與社會關係，展現人性的複雜。從竇漪房的女性視角出發，符合了廣大女性對自己的美好幻想。于正在採訪中說，「其實，不光男人會有紅玫瑰與白玫瑰，女人也有。一個女人一輩子起碼希望遇到兩個男人，一個是帶她去飛的，一個是帶她去走的。『飛的』那個會帶她冒險、闖蕩，充滿了激情也會沒有安全感。『走的』那個是給她安穩的生活的。」〔註47〕「于正劇」中的女性都是天生麗質、智慧超群、絕境逢生，她們既有女性本有的溫柔似水、奉獻犧牲，又有像男人們一樣的政治才能、打拼鬥志，最重要的是有兩三個品質優良的男性對其至死不渝的追求。這與現代女性既要承擔照顧家庭的傳統義務，又要奮鬥賺錢實現自身價值的現狀，具有相似之處。不同的是，現實中不一定會有體貼的男性執著守望、華美無憂的生活環境。而「于正劇」恰好解決了理想與現實的矛盾，成了現代女性在多重生活壓力下躲避現實的首要選擇，在影視敘事建構的「幻象世界」中實現自己的「白日夢」。麥克唐納說：「大眾文化的花招很簡單——就是盡一切辦法讓大家高興。」〔註48〕作爲大眾文化新興的一種文化現象，「于正劇」等「雷劇」比傳統電視劇更直接、更容易成爲個體潛意識和本能的載體。通過觀看，女性觀眾實現了愛情夢，男性觀眾實現了英雄夢、發財陞官夢。這種幻想和幻象的創意使當代人的平庸狀態得到暫時的解脫。

〔註47〕 莊小蕾：《金牌編劇于正：多男追一女戲女觀眾總愛看》，《錢江晚報》2011年 8 月 11 日。
〔註48〕 〔美〕丹尼爾·貝爾：《資本主義文化矛盾》第 91 頁，趙一凡等譯，上海：三聯書店 1989 年。

　　總之，面對「雷劇」這種新型文化現象，首先我們需要承認的是，消費社會中的「雷劇」在一定程度上符合了觀眾的某些收視需求，在製作和播出上也有可取之處。比如「于正劇」在視聽畫面、藝術製作上的創新對古裝劇就是一種不錯的改良。另外，雖然「雷劇」在思想價值和審美方向上確實存在很多嚴重問題，但是並不會對觀眾的人生觀和價值觀造成根本性的影響，我們不必持悲觀態度。播出的所有「雷劇」在敘述形式上無論怎麼變化，都還沿用了創作底本中的價值觀，敘述者在材料的取捨過程中並沒有加入新的價值觀。比如「于正劇」的價值觀最終都歸於簡單和諧，竇漪房、洛晴川、宋連城在最後無不都是回憶最初的美好，這完全符合中國的傳統價值觀。敘述的變形只能延長讀者對能指的感知，卻並不會使讀者永遠停留在它的能指之上。如果說讀者能將敘述加工中時間空間視角等變形加以還原，爲什麼不能把被敘述加工所扭曲的價值判斷還原呢？〔註49〕所以，沒有必要誇大「雷劇」對受眾的危害。其次，經過前文論述，我們已經非常明瞭「雷劇」在生產、傳播、接受中存在的種種問題。雖然我們不必悲觀，但也需要對此現象採取具體的措施。在批評認識過程中要堅持一分爲二的、科學的態度，並且以社會主義核心價值體系作爲批評導向，遵循媒體規律，關注市場變化，尊重相關特點，堅持米用斗量，布用尺度。要正確面對「雷劇」熱播現象，積極引導和控制「雷劇」的製作、發行，消化吸收其吸引觀眾的優勝之處，嚴控炒作、抄襲之風，努力創作對觀眾觀劇具有引導作用的優秀劇作，才能實現國產電視劇的持續發展。這具體要從廣電總局的文化政策上和電視劇自身的回歸與突破這兩個方面進行，不僅政府主管部門要適當調整電視劇審批、管理的標準、方式，創作者也應該努力在文化困境中尋求文化消費與文化審美之間的平衡點。

　　電視劇「是傳播國家意志和民族主流價值觀的重要媒介，其傳播內容直接影響受眾的認知、態度及行爲，具有直接建構或解構社會道德體系的作用」，〔註50〕相關部門應該及時對不規範的行爲予以約束、管理。而早在2009年，廣電總局就發佈過相關政策來規範電視劇市場。2011年專門針對宮鬥劇和穿越劇，採取了調控措施。2013年又下發具體通知，對「抗日神劇」進行了整治。雖然說每次禁令之後，狀況都有所改善，但並不能從根本上解決，這種「腿疼治腿、腰痛治腰」的做法，不應該成爲管理者工作的主要方式。

〔註49〕趙毅衡：《文學符號學》第217頁，北京：中國文聯出版公司1990年。
〔註50〕張倩：《「抗日神劇」的傳播倫理研究》，《今傳媒》2015年第6期。

總局等文化部門「應當改變管理思維，適當調整電視劇審批、管理的標準和方式，在保障電視劇創作主流正確的前提下，鼓勵創意和自由創作，為電視劇創作開創更大的自由空間。」〔註51〕管理部門不僅要成為監督者，還要成為引導者，鼓勵創作者關心當前社會的突出問題和重要事件，反映普羅大眾在生活上、情感上和思想上的實際問題。良好的環境保障是電視劇良性發展的基礎。在寬鬆的環境中，電視劇創作者不必束手束腳、瞻前顧後，才能敢於創新。這樣創作出來的作品，才會既新穎，又不失主流色彩。

「雷劇」盛行、正劇疲軟的狀況應該引起電視劇創作者的反思，單純責罵「雷劇」的媚俗導致正劇的衰落，未免有點不負責任。如《楚漢傳奇》《精忠岳飛》等大劇，雖然氣勢恢宏、思想深刻、主題崇高，但是題材陳舊，畫面昏暗，讓觀眾難以提起興趣，這是我們的正劇應該反思的。好劇的根本，當然是立足於自身傳統，回歸電視劇自身應該有的品質。電視劇並不是單純的娛樂工具，作為一種文化產品，它一樣應該承擔文化的認知功能、教化功能。只不過在社會轉型期，電視劇需要借用新形式來轉達國家的意識形態和主流話語，讓正確傳統的價值觀繼續在當代社會散發出光芒。惡搞、「雷人」只是最低俗的娛樂手段，對歷史、道德的解構也只能是一時的狂歡，對傳統的回歸才是找回自我、安頓心靈的最佳方式。除了堅持創作本心，還要突破自身，「認真反思自身作品所存在的不足，更加深入地研究市場，研究電視劇製播規律，探索電視劇藝術手法，以作品說話，以實際創作來糾偏。」〔註52〕重新定位收視與藝術之間的關係，改變收視率主導一切的局面。相信不靠「雷人」，我們一樣也可以製作出輕鬆搞笑、時尚新穎，既有娛樂性、又有教育性的優秀電視劇。「電視劇作為一種大眾文化消費品，商品屬性雖然是其實現交換利益的屬性之一，但是，商品性絕對不是電視劇的本質屬性。」〔註53〕「雷劇」的出現只是大眾文化領域的一種暫時現象，並不會成為主流，它反映的是市場資本與藝術發展之間的矛盾。真正優秀的電視劇，不僅要有收視率，更要承擔起「啟迪思想、傳承文化、激蕩夢想的藝術責任，如果丟了其文化屬性，只剩商品屬性，電視劇也就淪為淺薄娛樂的消費品了。」〔註54〕「雷

〔註51〕張志堅：《「雷劇」盛行的反思》，《新聞知識》2014年第1期。
〔註52〕張志堅：《「雷劇」盛行的反思》，《新聞知識》2014年第1期。
〔註53〕趙暉：《2013電視劇：在困頓中前行》，《文藝報》2014年1月15日。
〔註54〕趙暉：《2013電視劇：在困頓中前行》，《文藝報》2014年1月15日。

劇」的出現只是電視劇發展通向成功的一塊踏腳石，以客觀的態度去審視這
個新生事物的優劣，可以為我們的電視劇發展貢獻一份力量。進入 2016 年，
「雷劇」熱已經下降很多，這是管理者的宏觀調控、創作者的用心製作和市
場的自我淨化的共同努力，相信走過「雷劇」時期，國產電視劇的水平會有
一個更高的提升。

第六章　新世紀網絡類型小說的價值與局限

第一節　網絡言情小說對本土文學傳統的延續與裂變

　　作爲互聯網和新媒體技術的派生物，網絡文學〔註1〕天然地無法擺脫歐美流行文化的滲透與影響，與此同時，又吸收了日本動漫文化、偵探小說等元素的影響，它所凸顯出的開放性和交互性〔註2〕、自主性與互文性〔註3〕，對整個文學的創作、傳播乃至整個閱讀或接受方式，都產生了明顯的變革，表現出迥異於本土傳統文學形態的特質，也一度使其被認爲是全新的文學類型。然而從本土文化的歷史脈絡與文學鏈條中考察就會發現，網絡文學卻並非橫空出世，它「源於傳統的通俗小說而來」，是馮夢龍、鴛鴦蝴蝶派一脈文學的接續〔註4〕，網絡文學不僅與中國現當代通俗文學有著無法割捨的聯繫，傳統的古典文學等文學傳統也對其也影響至深，而這一點，在網絡文學的研究中卻常常被忽視。

〔註1〕　本文所採用的網絡文學定義爲在網絡上進行創作並首發的網絡原創文學。

〔註2〕　此處採用李敬澤的說法，意指網絡文學的作家創作與讀者之間的相互交流與對話，兩者基本處於一個同步狀態，形成了一個日常化的交流領域。詳見李敬澤：《網絡文學：文學自覺和文化自覺》，《人民日報》2014年7月25日。

〔註3〕　此處採用黃發有的說法，詳見黃發有：《網絡空間的本土文學傳統》，《當代作家評論》2015年第6期。

〔註4〕　此處引用湯哲聲與范伯群的觀點，詳見湯哲聲：《中國網絡小說的特徵》，《中國文學批評》2015年第4期。范伯群：《古今市民大眾文學鏈》，《中山大學學報》2013年第6期。

一、傳承與裂變

網絡文學接續中國現當代通俗小說而來，作爲互聯網時代的市場化文學〔註5〕，也一併繼承了通俗小說對於市場與大眾口味的迎合，通俗小說講故事的基本模式與類型，也是網絡小說得以生存的必然選擇與基本形態。當下網絡文學的幾大傳統門類，如言情、武俠、玄幻、穿越等，在中國現當代通俗小說中皆可找到源頭。玄幻小說可看作爲武俠小說和神魔小說的結合體；懸疑小說可看作爲偵探小說和推理小說的結合體；後宮小說是傳統的宮闈小說的同類；盜墓小說源自於傳統的黑幕小說。網絡類型小說的品類在所謂鴛蝴派時期就已經基本形成了雛形，所不同的是當時的文體類型名稱與現在不同，且分類也沒有那麼細化。一部網絡小說通常摻雜著眾多的類型，以穿越小說爲例，其中又可涵蓋言情、歷史演義、神魔、宮闈、倡門、懸疑小說等眾多的題材分支〔註6〕。

從清末民初的「鴛鴦蝴蝶派」就已經開始產生重要影響的言情小說，隨著近年來女性受眾群體的崛起，在網絡言情小說時代更是受眾群極爲龐大，成爲網絡文學中日益無法忽視的一個文學門類。網絡言情小說不僅繼承了鴛鴦蝴蝶派、以瓊瑤爲代表的港臺言情小說一脈的脈絡，從上追溯，又可接續到唐傳奇、宋元話本、明清小說等本土文學的軌跡。處於這樣的言情小說脈絡中，網絡言情小說不僅敘事資源很多取自傳統文學，乃至於敘事模式、情節設置等也無法割捨與本土文學傳統的緊密聯繫。

上古神話與民間傳說，常被古風言情、仙俠小說等作爲素材直接使用。《木蘭無長兄》就是對於經典民間故事花木蘭的另類改寫。源於神話傳說以及佛道文化的神、仙、魔等體系，以及成神修仙等敘事模式，也常被仙俠、玄幻小說廣泛採用。《山海經》因其集上百的上古神話、歷史人物、山精海怪、神怪畏獸等眾多神秘元素爲一體，眾多古代言情、仙俠、玄幻小說競相拿來使用。2015 年因電視劇改編而大熱的小說《花千骨》〔註7〕，其中的長留山、蜀

〔註5〕湯哲聲：《中國網絡小說的特徵》，《中國文學批評》2015 年第 4 期。

〔註6〕以上觀點參考湯哲聲和范伯群的觀點，詳見湯哲聲：《中國網絡小說的特徵》，《中國文學批評》2015 年第 4 期；范伯群：《通俗文學的傳統與網絡類型小說的歷史參照系》，《中國現代文學叢刊》2015 年第 8 期；范伯群：《馮夢龍們——鴛鴦蝴蝶派——網絡類型小說——中國古今市民大眾文學鏈》，《中山大學學報》2013 年第 6 期。

〔註7〕2008 年首發於晉江文學城，作者爲 Fresh 果果，2009 年由北方兒童出版社出

山、蓬萊、十方神器、哼唧獸等，皆直接出自《山海經》〔註8〕。桐華的小說《曾許諾》與《長相思》的故事背景、人物關係、地點乃至動植物，也皆均出自《山海經》。桐華就曾直言《山海經》為其故事提供了合適的背景平臺，「神話的魅力往往在於它的神秘，就像《山海經》，我們不得不佩服古人天馬行空的想像力，這些傳統文化中的瑰寶應該被傳承下去……」〔註9〕。類似的還有唐七公子的三生三世系列，她所構建的遠古上神世界，也多出自《山海經》。《三生三世十里桃花》中的眾人如迷谷、巴蛇、青丘白狐、折顏、避子桃、畢方鳥、西王母、窮奇、饕餮等，在《山海經》中基本皆可找到原型，唐七公子也曾言明說：「《三生》源起於《山海經》這本上古奇書，我對上古神話故事一直有著濃厚的興趣。看過這本書的讀者們大概都能在裏邊找到《山海經》的一些東西……」〔註10〕。除《山海經》所提供的大量的敘事資源外，還珠樓主的《蜀山劍俠傳》的「神魔大戰」、儒佛道三教合流和「修仙進化論」，以及《西遊記》和《封神演義》的降妖伏魔、奇特幻化，也成為不少仙俠小說借鑒與模仿的對象。

　　借用歷史元素構建傳奇故事，在穿越、歷史、重生等類型小說中也屢見不

　　版，隨後多次再版，被陸續在臺灣與海外出版，並於 2015 年由慈文傳媒改編
　　成電視劇，繼而大火。

〔註 8〕　長留山出自《山海經》，「又西二百里，曰長留之山，其神白帝少昊居之。其
　　獸皆文尾，其鳥皆文首。是多文玉石。實惟員神磈氏之宮。是神也，主司反
　　景。」清虛道長所在的「蜀山」最早有「蜀山氏」的提法，顧名思義就是居
　　住在蜀山的氏族。「蜀山氏」的來源十分古老，早在先秦時期就已見諸記載，
　　《世本》、《山海經》等先秦古籍都記載有「蜀山氏」名號。《花千骨》中有「十
　　方神器」，分別是：東方流光琴、南方幻思鈴、西方浮沉珠、北方卜元鼎、天
　　方謫仙傘、地方玄鎮尺、生方炎水玉、死方憫生劍、釋方拴天鏈、望方不歸
　　硯。《花千骨》原著小說中本有十六種神器，在電視劇中被改成了十種。這一
　　設定，其實也是參考了《山海經》中的「神器」。《山海經》中提到的神器有：
　　開天斧、玲瓏塔、補天石、射日弓、追日靴、乾坤袋、鳳凰琴、封天印、天
　　機鏡、指天劍。另外，《軒轅劍》中也提到了上古十大神器，分別為：東皇鐘、
　　軒轅劍、盤古斧、煉妖壺、昊天塔、伏羲琴、神農鼎、崆峒印、崑崙鏡、女
　　媧石。蓬萊島出自《山海經·海內北經》對蓬萊山的描述。哼唧獸，出自《山
　　海經南山經》記載：「長右之山，無草木，多水，有獸焉，其狀如愚而四耳，
　　其名長右，其音如吟。」

〔註 9〕　轉引自《還是一個愛而不得的故事》，桐華訪談：http://news.163.com/13/0328/
　　02/8R15OE5B00014AED.html。

〔註 10〕　《唐七公子：上古神話裏的前世今生》，新浪讀書：http://book.sina.com.cn，
　　2009 年 2 月 17 日。

鮮。如《步步驚心》、《後宮甄嬛傳》、《縮青絲》等，多以歷史史實爲依託，在尊重歷史基本輪廓的基礎上，加入了大量的虛構成分和娛樂元素，從而形成了對歷史的戲仿與重構。「清穿」小說中被屢屢拿來使用的「九龍奪嫡」的情節，很難說不是受到二月河的「帝王系列」、淩力的《少年天子》等爲代表的清史小說與熱播電視劇的影響。《夢回大清》的金子就曾坦言寫小說之前，看過二月河等清史類的書〔註11〕。實際上，「通俗類小說中借用歷史元素的傳統由來已久，中國小說史上也歷來就有『講史演義』的傳統，在明清長篇白話小說中，借用歷史元素敷衍而成長篇故事就是最主要的類型之一。流傳甚廣的傳奇類小說《三俠五義》借用的是宋朝清官包拯的歷史形象，《水滸傳》則有方臘起義的歷史背景，各類演義類型的小說如《三國演義》、《宋宮十八朝演義》、《隋唐演義》等等則是基於各朝代正史的傳奇式野史演繹」〔註12〕。一般來說，將歷史元素引入小說，爲小說鑄就眞實而恢弘的宏觀背景，同時以現代人的理念與文化在眞實或相似的歷史空間上演古代傳奇，既滿足了現代人對於知之不詳的古代時空的好奇與新鮮，也爲平凡的現代人提供了暫避現實空間的既定規則與生存焦慮，彌補現實失落，從中獲得「瑪麗蘇」式愛情的心理代償式體驗。

在依託歷史事實展開故事的同時，小說中還「仿眞」地出現了還有大量的古代政治、官僚制度、日常起居、飲食文化、服飾文化、器具文化，建築文化，風俗人情等等傳統歷史文化因素。如《步步驚心》中所涉及的就有大量的古代樂器（古箏、笛子等）演奏的音色、曲調、玉石等古典飾物（玉鐲、木蘭白玉簪等）、服飾（盤襟、貂皮斗篷、昭君套等等）、茶藝（天藍釉菊瓣紋茶具、武夷山的大紅袍茶葉、泡茶工藝等）等等文化因素，僅服飾一項，小說中所涉及的細微描寫就多達 32 處〔註13〕。類似的還有《夢回大清》、《縮青絲》、《寂寞空庭春欲晚》、《後宮甄嬛傳》等，所涉及的文化內容也極其廣博。這種百科全書式的豐富文本內涵，讓人極易想起《紅樓夢》。事實上，爲

〔註11〕 在被問到是如何發掘到清穿這個空白的題材時，金子言：「那陣子看了很多清史的書，比如二月河的，發現他們都是以男性的觀點在寫，幾乎沒有爲女孩子寫的，我就去網上搜，基本沒有找到我想看的東西。那個時候，還沒有誰在網上寫這些，我就是玩票性質寫寫……」詳見《獨家對話〈夢回大清〉作者金子：穿越大有可爲》，http://www.sina.com.cn。

〔註12〕 李玉萍：《論歷史元素在網絡穿越小說中的應用》，《小說評論》2009 年第 2 期。

〔註13〕 趙迪，陳瑤：《從穿越小說看傳統審美元素的回歸》，《文學教育》2014 年第 1 期。

了達到仿真的效果，在人物對話與語言上，一些文本甚至直接採用了半文半白的「紅樓體」。同樣被用來增添文本的古典氛圍的還有被廣泛引用或化用的古典詩詞。在《綰青絲》中，葉清花就在青樓唱和了一曲蘇軾的《水調歌頭》，由此一舉成名。除此之外，王維、元稹、陸游、李清照等人的詩詞名篇名句，也都出現在小說中。據不完全統計，《綰青絲》中的詩詞引用多達 30 多處；《步步驚心》中詩歌辭賦有 50 多處，《瑤華》中也是有 30 多處，《木槿花西月錦繡》有近 20 處〔註 14〕。更多的對於古詩詞的挪用還出現在大量的宮鬥、宅鬥小說系列中，大家閨秀的女子因琴棋書畫的需要，將古代詩人如李白、李商隱、蘇軾等人的名篇名句等拿為己用，以自度難關，在獲封「才女」的同時，又俘獲了男主角們的青睞。除直接挪用古典詩詞名句名篇外，一些網絡寫手還會根據情節與人物情感變化的需要，化用或自創詩詞，以做小說的回目，甚至作為自己的網名與網站名稱。不管是借用歷史時空，亦或是將古典文化充實、豐富小說文本，所折射的都是大眾對於唯美的古典文化與傳統審美的深層認同，乃至於傳統的詩意的精神世界的憧憬與嚮往，同時也在潛意識中對網絡文學的審美趣味、藝術品質提出了要求。

　　網絡言情小說的敘事情節與敘事模式，也很難擺脫本土傳統文學的影響。穿越小說的穿越方式與特點，一般很難繞開李碧華的《秦俑》、席絹的《穿越時空的愛戀》與《尋秦記》。而實際上，從唐代李公佐的《南柯太守傳》、李朝威的《柳毅傳》、沈既濟的《枕中記》、明代湯顯祖的「臨川四夢」（《牡丹亭》《紫釵記》《邯鄲記》《南柯記》）和蒲松齡的《聊齋志異》，已經陸續構建了主人公進入別樣時代或異度空間的敘事模式和情節構架〔註 15〕。儘管這些文本盡是因為男女主人公因「情」的發展需要所進行的時空轉換，其中並不包含當下網絡穿越小說中不同時空之間的文化、理念碰撞，尚且不能稱為真正的穿越小說，但清末明初的政治幻想小說（梁啓超的《新中國未來記》，陸士諤的《新中國》，吳沃堯的《新石頭記》等，何向的《獅子血》等），以現代時空與前現代時空、現代時空與未來時空的想像碰撞，就明顯彰顯出與

〔註14〕 賀知章的《詠柳》、王維的《畫》、白居易的《問劉十九》、元稹的《一至七言詩·茶》、盧梅坡《雪梅》、蘇軾的《水調歌頭》（明月幾時有）、陸游的《卜算子·詠梅》、李清照的《一翦梅》（紅藕香殘玉簟秋）等等。詳見宋秋敏：《論古典詩詞在網絡文學中的品牌效應與應用價值》，《中國韻文學刊》2012 年第 2 期。

〔註15〕 黃發有：《網絡空間的本土文學傳統》，《當代作家評論》2015 年第 6 期。

網絡穿越小說相同的文化邏輯與情節建構〔註 16〕。以瓊瑤為代表的港臺言情傳統，長期以來在網絡言情小說中一直佔據著重要地位。從痞子蔡的《第一次親密接觸》到《和空姐同居的日子》以及《山楂樹之戀》，這些小說大多延續了瓊瑤「愛情至上」的純情小說模式，所講述的愛情大多純潔而真摯，保持著純情小說應有的清澈與乾淨，像《山楂樹之戀》就曾被稱為「史上最乾淨的愛情」。近年來不斷出現的青春／校園言情小說也多歸為純情小說系列，如辛夷塢的《致我們終將逝去的青春》、九夜茴《匆匆那年》、顧漫《何以笙簫默》、九把刀《那些年，我們一起追的女孩》等等，寫盡了校園愛情的美好與單純。顧漫、墨寶非寶、顧西爵等人的「甜文」〔註 17〕，引得眾多女性讀者少女心炸裂。與此同時，亦舒、岑凱倫、梁鳳儀等人的都市言情小說模式，在網絡言情小說中的總裁文、高幹文中也得以發展。然而，隨著市場經濟時代個人生存壓力的增大與世俗化浪潮對於啓蒙傳統的衝擊，瓊瑤式的愛情至上的理念，逐漸被現實都市生活中女性群體的生存焦慮與殘酷的生存威脅所掩埋，愛情也成為可隨時犧牲的替代品。在職場、宮鬥、宅鬥小說中的權謀現場的慘烈現實面前，愛情開始變得一文不值。專注於現實，主張不談愛情，顛覆傳統純情模式的「反言情」模式，逐漸佔據了整個言情小說的主流。不僅在職場小說（如《杜拉拉升職記》等）、現代都市（《蝸居》《裸婚時代》等小說）、宮鬥、宅鬥小說中如此，即便是穿越小說也無法幸免。《步步驚心》中的若曦在已知歷史不可更改之時，捨八爺而選擇勝利者四爺之時，愛情的非功利性就已經消失殆盡。在真實的現代生存情境中，穿越小說基本選擇了拋棄傳統的浪漫愛情理念，重新回到了解構愛情神話的時代，網絡言情小說對於傳統言情小說敘事模式在延續中的裂變也由此完成。

二、價值「回撤」與表層狂歡

愛情價值觀上的「『回撤』並非是穿越小說的單獨姿態，而是網絡文學價值觀的總體趨向」〔註 18〕。滿足受眾對於浪漫愛情的幻想，本是支撐言情小

〔註 16〕 房偉：《穿越的悖論與曖昧的征服從網絡穿越歷史小說談起》，《南方文壇》2012年第 1 期。

〔註 17〕 網絡言情小說中，由於大眾對於男女主人公甜蜜愛情的期待，就出現了一批寫甜蜜愛情的網絡寫手，這些作者摒棄了寫虐戀的模式，轉而熱衷於寫男女主人公之間未經歷太多波折與分離的痛楚，日常相處之間均是甜蜜的戀愛細節，令讀者完全滿足了對於浪漫甜蜜的愛情的期待。

〔註 18〕 邵燕君：《在「異托邦」裏建構「個人另類選擇」幻想空間——網絡文學的意

說存在的內在敘事邏輯。在兩個獨立個體靈肉合一的基礎上所建立的浪漫愛情神話，伴隨著啓蒙運動對於個體生命價值的發現，已成爲被廣泛接受與認可的婚戀價值觀。一直以來，傳統的言情小說以愛情價值的實現爲追求，建立了大量的愛情神話的幻象。然而，在現實中日益凸顯的叢林法則面前，個體的欲望與焦慮，取代了主體對於已經建立的愛情幻想的渴求。網絡文學的興起與整個社會的世俗化浪潮的出現齊頭並進，商品經濟以物欲的誘惑與狂歡沖淡了啓蒙話語的精神主導。在「啓蒙的絕境」和「娛樂至死」的現實語境下，網絡言情小說接過了傳統文學所建立的愛情神話幻象，轉而在此基礎之上，以對於愛情幻象的消解，重構了現實的世俗欲望。從傳統的「純情」模式到不談愛情的「反言情」模式，網絡言情小說一面繼承了傳統言情小說價值理念的同時，一面又審時度勢，不談愛情，以個人在虛幻中擺脫生存困境與危機，求得大圓滿的欲望生產，滿足了人們在現實中無法獲得的根本欲求，從而緩解了人們在現實中的價值困境與情感焦慮，也從根本上徹底瓦解了傳統言情小說的深層價值精神。

　　這種價值觀上的裂變，表現在網絡言情小說對於傳統資源的借鑒與吸取上，就表現爲其對於愛情至上與人文關懷的忽視甚至於捨棄，而更多執著於不斷放大權勢爭鬥、政治角逐、勾心鬥角、爭風吃醋、爾虞我詐等吸人眼球的感官刺激，追求片面的閱讀快感，在「比壞」的價值選擇中越走越遠。大量的宮鬥、宅鬥、職場小說單方面將居於後宮或後院中的女人間、女人與男人之間的陰謀、算計、周旋與博弈，作爲小說著力表現的內容，有意無意間重新回到了父母之命、媒妁之言、一夫多妻的時代，女性卑微地依附男性與權勢，在無可奈何地陷入女性之間的互相傾軋中時，選擇遵循與接收，最終如魚得水地安於這種地位。《夢回大清》中茗薇與四福晉爲爭奪四爺的「衣服」VS「褲子」〔註19〕的經典對話，幾乎可以視爲女性視男權爲中心的潛意識心理的折射。《後宮甄嬛傳》中一群困於宮中的女人，爲了一個男人與權勢，而

識形態功能之一種》，《文藝研究》2012 年第 4 期。

〔註19〕這裡指的是茗薇與四福晉的一段對話，「男人的事兒咱們女人不懂，都說兄弟如手足，妻子如衣服，這衣服不穿也罷了，女人對他們而言，也不過如此，是不是？」四福晉面帶笑意卻目光炯炯然地看著我，我用手指揉了揉耳邊的翡墜子，若有所思地說：「是呀，所以我早就決定做胤祥的褲子了。」「什麼⋯⋯」四福晉一愣，不明所以地看著我。我呵呵一笑：「衣服可以不穿，褲子總不能不穿吧。」詳見金子：《夢回大清》第 193 頁，北京：朝華出版社 2006 年。

不惜出賣色相、友情、愛情,將矛頭對準同是可憐人的同類,以陰狠毒辣的醜惡埋葬了人的單純與善良。相似的還有《杜拉拉升職記》、《浮沉》等職場小說,職場與商界所信奉的「『職場聖經』『商界厚黑』,是對貪欲、物欲、權力欲的赤裸裸的肯定和追逐,張揚的是『成王敗寇』的成功學」〔註20〕。這種在價值觀上不加甄別的繼承與裂變,折射出的是網絡言情小說在深度、價值觀與終極關懷上的缺失,剖開表面的愉悅功效與快感心理補償,這些網絡言情小說所帶給受眾的人性關懷與追問寥寥無幾,在暫時的躲避現實的「爽」之後,仍舊無法擺脫殘酷現實的焦慮與無奈,反而可能一味陷入不斷躲避的幻想中無法自拔,在權謀文化與「比壞」的價值宣揚下,大眾在潛移默化中不斷增強著自身的詭謀人格,並以此為不可置疑的人生信條,同時對於權謀的需求有增無減,由此形成惡性循環。儘管網絡言情小說作為市場化文學,其消費性、娛樂性是無法避免的基本屬性,很難以此來要求網絡文學像精英文學一樣的價值關懷,然而這並不代表網絡言情小說可以無所作為。反觀同屬通俗小說一脈的傳統言情小說。被新文學作家斥為「小市民文藝」的鴛鴦蝴蝶派實際上在滿足整個市民大眾階層的消遣娛樂之外,仍然在寓教於樂中,為廣大市民描寫了一個波瀾壯闊的市民社會圖景,堪稱民國時期的社會生活「百科全書」,實際上為市民生活提供了生活寶典與指南,像張恨水的社會言情小說,就以一個報人的身份,將縱橫交錯的社會新聞融於小說之中,構建了一個上至國務總理、政界要員,下至市井賣藝人、妓女、學子、婢女僕人等全方位、各個階層的市民社會生活圖景,為市民大眾的生活提供了可以借鑒的範本。在凸顯現實的情境下,張恨水也並非一味地滿足讀者的欲望宣泄,而是在對於現實的思考中,堅守了人對於浪漫愛情的追逐及女性覺醒的獨立、平等的理念與要求。在傳統的保守價值傾向中,依然有現代意識的探索,即便是傳統的價值理念,張恨水儼然是對於俠義精神、人性的善良、堅韌等美好品質的傳揚。如亦舒,她筆下的掙扎在都市情感中的美麗女性,一旦陷入情感泥淖,一朝看透,瀟灑轉身,獨立而不依附於任何人,對於愛情受盡磨難,仍舊滿懷對愛的渴求,即便如喜寶,在物質的虛幻滿足中抓緊了大把的錢,仍然在感情的寂寞中萬念俱灰。相比於傳統的言情小說在價值觀導向上的作用,網絡言情小說顯然在這一點上缺乏繼承。

〔註20〕陳彥瑾:《類型文學:熱詞背後的訴求與隱憂》第14頁,《出版界》2012年第5期。

網絡言情小說在深層價值觀的借鑒上的盲目，導致它對於傳統文學資源的吸收與利用很難實現融會貫通，表現在文本上，就顯示出停留在表面的生搬硬套上，整個借鑒更多的是爲文本增添了一件華麗的裝飾，爲吸引大眾的眼球而存在。在趣味性的內在要求下，網絡言情小說對於古典詩詞等元素的運用很多都與小說中的語境難以融合，整個古典文學的深邃底蘊也基本被消解，在碎片化的生硬移植與拼貼中，淪爲淺薄的娛樂、消閒工具。毛澤東的《沁園春・雪》（「數風流人物，還看今朝」）本是一代革命領袖表現自我扭轉乾坤的氣魄與自信的名句，到了《步步驚心》中，轉而成了女主人公情急之下恭維康熙的阿諛奉承之句；王維的「行到水窮處，坐看雲起時」的自得其樂，成了皇子爭奪皇位失利時自勉的激勵之語；同樣的還有紅遍各大網絡言情小說中的倉央嘉措的真假難辨的僞作《見與不見》等詩句，不管是否合乎語境，都用拿來強行增添小說的詩意化的情感曲線。類似的還有《木槿花西月錦繡》中，逢節日，不論上下語境是否需要，都要拿出來硬塞一首節日詩句，生硬之感充斥著整部巨著，更讓人無奈的是本是男女主人公情濃時的個人情感表達的詩詞集《花西集》，卻成了介入各方的政治角逐與爭鬥中的工具。這種僅是爲了增添文本的古典氛圍，而進行的強行堆積，基本是畫蛇添足，很容易暴露出網絡寫手自身文學素養的缺陷。在缺乏深厚的古典文學積澱和專業知識積累的前提下，大批的網路寫手們在歷史演義小說和電視劇中獲取，將演義當做了真正的歷史，並鄭重其事地寫於自己的書中，本是常識性的錯誤，卻轉而成了大批讀者接受知識的渠道，如此循環不絕，難以糾正。《步步驚心》中，若曦提醒八爺提前防範對手的一張名單出錯時，若曦大呼被《雍正王朝》騙了，基本暴露了網絡寫手們的這種傾向。如果說這尚是作者有意識地指明歷史與演義小說之間的區別的話，那麼在之後所談及的蘇麻喇姑拒婚的情節〔註21〕，就明顯是將《康熙王朝》的演義，當做了真實發生的歷史。這樣的篡改還出現在安意如的小說《惜春記》中，在安意如的筆下，惜春成了秦可卿與賈敬爬灰所生的女兒，在《紅樓夢》中出場寥寥的馮紫英，成了惜春撕心裂肺的相戀對象，這種完全是爲了完成另外一個毫不相干的愛情故事，對於經典毫無根由的無端臆想與杜撰，完全解構了經典文本的深度與崇高，使得經典淪爲娛樂消遣。更爲嚴重的是，在一部小說獲得讀者的認可之後，不論小說對於傳統資源借鑒處於怎樣的水平，在市場化的驅動下，

〔註21〕桐華：《步步驚心》（下）第 268 頁，石家莊：花山文藝出版社 2009 年。

同質化的模仿和跟風之作都會一擁而上，網絡言情小說也由此常常陷入同類型的機械模仿與低水平的重複中，無法超越，甚至不斷惡化。如《夢回大清》走紅之後，借用清朝爲穿越時空，以「九龍奪嫡」爲故事藍本的穿越小說與古代言情小說，幾乎成了「爆款」，數量上的批量生產又往往很難保證精品的出現，粗製濫造就成了常態。網絡言情小說的傳承，就在眾聲喧嘩中，淪爲淺層次、低水平的表層狂歡。

在過度商業化與娛樂化的市場訴求下，網絡言情小說對於傳統文學的借鑒與吸收，從最初的無心之舉與尚有的一點考證姿態，逐漸變成了爲求陌生化效果，追求新鮮的元素，而向後追溯、爭相跟風的「僞古典」主義潮流，借用傳統成了劍走偏鋒的寫作策略，在不斷製造吸精「賣點」的動力下，所謂的傳承注定是一場缺乏生命力的生搬硬套。面對本土文學的深邃底蘊，網絡言情小說的借鑒更像是無力辨識的「買櫝還珠」，因爲太專注於華麗的傳統文化殘片，而遺失了在歷史深處支撐的靈魂。在深度缺失的歷史想像中，網絡言情小說也僅是只擷取了表層的皮毛，而絲毫未觸及到傳統的骨頭。但是，任何一種文學傳統的傳承，都是一個循序漸進的過程，網絡言情小說對於本土文學傳統的延續與繼承，在未來也仍有眾多的可能。

第二節　玄幻小說的集體經驗話語表達：以《誅仙》爲例

如果以臺灣網絡文學寫手痞子蔡的《第一次親密接觸》爲標誌的話，網絡文學至今已迎來它的第二十個年。隨著網絡文學平臺的不斷進化，網絡文學自身也在不斷地豐富和完善，打破「文壇偏見」而日臻成熟。在經歷了BBS、文學網站、博客等初級形式的網絡平臺之後，網絡小說又經歷了以 VIP 制度爲顯著特徵的 2.0 時代，而從「榕樹下」、「天涯論壇」到「起點中文網」、「紅袖添香」等的轉變則標誌著網絡文學商業化運作模式的轉變，開拓了文學付費閱讀的市場。至 2016 年，網絡文學處於以 IP 劇影視改編大熱爲特徵的 3.0 時代，《歡樂頌》、《甄嬛傳》、《誅仙》等都取得了不俗的收視率，一度成爲人們熱議的話題。根據速途研究院發佈的數據預測：2016 年中國網絡文學市場規模或達 90 億元，如此之高的市場規模佔有量是此前的網絡文學時代所望塵莫及的。

　　在眾多類型文學中，盜墓小說、穿越小說、同人小說等表現出異常積極的一面，以其審美傾向、內容選擇和情節模式等的創新贏得了廣大讀者，多層次地滿足了讀者的閱讀欲望和期待視野。其中玄幻小說運用天馬行空的表現形式展現了自由的審美想像空間，作家往往融合西方魔幻科幻文學以及東方神話等題材，不受科學、人文或者時空限制的想像進行創作，在網絡類型文學中備受讀者歡迎和追捧，一度成為網絡文學的主流。其中蕭鼎的《誅仙》作為早期成名的作品，不僅見識了較早時網絡文學發展的風光無限，也經受了轉變時期的陣痛，在網絡文學兩個十年的發展中不斷生發新的價值和利益。《誅仙》先後由朝華出版社和花山文藝出版社出版，單本銷量 5 萬以上，被譽為「後金庸武俠聖經」。於 2016 年播出的《誅仙·青雲志》的廣告售賣達到了 5500 萬元，成為湖南衛視 2015 年招商花魁，而同出一源的《誅仙》手遊改編後一經公測便成為下載排行榜的黑馬，影遊聯動手遊的代表。《誅仙》作為第一代網絡文學的代表，經歷了網絡文學發展中的各種考驗之後依然擁有如此強大的號召力，與讀者群的穩定支持不可分割。本文即從讀者的閱讀和心理機制方面，以《誅仙》為例，探求集體經驗的話語表達在網絡玄幻類型文學的持續發酵中所起的不能替代的作用。

一、集體固有經驗的催生

　　網絡文學類型極為豐富，除去以言情、武俠等為代表的傳統文學樣式，玄幻小說一度在各大文學網站中獨佔鰲頭，贏得了眾多讀者青睞。而玄幻小說之所以贏得極大市場，在小說大熱之後繼而生發出影視、遊戲等眾多衍生品，與讀者的心理傾向分不開。列維·斯特勞斯認為：「神話本身是變化的……有時影響架構，有時影響代碼，有時則與神話的寓意有關，但它本身並未消亡。」〔註 22〕《誅仙》中糅合了人們關於中國古典神話的認知，激起潛藏在中國人心中關於遠古歷史、神魔志怪的記憶，這種民族性的集體無意識則催生了閱讀者對此類小說的更大興趣。上古神話中大禹的妻子由九尾白狐轉化而生，至《聊齋志異》中狐妖也多為「容華盡代、麗如天人」貌美女子，《誅仙》中關於「天狐」小白的描寫也是在「精巧秀美」的容貌之下一顰一笑極盡柔媚。小白不僅繼承了傳統狐妖的美貌，更是一個豪爽，至情至性、知恩

〔註 22〕〔比〕列維·斯特勞斯：《結構人類學》第 259 頁，張組建譯，北京：文化藝術出版社 1989 年。

圖報的女子，這與人們對狐妖的傳統認知極為貼近，拉近了讀者心理。再者，作者蕭鼎的寫作中很多名物直接引自《山海經》，地點如空桑山、狐岐山、東海流坡山等，異獸如夔牛出現時興風雨，聲如雷，身體像牛，呈青蒼色，頭沒有角，一直粗壯無比的腳長在肚子中央，與《山海經・大荒東經》中「東海中有流波山，入海七千里。其上有獸，狀如牛，蒼身而無角，一足，出入水則必風雨，其光如日月，其聲如雷，其名曰夔。」〔註23〕描寫一致。除去對古典神話故事的引用，《誅仙》中還有很多關於巫術的描寫，如南疆七里峒分佈著金木水火土五個民族，每個民族有掌管種族神器、能感天應地的大巫師；法術「招魂引」可以以血為媒，迫使三魂七魄歸位，以及金族的紅光能使得入侵者七竅流血而亡等。這類巫術描寫與人們關於古老少數民族的記憶十分契合，引起讀者無限聯想。

此外，《誅仙》每冊附錄中的一些詩詞，往往是倣古代著名的經典詩詞而作，如《鐵頭鳳・歡雪琪》一詞，仿宋代陸游《釵頭鳳》而作，「全詞嚴格按照釵頭鳳這一詞牌的格式而作，上下兩闋各三十字，每闋各用四個三言短句，兩個四言偶句，一個三字疊句組。」〔註24〕《誅仙》開篇即列舉了正道三大門派「青雲門」、「天音寺」、「焚香谷」，青雲門源於道教，修習道教無上妙法——太極玄清道，講究共天地一息，身同自然，以身御自然造化，與傳統武俠小說中關於道教的描述一脈相承，但多了修仙色彩，符合讀者想像。這些描寫或脫胎於古代詩詞，或雜糅了古代宗教色彩，不僅增添了文字的趣味性，更強化了讀者固有的集體經驗，增加了閱讀興趣。

厚重的歷史感和神秘的傳說色彩無疑構建了極好的群眾閱讀心理基礎，同時武俠、言情兩大傳統文學母題也貫穿其中，豐富了讀者的閱讀體驗。人們關於古典神話、古代詩詞、傳統情節等文化形態的集體記憶和經驗構成了共同的文化心理，讀者在閱讀中得到集體經驗的釋放獲得閱讀愉悅感，同時集體話語又催生讀者在自我想像中完成文化的引入和復活，這一切共同促成了《誅仙》的大熱。

二、普遍自我建構的表達

陶東風在《中國文學已經進入裝神弄鬼時代》一文中對玄幻文學的「玄」

〔註23〕袁珂：《山海經校注》第361頁，上海古籍出版社1980年。
〔註24〕李媛媛：《誅仙互文性研究》，湖北民族學院碩士論文，2014年6月。

和「幻」分別作了解釋，指出此類小說的最大特徵是與現實社會不同的「架空世界」。玄幻文學的超越常規、匪夷所思的描寫，滿足了人們想要擺脫理想法則和自然規律的願望，「滿足了人類追求自由、渴望自由的天性，它的遊戲性和人類本性中的反規範、反秩序的衝動是一致的。」〔註25〕而這種反抗的衝動和對規則的逆反投射到網絡文學作品中，則是積極重塑自我形象、對現有規章制度的重新確立，和渴望在虛幻世界中實現自我目標、完成個體突圍的切實體現。這種思想情緒的傾瀉和人性暢快淋漓的釋放，是網絡小說的共同特徵。「或者是醜惡，或者是陰謀，或者是機關，或者是陷阱，或者是陳規陋習，小說的主人公所面臨的都是壓迫和壓抑。這些壓迫和壓抑都被道德和規矩包裹著，因此有著正當性。」〔註26〕作者和讀者們將現實社會中的自我情緒投射在小說主人公身上，正面形象做不到的不惜變成反面人物，肆意揮灑人性，任我心意而行。《誅仙》開頭即講到「天地不仁以萬物為芻狗」，這句原為老子《道德經》中一句話，用到小說中後來更是成為張小凡到鬼厲轉變的關鍵。一切事物都應順從自然，都應一視同仁，沒有天生的正反仁慈，那些人為設置的正反、對錯、是非，在真正的大道大義面前卻更顯醜陋和虛偽。主人公張小凡作為正派弟子，不願濫殺無辜，對待並無殺戮的魔教中人心懷仁慈，在面對敵人時更是拋卻門派偏見和所謂的魔道聯手對付敵人，體現了真正的道。但他卻因此處處受制於道德和規範，外在規則的禁錮不停打壓內心的堅持。在得知草廟村是被正派「天音寺」的大師普智所屠時，張小凡終於不受控制，「仰天慘笑，聲音淒厲，『什麼正道，什麼正義？你們從來都是騙我，我一生苦苦支撐，縱然受死也為他保守秘密，可是，我算什麼！』……」〔註27〕血海深仇的對象竟是師門自持的正道中人，與人誠信後卻經受更大的欺騙，自我所堅持的所認同的信仰都被摧毀化為愚蠢。人性不再收斂，張小凡終於爆發變為鬼厲，好殺嗜血，毫無節制，恣意妄為。這難道不是現代人心中對現代社會諸多壓力的反抗嗎？想做就做，快意人生，不必在乎法律和結果，人性的釋放和自由的追求體現的淋漓盡致。

　　作為男性作者，將會不可避免地把個體以及普羅大眾中男性的主觀意識置於男主人公身上。於是，在張小凡身邊，有為之傾心一付的「冰美人」陸雪琪，

〔註25〕陶東升：《中國文學已經進入裝神弄鬼時代》，《當代文壇》2006年第5期。
〔註26〕湯哲聲：《中國網絡小說的特徵》，《文學批評》2015年第4期。
〔註27〕蕭鼎：《誅仙・二》第263頁，北京：朝華出版社2005年。

也有為其捨命相救「永墮閻羅」的碧瑤，或面冷心熱、溫柔如水，或活潑可愛、為情癡狂，就連師姐田靈兒也是美好初戀的化身，書中的女子無一不滿足了現實中男人對情感、對女性的終極幻想。加之張小凡身兼兩派功法，能力超群，手中又有「噬魂棒」所助，攻無不克戰無不勝，完全地消解了現代男性人在工作中的壓抑和不得志的抑鬱，符合男性們對完美理想的渴望。

同時，《誅仙》體現了一種極強的包容性文化，這種審美意識觸發了中國本民族的內心理想人格，引發讀者固有的民族本位心理。《誅仙》中張小凡身兼道、佛、魔三家修為，本身就是一個含有多重價值取向的形象。「身為青雲弟子，他的意願是維護正義、誅妖除魔，以入世的態度去行俠仗義，他入魔後也不做違背良心的事情；他本性無為，不把世俗的功名富貴當作自己的人生目的，表露出濃厚的隱逸思想；他雖然迭遇變故，屢受打擊，但當他為了自己朋友、天下蒼生的安危，不惜以一己之身殉天下，顯示出了「悲憫眾生」的佛家思想。儒道佛三位一體的文化價值和美學意義展現在他的人生歷程中，他的人生與中國傳統知識分子『進於儒，退於道，逃於佛』的理想人生有著異曲同工之妙。」﹝註 28﹞這其中的蘊涵和本民族的心理結構有高度的契合，能夠更多地引起具有現代意識人們的自我認同。

三、英雄成長模式的演繹

當代神話理論認為，當代社會必然性地存在著神話，是當代主體精心編造的結果。如果說神話是人類精神對現實世界的虛假的或理想型的超越，那麼當代神話就是在當代語境中，人類精神對現實世界的虛假的或理想性的超越方式。在文學文本中，當代神話不僅體現在文本的審美趣味和意識形態中，更表現在諸如敘述、情節、主題中。英雄崇拜與成長是傳統小說的母題之一，《誅仙》作為仙俠類小說自然也對其駕輕就熟。

「以人物成長作為情節線索，玄幻小說走的是傳統武俠小說的套路。」﹝註 29﹞主人公張小凡從草廟村一個平凡的孩童，偶遇普智得到其武學大成——大梵般若，失去家人後之後受到青雲門垂憐得以進入天下第一名門正派青雲門學藝，雖天資愚鈍但也刻苦用心，之後偶然得到黑色短棒與噬血珠合二

﹝註 28﹞ 方偉，傅學敏：《玄幻小說的流行現象解析──以〈誅仙〉的網絡傳播和市場接受為例》，《晉中學院學報》2007 年第 1 期。

﹝註 29﹞ 湯哲聲：《中國網絡小說的特徵》，《文學批評》2015 年第 4 期。

爲一併認主，成了即爲厲害的武器，機緣巧合之下遇到女主碧瑤並與之展開一段刻骨銘心的戀情，在不斷的磨練和經歷下，武功修爲精進，人性逐漸頓悟，終成傳奇。可以說，這與金庸小說在故事結構和敘事模式上存在本質的相似性，可以歸爲湯哲聲所提出的價值取向上的「命運模式」。但與傳統武俠小說不同的是，蕭鼎筆下的張小凡並未展現出俠之大者爲國爲民的高尚精神，他更多地體現了個人理念的茫然、突圍和自由，強調的是人物在個人成長中的逐漸成熟。張小凡成長並非一帆風順，由最初的令師父嫌棄的愚鈍弟子，經歷了勤學、磨練的階段後，功力大進，在機緣巧合中習得最高深的武功，並在失去的痛苦達到了人生的頓悟，終有所成。蕭鼎拋卻了人物的諸多奇遇，把主人公在習武中的心得成長轉化爲人生的普遍經驗，傳達給讀者們的更多的是腳踏實地的勤奮向上的積極精神，這構成了《誅仙》吸引讀者的合理精神內核，是《誅仙》大熱的精神原因。同時，主人公張小凡本身所具有的理想主義色彩也是其成爲英雄的必要元素。在經歷了身體和心理的傷痛之後依然堅強的超人意志，不畏所謂正道倫理具有自我完善道德標準的卓越智慧，面對大戰和強敵依然冷靜、自持的強大心魄，張小凡作爲主角，他本身的精神結構和傳統神話小說中神、英雄等的形象存在諸多相似的規定性，彌漫著超越自然的神奇力量和近乎完人的道德操守。這無疑激起了人們對英雄無限能力的崇拜，對主人公的喜愛和追捧。

　　總之，《誅仙》中集體經驗貫穿於整個小說的人物、情感、敘事等諸多方面，既是大眾心理傾向的真切反應，也是讀者寄託原有民族文化和神話傳說的精神家園。作爲網絡玄幻小說的早期成名作，《誅仙》既代表了玄幻小說初期的生成特點，也可以作爲網絡類型小說後期發展道路的試驗田，體現了小說、媒體、讀者多元互動結合的特點，既給讀者一個創建理想自我、實現現實之不可能自我的平臺，也是爲讀者構建了一個事關個體英雄的烏托邦，人性、真情、夢想在這裡肆意觸發，這可能就是網絡文學的最大魅力吧。

第三節　清穿小說的歷史想像與愛情書寫：以《夢回大清》爲例

　　打破時空的限制，自由地穿梭於過去與未來，這是人類的終極幻想之一。這一想像在周星馳的電影《大話西遊》中被外化爲一個寶物：月光寶盒。至

尊寶憑藉著這個寶物自由地穿梭於過去、現在和未來，回到人生軌道開始偏離之前的那一刻進行矯正，從而改變自己和他人的命運。在這一點上，網絡小說中的穿越小說和「月光寶盒」有極大的相似性。在人生無法掌控的時候，女主人公陰差陽錯通過時空隧道，讓精神或精神和軀體穿越到歷史的某個階段，從而開始一場神奇或艱難的冒險之旅。當然，很多人會嗤之以鼻，直言穿越時空的荒誕，但更多的人則是沉溺其中不能自拔。畢竟，我們生活在一個擁有幻想才能幸福的時代，如果現實人生無法掌控，至少我們可以選擇進入與自己心意相契合的造夢天堂。

「穿越」一詞最早要追溯到 1994 年香港武俠宗師黃易的《尋秦記》，以及席絹的處女作《交錯時光的愛戀》。2004 年，金子開始在晉江原創網連載「清穿小說」《夢回大清》，《夢回大清》在連載以後，迅速收穫了一千多萬的點擊量，並躋身排行榜前列。自此，穿越小說才開始在大陸流行。穿越小說中較為流行的是「清穿小說」，即現代人（一般是現代女性）意外的回到清朝，然後和清朝歷史人物之間產生剪不斷理還亂的關係。康熙晚期是「清穿小說」最喜歡回歸的時代，在這裡「九子奪嫡」的橋段和雍正的神秘性、爭議性得到了淋漓盡致地發揮。「清穿小說」的作者和讀者一般都是女性，因此，愛情成為這類小說最重要的描寫對象，並為清穿小說打上了鮮明的現代女性意識。作為女性「清穿小說」的濫觴之作，《夢回大清》極具典型性，具備了和當下所有清穿小說相似的特點，即：第一，女性「清穿小說」的側重點在於愛情，歷史由故事本身變成了故事發展的虛擬背景；第二，「我來自未來」是女主人公的優勢所在、自信之源，也是她得以實現個人生存價值的根基所在。第三，穿越後的女主人公雖然有著古代女性的身體軀殼，卻帶著現代女性的靈魂。不管是從故事構建還是女主人公形象、性格的設置上看，《夢回大清》都是當之無愧的「清穿小說」開山鼻祖。

一、歷史想像與愛情故事

大多數女性「清穿小說」都有相同的特質：在現代社會失意的女主人公無意中打破時空的限制，帶著自身的性格，保留著自己在現代社會的人生記憶進入清朝的某個階段和人際交際圈。突然之間，原本是白紙黑字的歷史變得不同了，從扁平的歷史文獻著述變成了鮮活而真實的存在，這就像是 2D 電影和 3D 電影，甚至是 5D 電影的區別，前者只是在平緩地講述故事，後者則

給你一種參與其中、身臨其境的錯覺。作為現代人的女主人公在穿越之後，則擁有了一個虛擬的歷史身份，參與到特定的歷史當中。顯然，這是清穿小說引人入勝的地方之一，但是，清穿小說流行的關鍵並不在於戲仿歷史，而在於言情，借助穿越，去到現實無法抵達的特定歷史場景，和古人談一場風花雪月的戀愛，這是一件多麼刺激的事情！如果一定要用一句話概括女性「清穿小說」的最主要特質，無論是讀者還是作者，大約都會認同它是「披著歷史外衣的愛情童話」。幾乎所有的女性「清穿小說」都有相同的模板：穿越後的女主人公變得容貌清麗、氣質出眾，無意中結識了眾位阿哥，並被各位優秀的阿哥愛上，從而被迫捲入驚心動魄的宮廷鬥爭中，爾虞我詐中夾雜著小兒女的恩恩怨怨，陰謀權勢伴隨著美麗女主的刻骨相思，但無論過程多麼浪漫夢幻，結局終將淒婉悲涼。

由此看來，女性「清穿小說」的側重點在於愛情，歷史由故事本身變成了故事發展的虛擬背景，這既是它的創造性所在，也是它的局限性所在。一方面，女性清穿小說「歷史＋言情」的設置為文學創作注入了新的活力，把情愛放置在一個脫離現實的時空內，將周圍的世俗愛情幻化成古代的風花雪月，這些陌生化的經驗更容易構築一種難以抵擋的閱讀力，吸引廣大讀者，特別是女性讀者。畢竟，言情因素的介入遠比枯燥地講述歷史來得生動有趣。另一方面，穿越小說在發展的過程中形成了雷同的故事模式，故事結構大同小異、主人公性格單薄，內容空洞，過度地強調愛情，將歷史變成愛情身後的布景，必然進入了一個定勢的死角，一旦陷入定勢的死角，女性「清穿小說」的後續發展將處境堪憂。關於這個問題，《夢回大清》就是一個典型的代表。在《夢回大清》中，歷史與言情是交織共存的，隨著「九子奪嫡」的步步演進，男女主人公曖昧不明的感情也逐漸明朗化。《夢回大清》以女主人公雅拉爾塔・茗薇為中心人物，串聯起她和那個時代眾位阿哥的感情糾葛和歷史上著名的「九子奪嫡」事件。借用一個網友的話來概括整部小說的人物關係最恰當不過，「如果說小薇是個甜蜜的陷阱，那麼十三在井水裏泡著，十四在井當中懸著，八在井蓋邊守著，九、十在井邊向裏望著。而四，已經沉在井底──不僅判了死刑，還永世不得超昇。」〔註30〕具體來說，關於男性人物的講述重點主要放在了四阿哥胤禛和十三阿哥胤祥身上。四阿哥胤禛是歷史上著名的雍正皇帝，作者金子巧妙地利用了其爭議性和神秘性，將其想像

〔註30〕　《夢回大清廣播劇》，土豆視頻 http://www.tudou.com/programs/view/4TEcY33JfQ8/。

成一個性格內斂、面冷心暖的男人，女主人公溫柔憐惜的一瞥徹底收買了這個未來皇帝的心。一面冷酷霸道，一面溫柔繾綣，四阿哥胤禛的愛深沉內斂，卻不乏柔情。茗薇知道他是未來的雍正皇帝，要面對天下人的質疑，他們根本不可能相守，所以投入了同樣熱情追求她的十三阿哥的懷抱。但是，茗薇也下定決心要幫助她心中的偶像規避風險，助他得到他想要的一切。十三阿哥幼時喪母，極度缺乏安全感，第一次見到茗薇就因其特別的性格和氣質而喜歡上了她，從此傾盡一切愛著這個女子。他對「愛江山更愛美人」這句俗套的話語作了最完美的注解，一邊施展權謀幫助他的四哥登上龍椅，一邊將茗薇當做此生的摯愛，並在心裏爲她留下一片淨土。茗薇感動於十三阿哥的深情款款、溫柔以待，在康熙皇帝面前大聲地回應了這段「命裏帶煞」的婚姻。愛情成爲貫穿整部小說的線索，而歷史演進中發生的大事件則變成了昇華男女主人公之間愛情的道具。在這裡，女主人公茗薇似乎成爲了唯一的主人公，她總是陪伴著一個卻牽掛著另一個，得不到的那個變成了她手心的一顆朱砂痣，每每看到都痛徹心扉。

　　「愛情」成爲了故事發展的最大助力，歷史不再只是承載男人們爭奪江山和權勢的容器，也變成了女人們昇華和獻祭感情的最佳所在。此時，對於作者和讀者來說，她們的快感不再是「九子奪嫡」的波譎雲詭，而在於體驗愛情如何一步步擁抱歷史、改變歷史，最終讓權力征服者心甘情願拜倒在女主人公的石榴裙下。在這一點上，《鸞：我的前半生，我的後半生》的作者天夕在回答四川在線欄目記者的問題「寫穿越小說是對現實生活的一種逃避嗎？與古代男子戀愛，是否表現了您對現實男性的失望？」的時候，作出了回答：「但凡一個內心還柔軟的女性，都會渴望童話般的愛情。」〔註31〕由此看來，穿越小說只是網絡作者和讀者藉以逃避現實、麻痹痛苦而構築的夢工廠。在現實生活中，愛情總是有所附力的、有條件的，她們創造的「第二世界」不能是世俗愛情的複製版或衍生品，她們要浪漫夢幻，她們要成爲眾星拱月的「公主」，眾人追逐的對象。當這些生活的逃離者穿越時空的限制，回到充滿希望的十幾歲，她們近乎沉迷地享受著與一個或幾個身份尊貴的古人談情說愛，享受無與倫比的寵愛與呵護，哪怕知道這只是一場早已知道結局的春秋大夢。將現實中幾乎已經絕種的曠世絕戀作爲故事的主旋律，將現實中無法企及的男性置於文本之中成爲能夠接近的對象，在這一點上，清穿小說和言情小說並無二致。

〔註31〕在線收聽語音新聞，四川在線，2008 年 8 月 17 日。

二、自信之源與自我價值的實現

　　穿越後的女主人公雖然也是一個長於深閨的女子，但相比於深宮大院的其他女人，卻有著一份恬淡的自信，這份自信當然來自於一個不能言說的秘密：我來自未來。所以，女主人公對歷史上的重大事件瞭如指掌，能夠在危險發生之前為自己和所愛之人規避風險。在《夢回大清》第八章，女主人公茗薇知道自己成為別人借刀殺人的工具以後，心裏卻很安然地想著：

> 「他們再厲害，我也有個最大的優勢……我來自未來，而且對
> 清史瞭如指掌呀！我不想影響歷史，但我一定要自衛。」〔註32〕

　　一句「我來自未來」，一方面揭示了女主人公毫無顧忌、自信爆棚的原因；另一方面犀利得點明了自己的優勢所在、自信之源，由於擁有超時代的知識技能以及未卜先知的能力，所以她有超越身邊人的優越感。因此，對茗薇來說，穿越除了補償她的情感缺失之外更多了一層意義，即讓她從喪失座標感的現代社會逃至古代社會，以實現個人的生存價值。《夢回大清》的開篇就告訴了我們：

> 「我叫薔薇，一個普通的上班族，天天往來於城市的各個角落，
> 做著繁瑣而又忙碌的工作。我最大的愛好就是到各個古建築景點參
> 觀。因為我是滿族，所以每次走在那些地方總是有種不同的感覺，
> 總想這要是在過去，我又會是在幹什麼呢？呵呵！反正不會是現在
> 天天面對無聊的財務報表和分析。」〔註33〕

　　這種死水般單調而快節奏的生活是現代社會普通白領的生活常態，在這種情況下，她們的個人存在價值很難體現出來。但是，如果是在古代就不一樣了，她們可以憑藉自己的現代智慧，在險象環生的虛擬情境中大開金手指，從此人生就像開了掛，所向披靡。我們很難想像歷史上深諳權謀之術的雍正皇帝之所以能在太子和索額圖發動的宮廷政變中獨善其身全是拜女主人公茗薇所賜，她在其母德妃的藥湯裏撒了一大把鹽加重了她的病情，才得以讓雍正皇帝胤禛離開皇宮這個是非之地，趕去香山碧雲寺探望德妃，從而在那場宮廷政變中有了不在場的證明。在傳統小說裏，女性往往是悲劇的承受者，她們只能被動地等待男性的「英雄救美」，而《夢回大清》則試圖打破這種思維定勢，它讓女主人公憑藉自己的智慧和力量，拯救陷於危難之中的男性，

〔註32〕金子：《夢回大清》第55頁，北京：朝華出版社2006年。
〔註33〕金子：《夢回大清》第1頁，北京：朝華出版社2006年。

從而在一幕幕「美救英雄」的圖景之後實現了自我價值。當十三阿哥因為救四阿哥而被一隻體格龐大的黑瞎子纏上，即將進行一場你死我活的搏鬥時，茗薇則通過自己的智慧成功吸引了黑瞎子的注意力，避免了流血事件的發生。當十三阿哥沒有了女主人公茗薇的陪伴，居然變成了一具行屍走肉：

> 「我知道了胤祥曾瘋狂地衝到乾清宮，去問康熙皇帝為什麼賜死於我，直到一記響亮的耳光響起之後，那屋裏才安靜了下來。攔不住他的四爺惶然地守在外面，也不知道皇帝到底跟胤祥說了什麼，最後只是看見胤祥失魂落魄地從裏面出來。
>
> 他一言不發，只是跟四爺行了禮，就出宮策馬狂奔而去，四爺忙叫人去跟，卻是再也找不見人影兒，等再看見他已是三天之後了。胤祥蓬頭垢面地進了四貝勒府，見了四爺啞著嗓子說了聲『四哥』就暈了過去，而後大病一場，太醫說心力交瘁，神損血虧。」〔註34〕

這時候，女主人公茗薇突然變得很重要，她的一舉一動居然影響著身份尊貴的阿哥們的一言一行，從而影響著歷史的進程，恐怕再沒有什麼比之更能體現女主人公的存在價值的了。這些才華卓著、身份尊貴的阿哥們，要麼是未來可以號令天下的九五之尊，要麼是未來幫助雍正問鼎天下的王爺，但是，在得到這一切的過程中，卻需要一個手無縛雞之力的弱女子去拯救，這不啻是對傳統歷史書寫的最大諷刺，或許，這樣的歷史也唯有女性才能創建和接受了。宮廷裏的風雲政變原本只關涉男人，而女人只不過是爭得江山的男人們在一切塵埃落定之後，倚欄眺望萬里江山，哀歎命運無情時，站在一旁的溫柔點綴。《夢回大清》中的女主人公茗薇卻擺脫了作為「溫柔點綴」的身份，她像一個懷揣著秘密的間諜，潛伏在歷史的縫隙中，一面小心翼翼地活著，一面傾盡力氣幫助所愛之人得到想要的一切。在這裡，她不再是一個歷史的旁觀者，而是變成了歷史進程的參與者、推動者，實現這一華麗變身的理由卻只有一個：「我來自未來」。

三、古代軀殼與現代靈魂

在情節的設置上，穿越後的女主人公能夠贏得周圍眾多阿哥喜愛的原因在於其與眾不同，在女性「清穿小說」中，這種與眾不同的根源在於女主人

〔註34〕金子：《夢回大清》第281頁，北京：朝華出版社2006年。

公骨子裏帶著的強烈的女性主體意識。在《夢回大清》中，女主人公茗薇雖然有著鑲黃旗戶部侍郎英祿的女兒雅拉爾塔・茗薇的身體軀殼，卻帶著現代女白領薔薇的靈魂，自尊、自立、自強、自信，她的身上閃爍著二十一世紀女白領的影子。所以，當她和十三爺登上山巔，俯視腳下的風景和威嚴的紫禁城的時候，敢於對著山谷大聲喊出那句話也就變得不足為奇了：

　　「啊──我就是我，你能把我怎麼樣，我一定要過的幸福，一定──」〔註35〕

　　顯然，這句話是流行於現代社會的青年之中一句俗套得不能再俗套的話語「我的命運掌握在自己手裏」的變體。在女性被壓抑的古代社會，這樣的言論是大膽的、驚人的。但是，茗薇卻讓這句俗套的話語得到了徹底的、不止一次的實現，不做帝王將相的附庸，拒絕向權勢低頭，甚至略展計謀為自己和自己所愛之人謀取幸福。在茗薇的身上，我們能夠看到高揚的女性主體意識，既自尊又自立，既勇敢又堅強，從不願受制於人，所以，她能夠底氣十足地說：

　　「人就是這樣兒，只要自己不想改變，那別人再如何也沒用……」〔註36〕

　　「而最最重要的一點，是四爺終究低估了我，他雖知道我有些與眾不同，卻萬萬想不到，我有離他而去、獨自生存的勇氣。」〔註37〕

　　在女性最關注的愛情和婚姻問題上，茗薇更對現代作家盧隱為打破包辦婚姻，爭取婚姻自由而說的一句話「我是我自己的」作了最完美的詮釋。她不再滿足於被動地接受，而是積極主動地選擇著。她知道自己想要什麼，所以毫不猶豫地投入了十三爺的懷抱，在愛情上徹底給未來將成為九五之尊的四爺胤禛判了死刑。進退有道，乃明智之舉，這是現代女性理性姿態的展現。不同於傳統社會的女性，她敢於追求屬於自己的「唯一」，反對三妻四妾，所以，當四福晉對她說出那番「兄弟如手足，妻子如衣服」的言論時，茗薇理直氣壯又不動聲色地給與了反擊：

　　「是呀，所以我早就決定做胤祥的褲子了。」

　　「衣服可以不穿，褲子總不能不穿吧。」〔註38〕

〔註35〕金子：《夢回大清》第237頁，北京：朝華出版社2006年。
〔註36〕金子：《夢回大清》第187頁，北京：朝華出版社2006年。
〔註37〕金子：《夢回大清》第285頁，北京：朝華出版社2006年。
〔註38〕金子：《夢回大清》第193頁，北京：朝華出版社2006年。

　　即使在面對康熙皇帝的疑問「若是朕再賜一門婚事給胤祥，你又當如何？」時，茗薇也能坦然回答：

　　「一哭二鬧三上弔吧……」

　　「反正爭取過了，不讓自己覺得後悔就是了。」〔註39〕

　　當然，作者金子並沒有完全將茗薇塑造成一個「天外來客」，她雖然高揚現代女性勇敢灑脫、樂觀進取、堅強獨立的女性主體意識，但是骨子裏也透著古代道德倫理影響的深刻印記。現代靈魂與古代肉體合二為一，所以，她能夠成長為一個符合古今審美的較完美的女人，這也是女性「清穿小說」成功的因素之一。一面要積極尋求自我解放，一面要顧及傳統社會的「三從四德」，毫無疑問，穿越小說中的女主人公被塑造成了既符合中國傳統審美又不拘泥於固定模式的所謂完美女性。在體制與自由之間遊走，活得如此自我，如此有尊嚴，或許這才是現代女性願意成為的女人。

　　總體而言，網絡語境下的女性「清穿小說」雖然以歷史為故事的切入點，在小說結構上，也大都以「九子奪嫡」的發展來構築文本世界的框架，反覆強調歷史與愛情的彼此共存、榮辱與共。然而，在女主人公一邊故作姿態哀歎愛得太艱辛，一邊對愛情充滿渴望，甚至將愛情奉為神祇一般加以供奉的時候，我們看到，歷史已經變成了它身後模糊虛化的背景，其本質仍然是言情小說。把歷史作為故事創作的素材，但又完全不同于正史，這是清穿小說的創造性所在，也是其獲得成功的重要因素。在這一點上，它讓我們看到了小說藝術創作的另一種可能性。當女主人公在陷入困境時，喃喃自語著「我來自未來」，並對周遭的一切風雲變幻瞭如指掌，如上帝一般俯視著周圍的歷史人物，看著他們為未來奮力一搏的時候，所有的答案她早已了然於心；當回歸古代的女主人公在山巔大聲呼喊「我就是我」，並奉行著現代都市女白領所信奉的一套行為準則時，「穿越」不再是簡單的私人情感體驗，也不再是為逃避現實而築造的夢工廠，它立足在了當下社會的公共空間，成為凸顯當下女性主體意識的一種文化行為。顯然，這也是都市女白領們大呼女性清穿小說「爽」的潛在因素。

　　也許，很多人會覺得穿越小說淺薄無聊，毫無營養可言，但是對於那些整天坐在辦公室神經緊繃，生活像工廠的流水線工作一樣單調無聊的都市女

〔註39〕金子：《夢回大清》第67頁，北京：朝華出版社2006年。

白領們來說卻是很有價值和意義的。至少，能夠讓她們的壓力在笑聲中得到慢慢地釋放，讓她們的欲望在幻想中得到極大的滿足。我們總是習慣以精英的姿態去評論什麼是好的，什麼是不好的，卻常常忽略了文學的意義所在，正如馬季所說：「一個國家的當代文學有責任以文學的方式呈現它所屬時代的精神圖景，給當代人的核心困惑以文學的解脫，或者給讀者提供精神撫慰。」〔註40〕從提供精神撫慰這一角度上看，包括清穿小說在內的網絡文學比傳統文學做得更好。在生活狀態無法改變的時候，我們至少可以短暫逃離自己既定的生活，去過自己想要卻不可得的生活。在這一層面上，清穿小說為現代都市女白領們打開了一個新的世界。這個用指頭打造的紫禁城，讓她們徹底擺脫了現實的束縛，換一個身份，重新再活一次。雖然純粹是在「望梅止渴」，但是如果「望梅」能夠給你繼續快樂下去的希望，那又有何不可呢？畢竟，人類雖然不能永遠活在幻想中，但很多時候還是可以有幻想地活著。

第四節　盜墓小說的真實與虛構：以《盜墓筆記》為例

盜墓小說這一小說類型以其自身鮮明的特點吸引著無數的讀者。其中，南派三叔所著的《盜墓筆記》，無論其受歡迎的程度還是作品的精彩程度都可說是盜墓文學裏的一朵奇葩。這部小說引得讀者們沉浸其中無法自拔的一個重要因素，當屬它程度極高的逼真性。關於其逼真性探討，一方面需從小說文體處理真實與虛構關係的方法入手，探究《盜墓筆記》如何在真實與虛構的交織裏構建出「盜墓世界」這個亦真亦幻的空間，以及南派三叔如何在敘述手法上設置巧妙的「陷阱」引人入勝。另外也不能忘記《盜墓筆記》「盜墓小說」的身份，該身份決定了其處理真實與虛構關係的方式不同於他種小說，它是在「真實的歷史」與「虛構的玄幻」的交融裏完成了自我的建構。

2006年，天下霸唱的《鬼吹燈》異軍突起，憑藉超高的點擊量迅速成為當紅網絡小說，「盜墓風潮」席捲網絡小說世界，大量同類題材的作品隨之出現：《盜墓之王》、《茅山後裔》、《星際盜墓》……最開始，人們還只將盜墓題材的小說歸類在玄幻、驚悚、懸疑等類型標籤之下，然而，隨著越來越多同

〔註40〕馬季：《2012年的網絡文學》，《網絡文學評論（第四輯）》第42頁，廣州：花城出版社2013年。

類題材的作品的湧現和盜墓題材的名聲日漸響亮，它逐漸從所謂的「母體」
——玄幻／奇幻小說的標籤中脫離，最終成爲了一類獨立的網絡類型小說。
應該說，盜墓小說這一小說類型的成型以及它的飛速流行，是網絡小說類型
化寫作和受眾分類閱讀雙向影響、雙向選擇的結果。它抖落給讀者一連串懸
念迭出、高潮不斷的情節，鋪開豐富駁雜的知識畫卷，將一個鮮爲人知的「地
下宮殿」展現在世人面前，以超凡的想像力爲「上帝之手」，將現實世界與古
代神話、宗教、巫術等神秘文化巧妙融合，構造出一個亦眞亦幻、虛構與現
實難分難解的世界。

　　言及此，最應提及的盜墓小說必然是南派三叔的《盜墓筆記》，它毫無疑
問是使得盜墓小說的流行時間和流行程度極大擴展的重要功臣。它創下了驚
人的超大的點擊量和傲人的實體書銷量的記錄，2011 年以非常高的呼聲衝擊
茅盾文學獎，在電視劇、電影、頁遊、手遊等領域多棲發展遍地開花。除此
之外，它還以一種奇特的方式突進人們的現實生活。2015 年 8 月 17 日這一天，
是《盜墓筆記》中的角色「張起靈」結束小說中描述的「十年的守護」，從長
白山的「青銅門」中回歸人間的日子。數萬「稻米」（《盜墓筆記》一書的粉
絲的統稱）爲了「見證」這一「十年之約」，紛紛登上長白山。據報導，八月
起長白山景區每日接待遊客數屢超三萬，其中「稻米」就佔了遊客總數的約
20%〔註41〕。當天，在新浪微博這一平臺上，「八月長白起靈歸」、「十年之約」、
「張起靈我們回家」等相關話題始終佔據熱門話題前列。南派三叔也曾在訪
談中提過，有不少讀者私下問他書中所寫古墓的具體位置，找尋古墓的路線，
「老九門」是否眞有其人等等。

　　顯然，不管是張起靈、青銅門還是書中提到的古墓，無疑都是南派三叔
的虛構。我們好奇的是，一個虛構的小說中的約定如何使得眾人不遠千里去
「見證」？一本虛構的小說如何引得萬眾狂歡？這一切都要從《盜墓筆記》
中眞實和虛構之間的關係說起。

　　眾所周知，小說所敘述的故事和塑造的人物都有虛構性，這是它天生的
品質，然而與虛構性相對的逼眞性卻是小說敘述孜孜以求的最高讚美。逼眞
性「是大多數小說預設的目的，也就是說，是隱含作者、隱含讀者本來取得

〔註41〕 孫志、胡婷婷：《讀書少年「引爆」長白山暑期旅遊「817 稻米節」旅遊高峰
　　　　平穩有序》，新浪微博 http://weibo.com/p/1001603876935423125436，2015 年
　　　　8 月 17 日。

的共識、共享的價值」〔註42〕，它並不完全是小說自在自足的屬性，而是一種會在讀者接受的過程中，在讀者與作品交互的過程中不斷充實、不斷升級的屬性。逼真性最重要的條件是「敘述文本與讀者分享對敘述內容的規範性判斷」〔註43〕，這裡的規範指的是「一定社會文化形態使社會大部分成員自覺或不自覺地採用的類似標準」〔註44〕，簡單來說，風俗習慣、道德準則、法律法規和宗教規範都是它的具體形式。讀者不見得要親身體驗過小說中的每一種規範，只要那種規範符合讀者心中的社會文化形態，那麼那種規範就能成為讀者眼中的「真實」。《盜墓筆記》中展現的盜墓行業是一個極其隱蔽的「裏世界」，這其中的江湖規矩、產業鏈、黑話……相信極少讀者有過切身經歷，但這並不妨礙讀者們的閱讀，他們完全可以將自己對其他行業的瞭解「移植」到盜墓上來，並且，對於作者未做呈現的部分，閱讀的動力學將會啟動——讀者們運用自己的知識對這些「空白」做出「腦補」，以達到自我滿足。這便是作品與讀者規範的契合。

　　提到了社會文化的規範，也要提到與之相對的科學的規範，即自然規律。但是我們發現，《盜墓筆記》裏有著大量奇異的描寫：七星魯王宮裏的滲血的土，海上飄蕩的「鬼船」，雲頂天宮裏的「鬼打牆」……妖精鬼怪橫行更是家常便飯，這些內容顯然無法用現有的科學知識來解釋，已經屬於靈異文的範疇，且想像力豐富的程度不輸單純的靈異作品半分。從這些妖精鬼怪裏，我們似乎能嗅到一絲上古神話的意味。在神話思維裏，沒有人會質疑神魔存在與否，它們的自在性是所有人的共識，「神話從不對事物進行解釋，而是直接將事物陳述為事實」〔註45〕。《盜墓筆記》中同樣，妖精鬼怪的出現是如此的自然，從沒有人深究它們是非科學的存在，跟鳥獸蟲魚沒有區別。同時，南派三叔常常將虛構和真實巧妙對接，小說中寫到長白山的天梯峰有一傳說，言「山上有一道天梯，可以直達天宮」，華和尚分析到「這也許是雲頂天宮修建的時候，天梯峰和四周雪山的白雪產生折射形成的海市蜃樓」，吳邪聽罷又

〔註42〕趙毅衡：《當說者被說的時候——比較敘述學導論》第246頁，四川文藝出版社2013年。

〔註43〕趙毅衡：《當說者被說的時候——比較敘述學導論》第242頁，四川文藝出版社2013年。

〔註44〕趙毅衡：《當說者被說的時候——比較敘述學導論》第242頁，四川文藝出版社2013年。

〔註45〕〔英〕約翰·斯道雷：《文化理論與大眾文化導論（第五版）》第149、150頁，常江譯，北京大學出版社2010年。

想到海市蜃樓發生在雪山當中極爲罕見，可能與這裡是龍脈的源頭有關，這種現象在風水學上叫做「影宮」，自己只在一本古書上見過〔註46〕。這段劇情先提一個虛構的傳說，再以科學解釋之，又將其與風水玄學相連，一系列的虛實轉換將虛構之物拉入現實的內涵裏消磨其棱角，使虛構的東西因得到科學的注解而產生強烈的真實感。以上這兩種「化無爲有」的敘述，使作品產生了近乎「逼真」的閱讀體驗，代入感強的讀者很輕易地便放棄了自己的世界觀，踏進一個觀念模糊的世界裏。

但顯然並不是所有人都吃這一套，總有堅持唯物主義的讀者，這便引出了另一個問題：明明《盜墓筆記》的逼真不是全方位的逼真，讀者們卻仍然將該小說信以爲真，爲何？相信每一位閱讀過小說的人都有此體驗：相信或者說想要相信的部分保留下來，認爲太過虛假無益於理解接受的部分剔除出去，這樣一來小說對於自己而言就是無限接近現實的了。這種閱讀體驗發生在《盜墓筆記》的閱讀過程中時，其基礎在於：作品裏某些真實程度極高的部分的突出性遠超其他非真實敘述。可見作者在某些方面的逼真性上下了多大的工夫。雖然說作品的逼真性並不完全由作者把控，但是我們確信它與作者敘述的方式有著一定的關係，這在《盜墓筆記》中能夠窺見一二。

一、手稿的重新發現

羅蘭·巴爾特曾指出一種將敘述自然化的方法，即是「假裝重新發現手稿」，古往今來也有許多作家採用了這種方法提高作品的逼真度〔註47〕，如納博科夫的《洛麗塔》，茅盾的《腐蝕》和葉靈鳳的數篇短篇小說等。「我」手裏的爺爺的盜墓筆記手稿，是整部小說敘述的開始。這本筆記中記錄了爺爺幾十年前在長沙鏢子嶺經歷的一次驚心動魄而又匪夷所思的盜墓，並提到了一部戰國帛書，還記錄了一些老一輩盜墓人的歷史。五十年後，「我」從一個金牙老頭處看到那部戰國帛書的一部分，上面的圖案似有蹊蹺，這引起了「我」極大的興趣，「我」與三叔商量此事，就此開始了一段驚心動魄的冒險。是這本筆記將「我」正式帶入到盜墓的世界裏，在往後小說的敘述中它也時不時地穿插出現，說它是整部小說裏串起線索的最重要的道具那是一

〔註46〕南派三叔：《盜墓筆記三》第 14 頁，北京：中國友誼出版公司 2007 年。
〔註47〕趙毅衡：《當說者被說的時候──比較敘述學導論》第 248 頁，四川文藝出版社 2013 年。

點也不為過。這種「假裝重新發現手稿」的敘述手法，可看做是一種「超敘述層」的結構〔註48〕——「我」所在的敘述層次是為主敘述層，屬於高一級敘述層；「我」爺爺的手稿的敘述層是為次敘述層，屬於低一級敘述層。高敘述層次和低敘述層次之間相互提供了真實性依靠，一方面使得「我」身份確定而非來自一個無法把握的虛空，另一方面顯得「爺爺的手稿」來源清晰，可信度高。

二、海量的細節

盜墓這一行業有著特殊的性質：隱蔽而專業。這性質為作者對它進行天馬行空的架構提供了無比開闊的自由空間。整本小說裏最令人歎為觀止的部分當屬作者對盜墓的詳盡展現。盜墓不是一個輕鬆的活兒，它對盜墓者在一些領域的知識儲備量有著極高的要求：風水堪輿學、考古學、工程學、建築學、軍工知識、歷史文化知識……甚至連野外生存技能盜墓者們也必須掌握。例如《雲頂天宮》中，陳皮阿四數次以風水堪輿學對古墓進行定位：

> 「這裡山勢延綿，終年積雪而又三面環顧，是一條罕見的三頭老龍，大風水上說這就是所謂的『群龍坐』。這三座山都是龍頭，非常適合群葬。」〔註49〕

而且，「盜墓」這一行為實際上並不只是「把明器從墓裏順出來」而已，這之前的「夾喇嘛」〔註50〕——某人牽頭組織人手並安排分工，這之後的銷贓等，都是極重要的環節。在這些活動中，行業黑話又是一個需要盜墓者熟練掌握的知識範疇，如《七星魯王宮》裏，三叔給吳邪發短信說：「九點雞眼黃沙」，此即為暗話，意思是「有新貨到了」，還有「龍脊背」指好東西等〔註51〕。

雖說非有心人無以一一考究書中所有知識的正確性和真實性，但如前所述，大多數的讀者只會判斷該知識是否符合自己的規範，是否能完美解釋需要解釋的問題。南派三叔以如此海量的知識給讀者架構起了一個能夠自圓其說的自足的盜墓世界，使閱讀體驗充滿了一個接一個的高潮，足以征服眾多讀者。

〔註48〕趙毅衡：《當說者被說的時候——比較敘述學導論》第 63 頁，四川文藝出版社 2013 年。

〔註49〕南派三叔：《盜墓筆記三》第 5 頁，北京：中國友誼出版公司 2007 年。

〔註50〕南派三叔：《盜墓筆記貳》第 236 頁，北京：中國友誼出版公司 2007 年。

〔註51〕南派三叔：《盜墓筆記壹》第 10 頁，北京：中國友誼出版公司 2007 年。

三、第一人稱限制視角

《盜墓筆記》全篇採用第一人稱限制視角，主人公吳邪是一個性格多面的「我」，膽小單純，仗義長情，書生氣又不乏精明市儈。這種敘述視角無疑給小說帶來了強烈的真實感，這一路上，讀者與「我」同呼吸共命運，急「我」之所急，想「我」之所想，幾乎就要和「我」融為一體，同「我」一起全身心地投入到這一場永生難忘的經歷裏。

特別值得一提的是，這樣的敘述視角不僅僅讓讀者身臨其境，在《盜墓筆記》中還進一步地營造了一種撲朔迷離的氛圍，令人無法自拔，深陷其中，忍不住要跟隨主角的腳步一起探求事情的真相。相信每一個讀過此書的讀者，一定都會對三叔這個角色耿耿於懷，他身上的迷霧隨著情節的推進愈加濃稠，直到《盜墓筆記》第八本結局，他身上的謎題依然沒有完全解開。沒有人摸得清他到底想要什麼，到底做過什麼，甚至連三叔這個人的身份和存在都有人表示懷疑。小說第一部《七星魯王宮》裏有這麼一段情節：主角一行人盜出魯殤王墓中的鑲金絲帛後，三叔卻發現其為假貨，真品早已被掉包。三叔同吳邪分析到，此舉恐怕為張起靈所為，因為他一路上表現出對該墓的異常瞭解，且曾無故失蹤，此人身手不凡，行事詭秘，身份成謎，又從不吐露意欲何為，十分可疑。吳邪出於對三叔的信任，對初識的張起靈的不瞭解，加上這一番分析不無道理，便相信了三叔這一說〔註52〕。令人意想不到的是，在之後的海底墓中，張起靈告訴吳邪，當初掉包了絲帛的人，很可能就是三叔，吳邪大為震驚。書讀到此，無人不混亂：該相信誰？事情真相究竟如何？不管是誰掉包，這麼做的目的何在？經此一事，吳邪對三叔多留了一個心眼，從雲頂天宮救出重傷的三叔後，三叔對吳邪道明了二十年前海底墓的「真相」，以及近來他瞞著吳邪做的事，吳邪已是信三疑七，忠實跟隨吳邪的讀者們也提起十二萬分的警惕。

使敘述真實親切是傳統的第一人稱限制視角的主要功能，《盜墓筆記》裏南派三叔將其巧妙地運用而使它增添了間接塑造配角和營造氣氛的功能，確是此書一奇。

四、最大限度地減少作者的干預

南派三叔還在小說中刻意隱藏作者敘述行為，其具體做法之一便是前述的採用第一人稱限制視角進行敘述，此舉能夠在極大程度上避免讀者感受到

〔註52〕南派三叔：《盜墓筆記壹》第107頁，北京：中國友誼出版公司2007年。

作者的存在，而只感受到主角「我」在進行述說，一切都是主角在聽，在看，在想，在說。同時，南派三叔從不出現在小說裏對人事物進行評價，他拒絕從自己的嘴裏說出一個字，就算是客觀性地介紹背景也好講述歷史也好，一定是由某個角色來擔此任務；凡是對某人某事做出評價的部分，南派三叔也都很謹慎地將其處理為某角色做出的評價，這樣的部分往往篇幅都不長，且由於第一人稱限制視角敘述的緣故，我們可看到大多數時候都是吳邪在進行評價。南派三叔似有意把這種部分拆散為零星的主角的剎那感想，從而讓其更加自然，如：

「我看他似乎有點眉目的樣子，心中好奇。胖子在隊伍中一直是充當急先鋒的角色，很少在技術方面發表意見，但是一旦他發表意見，所提出的東西就非常關鍵」〔註53〕

這樣的敘述在小說裏就非常常見，多數都是吳邪的思考結果。

這四點敘述手法並非只出現在《盜墓筆記》裏，隨意抽出其中一種手法，在大量小說裏都可遇見，即便是這四種手法都出現的小說，想必也不少，運用它們所產生的作用也不一。但是四種手法綜合運用使得作品的逼真性更上一層樓，卻是《盜墓筆記》的獨到之處。

不可忽略的一點是，《盜墓筆記》是盜墓小說，盜墓小說是網絡小說類型裏比較特殊的一類，它除了含有字面上的盜墓元素之外，常常少不了玄幻、靈異、恐怖、懸疑、驚悚等其他網絡小說文類的元素。盜墓行為古已有之，源遠流長，無論是盜墓技術還是發展脈絡都具有真實而豐厚的歷史積累。但是，今時不同往日，歷史人人都可參與言說，這就為盜墓小說提供了廣闊的敘事空間。盜墓小說的作者們從不拘泥於史書上的歷史，而是憑藉自己天馬行空的想像力，按照自己的寫作需要對其進行解構、改寫和顛覆。盜墓又是一個很「玄乎」的事，古人相信死亡溝通人間與地府，將墓葬與神鬼聯繫起來，使得墓葬活動充滿了非科學性的要素。這種題材的特殊性決定了它自身在處理現實與虛構的關係上不走尋常路，作者必須把握好兩者的度，避免過於真實而失卻興味，或者過於虛構而荒誕不經。

事實上，當下社會的文化形態複雜，大眾對事物缺少共識，因此任何心智成熟的讀者應是很難把小說作品當真的，《盜墓筆記》自然不例外。相信許多讀者在閱讀前並沒有把「逼真」納入到自己的期待視野中，無論有意無意。

〔註53〕南派三叔：《盜墓筆記三》第27頁，北京：中國友誼出版公司2007年。

但當文本展開，令人感官眩暈、難辨虛實的場景躍然紙上的時候，一個個敘述「陷阱」搖曳生姿引誘讀者跳入，讀者先前預設好的「虛構性」被無情打破，小說的逼真感超乎想像地入侵腦海，反而令小說取得了意想不到的效果。

小說是一種能夠充分實現作者自由的文體，因此如何處理真實與虛構的關係就成了作者創作時面臨的一個關鍵問題。此二者表面上背道而馳，實際上卻你我不分，它們之間溝通的橋梁，可從真實性的內涵當中去尋找。在傳統的文學理論中，「所謂真實性指的是文學藝術作品反映現實生活所達到的正確和深刻的程度」，這其中便預設了「生活真實」與「藝術真實」兩個可供比對的概念〔註 54〕。所謂生活真實指的是現實層面的真實的生活，是一種形態上的真實；所謂藝術真實指的是「觀念層面的具備真實性審美價值的藝術形象，是主體對生活現象進行藝術選擇與加工後所形成的、能正確反映生活風貌和本質意義的藝術形象」〔註 55〕，是一種關係上的真實。這兩種真實在作品裏交織成的空間有著極強的可操作性，《盜墓筆記》中無疑有著生活的真實，而非生活真實的虛構的部分，又有著藝術上的真實。南派三叔建構出了一個盜墓的世界，他一方面讓這個世界不那麼真實，給虛構元素和讀者想像留出空間；另一方面卻又讓這個世界的一切如同真實世界一般自圓自足，這樣讀者便會覺得即便是虛構的想像也有於現實存在的可能。這種真實與虛幻交構形成的「伊甸園」是讀者逼真性體驗的關鍵所在，讀者們就淪陷在這種「天堂」裏，現實中也依然追尋著虛構之光。

第五節　網絡軍事題材小說的活力：以《遍地狼煙》 為例

網絡文學（本文所用網絡文學定義為在網絡上首次創作，在網絡上發表的原創作品。）以互聯網為載體以一種超乎想像的速度快速崛起，憑藉著其「草根性」迅速佔據文學市場。「網絡小說作者的草根化，誰都可以成為寫手」〔註 56〕正是由於這突出的草根特性，網絡文學已成為當今不可忽視的一種文學類型。縱觀現下流行的網絡小說，以軍事為題材的作品並不在少數，其中

〔註 54〕 歐陽友權：《網絡文學本體研究》第 83 頁，四川大學出版社 2004 年。
〔註 55〕 歐陽友權：《網絡文學本體研究》第 84 頁，四川大學出版社 2004 年。
〔註 56〕 湯哲聲：《中國網絡小說的特徵》，《中國文學批評》2015 年第 4 期。

的作品囊括的元素有穿越、架空歷史、重生、現代軍旅等等，有的網絡小說並不僅僅局限於其中的某一種元素，可能在某些軍事題材網絡小說中包含了穿越、架空歷史等多種因素。這固然迎合了部分讀者的獵奇口味，但也不能否認是作家自身歷史知識的缺乏才迫不得已選擇多種題材。例如架空歷史的軍事小說，部分作家淺薄的歷史底蘊不足以支撐其小說的真實性，進而選擇了架空歷史的做法。在近來誕生的網絡軍事題材小說中，有不少作品擁有較高的人氣和閱讀量，例如董群的《彈痕》、都梁的《亮劍》以及劉猛的《狼牙》等等，這些小說都以軍事為題材，向讀者展現了血性的軍旅生活以及保家衛國的愛國情懷。除此之外，不少作品也對軍事知識以及國防知識的普及有一定的作用。在歷史層面上，以軍事為題材的網絡小說中，作家或多或少的都對歷史進行了解讀，展現蕩氣迴腸的英雄故事。

2009 年初，作家李曉敏以「菜刀姓李」為筆名開始在網絡發表軍事題材小說《遍地狼煙》，一經發佈立即受到大批讀者追捧和出版界、影視界的關注。這部小說號稱是迄今為止最好看的「狙擊手」題材的小說，同時也是首部描寫中國抗日戰爭時期正面戰場的抗戰題材小說。小說不僅在網絡上流行，還被改編成電視劇和電影並於 2011 年播出。不僅如此，小說還入圍了第八屆茅盾文學獎的初評前 81 強，這對於娛樂性極強的網絡文學是極其難得的。《遍地狼煙》獲得了巨大的成功，可以說是網絡軍事題材小說的經典之作。主人公牧良逢父母是共產黨八路軍的戰士，而牧良逢在陰差陽錯之下從軍參加戰爭，從一名普通的國民黨戰士成長為英勇的抗日英雄，這個題材是比較新穎的，無論是在傳統文學還是網絡文學中，抗日戰時期正面戰場的描寫因為種種原因還是寥寥無幾。貫穿《遍地狼煙》整部小說的元素除了家國情懷、戰友之情，還有親情、愛情、民族情感等等。作為以網絡為傳播媒介的文本，《遍地狼煙》的故事發生背景被作者設定為中國歷史上真實存在過的抗日戰爭時期，這無疑更能吸引讀者的目光，讓作者在熟悉的背景中迅速中找到認同感和代入感，與此同時也讓讀者更容易接受和喜歡。所以它能在眾多穿越戰爭題材的小說中脫穎而出，成功佔據網絡文學的一席之地。

一、小人物成就大英雄

小說的主人公牧良逢在開場就是一個普普通通的山村少年，引人注目的是他高超的槍技，他用民間狩獵用的火銃射殺了發狂的野豬，隨後牧良逢救了

從墜毀的飛機存活下來的美國人。正是這個美國人，牧良逢獲得了更多的關於外界的知識，例如抗日戰爭、各種關於槍支的知識和作戰策略等等。可以說正是這個美國人開啓了牧良逢傳奇的一生。沒有美國人給予這個生在鄉村裏、長在鄉村裏的少年這些知識，他即使有高超的槍法可能也不會取得這麼高的成就。值得關注的一點是，牧良逢身上具有正義精神，中國人自古崇尚關羽的忠義精神，在《遍地狼煙》這部小說中，主人公也正是因爲俠肝義膽、義薄雲天才增光添彩。牧良逢的正義使得他開槍擊傷欺壓一位寡婦的國民黨軍官，解救被漢奸萬太爺陷害的阿貴和阿慧，看到兄弟連被剝削時挺身而出。除暴安良、忠肝義膽、濟世安民等等這些優良的中國傳統價值取向在歷經千年的歷史發展過程中深深根植於中國人的觀念中，所以讀者閱讀到這些情節，很容易與作品產生共鳴，產生慷慨激昂的情感，爲牧良逢的見義勇爲叫好，甚至想爲祖國衝鋒陷陣。無論在哪個年代，戰爭的戰火與硝煙注定會帶來生離死別，牧良逢自小與父母分離，後來也與未婚妻柳煙失散，戰火流離的年代激發了人們的愛國情懷，同時也讓人們對戰爭有所警示與覺悟。目前有的網絡軍事小說並不尊重眞實的歷史事實，有的穿越題材的軍事小說出現了「雷人」的劇情及大量血腥暴力的場面描寫。部分穿越軍事小說大體爲主人公攜帶現代先進武器穿越回某一戰爭時期建功立業，不僅輕鬆獲得了名利雙收，還得美女相伴。這樣的創作模式大量的製造了雷同的軍事小說，使得讀者在眾多的相似的網絡文學閱讀中極容易產生疲倦感。再加上大量血腥暴力場面的描寫，未成年人讀來容易激發他們內心的狂躁，導致價值觀的缺失或歪曲。網絡文學的發展使得文學創作更加自由化、個性化，但是不加引導的文學市場在軍事題材的小說這裡只能演變成一場網絡暴力的狂歡。而《遍地狼煙》雖然也有狙擊場面和戰爭場面的描寫，但是小說重點突出的是熱血少年們的神勇。他們與鬼子狙擊手進行生死較量，配合新四軍摧毀鬼子小型兵工廠和印鈔廠，收編土匪解救戰俘。在這部作品中，我們看到了牧良逢以及一群中國好男兒身上的血性和陽剛之氣。這才是《遍地狼煙》的主旋律，不僅塑造英雄，同時在英雄的成長軌跡中傳達出對祖國山河的熱愛，對愛情的忠誠以及草莽英雄的豪氣。因此由這部小說中我們就可以窺見網絡文學中軍事題材小說受歡迎的原因。正是有小人物也可以建功立業，成就自己的不凡人生的故事，讀者不僅感受到了熱血噴張的戰爭場面，同時也會產生自己作爲平凡的小人物也可以在現實生活中有所作爲的積極的心理暗示。大多數的網絡文學讀者都是在平常的生活中默默無聞，但是在類似《遍地狼煙》

之類的軍事題材小說中，很多人都可以滿足自己成爲英雄大人物的夢想。

二、眞情和溫情增添人性光輝

在小說《遍地狼煙》中，也不僅僅是槍聲和殺聲，也有眞情和溫情——被施救的美國飛行員約翰、茶館裏的漂亮寡婦柳煙、在師部醫院當護士的王小田以及日本女軍醫濱田淩子，這些人都與主人公牧良逢產生了緊密的關聯和糾葛。美國人約翰把自己的關於槍支的知識、軍事上作戰的策略以及中國戰爭的形式都教授給了牧良逢，兩個素昧平生的陌生人因爲牧良逢的相救產生了深厚的情感，他們既可以說是師生，也可以說是親密的朋友。約翰也可以說是牧良逢的啓蒙者，他開啓了牧良逢的眼界。而寡婦柳煙是牧良逢在陰差陽錯之下從一個國民黨軍官手下救出來的，他們之間產生了愛情，並且柳煙陪伴在牧良逢身邊，後來更是勸說牧良逢走上中國共產黨的革命道路；值得注意的還有日本軍醫濱田淩子，她不僅受到感召投入到中國救治傷員的隊伍中，而且對牧良逢始終懷有一份美好的暗戀情結。除此之外還有牧良逢與猛子、小伍這些戰友的兄弟情、戰友情。

「這是軍人間的兄弟情誼，因朋友而生，又因朋友而死。」〔註57〕

這些人物身上的情感增添了小說的人性、感性和可讀性。從讀者自身出發，他們需要的是有血有肉的英雄，如果小說塑造的英雄人物只是冷冰冰的人物，那麼就會讓讀者與作品產生隔閡，人性化的英雄人物就使得讀者在閱讀過程中感同身受，這也是軍事題材小說受到熱烈的追捧的一大原因。不僅《遍地狼煙》有這些情感因素，在當今的網絡軍事題材的小說中也同樣如此。從《血戰臺兒莊》、《抗戰狙擊手》等小說中我們都可以感受到爲國家拋頭顱、灑熱血的英雄氣概，而小說中卻也不缺乏俠骨柔情。所以讀者在閱讀過程中不僅看到的英雄人物的熱血，還能感受到有血有肉的眞實人物，這樣拉近了作品與讀者的距離，活生生的人物加上故事發生在中國人民耳熟能詳的抗日戰爭時期，發生在全國同仇敵愾抵禦外敵的歷史時期，這樣網絡上的軍事題材小說便越來越流行了。

三、傳統的小說敘事結構

網絡軍事題材的小說在敘事上以傳統的敘事情節取勝，而且具有一定的傳奇性和巧合性。在小說《遍地狼煙》中，完全以時間順序展開敘述，並不

〔註57〕李曉敏：《遍地狼煙2.抗戰槍王》第1頁，南京：江蘇文藝出版社2011年。

採用文學手法上倒敘、插敘等敘事技巧，這在一定程度上降低了對讀者的閱讀水平要求。正如戴維·洛奇的觀點「小說就是講故事」。〔註58〕在小說《遍地狼煙》中基本每一個小章節敘述一個故事，許多的小故事交織在一起構成主人公牧良逢的成長軌跡。在《遍地狼煙》第一部中我們尤其可以看到，每個章節的小故事之間沒有太多的交叉，許多人物之間也沒有太多的交集點，所以在閱讀上很輕鬆省力。和許多網絡小說一樣，軍事題材的小說在思想深度和文學性上並沒有太高的追求。軍事小說乃至網絡小說都只是想把一個故事講好而已，只要故事情節生動，吸引讀者的目光，那麼這部網絡小說無疑是成功的。除了傳統的故事情節外，《遍地狼煙》在一定程度上還出現了看似簡單的偶然事件，正是這些事件推動故事情節的發展。例如牧良逢參加戰爭正是由於在鬧事的士兵手下救人陰差陽錯當兵的，墜入河中被老百姓所救等情節都很驚險，富有傳奇色彩，牧良逢被軍統抓走，差點被處死，意外遇到了以前與之合作的軍統特務，及時出手相救。主人公牧良逢每次都能逢凶化吉，這一點符合中國傳統小說裏「無巧不成書」的敘事設置〔註59〕。從這一點上我們可以明確，網絡文學並不是完全獨立於傳統文學而存在，網絡文學也從傳統文學中吸收養分。正是由於這一樁樁、一件件巧合的事件，才成就了牧良逢的傳奇之路。《遍地狼煙》的傳奇性還體現在人物的傳奇性上。主人公天賦異稟，對槍支有天生的喜愛和使用的能力，不僅如此，在戰爭中總能想到出奇制勝的方法突出重圍，取得勝利。在一定程度上，牧良逢是神化的「人」，他接近完美，正義善良，擁有超高的槍法和軍事策略。從小說章節名字中我們可以體會到牧良逢的「神性」特質，如「少年神槍」、「絕地狙擊」、「絕地營救」、「奇招突圍」等等。人的能力的「神化」這一點滿足了部分讀者的補償心理，現實生活中的大多數人是平凡無奇、資質平平的，但是在閱讀軍事小說的過程中他們見證少年的天才之處，滿足自己對理想生活的幻想，也是對現實生活缺少激情的補償。

除了傳統故事的寫法之外，《遍地狼煙》的情節敘事是快節奏的。小說的故事情節是以一貫之的，情節上很連貫，絕不拖泥帶水，這也是以網絡為媒介快速閱讀下的一大特點。小說並沒有對人性進行深入的刻畫，也並不是要

〔註58〕〔英〕戴維·洛奇：《戴維·洛奇文集小說的藝術》第 14 頁，王峻巖等譯，北京：作家出版社 1998 年。
〔註59〕周志雄：《網絡文學的發展與評判》第 176 頁，北京：人民出版社 2015 年。

表達深刻的哲理和深奧的人生意義，主要是想表現牧良逢乃至一代中國青年的英雄氣概。而且是單線的敘事結構，如果用一句話概括《遍地狼煙》的故事情節，我們可以說是平凡鄉村少年牧良逢成長爲英勇的抗日英雄的故事。牧良逢的成長就像時下流行的網絡通關遊戲一樣，玩家一路打怪升級，不斷地刷副本進行新的任務，完成任務後獲得獎勵和升級，讀者在小說的閱讀過程中彷彿和主人公一起並肩作戰，自由自在地享受人生。而這一點也是與金庸小說的流行類似，畢竟大多數人在小時候乃至年輕時期都有過所謂的「江湖夢」，在一個不太受既定規則約束的世界裏修煉成絕世武功，然後行俠仗義，快意江湖。在閱讀《遍地狼煙》時讀者感受到的是一種血性，而牧良逢的軍人身份，對於一些部隊生活的描寫也滿足了男性閱讀者對軍隊的嚮往。網絡文學作家在創作時往往追求的是閱讀者理解上的輕鬆，閱讀者不需要費腦就能輕鬆閱讀網絡文學作品，甚至是在閑暇時通過網絡文學放鬆。網絡文學是一種消遣的文學，並不追求意義的深度和語言的精緻。閱讀上的無障礙才是網絡文學所追求的。《遍地狼煙》在語言上採用的都是通俗的大白話，採用平實的白描手法，雖然傳統意義上的文學意味減少了，但是正因爲其無障礙的閱讀才能讓小說迅速流行起來。

四、開放式結局帶來無限的可能性

　　小說《遍地狼煙》的結尾並沒有給讀者帶來明確的結局，主人公牧良逢的歸宿並沒有得到明確的答案。在部分讀者心中，小說的結尾寫到牧良逢的父母和愛人在延安召喚著他，這似乎可以看成是作家給讀者的暗示：牧良逢受到親情、愛情的感召走向共產主義革命道路。但是作者爲什麼沒有給出明確的答案呢？文學文本的意義就在於給予讀者無限的想像空間，這一點也恰好印證了網絡小說追求人氣和閱讀量的特性。因爲開放的結尾，我們可以說作者並沒有把結局寫死，那麼如果讀者對小說第三部的呼聲過高，作家可以輕而易舉的順著故事的走向繼續寫下去。無論牧良逢的選擇如何，這個故事還可以有無限的情節可以書寫。或者說，重要的並不是牧良逢個人的選擇，重要的是作家給這部小說留下了餘地和發揮空間。一千個讀者有一千個哈姆雷特，那麼在不同的讀者心中也會給牧良逢安排不同的結局。牧良逢選擇回去坐牢，是個人的損失也是國家的損失，可如果他選擇繼續拿著槍繼續戰鬥，那麼他可能成爲民族的罪人。從理論上看，牧良逢的兩個選擇都有合理之處，

同時又都違背了個體的情感和國家的需要。這一點恰恰體現了康德的二律背反理論，在這裡牧良逢的選擇已不僅僅是他個體的選擇，同時也是歷史給我們每個讀者的選擇，在國家民族的層面上也給讀者帶來一定的思考。這種敞開式的敘事超脫了大多數的網絡軍事小說，具有一定的文學意義，向讀者敞開的結構能給文本帶來無盡的意味。這一點也是《遍地狼煙》能流行不衰的重要原因之一。

綜上，《遍地狼煙》兼有傳統文學和網絡寫作的優點，除了故事情節上的傳統敘述外還兼有鮮明的網絡文學特色。但我們不能否認的是許多網絡文學作家沒有史學家深厚的文學底蘊和歷史知識，所以在軍史知識方面的展現是有一定的缺陷的。許多網絡作家並沒有經歷戰爭，也沒有經歷軍旅生活，單純的依靠想像進行小說創作。他們在人性的展現上沒有傳統文學深刻，語言上也並不會太過精心的雕琢。但從《遍地狼煙》的流行中我們就可以看到，在軍事小說裏讀者感受到的是對戰爭的敬畏，對保家衛國的英雄人物的熱愛，對英雄人物成長路程的嚮往。讀者在閱讀過程享受到一定的愉快感，能暫時忘掉現實生活的憂愁和煩惱。這一點是有價值的，也正是軍事題材小說甚至是網絡文學的魅力所在。

後　記

　　本書在選題的確定上，得到了蘇州大學湯哲聲教授的大力支持。湯哲聲教授是國家社科基金重大項目「百年中國通俗文學價值評估、閱讀調查及資料庫建設」的首席專家，曾多次撰文呼籲建立中國通俗文學批評的標準。湯哲聲教授也是我的博士導師，在他的影響和帶動下，近年來我和我的研究團隊也十分關注這一領域，並積累了大量研究心得，本書就是在這些研究心得基礎上逐漸形成的，經過近兩年的反覆斟酌和不斷完善，終於完稿。

　　中國當代通俗文學的流行和大眾文化的興起與發展，是當前文學藝術領域內一個引人矚目的熱點，如何能對中國當代通俗文學和大眾文化現象給出科學的批評，既不是不分青紅皂白地「棒」，也不是無原則地「捧」，是我們這個研究團隊在寫作中一直秉持的批評標準。對於本書中提到的這些流行文本，由於它們本身的鮮活個性，我們也力圖給出有個性化、接地氣的批評文字與之相匹配，但囿於研究視野和研究方法的局限，對一些問題的探討仍停留在表面層次，還不夠深入和細緻。書稿中也難免會出現疏漏錯訛之處，敬請讀者批評指正。

　　本書由我及所帶領的研究團隊共同完成，具體分工如下：

　　盧恩來：緒論、第一章第三節；韓穎琦：第一章第一節、第二節；王月：第二章、第六章第一節；葉淩宇：第三章；李薇：第四章；王哲（深圳市南山外國語學校）：第五章；李子君：第六章第二節；黃麗群：第六章第三節；韋寶華：第六章第四節；馬麗：第六章第五節。

　　全書由韓穎琦統籌結構、最終修訂完成。

韓穎琦

2017 年 2 月寒假於廣西大學